모차르트의
마지막 오페라

Mozart's Last Aria by Matt Rees

Korean translation copyright© 2012 Human&Books
This Korean edition is published by arrangement with Matt Rees c/o The Deborah
Harris Agency, Israel through Yu Ri Jang Literary Agency, Seoul, Korea.

모차르트의
마지막 오페라

매트 리스 지음 | 김소정 옮김

1판 1쇄 발행 | 2012. 1. 16

발행처 | **Human & Books**
발행인 | 하응백
출판등록 | 2002년 6월 5일 제2002-113호
서울특별시 종로구 경운동 88 수운회관 1009호
기획 홍보부 | 02-6327-3535, 편집부 | 02-6327-3537, 팩시밀리 | 02-6327-5353
이메일 | hbooks@empal.com

값은 뒤표지에 있습니다.
ISBN 978-89-6078-130-6 03840

모차르트의
마지막 오페라

매트 리스 지음 | 김소정 옮김

Human & Books

내게 필요한 모든 음악, 데보라에게,

위대한 음악가의 작업 방식을 보여 준 오리트 볼프 박사, 숭고한 카를 성당으로 안내하고 빈의 무시무시한 옛 모습을 알려준 루이제와 디터 헤히트, 모차르트가 없는 삶은 상상할 수 없다고 한 거장 주빈 메타에게 감사드립니다.

음악 천재 볼프강 아마데우스 모차르트는 아내에게 자신이 독극물에 중독되었다고 말했다. 6주 뒤에 천재는 세상을 떠났다. 그의 나이 서른다섯이었다.

진실, 진실을, 그것이 설사 범죄일지라도! ─〈마술피리〉 1막 18장 中

주요 등장인물

- 마리아 안나 나넬 모차르트(Maria Anna 'Nannerl' Mozart) ㅣ 모차르트의 누나

- 요한 베어흐톨트(Johann Berchtold) ㅣ 나넬의 남편

- 칼 기제케(Karl Gieseke) ㅣ 배우

- 막달레나 호프데멜(Magdalena Hofdemel) ㅣ 모차르트의 피아노 제자

- 콘스탄트 폰 야코비 남작(Baron Konstant von Jacobi) ㅣ 오스트리아 주재 프러시아 대사

- 레오폴트 2세(Leopold II) ㅣ 오스트리아 황제

- 칼 리히노브스키 왕자(Prince Karl Lichnowsky) ㅣ 모차르트의 후원자

- 콘스탄체 모차르트(Constanze Mozart) ㅣ 모차르트의 아내

- 프란츠 크사버 볼프강 모차르트(Franz Xaver Wolfgang Mozart) ㅣ 모차르트의 아들

- 마리아 테레지아 폰 파라디스(Maria Theresia von Paradies) ㅣ 맹인 피아노 연주자

- 요한 페어겐 백작(Count Johann Pergen) ㅣ 경찰청장

- 에마누엘 시카네더(Emanuel Schikaneder) ㅣ 극장 감독, 배우

- 안톤 슈타들러(Anton Stadler) ㅣ 음악가, 모차르트의 친구

- 고트프리트 판 슈비텐 남작(Baron Gottfried van Swieten) ㅣ 황실 도서관장, 정부 감사원장

노래 부르는 고모님의 모습을 보면 건강이 많이 나빠지셨다는 생각은 하기 어려웠다. 늘 그래왔듯, 정오에 고모님 댁에 갔다. 하녀의 안내를 받으며 집으로 들어가는데 안에서 청명한 소프라노 소리가 들렸다.

"손님이 계시니, 프란치스카?"

하녀가 고개를 저으며 말했다.

"아니요, 마님 혼자 계세요."

나는 거실을 지나갔다. 고모님이 〈돈 조반니〉*에 나오는 소작농이자 요부인 체를리나의 가슴 저린 아리아를 부르고 있었다. 구혼자를 유혹하는 여인의 마지막 소절이 나지막이 들려왔다.

여기를 만져주세요.

아리아가 끝나는 크레센도(점점 세게) 부분이 되자 고모님의 목소리가 갈라졌다. 침실로 들어서는 순간 마른기침 소리가 들렸다. 고모님은 곡을

• 로렌초 다 폰테의 대본을 가지고 모차르트가 1787년에 작곡한 오페라. 돈 후앙의 전설을 토대로 만든 〈돈 조반니〉는 해학곡으로, 완전히 비극적이지도 희극적이지도 않은 곡이라는 평가를 받고 있다.

끝내는 오케스트라 지휘자처럼 비쩍 마른 손을 힘차게 움직이고 있었다.

잠시 후 고모님은 두 손을 가지런히 침대 시트 위에 모으고 턱이 가슴에 닿을 정도로 깊이 고개를 숙였다. 고모님은 청중의 환호 소리를 듣고 있었을까? 아니면 그저 노래를 부르느라 기진맥진해진 건지도 몰랐다.

고모님이 시력을 잃은 눈을 깜박였다. 그 모습을 보니 고모님의 모든 삶이, 고모님이 보았던 모든 것이 이제는 사라지려 한다는 생각이 들었다. 음악가로서의 나는 작곡가가 악보 속에 숨겨 놓는 비밀, 자신의 창조물을 완벽하게 이해하지 못하는 사람은 접근할 수 없는 비밀까지 이해할 수 있었다. 하지만 조카로서의 나는 그다지 영민한 편이 아니었다. 오늘까지 나는 그 사실조차 알지 못했다.

잘츠부르크 성당 근처인 고모님 댁을 자주 방문했기 때문에 나는 고모님에 대해 알아야 할 것은 모두 알고 있다고 생각했다. 고모님은 어렸을 때부터 피아노 신동으로 유명했다. 아버지와 유럽 여러 도시를 돌며 피아노를 연주할 정도였다. 지방 관리와 결혼하면서 하급 귀족이 되었고, 1792년부터 '제국의 남작 부인'이라는 칭호를 얻었다. 고모부가 돌아가신 후 잘츠부르크로 돌아온 고모님은 눈이 멀기 전까지 피아노를 가르쳤다.

고모님의 78년 인생을 이런 식으로 요약하는 것은 사실 힘이 쇠한 늙은 여인을 보는 젊은이의 경솔한 판단일 뿐이다. 정말이다. 오늘 바로 지금, 자신의 인생이 알려진 것보다 훨씬 파란만장했음을 직접 입증해 보이지 않았나!

노래를 끝낸 고모님은 좁은 침대에 죽은 듯이 누워 있었다. 레이스가 달린 잠옷 위에 소박한 숄을 걸친 채였다. 나는 고모님의 건조한 뺨에 입을 맞추고 침대 가까이 의자를 끌어당겨 앉았다. 그리고 도시에 떠도는 이런저런 이야기를 들려주었다. 하지만 고모님이 무슨 생각을 하시는지는 알 수 없었다.

더 이상 할 이야기가 없어진 내가 입을 다물자 고모님이 내게 손을 뻗었다. 그 동작이 어찌나 빨랐던지 깜짝 놀랄 정도였다. 고모님이 내 손을 꼭 잡았다. 그 손에는 매일 세 시간 이상 피아노를 연주하면서 단련된 강인함이 서려 있었다. 한때 여러 제왕과 귀족들을 기쁘게 했던 그 힘이었다.

"나를 위해 연주해다오."

고모님이 말했다. 고모님의 피아노는 아우구스부르크의 슈타인이 만든, 오래되었지만 섬세한 그랜드피아노다. 나는 아버지의 〈소나타 A〉를 연주했다. 터키풍 회전곡의 리듬이 고모님에게 활기를 불어넣어 주길 바랐던 것이다. 음악을 들으며 고모님은 보이지 않는 공허한 눈을 커다랗게 뜨고 호박으로 장식한 황금 십자가 목걸이를 만지작거렸다. 연주가 끝나자 고모님이 힘없는 목소리로 나를 불렀다.

"볼프강."

"네, 고모님."

내 대답에 고모님이 내 쪽으로 시선을 돌렸지만, 그 모습은 내가 아닌 다른 사람을 찾고 있는 것 같았다. 내가 처음 피아노 연주를 들려주었을 때 고모님은 나에게서 아버지의 모습이 보인다고 하셨다. 사실 내 머리색과 눈은 어머니를 닮았고 내 피아노 재주는 아버지에 비하면 기계적이라고 해도 좋을 만큼 조악한 수준이었다. 그러니까 내게는 아버지와 같은 천재성이 없었던 것이다. 하지만 어쨌거나 내 이름은 볼프강이었고 고모님에겐 그 정도면 충분한 것 같았다. 적어도 지금까지는 그랬다. 하지만 지금 고모님이 부른 사람은 38년 전에 세상을 떠난 동생이었다. 유럽 전역에 명성을 떨쳤고 심지어 미국에까지 알려졌던 사람. 그 누구도 적수가 되지 못했던 작곡가. 볼프강 아마데우스 모차르트.

"저기 선반에 진주조개로 장식한 상자가 있단다."

고모님이 손을 들어 올리며 말했다. 그 몸짓이 어찌나 우아한지, 벌써 돌아가신 게 아닌가 하는 생각이 들 정도였다. 고모님의 영혼이 연약한 뼈와 시들어가는 피부를 뚫고 나온 것처럼 보였던 것이다. 고모님이 말한 상자에는 화려한 리본이 가득 들어 있었고, 그 아래, 갈색 가죽으로 감싼 공책이 있었다. 나는 공책을 고모님 손에 쥐어 주었다.

"나는 이제 곧 죽을 것 같구나."

고모님이 속삭이듯 말씀하셨다.

"당치도 않으세요, 고모님. 그런 말씀은 하지도 마세요."

고모님이 공책을 펼쳐 누렇게 변한 종이를 어루만졌다. 이제는 거의 쓰는 사람이 없는 퀼펜으로 빽빽하게 적어 나간 공책이었다. 일찍이 내가 폴란드와 프러시아를 돌며 콘서트홀을 보러 다닐 때 고모님 편지를 여러 통 받았었다. 왼쪽에서 오른쪽으로 비스듬히 기울어진 글씨는 고모님이 쓰신 게 분명했다. 고모님은 공책을 몇 장 넘겨 한 곳을 펼치더니 앙상한 손가락으로 종이를 쓰다듬었다. 종이 맨 위에는 '1791년 12월 21일, 빈'이라고 적혀 있었다.

갑자기 고모가 공책을 덮었다. 책을 덮는 소리가 고요한 집 안에 대포소리처럼 울렸다. 고모는 가죽을 두른 그 공책을 미처 받을 준비도 못한 내 손에 쥐어 주었다.

"어머니께는 보여주지 말거라."

고모님 말에 내가 웃으며 말했다.

"왜 안 되죠? 여기에 도대체 무슨 비밀을 숨겨 놓으신 거예요?"

내 말에 고모님의 흐릿한 눈썹이 위로 치켜 올라갔다. 빛바랜 눈썹과 달리, 나를 쳐다보는 애수로 가득 찬 갈색 눈은 훨씬 젊은 여인의 것이었다.

"내가 죽으면 내 건 모두 레오폴트에게 갈 거야. 이 집도, 수는 적어도 값비싼 보석 역시 그 애 것이 될 테지. 내 편지도, 일기도, 책도 모두 그 애가 가질 거야. 이곳 잘츠부르크에서의 생활과 남편과 보낸 그 단조로운 마을의 일상을 기록하고 있는 것들 말이야."

고모님은 큰 숨을 들이쉬며 침대에 몸을 뉘었다. 나는 손에 들고 있는 공책을 들어 보이며 말했다.

"그런데, 이건요?"

"그건 아니야. 그건 네가 가져야 해."

"아버지에 대한 건가요?"

아버지에 대한 내용이었으면 하는 내 바람은 어쩔 수 없는 것이었다. 아버지가 돌아가셨을 때 나는 돌도 되지 않은 갓난쟁이였다. 피아노를 치는 내 옆에는 항상 아버지가 계신다는 말을 듣곤 했지만, 그런 이야기는 밀을 빻는 그리스인 옆에는 언제나 신화의 신들이 함께한다는 말과 다를 바 없었다.

고모님은 마른 침을 삼키며 기침을 했다. 그 모습을 보니 내 바람이 틀렸구나, 하는 생각이 들었다. 하긴 고모님은 아버지가 마지막 몇 년을 빈에서 어떻게 지내셨는지 물을 때마다 1788년부터 아버지를 보지 못했다는 말씀만 되풀이하셨다. 할아버지가 모든 재산을 고모님에게 남긴 후 남매 사이는 소원해졌다. 당시 고모님은 고모부와 함께 장크트길겐에서 살았고, 아버지는 서른여섯 살에 요절하기 전까지 3년 동안 빈의 오페라하우스와 귀족들의 살롱에서 일했다.

고모님이 눈살을 찌푸렸다.

"네 인생을 결정한 사건이 기록되어 있단다. 음악의 역사를 결정한 사건이 적혀 있어."

"아버지에 관한 내용이로군요."

나는 흥분을 감추지 못하며 가죽으로 둘러싼 공책 표지를 톡톡 두드렸다.

"그래, 그걸 보면 네 아버지가 왜 죽었는지 알 수 있을 거야."

"네? 그럼 열병에 관한 글인가요? 아버지는 열병 때문에 돌아가셨다던데요."

내 말에 고모님이 고개를 저었다. 병상에서도 하녀를 시켜 유행이 지난 올림머리를 하시는 고모님이었다. 고모님 머리가 베개에 부딪치며 색색 소리를 냈다.

"살인에 관한 이야기다."

그때 내 귀에 죽어가는 영혼이 마지막으로 뿜어내는 숨소리가 들렸다. 그 소리를 낸 사람이 고모님인지 나인지 알 수 없었다. 어쩌면 불행한 내 아버지의 영혼이 내는 소리인지도 몰랐다. 나는 말을 하려고 했지만 숨이 얼어붙고, 늑골이 폐를 조이고, 넥타이가 셔츠 칼라를 조이는 것 같아 아무 말도 하지 못했다. 고모님이 나에게 물러가라는 손짓을 하고 베개에 몸을 묻었다.

논베르크 거리에 있는 사랑하는 어머니 집으로 돌아오자마자 가파른 계단을 날듯이 뛰어올라 서둘러 내 방으로 들어갔다. 첫눈을 기대해도 좋을 추운 날이었지만 고모님의 공책을 싼 가죽은 내 손에 난 땀 때문에 짙게 변해 있었다. 가죽에 묻은 땀을 닦고 무릎 위에 공책을 올렸다. 두 눈을 감고 아버지의 영혼을 위해 기도한 뒤 공책을 펼쳤다.

프란츠 크사버 볼프강 모차르트
1829년 10월 9일, 잘츠부르크

1

1791년 12월, 잘츠부르크 부근 장크트길겐

아침 일찍 성 아에기디우스 성당에서 미사를 보고 왔다. 츠뷜퍼호른 산 정상은 눈으로 덮여 있고 마을은 온통 고요했다. 호숫가에 있는 정원을 지나 현관으로 갔다. 레오폴트가 피아노로 동생이 만든 미뉴에트를 연주하는 소리가 들렸다. 그 소리가 이 아침에 아버제 호수에 울리는 유일한 소리일지도 모른다는 생각이 들자 슬며시 웃음이 나왔다. 눈에 둘러싸여 음악을 듣고 있으니 동생이 생각났다. 그 순간 동생도 빈 거리를 부드럽게 덮고 있는 눈을 보고 있을지 궁금했다.

거실로 들어가자 레널이 내 외투를 받아들면서 마을 행정관이 가져온 편지를 내밀었다. 행정관은 지난밤 늦게 잘츠부르크에서 돌아온 참이었다. 나는 뜨거운 초콜릿을 가져오라고 말하고 의자를 당겨 난로 가까이에 앉았다. 창문 문설주에 눈이 쌓이고 있었다. 응접실의 레오폴트가 틀린 건반을 누를 때마다 슬며시 웃음이 나왔다.

사실 음이 엉터리인 것은 레오폴트의 잘못이 아니었다. 우리 집 피아노는 내가 연주할 때도 그리 좋은 상태는 아니다. 잘츠카머구트 산악 호수의 차갑고 습한 공기 때문에 피아노 목재 부분이 휘고 건반이 망가지고 해머 틀이 썩어버렸다. 그러니 제대로 된 음이 나올 리 없었다. 그런데도 레오폴트는 나를 기쁘게 해주려고 매일 한 시간씩 피아노를 연주했다.

사실 내 아들이 여섯 살 아이처럼 연주한다는 것은 기쁜 일이다. 내 동생은 여섯 살 때 처음으로 작곡을 했다. 그 일은 아버지가 자신의 첫째, 그러니까 내가 신동이라는 생각을 거두게 했다. 하지만 그런 일 따윈 나에게 아무 상관 없었다. 나를 슬프게 하는 것은 내가 피아노 앞에 앉을 때만 온전히 행복을 느낄 수 있다는 것이었다. 친구들과 카드놀이를 할 때도, 사냥을 할 때도 내 손가락은 상상의 화음 속을 거닐었다. 그렇게 하지 않으면 나는 아주 산만해지고 초조해졌다. 최상의 재능이 단 한 가지 능력에만 집중된다는 것, 그것은 분명 예술가에게 내린 저주일 것이다. 아버제 호수의 어부들이 호수의 표면만 알 뿐 심연까지는 모르듯이, 예술가의 지인들 역시 예술가의 깊은 본질에 대해서는 모른다. 오랫동안 나는 예술가로 살지 못했다. 그래서인지 가끔은 내가 마치 절름발이 같다는 생각을 하곤 했다.

나는 무릎에 놓인 편지를 건반 두드리듯 톡톡 두드렸다. 동생의 소식을 전하는 편지일 것이다. 이번 겨울은 눈 때문에 바깥소식을 자주 들을 수 없었다. 마지막으로 들은 동생의 소식은 새로운 오페라를 작곡하고 있다는 것이었다. 빈에서 온 지인들이 동생의 건강이 좋지 않다고 했다. 원래부터 아플 때가 많은 동생이었다. 그러니 이 편지가 동생의 회복을 전하는 편지였으면 좋겠다는 생각이 들었다. 봉투에 적힌 필체로 편지 보낸 사람을 알 수 있었다.

잘츠부르크 부근 장크트길겐.
지사님 댁의 마리아 안나 베어흐톨트 폰 조넨부르크 부인에게.
부인에게 직접 전달해 주세요.

봉투에 적힌 내 이름이 낯설었다. 그 이름은 거실 저쪽에서 회계 장부를 들여다보고 있는 남자와 결혼하면서 얻은 새로운 성을 잔뜩 달고 있었다. 나를 뚜렷하게 드러내야 할 이름이 오히려 나를 아무것도 아닌 사람으로 만들었다. 베어흐톨트가 나를 이 오지 마을로 데려오기 전까지(그래서 지리적으로 아무것도 아닌 사람으로 만들기 전까지) 내게는 누구나 아는 이름이 있었다. 바로 조금 전까지만 해도 나는 그 이름을 자랑스럽게 떠올리고 있었다.

모차르트.

그 이름에 대한 기억이 마치 꿈처럼 내 머릿속에 떠올랐다. 우리가 베르사유에 있는 루이 15세의 살롱에 갔을 때 프랑스인들은 체트(Z)는 부드럽게 테(T)는 사라진 형태로 모차르트를 발음했다. 버킹엄 궁전에서 우리를 소개했던 조지 왕의 시종은 아(A)를 길게 발음했다.

레널이 뜨거운 초콜릿을 탁자 위에 놓으며 가볍게 무릎을 굽혔다.

"더 필요한 거 없으세요, 마님?"

나는 살짝 고개를 끄덕여 레널을 물러가게 했다.

내가 가족과 함께 오래전에 여러 나라의 수도를 돌아다녔다는 사실이 믿어지지 않았다. 나에게는 이제 모차르트라는 성이 없다. 사실 나는 그때도 그저 모차르트의 가족일 뿐이었다. 진짜 모차르트는 동생이었다. 밀라노나 베를린에 사는 사람이 편지 봉투에 모차르트라고 쓰면 그 편지는 어김없이 빈에 있는 내 동생에게 간다. 어린 음악가로 여러 곳을 돌아다니는 동안 수많은 귀족에게 작은 시계나 황금상자 같은 선물을 받았지만, 모차르트라는 이름을 갖게 된 사람은 내가 아닌 동생이었다.

이 마을 사람들에게도 나는 모차르트가 아니었다. 이 마을에서는 잘츠카머구트 산을 넘어 여섯 시간 정도 가야 하는 잘츠부르크를 벗어나 본 사람이 거의 없다. 마을 사람 중 누가, 내가 피아노를 치고 궁전 정원을 거닐고 왕과 대화를 나누고 황실 자녀를 위해 만든 옷을 입었던 님펜부르크나 쇤브룬에 대해 알고 있을까? 이 마을 사람들의 삶은 교회 너머로, 치과의사가 있는 목욕탕 밖으로, 교회지기가 묵주와 봉헌 초를 파는 호수 옆 노점 너머로 뻗어가지 않는다.

아버지와 어머니가 세상을 떠난 지금, 나를 나넬이라고 부르는 사람은 아무도 없다. 단 한 명 남아 있지만 벌써 3년째 연락이 없다. 동생이 보낸 마지막 편지에 그런 말이 적혀 있진 않았지만, 어린 시절 우리가 모았던 모든 재산을 나에게 물려주신다는 아버지의 유언 때문에 내 동생, 내 익살광대, 코피쟁이 프란츠와의 관계가 잘못될 거라는 사실은 알고 있었다.

3년간의 단절 때문에 훨씬 힘들어 했을 사람은 동생이 아니라 나인 게 분명하다. 동생이라면 단순한 삶을 사는 주부인 누나에게 편지를 쓰지 않아도 쉽게 열중할 수 있는 다른 일들이 많았을 테니까. 그 애에게는 연주할 살롱과 참석할 파티, 작곡할 협주곡이 있지 않은가.

하지만 나는 우리의 단절이 조금도 즐겁지 않았다. 물론 잘츠부르크 신문에 실린 동생의 오페라 리뷰를 보고, 동생의 악보를 베끼고, 그 곡을 연주하면서 동생의 발전을 느끼는 일은 기뻤다. 심지어 메마르고 답답한 내 남편도 볼프강의 〈여자는 다 그래〉*에 나오는 '부디 내 사랑아, 용서해 주오'를 부를 때는 눈물을 흘리지 않았는가. 지난 3년 동안 나는 언젠가 동생이 우리 마을을 찾아와 또다시 함께 연주할 수 있을 거라는 믿음으로 스스로를 위로해 왔다.

나는 동생의 아리아를 들으며 편지를 펼쳤다. 올케가 보낸 편지였다.

• 로렌초 다 폰테가 극본을 쓴 오페라. 1790년 빈에서 초연을 했다. 모차르트의 대표적인 희가극이다.

솔 음을 흥얼거리던 내 아리아는 편지를 읽는 동안 점점 흐느낌으로 바뀌었다.

형님의 사랑하는 동생이 12월 5일 밤에 세상을 떠났어요.

올케의 편지는 이렇게 시작했다.

위대한 작곡가이자 신실했던 제 남편은 성 마르크스 성당의 소박한 무덤에 누워 있답니다. 지금 저의 가장 간절한 소원은 그이와 함께 묻히는 것이에요.

올케는 잔인할 정도로 상세하게 동생의 죽음을 묘사했다. 볼프강은 '끔찍한 속립 진열' 때문에 죽었는데, 기장 알갱이 같은 작은 발진이 동생을 괴롭혔다고 했다. 편지를 읽는 동안 내 몸은 사시나무 떨듯 떨렸다. 몸이 부풀어 오르고 구토를 하고 벌벌 떨던 동생은 새벽 한 시에 의식을 잃었다고 했다. 일주일 전의 일이었다.

나는 성호를 긋고 동생을 주님의 나라로 들어가게 해달라고 기도했다. 편지를 가슴에 끌어안고 울음을 터트렸다. '볼프강' 하고 조용히 동생의 이름을 불러 보았다. 레오폴트가 프랑스 동요 〈아, 어머니, 들어보세요〉*를 연주하고 있었다. 내가 볼프강이 작곡한 놀라운 변주곡을 연주했던 어느 날 아침에 레오폴트에게 가르쳐 준 것이다. 그 단순한 음이 내 몸을

---

* 흔히 〈반짝반짝 작은 별〉이라고 알려져 있는 곡이다.

찌르는 것 같았다. 나는 견딜 수 없는 통증에 몸을 구부렸다.

그러자 피아노 소리가 멈췄다. 레오폴트의 작은 발이 복도를 지나 거실로 들어왔다. 통통한 레오폴트는 녹색 재킷을 입고 있었다. 그 아이는 나를 웃길 심산으로 벽에 걸려 있는 잘츠부르크 대공의 초상에 입을 맞추었다. 레오폴트가 나에게 다가왔다. 나를 안아주는 레오폴트의 얼굴에 내 목을 지그시 갖다 댔다. 그렇게 있으니 어렸을 때 동생의 모습이 떠올라 다시 눈앞이 흐려졌다. 나는 아이의 금발 머리를 부드럽게 쓰다듬었다.

"어머니, 저를 위해서 연주해 주세요. 제 손가락이 너무 힘들대요."

레오폴트가 말했다.

"힘들대? 아직 아침 8시밖에 안 됐는데? 이제 장난칠 기운이 없겠네?"

나는 차가운 아이의 손을 잡고 입김을 후후 불었다. 내 말에 아이가 킬킬 웃었다.

"제가 아니라 제 손가락이 힘든 거예요."

"그래, 엄마가 널 위해서 피아노를 조금 쳐줄게. 하지만 그전에 엄마는 편지를 읽어야 한단다."

"누구 편지예요?"

"빈에 사는 콘스탄체 외숙모 편지구나."

한 번도 외숙모를 만난 적이 없는 아이는 어깨를 으쓱했다.

"예아네테가 아직도 자고 있는지 가보렴. 레널이 예아네테에게 아침을 줄 시간이잖니."

두 살 난 동생 이야기가 나오자 레오폴트는 웃으며 계단을 뛰어 올라갔다.

나는 지그시 두 눈을 감았다. 마음속에 동생이 작곡한 〈아, 어머니, 들어보세요〉 변주곡 수십 곡이 떠올랐다. 레가토에서 스타카토까지 다양한 속도로 변하는 변주곡은 왼손이 위아래로 폭넓게 움직였다. 피아노 건반을 가볍게 두드릴 때의 감촉, 악보를 보는 듯한 느낌, 약간 뒤로 기울어진 음표를 적어 넣는 볼프강의 섬세한 손가락이 보이는 듯했다.

위층에서 늘 그렇듯이 레오폴트가 온몸을 간질여 웃음이 터질 때까지 일어나지 않으려고 칭얼대는 에아네테의 소리가 들렸다.

나는 계속해서 편지를 읽었다. 올케는 사제와 의사들에게 절망적으로 매달렸지만 누구도 동생을 도울 수 없었다고 했다. 심지어 그는 종부성사도 받지 못했음이 분명했다. 올케는 불쑥 동생의 새로운 오페라 〈마술피리〉*가 상연되던 10월의 화창한 어느 날 공원에 갔던 일을 이야기했다. 그때 볼프강이 올케에게 "멀지 않았어. 나는 독살될 게 분명해"라는 말을 했다고 했다.

내 손에서 컵이 미끄러지면서 양탄자 위로 초콜릿이 쏟아졌다. 내 손가락에 묻은 초콜릿이 편지지에도 묻었다.

올케는 볼프강이 자신이 독살된다는 불길한 생각을 떨쳐내지 못했다고 했다. 가끔 평온해져서 명랑해질 때도 있었지만 이내 독살되어 죽을 거라는 생각으로 돌아가곤 했다. 올케는 마지막 몇 달 동안 우울증이 모든 것을 망쳐 놓았다고 한탄했다.

올케는 동생의 친구이자 음악 애호가로 유명한 슈비텐 남작이 주관한 장례식에 대해서도 간단히 언급했다. 장례는 성 슈테펜 성당에서 치렀다고 했다. 올케는 나를 위로하는 말로 편지를 끝냈지만, 그 이면에는 자신

---

* 모차르트가 사망하기 두 달 전에 완성한 곡. 독일 서사시인 비란트의 동화집을 기초로 시카네더와 기제케가 번안했으며, 모차르트가 초연을 이틀 앞두고 전체를 완성한 징슈필이다.

이 엄청나게 고통 받고 있음을 알아주기를 바라고 있었고, 오래전에 소원해진 동생의 죽음을 내가 그다지 슬퍼하지 않을 거라고 비난하고 있었다.

올케의 편지를 다 읽고 내려놓으려고 할 때 편지지 뒤에 접혀 있는 종이를 발견했다. 작은 종이에 적은 추신이었다.

어쩌면 그이가 제게 충실하지 못했다는 소문을 듣게 될지도 모르겠어요. 부디 그런 거짓 소문은 믿지 마세요. 그이 장례식이 있던 날, 그의 절친한 친구이자 프리메이슨 동료인 호프데멜이 면도칼로 자기 아내의 얼굴을 그었답니다. 그의 아내는 그이가 유대 광장에 있는 호프데멜의 집에서 피아노를 가르치던 제자예요. 불행한 호프데멜은 스스로 목숨을 끊었어요. 영원히 부끄러워해야 마땅한 몇몇 사람들은 호프데멜이 볼프강과 막달레나의 사랑을 질투해서 정신이 나갔다고 해요. 어처구니없게도 화가 난 호프데멜이 저의 사랑하는 볼프강을 독살했다고 말하는 사람도 있어요. 제발 그런 더러운 추문 따윈 믿지도 마세요. 형님 동생은 죽을 때까지 누구보다 진실하고 헌신적인 남편이자 아버지였으니까요.

갑자기 얼굴에 이유를 알 수 없는 열기가 느껴지고 눈앞이 컴컴해졌다. 떨리는 몸을 주체할 수 없어 의자에서 일어났다. 치마 위에 있던 편지 때문에 정전기가 발생했다. 나는 벽난로 위의 거울을 보았다. 내 피부는 죽은 듯이 창백했고 눈가에는 나이테 같은 주름이 있었다. 새로운 봄을 알리는 나이테가 아니라 또 다른 겨울을 알리는 나이테였다. 그러나 내 안에는 분명히 동생의 얼굴이 있었다. 젊음의 끝자락에 있는 여인의 얼굴 위로 동생의 고집스러운 입술, 두드러진 코, 조용한 눈빛이 튀어나왔다.

비틀거리며 나를 쳐다보는 거울 속의 동생은 탁자를 엎고 바닥에 떨어진 컵을 밟아 부수었다.

그때 시끄러운 소리가 불편한 듯 남편이 헛기침을 했다. 동생이 독극물에 중독되었다고 애원할 때 의사들도 저런 반응을 보이지 않았을까? 동생은 조금만 다쳐도, 조금만 몸이 불편해도 야단법석을 떨던 아이니까.

하지만 동생은 의사들이 모르는 걸 알고 있었을 것이다. 증상은 속립진 열과 같았을지 모르지만 살인이라고 생각할 만한 이유가 있었는지도 모른다. 정말로 호프데멜이 그 애를 죽이지 않았을까? 언제나 사랑받고 칭찬 들으며 자란 동생이다. 그 탓에 이기적이 된 동생이 윤리라는 굴레를 벗어던지고 간통을 저지른 건 아닐까?

동생이 혹시라도 독살되었을지 모른다는 생각을 하자 또 다른 용의자들이 떠올랐다. 동생은 에둘러서 의견을 말하는 법을 배우지 못한 데다 솔직하고 거만한 구석이 있었다. 그러니 동생에게 경멸당한 가수가 범인일 수도 있다. 어쩌면 동생에게 일거리를 빼앗긴 작곡가가 그랬을 수도 있다. 제멋대로인 올케와 올케의 친정인 베버 가족도 의심스러웠다. 어쨌거나 동생에게 결혼을 강요한 사람들이 아닌가! 그들이 동생을 죽여야 할 특별한 이유는 생각나지 않지만, 올케가 동생의 걱정을 한사코 우울증 탓으로 돌리려는 이유가 이상했다.

동생의 삶은 결코 평범하지 않았다. 그런데 이제 와서 동생의 피부에 난 발진만 보고 의사들이 내린 사인을 아무 의심 없이 믿으라는 것인가? 그럴 수는 없었다. 또다시 거울을 본 나는 시선을 돌릴 수 없었다. 동생을 꼭 닮은 내 눈 역시 크고 담갈색이다. 동생만큼은 아니어도 내 뺨에도 마마자국이 있다. 우리 얼굴은 완벽하게 닮았다. 동생과 닮지 않은 부분은 어디일까? 절대로 입은 아니다. 끝이 위로 올라간 얇은 아랫입술은 세련되면서도 냉소적으로 보인다. 저 입은 분명 내 동생의 것이다.

계속 거울을 들여다보는 동안 새로운 기질을 한 가지 발견했다. 이때까지 내게 있다고는 생각지 못했던 기질이었다. 그 기질은 세월이 흐르면서 한층 강화되어 있었다. 이 기질이야말로 동생이 아버지에게 반기를 들고 잘츠부르크를 떠나 한 사람의 작곡가로서 빈에서 살아가게 만든 힘이었다. 나는 한 번도 그 힘이 내게도 있으리라 상상해 본 적이 없고, 감히 모방하려는 생각도 못했다. 동생의 도전은 사실 나에게는 큰 고통이었다. 동생의 그 도전 때문에 나는 지루한 시골 마을에 홀로 남아 아버지를 돌보아야 했다. 그런데 지금, 동생의 그 힘이 내게도 느껴졌다.

나는 서재로 갔다. 서재 문을 두드리고 들어갔다. 파리한 얼굴로 나를 쳐다본 남편이 실내복 모피 칼라를 바로 세웠다. 눈에는 귀찮은 기색이 역력했지만, 남편은 곧 공식 문서를 승인받기 위해 찾아온 청원자를 대하는 냉담함으로 가장했다.

"내 동생이 죽었대요. 그 애의 영혼에 신의 가호가 있기를!"

나는 올케의 편지를 남편에게 내밀었다.

"당신에게 처남은 이미 죽은 거나 마찬가지 아니었던가?"

남편이 편지에 묻은 초콜릿 자국을 보면서 한쪽 눈썹을 치켜 올렸다. 하지만 내 얼굴에 나타난 비난을 보자 짐짓 헛기침을 했다.

"자비로운 신께서 그의 영혼을 보호해 주실 거요."

남편의 목소리는 회색 벨벳 가운에 감싸인 몸만큼이나 기력이 없었다.

"올케는 그 애가 지난주에 열병으로 죽었다고 하더군요."

"그를 위해 기도하리라 약속하지."

그가 손을 내둘러 편지를 물리더니 다시 자신의 서류로 시선을 돌렸다. 몸에 밴 순종의 미덕 때문에 나는 문을 향해 걸어갔다. 그런데 거울에 비친 얼굴이 내 발길을 멈추게 했다.

나는 남편을 쳐다보았다. 그가 나와 결혼한 이유는 가정을 꾸리고 말썽 많은 다섯 아이들을 돌볼 사람이 필요했기 때문이다. 우리가 결혼했을 때 아버지는 이것이 내가 처녀로 외롭게 늙어죽지 않을 마지막 기회라는 점을 분명히 했다. 결혼 생활 7년 동안, 우리는 세 아이를 더 가졌다. 하지만 딸아이 한 명은 불과 다섯 달을 살고 올봄에 세상을 떠났다. 남편이 나를 냉정하게 대하는 이유는 잘 알고 있었다. 먼저 떠난 두 부인처럼 나도 자신을 떠날지 몰라, 차마 사랑할 수가 없는 것이다. 남편은 나보다 열다섯 살 많은 55세였다. 그에게 이 결혼은 신분이 낮은 독신녀에게 베푸는 자선 행위와 같았다. 남편과 흥정을 한 아버지에게도 사랑은 결혼 조건이 아니었다. 심지어는 내가 처녀라는 사실도 금전적 가치로 계산될 뿐이었다. 결혼식을 치른 밤, 남편이 내가 처녀라는 사실을 확인한 후 내 지참금에 500플로린이 추가되었다.

고개를 들어 아직도 내가 있는 것을 확인한 남편의 코에서 분노에 찬 콧김이 흘러 나왔다. 그는 앞에 놓인 서류를 툭툭 쳤다. 일에 집중하고 싶다는 뜻이었다. 분명 아버제부터 잘츠부르크까지 뻗어 있는 철광산에서 생산한 철의 관세 기록이거나 간통한 사람을 조수의 집 옆 건물에 있는 고문실로 데려가라는 명령서일 것이다.

나는 좀 더 앞으로 나아갔다. 남편이 가발을 고쳐 썼다. 파리한 두피가 보였다.

"볼프강은 자신이 독살됐다고 믿었대요."

내 말에 남편이 비웃듯이 말했다.

"그럴 리가 없잖아. 바보 같으니. 지나친 망상이라고."

"그렇게 생각할 수밖에 없는 이유가 있었겠죠. 어쨌거나 거긴 빈이잖아요."

"허, 당신이 빈 사정을 언제 그렇게 훤하게 알았지?"

"제가 평생 여기서 산 건 아니니까요. 전 궁정 생활도 도시 생활도 잘 알아요."

하지만 이 마을에서 태어났고 교육을 받았으며 잘츠부르크 밖으로는 떠나본 적이 없는 남편은 그렇지 않았다. 내 말의 뜻을 알아챈 남편이 입을 앙다물었다.

"가서 그를 위한 미사를 올리라고 해요. 그 정도로 합시다."

"동생 무덤을 보고 싶어요."

내 말에 남편은 초조한 듯 삐쩍 마른 손가락으로 책상을 두드렸다.

"거기까지 다녀올 시간이 없소. 지금 하는 일만 해도 벅차단 말이오."

남편의 말은 거짓이었다. 그가 일에 열중하는 이유는 꼼꼼하게 점검해야 할 행정 문서가 많기 때문이 아니라 사교 생활과 사교 생활이 야기하는 비용을 줄이기 위해서였다.

"저 혼자 가려고요."

"혼자?"

공적인 평온함을 가장한 남편의 얼굴에 놀라움이 떠올랐다. 남편은 내가 결정을 내리는 상황에 익숙하지 않았다. 지난 7년 동안 나는 언제나 공손하게 생활했고 홀로 된 아버지를 모시며 사는 동안 깊숙이 자리 잡은 종속적인 생활을 해왔다.

"레널을 데리고 갈 거예요."

"5일이나 걸리는 데다 경비도 많이 들 텐데."

남편은 왠지 당황하고 좌절한 것처럼 보였다. 조금 절망한 듯 보이는 남편의 모습은 내가 떠나면 혹시 그가 나를 그리워하는 건 아닐까 하는 생각마저 들게 했다.

"아버지가 주신 유산을 쓸 거예요. 당신에게 짐이 되고 싶진 않아요."

"짐이었던 적은 없소."

남편이 말을 더듬었다. 눈은 아래를 향해 있었다. 남편이 초초한 듯 모피 칼라를 손으로 두드렸다. 남편의 기분을 이해할 수 있었기 때문에 나는 문을 잡고 가만히 서 있었다. 지금 남편은 죽음과 함께 자신을 떠나버린 전 아내들과 아이들을 생각하고 있을 것이다. 서재는 아주 추웠다. 벽난로를 쳐다보니 장작 하나 없이 텅 비어 있었다. 남편은 자신에게는 아주 인색했지만 아이들을 안락하게 하는 데는 돈을 아끼지 않는 사람이었다.

"요한."

내가 이름을 부르자 남편은 책상 위에 놓인 서류를 정리하면서 말했다.

"빨리 돌아왔으면 좋겠소. 당신이 없으면 나도 불편하고 아이들도 힘들 테니까."

"분명히 빨리 돌아올게요."

"당신이 돌아온 뒤에는 당신 동생 이야기나 우스꽝스러운 음모론은 더이상 듣지 않았으면 하오."

남편에게 전문 음악가는 꼴사납고 책임감 없는 사람일 뿐이었다. 그는 볼프강이 방종한 생활을 하다가 선술집에서 외롭게 죽었다고 믿고 있는 게 분명했다. 동생이 독살되었다면 부도덕한 행실이 부른 당연한 대가라고 말이다. 아무리 감추려 해도, 필경 남편은 내가 언짢아하고 있음을 눈치챘을 것이다.

"당연히 들을 리 없을 거예요."

나는 문을 닫고 밖으로 나왔다. 나는 레널을 불러서 짐을 꾸리라고 이르고 마차를 불렀다. 어머니가 돌아가셨을 때 나는 어찌나 울었던지 기진맥진한 상태로 계속 구토를 하며 며칠을 누워 있었다. 아버지가 돌아가셨을 때는 몇 달이나 기이한 어둠 속에서 헤어 나오지 못했다. 그러나 지금의 나는 엄마였다. 한 아이를 떠나보냈지만 여전히 남은 아이들을 위해 내 생을 이어가야 하는 엄마. 이제는 극단적인 감정 앞에서 무너지지 않았다. 죽음을 만나면 침착하게 죽음의 뺨을 쳐줄 정도가 된 것이다. 내가 빈에 간다는 결정을 내릴 수 있었던 이유도 그 때문이다.

응접실에 들어간 나는 피아노 앞에 앉았다. 아버지가 결혼 선물로 주신 피아노였다. 나는 팔짱을 꼈다. 양손을 겨드랑이에 넣고 손을 녹이며 벽지를 보았다. 흰 바탕에 세로로 녹색 줄이 들어간 벽지였다. 그 너머로 추위에 떨며 언짢은 얼굴로 서류를 노려보는 남편이 보였다. 당신은 내 동생의 음악을 들어야 해요. 그런 생각을 하며 나는 어머니가 돌아가신 후 동생이 파리에서 작곡한 〈소나타 A단조〉를 연주했다.

〈A단조〉의 도입부는 거의 망가진 내 피아노로도 충분히 어둡고 불안한 분위기를 자아낼 수 있었다. 오른손의 레 샤프 음이 왼손의 거침없는 바소 오스티나토*와 불협화음을 만들면서 A단조를 완성해 갔다. 나는 동생의 영혼이 어디에 있건 내 연주를 들을 수 있도록 열정적으로 피아노 건반을 두드렸다.

"내가 갈게, 볼프강."

나는 조용히 속삭였다.

• 저음의 성부가 반복되면서 다른 성부가 변해 가는 것.

2

빈

아침을 먹고 여인숙을 떠나는 내 모습을 여신상이 지켜보았다. 나는 찬바람을 맞으며 인적 없는 밀가루 시장을 가로질러 갔다. 여신의 청동 손이 야누스의 얼굴을 들고 있다. 뒤쪽을 바라보는 수염 기른 노인은 과거를 상징했다. 노인은 얼굴을 찡그리고 있었다. 그러나 반대쪽 젊은 얼굴은 탁 트인 곳을 바라보며 미래를 꿈꾼다. 나는 내 앞에 놓인 미래를 알고 싶다고 소망하며 추위에 몸을 떨었다. 하지만 미래를 내다보는 여신도 추운 광장에서 얼어붙은 분수 속에 버려져 있지 않은가! 나는 그렇게 고립되지 않게 해달라고 기도했다.

여신상 뒤로 회색 덧문이 있는 밀가루조합 회관이 있다. 동생이 자주 콘서트를 연 곳이다. 테라코타 정문이 있는 카푸친회 성당도 있다. 합스부르크 왕가(王家)가 묻힌 곳이다. 나는 부츠로 바닥에 놓인 쇠똥과 진창이 된 눈을 차면서 젊은 야누스의 시선이 바라보는 방향을 향해 걸어갔다. 여인숙 주인이 일러준 좁은 길에는 양쪽으로 5층짜리 주택이 늘어서 있었다. 지층은 무겁고 넓적한 화강암으로 만들어졌고 박공은 주황색이나 노란색 혹은 흰색 회반죽으로 칠해진 건물들이었다. 구름 사이로 흐릿하고 활기 없는 빛이 내비치는 날이었지만 건물들은 선명한 빛을 띠고 있었다. 교회 첨탑 밑에서 오른쪽으로 돌자 라우엔슈타인 거리가 나왔다. 동생의 집이 있는 거리였다.

챙이 넓은 영국 모자를 쓴 신사가 친절하게도 나를 소박한 안뜰로 안내해 주었다. 말이 건초를 뜯고 있었고 젖은 건초가 숙성되고 있었다.

"세상을 떠난 작곡가의 집은 쉽게 찾을 수 있을 겁니다, 부인."

그 신사가 말했다.

"아주 이른 시간이기는 하지만, 부인이 미망인을 위로하기 위해 찾아온 유일한 손님은 아닐 겁니다. 이번 주 내내 이 작은 거리는 망연자실한 음악 애호가들로 가득 찼으니까요."

"그래요. 분명히 그랬겠지요."

내가 계단을 오르며 대답했다. 내 뒤를 따르며 그 신사가 계속 말했다.

"전 그 작곡가 얼굴만 안답니다. 그렇게 작고 여린 사람이 그런 멋진 작품을 남긴 천재라고는 믿기 어렵죠. 하지만 그를 보면, 하긴 그를 본다는 건 쉬운 일이 아니었지만요. 부인은 그를 잘 아시나요?"

"제 동생이라고 부를 정도로는 알고 있답니다."

내 말에, 안타깝다는 듯 웃고 있던 신사가 당혹스러운 표정을 지었다. 그는 먼 친지의 얼굴을 떠올리려고 노력하는 사람처럼 손을 들어 올렸다.

안뜰로 바람이 들이쳤다. 나는 열려 있는 화장실 문으로 들어가 내부로 통하는 어두운 계단을 올라갔다. 계단을 걸어 올라가면서 외투 모자를 벗어 어깨 위에 펼쳤다. 집 안에서 누군가를 부르는 큰 소리가 들렸다. 올케의 목소리였다. 내 동생을 가족에게서 빼앗아 간 사람의 목소리라는 생각이 들자 불현듯 화가 났다.

주먹으로 문을 두드리자 안쪽에서 조그만 개가 날카롭게 짖는 소리가 들려왔다. 곧 땅딸막한 소녀가 문을 열더니 공손히 무릎을 굽히며 인사했다. 붉은 뺨에 흰색 보헤미아 풍의 보닛을 쓴 검은 머리 소녀였다.

"안녕하세요. 신의 가호가 있기를 빕니다."

나도 대답했다.

"안녕하기를 빌어요. 모차르트 부인에게 시누이가 왔다고 전해요."

소녀는 벽난로와 하인들이 쓰는 금속 침대가 있는 주방을 지나갔다. 소파를 둘러싼 의자 여섯 개가 무명천에 덮여 있는 거실로 가자, 소녀는 내 외투를 받아들고 거실 옆방으로 안내했다. 벽에는 거울이 걸려 있었다. 거울에 비친 뺨이 창백했다. 혈색이 돌도록 손으로 뺨을 문질렀다.

거울 뒤에 올케가 보였다. 검은 모직 숄을 두르고 가슴 아래를 끈으로 묶은 느슨한 검정 드레스를 입고 있었다. 커다랗게 벌린 입 안으로 보이는 하얀 치아 때문에 절망하고 상처 입은 것처럼 보였다. 올케는 다시 쓰기 위해 실을 풀고 있었는지 짧은 모직물 상의를 들고 있었다. 올케에게 다가간 나는 모직물 상의를 옆으로 치우고 올케의 손을 잡았다. 올케의 검은 눈은 며칠 간 상심한 탓에 벌겋게 충혈되어 있었다.

"올케, 나야."

나는 올케의 뺨에 입을 맞추었다. 차가웠다. 올케의 파리한 이마를 덮고 있는 검은 곱슬머리에 내 손바닥을 대보았다. 아직 스물아홉밖에 되지 않은 올케는 나보다 키가 작았고, 아이를 여럿 낳았는데도 여전히 날씬한 몸매를 유지하고 있었다.

그때 흰 스패니얼 한 마리가 활기차게 짖으며 내게 몸을 비볐다. 올케가 그 개를 들어 올리며 "가우컬" 하고 속삭였다. 올케는 그 개에게서 위로를 받고 살아갈 힘을 얻는 것 같았다. 올케는 웃으며 내 손을 잡았다.

"이리 오세요, 형님."

우리는 응접실로 들어갔다. 응접실에는 옻칠을 한 소박한 수납장 두 개와 긴 의자 한 쌍이 놓여 있었다. 벽지는 레몬색 줄무늬였다. 벽에는 커다란 장식 판자 세 개가 있었다. 응접실 모퉁이에 아기 침대가 있었는데, 그 안에 갓난아기가 누워 꼼지락거리고 있었다. 그때 일곱 살쯤 되어 보이는 어린 소년이 올케 뒤에 숨었다.

"칼, 나넬 고모님께 인사해야지. 아빠의 누님이시란다."

하지만 그 아이는 발을 질질 끌며 응접실을 나가더니 옆방에 들어가 문을 쾅하고 닫았다. 그 아이를 보니 버릇없는 의붓 아이들과 함께 있을 레오폴트가 생각났다. 레오폴트를 데리고 오지 않은 것에 죄책감이 들었다. 올케는 아들 행동에 당황한 듯 어색하게 웃었다. 올케는 아기 침대 위로 몸을 숙이고 발로 침대를 흔들었다.

"아기 볼프강이에요. 아직 5개월도 안 됐답니다. 아직 형님께는 말씀드리지 못했지만요."

올케는 손목 뒤쪽으로 자신의 입을 막았다. 올케의 얇은 팔뚝에 작은 금시계가 찰랑거렸다. 나는 그것이 볼프강의 결혼 선물임을 알고 있었다.

"정말 그렇네. 볼프강이 태어났다는 소식은 듣지 못했어. 아기는 건강하고?"

"홍역에 걸렸었답니다."

홍역이라면 레오폴트도 두 달 동안 고생하면서 거의 죽을 뻔했던 병이다. 홍역에 걸렸을 때 레오폴트는 몸에 발진이 났고 기침을 하느라 밤새 자지 못하고 칭얼거렸었다. 나는 지금도 그때 레오폴트의 건강을 빌었던 묵주를 가지고 다녔다. 예수님의 무덤 근처에 있는 흙에서 자라, 예수님의 치료 능력을 흡수한 열매로 만든 묵주였다.

나는 아기를 쳐다보았다. 올케는 내가 볼프강을 걱정한다고 생각하는 것 같았다.

"지금은 괜찮아요. 네 아이나 태어나서 몇 달 못 넘기고 죽었지만 모두 주님의 축복을 받았을 거예요. 전 정말 그렇게 생각한답니다. 전 그 아이들을 위해 제가 할 수 있는 모든 일을 해주었어요. 하지만……"

올케의 말을 듣고 있자니 반 년 전에 발작과 경련을 일으키고 세상을 떠난 내 딸 바베테가 생각났다. 바베테도 갓난아기일 뿐이었다. 나는 주머니에 든 묵주를 꼭 쥐며 말했다.

"나도……"

하지만 올케는 내 말을 듣지 않았다.

"전 네 아이 모두 수유열 때문에 잘못되지 말라고 마음을 먹었어요. 의사들이 하라는 대로 뭐든지 했고요. 하지만 의사들이 내 아이들에게 준 약은 내 남편에게 준 약만큼이나 소용이 없었어요."

올케는 개를 바닥에 내려놓았다.

"도대체 왜 그이는 이런 식으로 우리 곁을 떠난 걸까요?"

나는 올케 옆으로 다가갔다.

"동생이 마지막을 보낸 곳을 보고 싶어."

올케는 문에 기대서서 문을 열고는 옆방을 향해 팔을 뻗었다. 공간을 절약하기 위해 손님을 접대하거나 침실로 쓰는 방이었다. 벽 쪽에 침대가 두 개 놓여 있었고 모퉁이 부근에 철제 난로가 있었다. 천장까지 이어진 파이프가 난로에 연결되어 있었는데, 파이프에서 덜컹거리는 소리가 났다. 올케는 방 한가운데 있는 당구대를 잡고 몸을 지탱했다. 방 안이 더웠는데도 올케는 떨고 있었다.

"이 방의 벽은 이 세상 모든 생명을 다 빨아들이는 것 같아요. 세상 모든 좋은 건 다 이 방에서 죽었어요. 그이는 2주 넘게 이곳에 누워 있었어요. 그러다가……"

나는 침대로 걸어갔다. 입 안이 바싹 타들어가고 머리에서 김이 나는 것 같았다. 잠시 동안 동생이 지금도 울퉁불퉁한 침대 커버 밑에 있을지도 모른다는 생각이 들었다. 나는 동생에게 상처를 줘서 미안하다고, 용서해 달라고 말하려고 입을 열었다. 하지만 그 말은 입 밖으로 나오지 못했다. 침대는 텅 비어 있었다. 내가 용서를 구할 곳은 다른 곳이었다.

"아프기 전까지 그이는 이 방에서 정말 행복했어요. 다른 음악가들과 당구도 치고 담배도 피웠죠. 자기들이 즐겁게 해주어야 할 거만한 귀족들 흉도 보고요. 당연히 그이와 전 여기서 사랑도 나누었어요."

이럴 때 부부의 사랑을 이야기하다니, 교양 없다는 생각이 들었다. 내 얼굴에 떠오른 불쾌감을 느낀 올케가 두 손을 배 쪽에 모으고 눈물을 흘렸다. 나는 홀로 앉아 동생의 마지막 순간을 생각하며 그 아이가 이곳에서 마지막으로 연주했던 음악을 듣고 싶었다. 하지만 대신 나는 올케의 뺨에 손을 대고 말했다.

"그 애의 서재가 보고 싶어."

올케는 나를 가장 끝에 있는 방으로 데려갔다. 닫혀 있던 침실의 어두움은 사라졌다. 양쪽에 놓인 두 창문 사이로 겨울 빛이 들어와 밝은 공간을 만들었다. 빛은 유령의 손이 상앗빛 건반을 누르는 것처럼 볼프강의 피아노 위에 어른거렸다. 피아노가 나를 끌어당겼다. 윤기 나는 밤나무로 만든 피아노는 화려했다. 빈의 피아노 거장 안톤 발터의 이름이 새겨진 피아노였다. 나는 피아노 의자에 앉았다. 부드럽게 건반을 두드리며 눈을 감았다. 차가운 무언가가 내 목에 입김을 부는 것 같았다. 손가락이 파르르 떨렸다. 나는 손가락을 무릎 사이에 끼고 꽉 눌렀다.

올케가 책상에 기대어 섰다. 높은 책상은 동생이 서서 작업할 수 있도록 남자 키에 맞춰 제작한 것이었다. 올케는 잉크대 위에 놓인 컷글라스•로 만든 향수병을 집어 들더니 마개를 열고 코끝에 가져갔다. 희미한 자스민 향이 차가운 공기 속으로 퍼져 나갔다.

"그이의 오 드 콜롱이에요. 여긴 아주 바쁜 일터였어요. 그 탁자에서는 필사가들이 부지런히 그이의 악보를 베꼈답니다. 그이는 그 탁자랑 작업대랑 피아노 사이를 천천히 걸어 다니고는 했어요. 그이가 움직일 때마다 이 향수 냄새가 났답니다. 전 필사가들을 위해서 퀼펜을 깎았어요. 가끔은 오케스트라가 쓸 악보를 필사해 주기도 했고요. 정말 활기 넘치는 곳이었답니다. 그가 〈마술피리〉를 완성했을 때는 모두 열심이었고 행복했어요. 분명히 걸작이 탄생하리란 걸 알고 있었거든요."

올케는 지나치게 흥분한 상태에서 높고 구슬픈 음성으로 빠르게 말했다. 전에도 한 번 올케가 이런 식으로 말한 적이 있었다. 아버지의 승낙을 받기 위해 찾아왔을 때였다. 우리는 그때 처음이자 마지막으로 만났다. 그때 올케는 무척 긴장하고 있었다. 지금은 남편을 잃었다는 상실감 때문에 평소의 애교 섞인 목소리가 아닌 흥분한 소리를 내고 있는 것 같았다. 나는 올케도, 동생의 두 아이도 걱정이 되었다.

"새 오페라는 반응이 어때?"

"〈마술피리〉요? 그 어떤 곡보다도 환호받고 있답니다. 음악도 멋지지만 〈마술피리〉는 정말 놀라운 작품이에요. 그 속에 담긴 철학이 그렇답니다. 모든 사람에게 평화와 우애가 깃들기를 바라는 내용이죠. 그이는 시카네더 씨와 함께 작업했어요. 시카네더 씨는 프라이하우스 극장 음악감독이

• 납유리를 숫돌로 다듬질하여 모양을 낸 유리.

세요. 자세한 이야기는 시카네더 씨께 여쭤봐야겠지만, 제 생각에 〈마술피리〉는 평등과 형제애라는 그이의 신념을 고스란히 담고 있는 것 같아요."

"어째서?"

"저도 정확히는 몰라요. 〈마술피리〉는 왕자의 사랑을 얻기 위해 공주가 여러 시련을 겪는 이야기랍니다. 사제들은 여성은 결코 그런 시련을 견딜 수 없다고 말해요. 하지만 공주는 모든 시련을 이겨내요. 아, 그러지 말고 직접 보고 판단하시면 되잖아요."

"시카네더 씨가 아직도 그 극을 공연하고 있어?"

"그럼요. 늘 만원인걸요."

피아노 위에 바흐의 《평균율 클라비어》*가 놓여 있었다. 나는 그 책의 표지를 손으로 문지르며 말했다.

"편지에서 올케는 그 애가 나쁜 예감에 사로잡혀 있었다고 했지?"

내 말에 올케는 얼굴을 찌푸렸다. 왠지 당혹스럽게 보이려고 일부러 꾸민 것 같았다.

"그러니까 그 아이는 자기가 곧 죽을 거라고, 독극물에 중독됐다고 했다는 말이지?"

"그런 얘긴 하고 싶지 않아요. 그 편지를 쓸 땐 제가 너무 흥분해 있었어요. 제정신이 아니었답니다."

그 말에, 내가 눈보라를 헤치며 이 먼 길을 온 이유는 올케를 위로하기 위해서가 아니라고 말하고 싶었다. 하지만 대신 나는 올케의 손목을 잡았

• 요한 세바스찬 바흐가 24개 장조와 단조를 이용해 작곡한 전주곡과 푸가 모음곡 두 권.

다.

"난 알아야 해, 올케. 난 그 애 누나잖아. 그 얘길 들려줘."

올케는 어색하고 멍한 시선으로 오랫동안 자신의 손목을 쳐다보았다. 동생이 죽어가던 몇 주를 회상하고 있는 것 같았다. 그때의 고통을 떠올리고, 혹시 다른 방법을 썼다면 동생을 살릴 수 있지 않았을까 하고 고민하는 것 같았다. 나는 잡고 있던 손목을 놓았다.

"한가해지면 그이는 한 가지 생각에 골몰하곤 했답니다. 음악이 아니라 안 좋은 생각에 사로잡혀 있었어요. 그이는 '슈탄첼'*, 도저히 이 생각을 떨쳐버릴 수가 없어'라고 했어요. 그인 자신이 아쿠아 토파나에 중독됐다고 했어요."

"아쿠아 토파나라니, 그게 뭐지?"

"여러 가지 독을 섞은 거예요. 하지만 전 그이가 독약을 마셨다는 걸 믿을 수 없어요. 여러 가지 어려운 일이 그이를 우울하게 만든 게 분명해요. 너무 힘들게 일한 데다 빚도 많았거든요. 저에게는 너무 많은 돈이에요."

"그게 무슨 소리야? 동생 작품은 비싼 값에 팔리잖아?"

"임신하면서 제 다리에 문제가 생겼어요. 혈액순환이 제대로 안 돼서요. 그래서 그이가 저를 바덴으로 보냈답니다. 온천을 하라고요. 몇 주나 가 있었는데, 온천에 머무는 비용이 너무 비쌌어요."

"그 애가 우울증에 걸릴 정도로 빚 때문에 곤란했던 거야? 누군가 자기를 죽일 거라고 확신할 정도로?"

---

* 콘스탄체와 가까운 지인들은 콘스탄체라는 이름 대신 슈탄첼이라고 부를 때가 많았다.

"그렇지는 않아요. 그이가 곤란하다는 건 리히노브스키 왕자님이랑 불쌍한 호프데멜만 알고 있었던 걸요. 두 사람 모두 그이 지부 형제들이에요."

"그러니까, 모두 프리메이슨 단원이라는 거야?"

올케가 낡은 다마스크 의자에 앉았다.

"그이는 프리메이슨 형제들은 서로 차별하지 않는다고 했어요. 상인이든 귀족이든 음악가든 지부에 모일 때는 모두 박차와 칼을 차고 온댔어요."

나는 동생이 그런 평등한 형제애에 끌린 건 당연한 일이라고 생각했다. 그 아이는 언제나 계급을 싫어했다. 동생이 잘츠부르크 대공의 궁전에서 일할 때는 하인 취급을 받았다. 식사도 시종과 함께 해야 했고 대공의 입맛에 맞는 작품만 만들어야 했다. 동생은 그런 굴욕적인 생활에서 벗어나고 싶어서 빈에 온 것이었다.

"프리메이슨이 그이에게 보여준 존중이야말로 그이에게는 가장 중요한 것이었어요."

올케는 꼭 잡은 두 손을 가슴께로 올리며 말했다.

"그이는 정말 사랑받고 싶어 했거든요."

그 말은 사실이었다. 동생은 유럽에서 가장 영향력 있는 인물들에게 찬사를 받던 어린 시절부터 그런 열망을 가지고 있었다. 그 아이는 어른이 되어서도 칭찬과 찬미를 받고 싶어 했다.

"그이는 늘 필요한 만큼 사랑받지 못했어요. 그러니까……."

올케가 말을 멈추었다.

"가족에게 말이지."

나는 몸을 돌려 올케를 똑바로 쳐다보았다.

"올케, 볼프강은 편지에서도 그랬고 대화를 할 때도 내가 새침하고 꾸미기 좋아하는 소녀라는 말을 자주 했어. 나도 내가 리본을 좋아하고 머리 모양과 최신 모자에 관심이 많았다는 걸 부정하진 않아. 하지만 결혼도 하고 아이도 키우면서 달라졌어. 볼프강도 지금의 나를 보면 내가 달라진 걸 알았을 거야. 올케도 그럴 거야."

내 말에 올케가 웃었다. 눈 속에 담긴 긴장감과 떨리는 입술이 묘한 분위기를 자아냈다.

"그이는 형님 얘기를 자주 했어요. 마지막에는 형님 생각을 아주 많이 했어요."

"나를? 하지만 난 우리 사이가 소원해지게 내버려두었는걸."

"자그마치 3년 동안이나요."

"그랬지."

나는 올케의 공손한 태도 뒤에 숨은 분노를 눈치챘다.

"그건 올케가 용서해 주었으면 해. 볼프강에게도 용서해 달라고 빌고 있어. 난 언제나 우리가 다시 함께하기를 바랐지만, 이젠 소용없는 바람이 되어 버렸어. 그래도 동생이 내가 없는 동안 어떻게 살았는지 알고 싶어. 동생이 남긴 기록 같은 게 없을까?"

"음악 말고는 없어요."

"글이나 일기는 없고?"

"없어요. 아, 그런데……."

올케가 혀로 입술을 적셨다. 올케가 창문 밑에 있는 책상으로 가더니 뚜껑을 밀어 올렸다. 접어 넣는 뚜껑이 달린 책상이었다.

"이번 주에 그이가 남긴 문서를 정리하고 있었어요. 이걸 모아서 그이 전기를 펴낼 수 있을까 해서요. 물론 어느 정도 돈이 되려면……."

"사람들이 동생의 삶에 관심이 있어야겠지."

올케가 머리를 절레절레 저었다.

"전 그이 빚을 꼭 갚아야 해요. 우리 아이들을 위해서요."

"물론이지. 무슨 말인지 알겠어."

올케는 책상 받침에서 종이를 한 장 꺼냈다.

"그이 책상에 이게 있었어요."

나는 그 종이를 받아들었다.

"새로운 프리메이슨을 위한 아이디어?"

"그이가 쓴 거예요."

"볼프강은 그로토(grotto)•라는 프리메이슨 단체를 만들고 싶어 했어. 난 못 들어본 이름인데."

"그렇죠? 그이는 자신의 생각을 몇 줄밖에 쓰지 않았어요. 나머지는 그냥 비워두었고요. 아플 때 쓴 게 분명해요."

"볼프강은 자신이 구상하는 단체가 새로운 지평을 열 거라고 썼네. 이게 도대체 무슨 말일까?"

동생은 언제나 자신과 몇몇 친구만 아는 비밀 언어를 만들곤 했다. 자신이 왕이 되는 가상의 국가를 상상한 적도 많았다. 아무래도 동생은 프리메이슨의 비밀 지부 하나 정도는 직접 다스리고 싶었던 것 같았다.

"그 애가 올케한테 아무 말도 안 했어?"

• 동굴이라는 뜻.

"그이는 철저한 프리메이슨이었으니까요. 저한테 말해주면 좋았을 테지만요."

올케가 어깨를 으쓱였다.

"볼프강이 프리메이슨 동료들에게 그로토에 대해서 설명했을지도 몰라. 그러니까 그 사람들에게 물어볼 수 있지 않을까? 그 사람들이 볼프강이 구상한 계획을 완벽하게 설명해 줄 수 있을 거야."

"왜 그런 설명을 들어야 하죠?"

"볼프강의 전기를 집필할 때 도움이 되지 않을까?"

하지만 눈치 빠른 올케는 믿지 않는 눈치였다. 때마침 하녀가 들어왔다.

"왜 그래, 사비네?"

올케가 물었다.

"슈타들러 씨가 오셨어요."

하녀가 공손히 대답했다.

3

안톤 슈타들러 씨가 올케의 손에 입을 맞추었다. 그는 당혹스러운 문상 객답게 어쩔 줄 모르는 명랑함을 보이고 있었다. 올케가 나에게 슈타들러 씨를 소개했다. 슈타들러 씨는 나를 향해 웃었지만, 얇은 입술은 팽팽하게 긴장해 있었다.

"동생 편지 덕분에 당신이 동생에게 베풀어 주셨던 우정과 재능은 익히 알고 있답니다, 슈타들러 씨. 너무나도 큰 재능과 우애를 가지고 있다고 들었어요."

내 말을 듣는 그의 눈이, 마치 내가 부정할 수 없는 비난을 자신에게 퍼붓고 있는 것처럼 고통스럽고 비통해 보였다. 동생은 슈타들러 씨가 클라리넷으로 인간의 언어를 만드는 재주가 탁월하다고 했다. 하지만 지금 내 앞에서 말하고 있는 거장의 목소리는 메말라 있었다. 그는 내 손을 잡고 고개를 숙였다. 올케가 슈타들러 씨를 긴 의자로 데려갔다.

"형님은 오늘 오셨답니다."

올케가 슈타들러 씨가 앉은 의자의 가장자리에 앉으며 말했다.

"〈마술피리〉를 보기 위해서 왔답니다. 그것이 제 방문 목적이에요."

나는 동생의 독살에 대해 슈타들러 씨와 이야기를 나누고 싶지 않았다. 적어도 지금은 그랬다.

"동생의 작품을 마지막으로 무대 위에서 보고 싶었답니다."

"마지막이라고요?"

그의 말투에는 분노가 담겨 있었다.

"부인은 그의 작품이 오랫동안 사랑받을 거라는 걸 믿지 못하십니까?

그의 작품은 우리 도시보다도 오래 살아남을 겁니다."

"그래요, 맞는 말씀이세요. 하지만 전 그다지 여행을 많이 하지 못해요. 볼프강의 명성은 오랫동안 지속되겠지만 제가 사는 소박한 마을에서 상연될 것 같지는 않군요."

슈타들러 씨가 팔짱을 끼고 말했다.

"콘스탄체, 나는 내일 있을 콘서트에 관해 이야기하려고 왔습니다. 과학 협회 홀을 예약해 두었습니다."

"완벽해요. 우리 아이들을 위해 자선 음악회를 열어 주시다니, 정말 친절하세요. 안톤, 전 아리아를 부를 거예요. 요제파 언니도 부를 거예요."

"오케스트라는 서른여섯 명이 참가하기로 했습니다. 볼프강의 마지막 교향곡을 연주할 겁니다. 거장 살리에리 씨가 지휘해 주기로 하셨습니다. 피아노 협주곡도 한 곡 할 예정인데, 독주는 파라디스 양께 부탁드릴 생각입니다."

그 말을 듣자 올케가 슈타들러 씨의 손을 잡았다.

"물론 파라디스 양도 훌륭한 분이시죠. 하지만 당신은 오늘 우리 품으로 날아든 고귀한 재능을 깜빡 잊고 계시군요."

올케의 말에 내 얼굴이 붉어졌다. 갑자기 심장이 뛰고 흥분되기 시작했다. 벌써 몇 년간 공연을 하지 못했다. 슈타들러 씨가 손가락 마디를 자신의 이에 대고 지그시 눌렀다. 그는 심각한 얼굴로 나를 쳐다보았다.

"연주를 하실 수 있겠습니까?"

마지막 공연이 벌써 오래전의 일이다. 하지만 음악가 서른여섯 명과 함께 연주한다고 했다. 오케스트라가 연주하는 장엄하고 웅장한 음악과 독주자의 섬세한 피아노는 분명 선명한 대조를 이룰 것이다. 한순간, 제대로 못하면 어쩌나 하는 걱정이 들었지만 빈에서 내 재능을 펼쳐 보일 기회라 생각하니 이내 마음이 흥분으로 가득 찼다.

"물론이죠, 슈타들러 씨."

하지만 슈타들러 씨는 주저하는 것 같았다. 오랫동안 산골 마을에 파묻혀 있던 내 재능을 의심하는 것 같았다. 물론 나도 그랬다. 하지만 그는 올케를 실망시키고 싶지 않은 것 같았다.

"〈피아노 협주곡 C〉를 연주할 겁니다."

"C라고요? 네 곡 중에 어떤 거죠?"

그러자 슈타들러 씨는 지휘를 하는 것처럼 손을 흔들면서 피아노 협주곡 2악장을 흥얼거렸다.

"당연히 가장 아름다운 협주곡을 할 겁니다."

"그래요, 가장 아름다운 곡이죠."

내 머리에 그 안단테 곡조가 떠올랐다. 나는 명랑한 그 곡을 연주하는 것처럼 손가락으로 다리를 두드렸다. 정말 아름다운 곡이었다. 내 눈에 눈물이 맺혔다. 나는 피아노를 치듯 손을 들어 올렸다. 슈타들러 씨가 말했다.

"내일 아침에 연습하지요. 저희 집에서요. 유대광장 세 번째 집입니다."

"그렇게 할게요."

올케가 손뼉을 치며 말했다.

"그이가 분명히 기뻐할 거예요."

"당신이 행복해하시니 다행입니다."

그 말을 하는 슈타들러 씨의 얼굴은 심각했다. 올케가 동생의 기쁨을 이야기한 것이 불쾌한 것 같았다. 그는 모차르트의 죽음이 엄청난 비극이

어서 자신의 인생에서 즐거움이란 완전히 사라져 버렸다는 듯한 표정을 짓고 있었다.

"그리고 당신은 아마도 볼프강이 원하던 것을 완성할 수 있겠죠."

올케가 동생이 남긴 종이를 가리켰다. 내가 그 종이를 올케에게 주자 올케가 그것을 슈타들러 씨에게 보여주었다.

"이것에 대해 아는 게 있나요?"

슈타들러 씨가 그 종이를 읽었다.

"슈타들러 씨, 당신은 그이의 프리메이슨 동료 중에서도 가장 가까운 사이였죠. 그이와는 모든 걸 나누었잖아요. 당신은 그이가 무슨 생각을 하고 있는지 알고 있었을 거예요. 그로토에 대해 알아야 그이의 전기를 완성할 수 있을 것 같아요. 그게 뭐죠?"

슈타들러 씨는 팔꿈치를 무릎에 괴고 종이 위에 고개를 숙였다.

"이걸 그의 전기에 싣겠다고요?"

"사람들이 그이의 삶을 알았으면 좋겠어요. 그이의 음악을 사랑하는 사람들은 그 작품을 만든 선한 사람에 대해서도 알아야만 해요."

"저런."

슈타들러 씨가 낮게 읊조렸다.

"그이에 관한 모든 이야기를 쓸 거예요. 그이의 어린 시절은 분명 형님이 이야기해 주실 거예요."

나는 동의한다는 뜻으로 고개를 끄덕였다.

"그러니까 슈타들러 씨도 저를 도와주서야 해요. 빈에서의 삶을 모두 이야기해 주세요."

올케는 슈타들러 씨가 들고 있는 종이를 가리키며 말했다.

"그러니까 그건 그이가 마지막으로 남긴 거예요."

"마지막으로요?"

슈타들러 씨는 불과 몇 줄밖에 되지 않는 종이에서 눈을 떼지 못한 채 말했다.

"그런 거 같아요. 아직 다 끝나지 않았잖아요. 게다가 레퀴엠을 주문한 편지를 찾느라고 몇 주 전에 그이의 서류를 모두 정리했을 때만 해도 이 종이는 없었어요. 그러니까 이건 아주 최근에 쓴 게 분명해요."

"이건 아무것도 아닙니다."

슈타들러 씨가 말했다.

"그저 볼프강이 끄적여 놓은 것일 뿐이죠. 별게 아닙니다."

슈타들러 씨는 들고 있던 종이를 주머니에 넣을 수 있을 정도로 작게 접었다. 올케는 입을 삐죽 내밀며 슈타들러 씨를 좀 더 설득해 볼 생각이었지만, 마침 옆방에서 아기 울음소리가 들려왔다. 올케는 살짝 난처한 미소를 보이고는 아기가 있는 방으로 갔다. 슈타들러 씨는 재킷 주머니에 손을 넣은 채 문 너머로 올케가 아기 침대로 허리를 숙이는 모습을 지켜보았다. 나는 슈타들러 씨가 들고 있는 종이를 힐끗 보면서 말했다.

"다시 한 번 볼 수 있을까요?"

하지만 슈타들러 씨는 혼자만의 생각에 빠져 있는 듯, 갑자기 몸을 쭉 폈다. 내가 손을 내밀며 말했다.

"동생의 종이를 볼 수 있을까요?"

내 말에 슈타들러 씨는 무언가를 말하려다 주저했다. 토요일마다 서는 장에서 볼 수 있는 마술사 마냥 종이를 소매로 가져가는 슈타들러 씨의 모습은 마치 그 종이가 존재한다는 사실마저 부정하는 것 같았다. 하지만 결국 슈타들러 씨는 입술을 앙다문 채 우아한 손짓으로 나에게 종이를 건넸다. 나는 종이를 펼쳐 가장 궁금한 부분을 가리켰다.

"자신이 구상하는 단체가 새로운 지평을 열 것이라는 게 무슨 뜻일까요? 볼프강은 무슨 생각을 한 걸까요?"

슈타들러 씨는 클라리넷의 리드를 부는 것처럼 입을 오므렸다. 오랜 클라리넷 연주로 그의 입술은 유연하면서도 박력 있어 보였지만, 내게는 굳게 닫혀 있었다.

"분명히 뭔가 아실 것 같아요. 슈타들러 씨는 볼프강의 가장 친한 친구분이었으니까요. 올케가 동생의 전기를 완성할 수 있게 도와주세요. 그앤 분명히 슈타들러 씨에게 그로토에 대한 계획을 설명했을 거예요. 분명히 그로토를 함께 만들자고 부탁했을 것 같은데요."

"그의 계획이라고요?"

청구서에 속임수는 없는지 살펴보는 상인 같은 눈으로 나를 쳐다보는 슈타들러 씨의 눈에는 두려워하는 것 같으면서도 어딘가 거만한 구석이 있었다.

"슈타들러 씨는 내일 동생을 위해 기념 연주회도 열잖아요. 동생의 이름을 건 새로운 단체를 만드는 것보다 더 의미 있는 일이 있을까요?"

슈타들러 씨가 자리에서 일어나 창가로 걸어갔다. 손으로 창틀을 잡고 차가운 유리창에 이마를 댔다.

"저는 그렇게 할 수 없습니다."

그의 입김에 유리창에 하얀 김이 서렸다.

"부인은 그 일이 얼마나 위험한 일인지 모릅니다."

"위험하다고요?"

슈타들러 씨는 내가 충격을 받아 더 이상 그로토에 대한 이야기를 하지 않도록 '위험'이라는 단어를 쓴 것 같았다. 하지만 이미 동생이 열병 때문에 죽은 것이 아니라는 의심을 품고 있는 내가 아닌가. 나는 약간 조소하듯 나지막하게 웃었다.

"과장이 심하세요, 슈타들러 씨."

내 말에 그가 고개를 저었다.

"부인이 그를 사랑한다면, 하긴 어차피 그 사랑도 이젠 과거의 일이 되어버렸습니다만, 더 이상 관여하지 마세요, 모차르트 부인."

5일 동안 불편한 마차를 타고 힘들게 여기까지 왔다. 지난 3년간 동생과는 거의 왕래가 없었다. 더구나 나는 이미 관여하고 있지 않은가. 나는 종이를 슈타들러 씨에게 내밀었다.

"제발, 슈타들러 씨. 이 글이 무슨 뜻인지 알려주세요. 그건 우리 둘만의 비밀이 될 거예요."

슈타들러 씨는 종이를 움켜쥐었다. 그는 종이를 구기더니 열려 있는 피아노 뚜껑을 향해 집어던졌다.

"세상에, 부인. 부인은 우리가 볼프강처럼 죽었으면 좋겠습니까?"

피아노 안으로 들어간 종이가 피아노 줄에 부딪치자 부드러운 소리가 울려 퍼졌다. 슈타들러 씨는 두 손으로 눈을 감싸고 방 한가운데를 맴돌았다. 갑자기 화를 내는 그가 당황스럽기도 했지만, 한편으로는 만족스럽기도 했다. 내가 빈에 온 것은 잘한 일이었다. 분명히 무언가가 있었다.

슈타들러 씨는 한숨을 내쉬더니 가볍게 인사를 하고 떠났다. 올케가 문에서 그를 붙잡았지만 그는 올케와 갓난아기를 쓰다듬어 줄 뿐이었다. 하녀가 가져 온 모자를 잡아채듯 건네받은 그는 재빨리 문을 나가 버렸다.

　나는 피아노에서 종이를 꺼냈다. 《평균율 클라비어》로 눌러 종이를 다시 폈다. 종이를 들어 올리는 내 손이 긴장한 탓인지 바들바들 떨렸다. 나는 떨리는 손으로 종이를 드레스 주머니에 넣었다.

4

프라이하우스 극장 앞에 내려 마부에게 15크로이처를 건넸다. 교외로 데려다 준 대가였다. 정오가 되어가고 있었다. 길가의 바퀴 자국이 꽁꽁 얼어붙을 정도로 추운 날씨였다. 나는 얼어붙은 진흙길을 걸어 문으로 갔다. 미끄러지지 않도록 길 여기저기 짚이 깔려 있었다.

넓은 안뜰로 들어서자 화단이 보였다. 지금은 텅 비어 있지만 여름이면 화사한 꽃으로 가득 찰 것이다. 헐벗은 장미 덤불 가시가 오래된 칼처럼 희미한 은색으로 반짝거리고, 눈 사이로 드문드문 갈색 풀이 보였다. 잔디밭 뒤로 붉은 타일을 올린 지붕이 보였다. 극장 건물이었다. 라임색 이중문은 닫혀 있고, 그 위에 〈마술피리〉의 공연을 알리는 포스터가 붙어 있었다.

안뜰 중앙 앞쪽에 베란다가 딸린 작은 별관이 있었다. 시가 색처럼 짙은 색 나무로 만든 건물이었다. 지붕에서 연기가 피어오르고, 지붕 주위에 쌓인 눈이 동그랗게 녹아 있었다. 내가 빈에 온 것은 동생의 죽음을 밝히기 위해서였지만, 〈마술피리〉를 칭찬하는 올케를 보면서 동생의 삶에 대해 자세히 알고 싶다는 소망이 생겼다. 동생은 정말 음악 속에서 살았다. 그런 생각을 하며 나는 시카네더 씨를 만나기 위해 오두막으로 갔다.

문을 두드리자 약간 신경질적인 목소리가 들려왔다. 문을 열고 들어가자 얼굴이 창백한 사람이 미심쩍은 표정으로 나를 쳐다보았다. 그는 은단추가 달린 털실로 짠 검정 프록코트를 입고 있었다. 코트 밑단에는 크림처럼 보이는 얼룩이 묻어 있었다. 흰 셔츠의 목을 풀어헤친 채, 넥타이는 매지 않고 걸치고만 있었다. 파리한 가슴에 맺힌 땀이 식탁에 놓인 등불에 반사되어 빛났다. 그는 엷은 갈색 머리카락을 긁적였다. 나이는 서른 살 정도였지만 머리숱이 아주 적었다.

"무슨 일이신지?"

그가 물었다. 브랜디 펀치 냄새가 확 풍겨왔다. 맥주를 엎질렀을 때 나는 희미한 이스트 냄새도 맡을 수 있었다. 배우와 가수들이 공연을 끝낸 후 모이는 장소임이 분명했다. 나는 등불이 나를 비출 수 있는 곳까지 걸어갔다. 남자가 자리에서 일어서더니 등불을 들고 신중하고 호기심 어린 얼굴로 쳐다보았다. 내가 말했다.

"시카네더 씨를 뵈러 왔습니다."

"그가 그쪽에게 빚진 게 있나?"

"아니요."

"그럼 그쪽 명예에 흠집을 냈나?"

나는 모욕감을 느꼈다. 내가 모욕감을 느낀 이유는 그런 식으로 무례하게 행동하는 예술계 인사와 너무나 오랫동안 만나지 못한 탓이었다.

"감히 어떻게 그런 말을?"

내 말에 아랑곳하지 않고 그가 계속 말했다.

"하지만 아무리 그 유명한 시카네더라고 해도 그쪽은 나이가 조금 많은데, 혹시 딸 때문에 오셨나?"

내 눈이 휘둥그레졌다.

"뭐, 그냥 확인해 보고 싶었을 뿐이오. 시카네더라면 저쪽에 있어요."

그는 집게손가락으로 코를 문지르고는 그 손가락으로 어두운 모퉁이를 가리켰다. 그러자 키가 크고 체격이 좋은 남자가 앞으로 나서며 손을 내밀었다.

"우리 친구 기제케를 용서해 주세요. 재미없는 농담이었을 뿐입니다. 이 도시에는 수많은 사기꾼들이 있으니 조심해야 해요."

"자신이야말로 가장 대단한 사기꾼이라는 명성을 지키고 싶은 거겠지."

프록코트의 남자가 중얼거렸다. 그 소리를 듣고 키 큰 남자가 껄껄 웃었다. 깊게 울리는 목소리였다.

"에마누엘 시카네더입니다. 배우, 가수, 연극 제작자, 예의 없는 하인들에게는 절대 동요하지 않는 예절바른 숙녀들의 추종자, 부인이 원하는 건 뭐든지 해드립니다."

시카네더 씨는 다른 남자를 흘끗 보더니 고개를 숙여 내 손에 입을 맞추었다. 고개를 든 시카네더 씨는 나를 똑바로 바라보았다. 잠깐 말을 멈추고 있던 그는 손가락을 들어 올리며 웃었다.

"아, 내가 틀리지 않았다면 당신은 베어흐톨트 부인이시군요."

"바로 맞추셨답니다."

"잘츠부르크에서의 기억이 맞다면 당신은 나넬이군요. 어린 나나 모차르트 말입니다."

시카네더 씨가 내 양손을 잡았다.

"기제케, 이분은 볼프강의 누님이시네. 부인께 펀치 좀 드리게."

그 말에 기제케 씨는 뒤쪽 벽에 설치한 카운터 밑으로 몸을 숙이더니 도자기 주전자를 들어 유리잔에 따랐다. 하지만 기제케 씨의 눈은 계속해서 나를 향하고 있었다. 슈타들러 씨와 이상한 만남을 가진 후였기 때문에 시카네더 씨의 자상함이 아니었다면 나는 기진맥진하고 말았을 것이다. 그가 우리 집에 방문했던 횟수를 세는 동안 나는 빙그레 웃고 있었다.

"내 기억이 맞다면 80년에 잘츠부르크에서 다섯 달을 머물렀지."

시카네더 씨가 기제케 씨에게 말했다.

"우리 극단이 모두 갔었어. 우리 극단의 모든 레퍼토리를 공연했는데 극찬을 받았지. 무슈 보마르셰의 징슈필*, 발레, 무용극을 공연했지. 내 〈햄릿〉도 물론 공연했어. 하지만 뭐니 뭐니 해도 가장 좋았던 건 모차르트 가에서 보낸 저녁들이었어. 어린 볼프강과 이 재능 많은 여성께서 볼프강이 즉석에서 만든 곡을 열정적이면서도 섬세한 솜씨로 연주해 주곤 했거든. 당연히 모차르트 가족은 무료로 우리 공연을 관람할 수 있었지."

"그런 관대함도 보일 줄 알았군요."

기제케 씨가 나에게 유리잔을 건네며 말했다. 유리잔은 씻지 않았는지, 아니면 그의 땀 때문인지 끈적거렸다. 따뜻한 펀치가 추위에 언 몸을 녹여 주었다. 시카네더 씨가 점심을 함께 먹자고 했다. 나는 그 제안을 받아들였다. 내가 식탁에 앉자 시카네더 씨는 복도로 나가 큰 소리로 하녀를 불렀다.

기제케 씨가 벽에 몸을 기댔다. 그 때문에 어둠에 묻혀 그가 보이지 않았다.

"당신 얼굴은……."

그의 말에 내가 그를 향해 고개를 돌렸다.

"아니, 움직이지 말고 그대로 있어요. 고개를 움직이면 그늘이 생기니까."

나는 거친 소나무 식탁 위에 놓인 내 손을 바라보았다.

• 독일 음악극.

"당신은 정말 볼프강과 놀라울 정도로 많이 닮았군요. 그의 유령이라고 해도 믿겠어."

그가 속삭이듯 말했다. 그 말에 나는 어색하게 웃었다.

"시카네더 씨가 내 손을 잡는 걸 보셨잖아요. 유령 손이라고 하기에는 너무 단단한 거 아닌가요?"

"빈에서는 유령도 능숙한 사기꾼이 되어야 하니까요. 당신은 아마 아주 유능한 유령인가 보죠."

나는 펀치를 한 모금 마셨다. 럼 맛이 강하게 느껴졌다. 목으로 넘어가는 액체가 아주 독해서 기침이 나왔다.

"럼 맛이 어떠신지? 포트, 브랜디, 아락을 섞어 만들었죠. 그러니 달콤함에 속을 필요가 없지요. 시카네더는 설탕을 잔뜩 넣어 마시지만, 마음에 안 든다면 식탁 밑에 쏟아버리지 못할 이유도 없겠죠."

또다시 기침이 나왔다. 그때 시카네더 씨가 돌아왔다.

"아, 펀치를 마셨군요. 당신의 건강을 위하여, 건배! 그래요, 그래. 아주 강한 놈이죠. 볼프강도 그렇게 말했을 거야. 그렇지 않나, 기제케?"

"당신이 교묘하게 유도할 때 빼고는 그가 술을 많이 마시는 건 보지 못했습니다만."

"그랬지. 정말 절제력이 강한 친구였어."

시카네더 씨의 입술이 떨렸고, 그 눈썹은 최상의 환희를 경험한 사람처럼 아래로 내려갔다. 그는 눈을 크게 떴는데, 그 모습은 마치 모퉁이에 드리워진 그늘을 탐구하는 것 같았다.

"그의 영혼이 언제나 나를 따라다니지."

그 말에 기제케 씨가 웃었다.

"그렇다면 볼프강은 저주를 받은 거로군요."

시카네더 씨가 손가락으로 총을 쏘는 시늉을 하자 기제케 씨가 입을 다물었다.

"볼프강이 저주를 받다니, 당치도 않은 말이야. 나는 볼프강보다 다섯 살이 많아. 만약 볼프강이 5년을 더 살았다면 어떤 일을 해냈을까, 한번 생각해 보라고."

펀치를 좀 더 들이킨 나는 또다시 기침을 했다. 펀치 열기가 머리끝까지 치고 올라오는 듯했다.

"죽기 전에 동생은 만족하고 있었나요?"

"부인도 아시겠지만 그는 감정을 드러내는 사람이 아니었어요. 음악에 빠져 있을 때는 예외였지만요. 마치 공기 속에서 즐거움이 스르르 생겨나는 것처럼 악기를 만질 때면 저절로 행복해지고는 했어요."

"당신이 엄청난 펀치를 들이부었을 때는 정말 불행해 보였고요."

시카네더 씨가 식탁 끝에 있는 의자에 털썩 주저앉으며 말했다.

"그래, 그건 그랬지."

"불행해 보였다고요?"

내가 물었다.

"그가 죽기 직전에 우리와 함께 만든 새 오페라가 극찬을 받았어요. 정말 엄청났죠. 그래서 이곳에 모여 축하를 했어요. 아주 늦은 밤까지요. 그때 볼프강은 술을 많이 마셨어요. 보통 때는 한두 잔 정도밖에 안 마시는 친구였는데, 특이한 일이었죠. 그리고는 아주 침울해졌어요."

"동생이 죽음을 언급했나요?"

그때 기제케 씨의 발꿈치가 바닥에 부딪치는 소리가 났다. 하지만 내가 그쪽을 쳐다보았을 때는 미동도 없이 서 있었다.

"죽음이라고요?"

시카네더 씨가 말했다.

"아니요. 그는 자신이 어렸을 때 왕과 왕자들의 찬사를 받으며 유럽의 여러 궁전에서 환대받았다는 이야기를 했어요. 그런데 지금은 빚을 지지 않기 위해 애써야 한다고 했죠."

"또 다른 말은 없었나요?"

"그 뒤로는 우리가 아무리 놀리고 웃기려고 해도 그냥 웅얼거리거나 우울해 할 뿐이었어요. 술을 많이 마시면 사라지게 마련인 우울함이 그때는 사라지지 않았죠."

기제케 씨가 어둠 속에서 천천히 벽을 따라 걸었다. 그는 계속해서 등 뒤로 깍지를 꼈다가 풀기를 반복했다.

"부인의 동생은 〈마술피리〉를 상당 부분 이곳에서 썼어요."

시카네더 씨는 넓은 홀을 소개하듯이 크게 손을 휘둘렀다.

"이곳은 분명 궁전이 아니죠. 하지만 이 세상 모든 군주와 귀족이 성의 외로운 복도 위에서 덩그러니 퇴색되어 갈 초상화로 남을 운명이라면, 그는 이곳에서 오랫동안 공명하고 수많은 사람들의 찬사를 받을 작품을 썼죠."

"이번 주에 그 작품을 보기로 했어요. 정말 기대된답니다."

내 말에 시카네더 씨가 고개를 끄덕이며 밝게 웃었다.

"작품의 주제는 무엇인가요? 잘츠부르크 신문에 소개된 글을 보기는 했지만 잘 모르겠더군요."

"작품의 주제는 잘못 해석될 여지가 많지요. 정말 그렇습니다. 솔직히 말하면, 볼프강은 특별한 비밀단체를 홍보할 오페라를 만들고 싶어 했어요."

기제케 씨의 걸음이 빨라지고 무거워졌다. 나는 시카네더 씨가 프리메이슨에 대해 이야기한다고 생각했다. 뒷주머니에 넣은 종이가 불에 타는 듯했다. 동생에게 프리메이슨 회원이라는 사실은 어떤 의미가 있었을까? 그 때문에 동생은 어떤 위험을 감수했을까?

"올케는 그 오페라가 젊은 왕자와 사랑을 찾는 공주의 이야기라고 하더군요."

"물론 그렇지요. 우리 극단은 사랑 이야기로 유명합니다. 특수효과도 뛰어나지요. 1막에 거대한 용과 싸우는 장면이 나옵니다. 정말 장엄해요. 그런데 내가 곡에 필요한 글을 쓰고 있을 때 볼프강은 단호하게 이번 오페라는 황제가 계획하고 있는 무자비한 음모를 막을 작품이 되어야 한다고 했었죠."

"황제의 음모라니요?"

시카네더 씨는 어깨를 으쓱하며 한숨을 내쉬었다.

"친애하는 황제께서는 프리메이슨이 군주제를 해칠 음모를 꾸미고 있다고 생각하는 것 같아요."

"하지만 어떻게요?"

"부인도 아시다시피 프랑스에서 혁명이 있었죠. 황제의 여동생이신, 그러니까 프랑스인들이 마리 앙투아네트라고 부르는 황녀께서는 벌써 여섯 달째 감옥에 갇혀 있고요. 그런데 프랑스 혁명의 기치가 자유, 평등, 박애 아닙니까? 프리메이슨의 기치와 상당히 비슷하지요."

"황제께서 프리메이슨이 혁명을 일으키려 한다고 믿는다는 말씀이세요?"

"아마도요. 비밀은 무엇이든 음모의 원인이 되는 시기니까요."

"비밀이라고요? 프리메이슨의 비밀은 무엇인가요?"

내 말에 시카네더 씨는 입술을 혀로 축이며 시선을 돌렸다.

"말씀드릴 만큼 특별한 건 없어요. 하지만 해가 없는 것부터 아주 위험한 것까지, 있다고 우길 수는 있겠죠."

"폭력적일 수도 있나요?"

"폭력이요? 폭력의 가능성이겠죠."

그는 생각을 몰아내려는 듯 손을 저었다.

"보통 문제가 되는 건 프리메이슨이 서로를 알아보기 위해 사용하는 은밀한 상징뿐이에요. 프리메이슨은 작은 삼각형을 그리거나 영어로 대화하죠. 뭐 대충 그런 겁니다."

"하지만 동생은 영어 실력이 형편없었는데요."

"볼프강은 아주 늦은 시간까지 영어 공부를 했어요. 하이든 선생이 지금 런던에서 순회공연 중입니다. 아주 화려한 여행이지요. 볼프강도 내년에 그런 공연을 하려고 했어요."

"어째서 프리메이슨은 영어를 쓰나요?"

"프리메이슨 지부가 가장 먼저 탄생한 곳이 스코틀랜드이기 때문이지요. 영어를 쓰면 프리메이슨의 초기 전통을 알 수 있으니까요."

"그런 게 해가 될 리 없잖아요?"

"황제에게는 그런 순진한 즐거움도 메이슨이 비밀 지식을 감추려는 것처럼 보이나 봅니다. 어쨌거나 빈에서 영어를 쓰는 사람은 거의 없으니까요."

"황제께서 의심하는 건가요?"

"황제는 더 이상 프리메이슨 지부를 설립하지 말라고 했어요."

더 이상 새로운 지부는 건설할 수 없다. 어째서 슈타들러가 그로토에 대해 그렇게 반응했는지 조금은 알 것 같았다.

"그런데 왜 볼프강은 프리메이슨에 관한 오페라를 만들려고 했을까요?"

시카네더 씨는 고개를 저었다.

"사람들이 볼프강은 진지하지 않다고 생각한 적이 자주 있었죠. 웃음소리가 약간 미친 것 같은 데다 흥분하면 팔짝팔짝 뛰어다니니까요. 하지만 볼프강에게는 특유의 지적인 면이 있었죠. 그는 새롭게 떠오르는 계몽주의 철학자들을 숭배했어요. 이성과 평등에 대한 그들의 믿음을 믿었고, 인간의 영혼이 교회나 제왕의 권위보다 위대하다고 주장했으니까요. 이런 관점에서 본다면 볼프강은 계급 제도를 반대한 셈이죠. 그는 각자의 재능으로 사람을 평가했고 그 사람의 특성만 보았어요. 부자든 가난한 사람이든, 여성이든 남성이든 마찬가지였죠. 〈마술피리〉에는 그의 이런 생각들이 담겨 있어요. 그는 사람들이 프리메이슨 형제들의 진실하고 아름다운 모습을 보았으면 했어요. 잘못 해석할 여지가 아주 많은 데도 말입니다."

나에게는 시카네더 씨가 말하는 혁명과 음모에 대한 이야기가 순진하게만 들렸다. 내 동생이 황제를 거역하는 모험을 했다는 말에 당혹스러웠다.

"하지만 〈마술피리〉는 당신과 함께 만든 작품이잖아요."

"볼프강이 주도적으로 진행했죠. 신이 아시겠지만, 제가 프리메이슨 지부에 신세를 진 건 하나도 없어요. 제 지부는 레겐스부르크에 있는 '세 열쇠의 찰스회'입니다만, 쫓겨났지요."

"어째서죠?"

"치정 문제였죠. 극단 여배우 두 명과 관계가 있었어요."

기제케 씨가 불쑥 끼어들었다. 그러자 오래전에 사라진 아련한 기쁨을 떠올리는 사람처럼 시카네더 씨가 아쉬운 표정으로 웃었다.

"정말 그랬지."

"프리메이슨의 가장 중요한 요소들을 〈마술피리〉에 어떻게 넣을 생각이었죠?"

내가 묻자 시카네더 씨가 손을 흔들었다.

"상징이죠. 몇 가지 상징, 그게 다입니다."

그 말에 기제케 씨가 혀를 찼다. 그러자 시카네더 씨가 기제케 씨가 서 있는 어둠을 응시했다. 두 사람의 침묵이 수상했다. 내가 없을 때 두 사람이 나누어야 할 심각한 이야기가 있을 것이 분명했다. 슈타들러 씨는 '부인은 우리를 볼프강처럼 죽이고 싶은 겁니까?'라고 했다. 그가 이야기한 '우리'란 어쩌면 볼프강이 구상하던 새 지부에 참여한 사람들인지도 몰랐다.

"프리메이슨에 대한 사랑이 동생을 위험하게 만든 건가요?"

시카네더 씨의 눈과 입이 내 말의 의미를 천천히 깨달아가는 것처럼 커져갔다.

"그러니까 부인의 말은…… 아니, 그럴 수는 없어요. 볼프강은 열병으로 죽은 거 아닙니까? 그러니까 속립 뭔가 하는 병으로요."

"속립진열이죠."

"바로 그것 말입니다. 어쨌거나 아닙니다, 아니에요. 그렇게 신중한 사람이 아무리 음악은 영원하다고 해도 오페라 때문에 자신을 위험하게 만들 리 없어요."

등불이 거의 꺼져갈 듯 사그라지다가 다시 살아났다. 시카네더 씨가 잠시 공포에 질린 얼굴로 그 등불을 쳐다보았다.

"아니에요."

그의 목소리는 필요 이상으로 컸다.

"불길한 건 아무것도 없어요."

그때 기제케 씨가 앞으로 나오더니 식탁을 손으로 내리쳤다. 시카네더 씨에게 몸을 기울인 그 얼굴은 땀으로 빛나고 있었다.

"장미십자가!"

그가 소리쳤다. 시카네더 씨가 그의 손을 잡으려 하자 기제케 씨가 다시 소리쳤다.

"만지지 마세요!"

그가 의자를 끌고 와 내 가까이에 앉았다. 그의 옷은 오랫동안 세탁하지 않은 퀴퀴한 냄새가 났다. 그는 지친 개처럼 거친 숨을 내쉬고 있었다.

"최상의 장미십자가가 여러 프리메이슨 지부에서 사용하는 비밀 상징이죠. 18이라는 수로 나타내는 상징."

"칼, 이보게, 칼."

시카네더 씨가 진정하라는 듯 나지막하고 위엄 있는 목소리로 말했다. 바리톤 가수가 무대에서 속삭이는 것 같았다. 그 소리는 내 몸 깊숙한 곳까지 스며들었다.

"닥쳐요."

기제케 씨가 소리치며 내 손목을 움켜쥐었다.

"〈마술피리〉는 고위 사제의 이름을 열여덟 번 부르고 열여덟 번 노래하죠. 그는 열여덟 문장을 말하고 180소절을 불러요. 그가 무대에 나오면 코러스가 그와 함께 열여덟 소절을 부르죠."

"그게 무슨 뜻인가요?"

시카네더 씨가 볼에 공기를 넣어 둥글게 부풀렸다.

"이 친구는 배우가 아니라 과학자가 됐어야 해요. 난 셈에는 영 소질이 없어요."

그 말에 아랑곳하지 않고 기제케 씨가 비틀어질 만큼 내 손목을 세게 움켜쥐었다.

"잘 들어요, 부인. 볼프강은 〈마술피리〉를 초연한 지 18일 만에 죽었어요. 그게 진실이라고요. 고작 몇 주 되는 걸 센다고 해서 과학자 운운할 건 없단 말입니다. 그는 서른여섯 살에 죽었죠. 18의 두 배죠. 그가 죽은 해요? 1791년입니다. 네 수를 모두 더하면 18이란 말입니다."

"이봐, 자네가 지금 얼마나 터무니없는지는 잘 알고 있겠지?"

시카네더 씨가 놀리듯 말했다. 그는 펀치를 더 따르기 위해 구석으로 갔다.

"부인, 그게 날 미치게 합니다."

그런 기제케 씨를 보며 시카네더 씨가 웃으며 말했다.

"왜 그 말은 하지 않지?"

"당신 동생이 마지막으로 작곡한 프레메이슨 음악은 내가 곡을 썼지요. 볼프강이 그들을 위해 마지막으로 한 일이에요."

"그들이라고? 왜 자네도 그중 한 명이라는 걸 부인하는 거지?"

시카네더 씨가 펀치를 마셨다.

"맞습니다. 저도 볼프강과 같은 지부 회원입니다."

"동생과 같이 작업한 곡이 뭐죠?"

"지부 모임 때 공연할 〈프리메이슨 칸타타〉죠. 그 곡의 악보는 열여덟 페이지예요. 열여덟 페이지죠."

기제케 씨가 자리에서 일어나더니 호소하듯 팔을 넓게 폈다. 그때 문이 열리며 땅딸막한 하녀가 쟁반을 들고 식탁으로 왔다. 시카네더 씨가 쟁반 뚜껑을 열면서 말했다.

"보라고, 칼. 여기 감자가 열여덟 조각 있군. 요한나가 가져온 거야. 열 여덟 살짜리 하녀가 여기서 열여덟 걸음 떨어진 부엌에서 가져온 거지. 24시간인 하루에 3.5크로이처를 버는 하녀고 일주일에 절반은, 그러니까 아이고, 이건 자네 가설에 전혀 도움이 되지 않겠는걸."

시카네더 씨는 주인의 말을 이해하지 못해 어리둥절해 하고 있는 하녀 에게 물러가라고 손짓했다. 문이 닫히자 기제케 씨가 식탁을 주먹으로 내 리쳤다.

"볼프강의 음악은 프리메이슨의 비밀로 가득 차 있었다고요. 그건 누구 나 알 수 있어요. 프리메이슨이 아니어도 그렇단 말입니다. 그가 독살된 건 비밀을 지키지 않아서라고요."

"열여덟이라는 비밀을 말인가요?"

내가 물었다. 시카네더 씨는 우리 대화에 아랑곳하지 않고 수저로 자우 어크라우트를 떴다.

"그런 시시한 걸 비밀로 지켜야 하는 이유는 하나일 거 같군. 그걸 비밀 이라고 밝히는 사람은 비웃음을 사고 미친 사람 취급을 받을 테니까 말 이야."

"볼프강의 몸은 죽은 후에 굳지도 식지도 않았어요. 그건 당신이 직접 말한 거잖아요. 지난번 교황*이 죽었을 때하고 같은 경우라고요. 교황은 독살됐어요. 이건 조사해 봐야 한다고요."

시카네더 씨가 귀 근처에 있는 머리카락을 만지작거리며 기제케 씨를 응시했다. 그는 조용하면서도 날카로운 목소리로 말했다.

"그래, 조사한다고 치자고. 그렇다면 누굴 제일 먼저 조사해야 할까?"

"무슨 뜻이죠?"

"칼, 자네는 볼프강과 같은 지부 회원이지. 자네는 그가 비열한 방법으로 죽었다고 확신하고 있어. 자네는 그와 함께 〈프리메이슨 칸타타〉를 만들었어. 자네가 말했듯이 신비한 열여덟 페이지짜리 음악이지. 그렇다면 자네에게는 설명해야 할 것이 있을 거야."

"난 숨기는 게 없어요."

시카네더 씨가 엷은 경단 위에 진한 갈색 소스를 두툼하게 발랐다.

"물론 아무것도 없지. 또한 숨을 데도 없어. 그들에게서 벗어날 곳은 없다고."

시카네더 씨는 소스 접시에 수저를 내려놓았다. 두 남자는 아무 말 없이 서로를 응시했다. 두 사람 사이에 긴장이 감돌았다.

"그들이라뇨? 무슨 뜻이죠?"

내가 물어보았지만 두 사람은 여전히 상대방을 향한 시선을 거두지 않았다. 시카네더 씨가 접시를 기제케 씨에게 밀었다.

"힘을 유지하려면 먹어 두라고, 칼. 오늘은 자네답지 않군그래. 이번 주

• 교황 클레멘스 14세를 뜻함.

에 공연이 있다는 걸 기억하라고."

하지만 기제케 씨는 접시를 바닥에 내동댕이쳤다.

"굶는 게 나을 걸요. 굶어 죽기 전에 어차피 죽을 테니까."

그렇게 말하고 기제케 씨는 문을 박차고 나가버렸다. 열린 문이 바람에
덜컥거렸다. 문을 닫은 시카네더 씨는 빗장을 걸며 잠시 문에 기대고 있
었다. 잠시 후 그는 식탁으로 돌아와 나를 위해 접시에 음식을 담았다.

"죽는다니 무슨 뜻인가요?"

"기제케는 신경 쓰지 말아요. 볼프강이 불행하게 죽은 후 우리 모두는
어떤 식으로든 영향을 받고 있으니까요. 무슨 말인지 아시겠죠?"

나는 고개를 끄덕였다. 시카네더 씨는 접시를 내 앞에 놓았다.

"자, 드세요. 아주 맛있어요. 간으로 만든 만두와 자우어크라우트도 있
답니다. 볼프강이 좋아하던 음식이죠."

5

시카네더 씨의 극장에서 나와 마차를 타고 사람과 동물이 북적이는 케른트너 가를 지나갔다. 마부들이 바퀴 자국 위를 비틀거리며 걸어가는 보행자들에게 고함을 지르며 반쯤 얼어 있는 눈 덮인 진흙탕 길을 덜컹거리며 나아갔다. 조용한 내 시골 마을과는 전혀 다른 풍경이었다.

목적지는 성 슈테펜 광장이었다. 국제적인 제국의 수도는 하층민이 부지런히 오가는 통에 마차 속도나 걷는 속도나 크게 다르지 않았다. 마차 밖으로 제국 곳곳에서 온 사람들이 지나다니는 모습이 보였다. 돌돌 말린 콧수염이 있는 자는 세르비아에서 온 사람이다. 희미하게 빛나는 긴 파이프를 들고 있는 건 그리스 사람이다. 옆으로 둥글게 말린 검은 수염을 가진 사람은 유대인이다. 유대인들은 마른 어깨 위로 축 처진 검정 코트를 입고 폴란드어처럼 들리는 말을 했다. 기름이 잔뜩 묻은 양피 옷을 입은 사람은 헝가리어로 말했고, 긴 장화 위쪽에 칼을 집어넣은 금발머리 청년은 보헤미아어로 말했다.

이런 소란스럽고 이국적인 광경을 목격한 것은 실로 오랜만이었다. 더구나 나 혼자서 경험하는 것은 난생처음이었다. 나는 머나먼 대륙에 감춰진 미지의 문명 중심부에 들어선 모험가처럼 호기심과 흥분을 느꼈다.

마차는 계속해서 넓은 그라벤 거리를 지나갔다. 생소한 장면이 가득했지만 한 건물은 알아볼 수 있었다. 마차를 세우고 거리에 내렸다. 암 호프 광장에 있는 대성당 옆에 콜랄토 궁이 있었다. 궁전 정문이 등불에 빛나고 있었다. 내가 제국 수도에서 처음으로 공연한 곳이 바로 이곳이었다. 그때는 열한 살이었다. 그 밤의 스타는 당연히 동생이었다. 여섯 살에 불과했던 동생은 옷에 건반이 가려지는 데도 피아노를 정확하게 연주했다. 동생의 연주를 들은 콜랄토 백작은 동생을 위해 '키는 작아도 연주는 위대하다'는 시까지 지었다. 그 연주는 오디션의 성격을 띠고 있었고, 우리는 멋지게 통과했다. 얼마 지나지 않아 황후께서도 우리를 쉰브룬으로 부르셨다.

나는 콜랄토 궁 모퉁이에 서서 소박한 파사드와 대조되는 멋진 부조가 새겨진 기둥을 쳐다보았다. 나는 아버지와 어머니 그리고 동생과 이곳에 왔었다. 그들은 이미 내 곁을 떠났고, 음악가가 되고 싶다는 내 열망 역시 사라져 버렸다. 콜랄토 백작의 시에는 볼프강은 무척 연약하기 때문에 너무 빨리 그의 몸을 소모해버리고 말 거라는 구절이 나온다. 우리 가족은 그런 불길한 글귀에는 관심을 두지 않았다. 우리는 행복한 구절만 거듭해서 읽었고, 그 찬사 덕분에 빈 사교계에 입성했다는 사실만 기뻐했다.

집에서는 내 아이들과 함께 있는 것으로 만족해야 했다. 박수를 받고 싶다는 소망은 나 자신도 그렇게 믿을 때까지 그저 아버지의 야망일 뿐이었다고 말했고, 잘츠부르크에서 아버지를 간호했던 쓸쓸한 몇 년 동안 실제로 그런 생각은 사라졌다. 하지만 거대한 콜랄토 궁 앞에서 내가 연주했던 방이 어딘지를 찾아보는 동안 또다시 빈이 내 혈관 속으로 스며들었다. 음악 애호가인 귀족들 앞에서 얼굴을 붉히며 무릎을 굽혀 인사하던 앳된 소녀의 환상이 되살아났다.

지금이라면 그런 찬사를 다르게 받아들였을지 궁금했다. 궁전 등불이 발하는 빛을 보며 살아온 동안, 나는 완벽한 기술로 감정을 조작하는 음악가처럼 사람과 장소에 공허하게 반응해 왔다는 생각이 들었다. 그것은 아마도 어린 시절 공연이 남긴 피할 수 없는 결과인지도 몰랐다. 연애도 열정도 아직 모를 어린 나이에 나는 음악에 연애의 세심함과 열정의 격렬함을 가득 담았다. 그리고 실제로 현실 세계에서 그런 감정을 만났을 때, 나는 피아노 앞에서 그렇듯이 그저 내 반응을 꾸며낼 수밖에 없었다.

어머니가 되기 전까지, 나는 그런 공허함 속에서 살았다. 아이가 태어난 후 더 이상 내 마음을 꾸밀 필요가 없었다. 내 아이들의 웃음과 울음, 구역질 하나하나가 내 마음을 흔들어 오랫동안 나를 지배했던 가짜 감정을 폭발시켜 버렸다. 더 이상 나는 내 마음을 꾸미지 않았다. 나는 나를 알았다. 시골 소녀로 걸어 들어가 촉망받는 신동이 되어 나왔던 궁 앞에 서 있으니, 무척 궁금해 하던 흥미로운 이방인을 만난 것처럼 나는 들떴다.

그때 궁에서 하인이 나오더니 암 호프 성당 앞에 있는 마차를 손짓해 불렀다. 마부가 마차를 끌고 문 앞으로 왔다. 콜랄토 궁에서 두 남자가 나와 마차 옆에 멈춰 섰다. 그중 한 명은 슈타들러 씨였다. 그는 어딘지 모르게 불안한 듯 손에 든 모자를 흔들고 있었다. 또 다른 남자가 슈타들러 씨를 안심시키려는 것처럼 그의 팔을 꼭 쥐었다. 키가 크고 인상이 좋은 남자였다. 그는 파이핑* 처리를 한 우아한 연녹색 프록코트를 입고 있었다.

콜랄토 궁에서 나온 하인이 마차 계단을 내렸다. 마차에 그려진 문장(紋章)은 처음 보는 것이었지만 아주 높은 집안의 문장 같았다. 그는 안심하라는 듯 슈타들러 씨의 어깨를 두드렸다. 동생 친구는 자신을 괴롭히는 문제는 일단 잊은 것처럼 고귀한 사람의 친절에 기뻐하며 웃고 있었다.

---

* 바이어스 테이프를 사용해 천 끝을 파이프 모양이 되게 싸는 재봉 방법.

하지만 그 미소는 나를 보는 순간 사라졌다. 슈타들러 씨를 보고 있던 키 큰 남자가 그의 시선을 쫓아 이쪽으로 고개를 돌렸다. 짙은 눈동자가 나를 바라보았다. 그 순간 남자의 눈은 놀라움으로 크게 벌어졌다. 그는 뭔가 말하려다 멈춘 채 아무 말도 하지 않았다. 대신 모자를 들어 내게 인사했다. 나도 답례로 살짝 무릎을 굽혀 인사했다.

내가 고개를 들었을 때 키 큰 남자는 마차에 오르는 중이었다. 그가 슈타들러 씨에게 짧게 뭐라고 말하자 슈타들러 씨가 마지못해 고개를 끄덕였다. 떠나가는 마차 안에서 그 남자는 통한과 상실을 담은 표정으로 나를 쳐다보았다. 잠시 남자의 얼굴이 부드러워졌고, 우리는 이번 만남이 처음이 아닌 것처럼 서로를 바라보았다. 그가 탄 마차는 광장을 돌아 호프부르크 황궁이 있는 곳으로 멀어져 갔다.

차가운 바람이 콜랄토 궁으로 휘몰아쳐서 하마터면 쓰고 있던 코트의 모자가 벗겨질 뻔했다. 나는 콜랄토 궁을 바라보았다. 슈타들러 씨는 사라지고 없었다. 온몸에 한기가 느껴지고 떨려왔다. 나는 어딘가로 빨리 들어가야겠다고 생각했다.

나는 콜랄토 백작을 위해 연주한 이후, 잘츠부르크에 있는 우리 집에 와서 하루 이틀 정도 묵어갔던 수많은 빈 사람들 가운데 한 명을 찾아가 볼까 잠시 생각했다. 여행을 즐기던 음악가, 작가, 귀족, 황족들은 누구나 할 것 없이 연회 음악을 만드는 아버지를 격려하고 어린 신동들을 보기 위해 시간을 내어 우리 집에 왔다. 하지만 등불 아래를 걷는 내 발걸음은 우리 시골집에서 한 번도 환대받은 적이 없는 사람의 집을 향하고 있었다.

6

허브와 가금류가 잔뜩 든 무거운 바구니를 엉덩이로 밀고 있던 하녀가 막달레나 호프데멜의 집을 가리켰다. 유대 광장 뒤의 어둡고 좁은 길에 있는 주택이었다. 저택의 파사드는 나이든 여인의 홍채처럼 빛바랜 푸른색이었다. 2층 창문 벽감 위에 마리아 상이 놓여 있었고, 정문에 이어진 길은 마차 바퀴와 말발굽 소리를 줄이기 위해 조약돌과 작은 사각형 나무를 깔아 놓았다.

나는 호프데멜의 집이 있는 이층까지 넓은 계단을 걸어 올라갔다. 그 집은 우중충한 거리 위로 솟은 큰 건물에 있었다. 호프데멜의 집은 돌계단을 따라 다락방까지 올라갈 필요가 없는 것으로 보아 건물에서 가장 비싼 집인 것 같았다. 이곳 위치를 알려주면서 올케는 죽은 호프데멜이 대법관청 서기관이었다고 했다. 법원의 하급 공무원이 이런 좋은 집에 살 수 있다니, 이상했다.

문을 두드리자 옹이구멍 뚜껑이 열렸다. 구멍 너머에서 까치발을 하고 어두운 복도를 내다보는 하녀의 깜빡이는 눈이 보였다. 하녀를 따라 거실로 들어간 나는 그 화려함에 놀랐다. 가구는 아주 화려해서 무척 소박해 보이는 물건도 최근 유행 제품이었다. 나는 공단을 입힌 우아한 황금색 의자를 손가락 끝으로 만져 보았지만 앉지는 않았다. 대신 나는 피아노로 갔다. 섬세하게 작동하는 페달 때문에 동생이 사랑했던 아우구스부르크의 슈타인이 만든 최신형 피아노였다.

나는 건반 위에 오른손을 올렸다. 10년 전 볼프강과 함께 마지막으로 연주한 피아노도 바로 슈타인의 피아노였다. 내 손가락을 타고 우아한 멜

로디가 흘러 나왔다. 내일 밤 연주할 협주곡의 2악장이었다. 마지막 몇 소절은 박자를 끊어서 쳤다. 언젠가 아버지가 편지에 동생이 그런 식으로 친다고 말씀하신 적이 있었다.

그때 문이 벌컥 열렸다. 문을 연 사람은 스물다섯 살 정도인 여인이었다. 여인의 눈에 분노가 서려 있었다. 분노에 찬 눈빛으로 내 손을 바라보던 여인은 내가 피아노에서 물러나자 비로소 분노를 거두었다.

깜짝 놀란 나를 보고 여인은 어느새 자신의 분노를 잊은 것 같았다. 당장이라도 튀어나올 것 같던 눈은 온순해졌다. 여인은 들고 있던 부채를 코 위까지 치켜들었다. 내가 깜짝 놀라는 이유가 자신이 갑자기 들어왔기 때문이 아니라 얼굴에 난 상처 때문이라고 생각하는 것 같았다. 여인의 얼굴에는 피딱지가 말라붙은 깊게 파인 자국들이 남아 있었고, 자국 옆 피부는 퍼렇게 멍이 들어 있었다.

나는 마음을 가다듬고 여인에게 다가갔다.

"호프데멜 부인? 전……."

"누구신지 알겠어요. 모를 수가 없지요. 남편은 제 얼굴을 벤 거지 눈을 도려내진 않았으니까요."

여인의 목소리는 퉁명스러우면서도 비통했다. 아내에게 이런 상처를 내다니, 자살한 호프데멜은 분명 영원히 저주받을 것이다. 여인의 목소리는 상처 딱지를 파열시킬 것처럼 날카로웠지만 태도는 움츠러들어 있었다. 자신이 받고 있는 비난 때문이라는 생각이 들었다. 나는 고개를 숙였다. 여인이 태도를 누그러뜨리더니 내 뺨에 손을 대고 얼굴을 들어 올렸다.

"무례를 용서해 주세요."

여인은 긴장해 있었고 비통해 했다.

"상처가 주는 고통이 너무 커서 이성을 잃어버리곤 해요."

여인은 나를 리넨으로 만든 녹색 소파로 데려갔다. 여인은 소파 끝에 앉았는데, 그 모습이 피아노 앞에 앉은 것처럼 아주 꼿꼿해서 그가 동생의 제자라는 사실이 새삼 떠올랐다.

"슈타인, 정말 아름다운 악기예요."

내가 말했다.

"처음 볼프강에게 피아노를 배울 때, 그가 제 남편에게 슈타인 피아노가 얼마나 좋은지 말해 주었어요. 그래서 저의 프란츠가 하나 구입한 거랍니다. 제가 너무 비싸다고 말렸는데도요. 300굴덴이나 주었답니다. 저의 프란츠는 그런 사람이었어요. 관대하고 사랑스러운 사람이었죠. 이 일이 있기 전까지는 최고의 남편이었어요."

막달레나는 소맷자락에서 레이스가 달린 손수건을 꺼내 눈물을 훔쳤다. 부채를 내려놓고 눈물을 훔쳤기 때문에 얼굴을 볼 수 있었다. 자살한 남편이 상처를 입히기 전에는 귀엽고 아름다운 얼굴이었음이 분명했다. 눈썹이 조금 높았지만 갈색 고수머리가 그 위에 귀엽게 내려와 있었고, 눈은 부드러운 담갈색이었다. 막달레나는 육감적인 아랫입술을 지그시 깨물고 있었다. 활짝 웃으면 분명 엄청나게 매혹적일 터였다.

"프란츠는 이곳에 앉아 밤새 제가 연주하는 음악을 듣곤 했어요. 저도 사람들 앞에서 공연하는 사람이 되고 싶었는데, 이젠 그럴 수가 없네요."

나는 누군가 손등을 강하게 조이는 것 같은 느낌이 들었지만 어색하게 웃어 보였다. 내가 이곳에 온 이유는 호프데멜이 동생의 죽음에 어떤 역할을 했는지 알아보기 위해서였다. 하지만 막달레나를 직접 만나고 보니 그런 질문은 그 얼굴에 또 다른 상처를 내는 것과 같을 거라는 생각이 들었다.

나는 헛기침을 하고 다른 방법으로 접근해 보기로 했다.

"볼프강도 당신과 함께 공연하고 싶어 했나요?"

"제자들 대부분과 그랬어요. 볼프강은 남편의 즐거움이나 더하려고 젊은 여인을 가르친 게 아니에요. 그는 우리가 무대에 올랐으면 했어요."

"그래서 동생은 그럴 수 있도록 당신을 가르쳤나요?"

"사실 그건 제 간절한 소망이기도 했어요. 제 아버지는 브륀에 있는 성 베드로 성당 음악감독이세요."

그 말을 하면서 막달레나는 엄지손톱을 물었다.

"하지만 프란츠는 제가 공연한다는 것에는 흥미가 없었어요."

"하지만 그는 멋진 피아노도 사주었고 위대한 작곡가에게 배우게 해주었잖아요."

"그건 오직 집에서 하는 연회 때문이었어요. 프란츠는 볼프강이 유명한 스승이라는 사회적 지위가 있어서 선택한 건 아니었어요. 그가 절 가르친 건 두 사람이, 그러니까 어떤 관계가 있었기 때문이에요."

또다시 프리메이슨 이야기라는 생각이 들었다.

"어떤 관계 말이죠?"

내 말에 막달레나는 다시 부채를 올리며 신중한 눈빛을 띠었다.

"사업적인 관계였죠. 프란츠가 볼프강에게 돈을 빌려 주었어요."

동생이 재정적으로 어려움을 겪었다는 올케의 말이 떠올랐다.

"돈이라고요? 뭣 때문이죠?"

"볼프강이 베를린으로 여행을 갔었죠. 거의 2년 전에요. 프러시아 궁전에서 자리를 얻을 수 있을 거라면서요. 하지만 실망한 채 돌아와야 했답니다."

동생은 절망에 빠진 채 빚까지 지고 있었다.

"내가 알기론 올케가 볼프강의 재정 상태를 정리하고 있던데, 동생이 남편 빚을 갚았나요?"

"아닐 거예요."

막달레나는 부채 밑으로 시선을 떨어뜨리고는 흐느껴 울었다. 가슴이 들썩일 때마다 얼굴의 상처가 위로 올라가면서 팽팽하게 늘어났다.

"정말 끔찍한 일이에요, 부인."

막달레나가 말했다. 부끄러운 일이지만, 볼프강이 임신한 아내가 바덴의 온천에 가 있는 동안 이 아름다운 여인과 빈에 남았을 수도 있었겠다는 생각이 들었다. 스승과 제자가 안 좋은 관계를 맺고, 화가 난 남편이 복수하는 일은 충분히 가능한 일이었다.

"어째서……?"

내가 질문을 하려 할 때 문이 열리며, 하녀가 데운 포도주를 가지고 들어왔다. 나는 계피와 정향 냄새를 맡으며 하녀가 부엌으로 돌아가는 발소리에 귀를 기울였다. 글뤼바인*을 마시며 나는 질문할 말을 찾았지만, 쉽게 말이 되어 나오지 않았다.

"어째서, 그러니까 왜 남편 분이 당신을 다치게 한 거죠? 아내를 해치려 들 때는 분명한 이유가 있었을 텐데요."

내 말에 막달레나의 눈이 비통하게 바뀌었다.

"무엇이 그를 화나게 한 걸까요?"

• 적포도주를 따뜻하게 데워 마시는 음료.

막달레나가 탁 하고 부채를 접었다. 눈과 눈썹에 있는 흉터는 목에 나 있는 깊게 베인 자국에 비하면 그저 가벼운 염증에 지나지 않았다. 목에 난 상처는 꿰매야 할 정도로 깊었다. 막달레나는 상처를 꿰맨 검은색 실을 손으로 어루만졌다. 그 모습에 괜히 움찔해졌다.

"프란츠는 나를 다치게 하려던 게 아니에요. 절 죽이려고 했죠."

막달레나가 흘리는 눈물이 마치 피처럼 상처를 타고 흘러 내렸다. 상처가 눈물에 반짝였다.

"프란츠는 제 목을 그었으니 제가 죽을 거라고 생각했죠. 그래서 자기 목도 같은 방법으로 그었고요. 전 그가 자신의 목을 긋기 위해 셔츠 칼라를 푸는 모습을 지켜봤어요. 프란츠의 눈에는 분노가 가득했어요. 제가 너무나도 사랑했던 그 눈 속에요. 그런 다음 프란츠는 자기 목을 칼로 그었어요. 그가 자신을 세상에서 가장 미워한다는 걸 알 수 있었죠. 그다음은 저고요."

나도 모르게, 다시 프란츠 호프데멜이 배신당한 남편이라는 생각으로 돌아왔다. 그런 배신감이 아니라면 이런 끔찍한 일을 저지를 이유가 없을 것 같았다.

"전 그이 영혼을 위해서라도 그만하라고 간청했어요. 그이 영혼이 지옥으로 갈 거라고 말했죠. 이해하시겠지만, 전 그를 벌주고 싶지 않아요. 그저 제가 사랑하던 사람의 영혼이 영원히 고통받을까봐, 그게 두려워요."

"당신을 죽이려고 했는데도요?"

"네, 그래요."

"그는 지옥을 두려워했나요?"

"그는 지옥은 자신이 지혜를 얻기 전에 했던 수많은 바보짓으로 가득

차 있을 거라고 했어요. 그러니 나도 사탄도 다시는 자신을 그런 방식으로 살게 하지 못할 거라고 했어요."

막달레나는 상체를 앞으로 숙였다. 나는 막달레나의 손목을 잡았다. 그 손목은 뼈처럼 단단했다. 마치 다시는 잘리지 않도록 일부러 두껍게 만든 것 같았다.

"전 죄책감을 느껴요, 모차르트 부인. 정말 죄책감을 크게 느낀답니다."

막달레나는 손수건을 코에 대고 훌쩍였다.

"저의 프란츠를 너무 나쁘게 생각하지 말아주세요. 그럴 의도는 전혀 없었지만, 프란츠를 그렇게 만든 건 저니까요."

"당신이요? 어째서 그렇죠?"

막달레나는 침을 꿀꺽 삼키며 표정을 밝게 하려고 애썼다.

"볼프강은 자주 당신의 피아노 능력에 대해 말했어요. 제가 열심히 노력하면 당신만큼 잘하게 될 거라는 말도요. 저를 위해서 한 곡 연주해 주세요. 볼프강의 곡으로요."

"동생이 제 얘기를 했다고요?"

"제발 저를 위해 연주해 주세요. 멋진 피아니스트의 연주를 들으면 제 마음이 한결 가벼워질 거예요."

나는 연주를 시작할 때까지 내가 볼프강의 〈아다지오 B단조〉를 연주할 거라는 걸 스스로도 알지 못했다. 음악은 아무 생각 없이 내 손가락을 타고 흘러 나왔다. 갑자기 나는 얼굴에 상처를 입은 여인에게서 멀어졌다. 그 순간 나는 동생과 함께 있었다. 나는 균형 잡힌 음악의 아름다움을 느끼며 차분해졌다. 동생이 건반에 심어 놓은 긴장감도 느낄 수 있었다.

막달레나가 엄청난 눈물을 쏟았다. 나를 보며 웃는 모습에서 이번에는 즐거운 추억을 떠올리며 흘리는 눈물임을 알 수 있었다. 연주가 막바지에 이르러 B장조로 바뀌었을 때 방문이 열렸다. 그곳에는 두툼한 털옷을 입은 여인이 서 있었다. 작달막하고 거무스름한 하녀의 부축을 받고 있는 그 여인은 나보다 몇 살 아래로 보였다. 눈은 안와 쪽으로 말려 들어가고 동공은 두개골 속에서 흔들리고 있었다. 오직 흰자위만이 사람을 향해 있었다.

앞이 보이지 않는 그 여인은 내가 주저하고 있다는 사실을 알아챘다. 그녀는 계속하라는 듯 내 쪽을 향해 손을 휘저었다. 여인이 모자를 벗어 하녀에게 건네는 모습을 보고서야 그 사람이 마리아 테레지아 폰 파라디스 양임을 알았다. 파라디스 양은 피아노의 거장으로 런던과 파리 공연을 가던 길에 잘츠부르크의 우리 집에 들른 적이 있다.

파라디스 양은 마지막 소절을 마칠 때까지 잠자코 듣고 있었다. 그녀는 음악의 향기를 음미하듯이 자신의 코를 높이 치켜 올렸다. 하녀가 붙잡을 수 있게 어깨를 살짝 흔들어 자신의 코트를 떨어뜨린 파라디스 양은 소파 쪽으로 몸을 돌렸다. 가무잡잡한 하녀가 파라디스 양을 막달레나가 있는 곳으로 이끌었다.

"내 예쁜이."

파라디스 양은 막달레나에게 몸을 기울여 목에 난 상처를 어루만졌다.

"조금 나아졌어?"

"훨씬 괜찮아졌어요."

가무잡잡한 하녀가 요란한 발소리를 내며 구석으로 가더니 창문에 기댄 채 어두운 바깥을 응시했다.

막달레나가 파라디스 양의 팔을 잡고 자신의 옆에 앉혔다.

"소파에 앉아 있는 게 저라는 걸 어떻게 아셨어요?"

막달레나가 물었다.

"내가 이 방에 들어왔을 때 두 사람의 숨을 느낄 수 있었지. 한 사람은 피아노 앞에 있었는데, 미안하지만 분명히 넌 아니었어."

파라디스 양이 막달레나의 팔을 쓰다듬었다.

"그래, 연주자는 누구시지?"

"볼프강의 누님이세요."

파라디스 양은 내가 다가가 잡을 때까지 손을 내밀고 있었다.

"정말 오랜만이군요."

"8년 만이죠."

내가 대답했다.

"내가 연주회를 수백 번 열고 오페라도 몇 작품 한 세월이군요. 그래, 당신의 삶은 어땠나요?"

나는 잡은 손을 놓으려고 했지만 피아니스트의 손은 너무 강했다.

"지방 지사와 결혼했어요. 잘츠부르크에서 조금 떨어진 곳에서 살아요."

"하지만 열심히 연습한 게 분명해요. 그 재능은 그대로 남아 있군요."

"저런, 정말 친절한 말씀이세요."

"그 협주곡이 쉬운 곡은 아니죠."

파라디스 양의 음성은 날카로웠다. 파라디스 양은 슈타들러 씨가 내일 열리는 콘서트의 독주자로 자신을 선택하지 않은 것에 화가 난 게 분명했다. 내가 내일 연주를 실패했으면 하고 바라는 사람이 적어도 여기 한 명은 있다는 생각이 들었다.

"네, 정말 쉽지 않지요."

"뭐, 그래봐야 누군가의 동생에게 간단한 편지를 쓰는 것보다는 분명 쉽겠죠. 누군가의 단 한 명뿐인 피붙이에게요."

막달레나가 파라디스 양의 치마를 잡아당기며 '테레지아' 하고 속삭였다. 동생은 이 두 여인에게 내 불평을 늘어놓을 정도로 친근했던 게 분명했다. 아버지가 돌아가신 후, 우리 사이에 재산을 둘러싼 분쟁이 있었다. 하지만 우리 두 사람의 문제는 단순히 재산 문제가 아니었다. 우리의 삶을 좌지우지하던 아버지가 돌아가신 후 두 사람 모두 길을 잃고 우왕좌왕했던 것이다. 당시 내 감정은 철저하게 황폐해져 있었다. 한동안 나는 혼자만의 상실감에 파묻혀 있었다. 다른 사람의 감정에 신경 쓸 상태가 아니었다.

"파라디스 양, 당신 말이 옳아요. 협주곡은 아주 어렵죠. 하지만 불가능하지는 않아요."

파라디스 양이 내 손을 놓았다. 나는 소파 옆에 있는 의자에 앉았다. 파라디스 양이 말했다.

"나는 협주곡을 60곡 외우고 있답니다. 하지만 볼프강의 협주곡 하나를 포기해야 한다면 그 곡을 전부 잊어버려도 좋아요."

그 말에 내가 아무 대꾸도 하지 않자 파라디스 양의 목소리가 높아졌다.

"내 말을 어떻게 생각하세요?"

"나도 동감해요. 볼프강의 음악을 포기하는 건 엄청나게 힘든 일이라고 생각해요."

갑자기 파라디스 양의 안구가 격렬하게 흔들렸다.

"나는 내일 그의 소나타를 한 곡 연주할 수 있어서 기쁩답니다."

그 말을 하면서 파라디스 양은 분칠한 자신의 머리 위로 손을 올렸다. 높이 세워 부드럽게 목 뒤로 넘긴 머리였다.

"난 아버님께 당신을 빈에 보내야 한다고 했었죠."

"그랬었나요?"

"내가 잘츠부르크에 갔을 때 당신 연주를 들었어요. 당신 솜씨에 정말 놀랐었죠."

나도 그날을 기억했다. 내 서른두 번째 생일이었다. 그날 동생은 미라벨 문 근처에서 과녁 사격을 한 뒤 얼음을 가져와 나를 위해 펀치를 만들었다. 하지만 그날 동생은 갓 맞이한 신부와 함께였다. 그때 내겐 결혼할 수 있다는 희망 따위는 없었다. 나는 동생의 명랑함에 분개했고 얼음이 목에 걸린 척했다. 그날 파라디스 양을 위해 연주했던 기억은 없지만 어쨌거나 칭찬에 고마움을 표시했다.

"과찬의 말씀, 감사해요."

"당신 아버지는 전혀 고마워하지 않았죠. 그는 자신의 딸은 여행이나 공연에 흥미가 없다고 했어요."

나는 엄지손가락을 맞대고 꾹 눌렀다. 아버지는 볼프강에게 그러려고 했듯이 내 일도 모두 자신이 결정했다. 하지만 아버지는 이미 오래전에 돌아가셨다.

"하지만 결국 당신은 이렇게 빈에 왔군요. 내일이면 아주 중요한 공연도 할 거고요."

"네, 정말 그래요."

파라디스 양의 말에 내가 부드럽게 대답했다.

7

유대 광장에서는 변호사와 청원자들이 거대한 대법관청으로 부지런히 발걸음을 옮기고 있었다. 막달레나의 남편이 일했던 곳이다. 아침에 내린 비로 반짝거리며 빛나고 있는 대법관청의 분홍색 석조 외관이 가난한 여인의 상처 입은 피부처럼 보였다. 나는 광장을 가로질러 남쪽에 있는 개인 주택 단지로 갔다.

어디선가 클라리넷 소리가 들렸다. 동생이 작곡한 아리아였다. 동생은 베이스 클라리넷을 부는 슈타들러 씨의 연주를 돋보이게 하기 위해 그 곡을 작곡했다. 아리아는 대부분의 클라리넷이 낼 수 있는 가장 낮은 음역대인 마 음을 지나 낮은 다 음에 도달했다. 클라리넷의 음은 커다랗고 신비한 새가 노래하는 것처럼 들렸다. 나는 클라리넷의 소리가 들려오는 좁은 집 안으로 들어가 계단을 올라갔다.

문을 두드리자 슈타들러 씨가 직접 나왔다. 그는 갈색 조끼를 입고 거친 모포를 어깨에 두르고 있었다. 슈타들러 씨는 여전히 베이스 클라리넷을 들고 있었는데, 그 손가락은 여전히 연주하던 마지막 음을 굳게 누르고 있었다.

내 모습을 본 슈타들러 씨는 살짝 옆으로 비껴났다. 날 들어오게 하고 싶지는 않지만 그렇다고 돌려보낼 수도 없어 난처한 듯 보였다.

"즐거운 아침이군요, 슈타들러 씨."

나는 망토의 매듭을 풀면서 그를 지나쳐 방으로 들어갔다.

"그냥 입고 있는 것이 좋을 것 같습니다만."

슈타들러 씨가 중얼거렸다. 그 말에 내가 고개를 갸우뚱했다.

"지금 제게 가라고 말씀하시는 건가요?"

"아니, 물론 아닙니다. 그런 무례를 저지를 생각은 없습니다. 제 말은 여기가 춥다는 뜻입니다. 하녀가 너무 아파서 며칠 간 오지 않았습니다. 그래서 불도 피우지 않았고요."

"그런 염려는 마세요. 우린 해야 할 일이 있잖아요."

슈타들러 씨가 문을 닫으며 서둘러 문고리를 걸었다. 마치 내 뒤를 따라 누군가 방으로 쳐들어올지도 모른다고 걱정하는 것 같았다.

"오늘 연습하기로 했던 거 잊어버리셨어요? 오늘 밤 공연 때문에요. 함께 협주곡을 연습하기로 했었는데."

"아, 물론 기억합니다. 〈C장조〉를 연주해야죠."

그 말에 내가 웃으며 말했다.

"연습은 어디에서 할 건가요?"

"제 연습실에 클라비코드*가 있습니다."

그는 천장이 높은 방으로 나를 안내했다. 대법관청이 내려다보이는 곳이었다. 방은 흰 대리석처럼 보이는 페인트칠이 되어 있었다. 나는 클라비코드로 간단한 3화음을 쳐 보았다. 금속 탄젠트**가 강철 피아노 줄을 치는 소리는 익숙한 피아노 소리와 달랐다. 피아노가 망치를 내리치는 소리라면 클라비코드는 날카로운 쇠못을 내리치는 소리 같았다. 검은 건반과 선명한 대조를 이루는 흰 샤프와 플랫이 얼음 조각처럼 늘어서 있었고, 조율 상태는 좋았다. 살짝 클라비코드의 건반을 두드려 본 후 에마누엘 바흐의 미뉴에트를 연주했다. 연주하는 동안 슈타들러 씨가 가까이 다가

• 피아노의 전신.
•• 건반 끝에 달린 망치 기능을 하는 장치.

왔다. 자수를 놓은 스툴 끝에 앉은 그는 클라리넷을 들어 같이 연주하기 시작했다. 연주가 끝나자 슈타들러 씨는 경이로운 표정으로 클라비코드 위에 손을 얹었다.

"부인께서 볼프강이 콘서트 때마다 입는 붉은 슈트를 입는다면, 그가 돌아온 걸로 착각할 것 같습니다. 부인은 볼프강과 똑같이 생겼습니다. 그런데 연주도 똑같이 하는군요."

슈타들러 씨의 짙은 갈색 눈을 보니 그가 내 연주에 만족했음을 알 수 있었다. 그러나 결국 나는 붉은 슈트를 입는 사람이 아니라는 사실을 깨달았는지, 그 눈에 다시 고통이 되살아났다.

"그럼 협주곡을 해봅시다."

그가 클라리넷 리드를 입에 댔다.

"내가 오케스트라 부분을 연주하겠습니다. 그러면 곡을 기억하는 것이 훨씬 쉬울 겁니다."

우리는 첫 악장을 연주했다. 나는 비로소 슈타들러 씨가 나를 받아들인다는 느낌이 들었다. 이내 나는 음악에 빠져들었다. 클라비코드의 즐거운 선율과 클라리넷의 서글픔이 함께 했다.

1악장이 끝나자 슈타들러 씨가 집게손가락으로 입술을 훔쳤다.

"아주 좋습니다. 박자도 정확하군요. 이 곡은 빨리 연주하는 사람이 많습니다. 그런데 당신은 안단테로 정확하게 연주하시는군요."

"정말 그래요. 처음 아버지가 이 악장을 보여주셨을 때 전 악보를 잘못 베낀 거라고 생각했어요."

"흔치 않은 대위법*입니다."

"네, 정말 그래요."

"볼프강이 오케스트라를 이끌 때를 생각해 봅니다. 그는 우리를 끊임없이 재촉해서 우리가 알지 못하는 사이에 새로운 지평선을 시험하게 만듭니다. 그것이 바로 저의 평범한 재능과 그의 범상한 천재성이 갖는 차이점임을 깨닫게 됩니다."

"이 악장을 연주해 보니 한 가지 꿈이 생각나네요."

나는 말을 하면서 클라비코드를 연주했다.

"이 곡은 안단테, 걷는 속도로 연주하는 곡이죠. 꿈을 꾸며 몽유병 환자처럼 걷는 거예요. 이 곡에는 불협화음이 나올 때도 있지만 언제나 평온한 상태로 돌아와요."

내 말에 슈타들러 씨가 클라리넷을 힘차게 흔들며 말했다.

"바로 그렇습니다. 꿈꾸는 장소가 침대라면 언제나 안전할 겁니다. 하지만 몽유병 환자처럼 걷고 있는 중이라면 결코 어디에 있는지 모를 겁니다."

"볼프강은 따뜻한 침대가 주는 안전함이 우리에게서 멀어져 가는 것처럼 불협화음을 넣었어요."

"하지만 해결책도 주었죠."

"잠을 자는 거죠. 고요하고 평온하게요."

슈타들러 씨가 밝게 웃었다.

"당신은 그걸 완벽하게 표현했습니다. 정말 그랬어요."

그는 클라리넷을 들어 올려 그 악장을 소개하는 오케스트라의 음을 연주하기 시작했다. 나는 독주 부분을 위해 눈을 감았다. 지금 연주하는

• 두 개 이상의 독립적인 선율을 조화롭게 배치하는 작곡 기술.

것은 내가 아니다. 나는 그렇게 생각했다. 나는 동생의 연주를 듣기 위해 귀를 기울였다.

연주가 끝나자 슈타들러 씨가 클라비코드 의자에 앉아 이리저리 몸을 흔들었다.

"그가 처음 이 곡을 공연했을 때를 기억합니다. 꼭 6년 전이었죠."

6년이라면 내가 동생을 못 본 꼭 그만큼의 세월이었고, 그가 모든 작곡가들을 앞서 나간 시간이었다. 마지막 3년간은 서로 안부조차 묻지 않았다. 슈타들러 씨가 내 시선을 피했다. 연주를 하는 동안 생겼던 친근감은 사라지고 없었다.

"전 동생을 잊은 적이 없답니다. 슈타들러 씨."

"당연히 그렇겠지요."

"그 애는 없었지만 제겐 그 애 음악이 있었으니까요."

슈타들러 씨가 다시 클라리넷을 불기 시작했다. 우리는 협주곡 전 악장을 연주했다. 이번에는 슈타들러 씨가 제대로 집중하지 못했다. 연주가 끝나자 그는 건반 위에 놓인 내 손을 쳐다보았다. 마치 내 뒤에 엄청난 불안을 감추어 놓은 것 같은 시선이었다.

나는 슈타들러 씨의 시선을 피해 창문으로 고개를 돌렸다. 광장을 가로지르는 여성의 망토에서 모자가 바람에 날리는 모습이 보였다. 그 모습을 보고 있자니 어제 콜랄토 궁에 있었던 순간이 생각났다. 내가 슈타들러 씨에게 물었다.

"어제 함께 있던 신사 분은 누구신가요?"

슈타들러 씨가 무릎에 클라리넷을 내려놓았다.

"누구 말씀입니까?"

"키 큰 신사 분이셨어요. 마차 문장을 보니 귀족이시더군요. 그분이 떠날 때 당신과 이야기를 나누었잖아요. 황궁 쪽으로 가시던데요."

슈타들러 씨가 기침을 했다. 잠시 주저하던 그가 속삭이듯 말했다.

"슈비텐 남작이십니다."

슈비텐 남작이라면, 10년 전 동생이 빈에 왔을 때부터 동생 뒤를 돌봐 준 황실 최고 후원자였다. 동생이 종종 편지로 알려왔기 때문에 이름을 알고 있었다.

"남작님에 대해 말씀해 주세요."

"무얼 말씀하라는 겁니까? 네덜란드에서 태어났고, 소년이었을 때 이곳에 왔습니다. 아버님이 전 황후의 의사가 되셨으니까요. 남작은 황제 폐하와 가깝습니다."

"오늘 밤, 제가 그를 만나게 되나요? 연주회 때 말이에요."

슈타들러 씨는 손가락 관절로 클라비코드를 톡톡 쳤다. 내가 아닌 다른 사람이 독주자이기를 간절히 바라는 표정이었다.

"못 볼 수가 없겠지요. 그분은 다른 사람의 감정을 불러일으키는 분이니까요."

"어떤 감정인가요? 이목을 끈다는 건가요?"

내 말에 슈타들러 씨가 어깨를 으쓱해 보였다.

"사랑의 감정인가요?"

이번에는 나를 이상하다는 듯이 쳐다보았다.

"존경이죠. 그분을 보면 존경의 마음이 일어납니다."

나는 광장에서 나를 보던 남작의 시선을 기억하고 있었다. 그때 나는 그가 나에게 말을 걸 거라고 생각했다.

"그분은 제가 누구인지 아실까요?"

내 목소리에는 이상할 정도로 열정이 담겨 있었다. 슈타들러 씨가 콧등을 문질렀다. 그도 역시 그렇게 느끼는 것 같았다.

"남작께서 혹시 당신이 볼프강의 누님인지 물었습니다. 그래서 제가 그렇다고 대답했습니다."

슈타들러 씨가 의자에서 일어섰다.

"무언가 마실 것이 필요하겠군요. 정말 춥기는 하지만 열심히 연주했으니 분명 기운을 낼 영양분이 필요하실 테지요."

슈타들러 씨는 명랑하고 친절하려고 노력했다. 하지만 그의 음성에 담긴 불편함은 조율하지 않은 피아노 선율 같아서 그 어떤 음보다 높게 들렸다.

"정말 친절하세요. 감사합니다."

슈타들러 씨는 살짝 안도하는 표정으로 양해를 구하고 부엌으로 갔다. 잠깐 연습실을 서성이던 나는 슈타들러 씨의 책상으로 갔다. 동생이 작업한 악보들이 비스듬한 책상 위에 흩어져 있었다. 〈클라리넷 협주곡과 오케스트라를 위한 A장조〉였다. 악보에는 동생이 불과 몇 달 전에 적어 놓은 날짜가 있었다. 분명 동생이 마지막으로 작업하던 작품들일 것이다.

나는 악보를 넘기며 1악장 오케스트라와 독주 파트를 읽어 나갔다. 베이스 클라리넷이 담당해야 하는 낮은 음이 많은 걸로 보아 동생이 슈타들러 씨를 위해 작업하던 악보인 것 같았다. 그때 슈타들러 씨가 부엌에서 말했다.

"부인, 브랜디뿐이군요."

볼프강의 아름다운 곡에 흠뻑 빠져 있던 터라 부엌에서 들려오는 낮은 목소리에 깜짝 놀랐다. 나는 문 쪽으로 갔다.

"좋아요, 슈타들러 씨. 브랜디면 딱 좋겠어요."

나는 다시 책상으로 돌아왔다. 동생의 악보는 슈타들러 씨의 방명록 위에 놓여 있었다. 펼쳐져 있는 방명록에는 문장과 사인이 있었다. 내가 가지고 있는 종이에 적힌 것과 같은 것이었다. 방명록은 영어로 적혀 있었다. 그걸 보니 프리메이슨 단원들은 영어로 대화한다는 말이 떠올랐다.

> 친애하는 슈타들러에게, 그대의 클라리넷은 사람들에게 자유를 주고 고귀한 감정을 고취시키는 마술피리이다. 진심으로 그대를 사랑하는 형제 (그대는 무슨 말인지 알 것이다)를 절대 잊지 않기를! 볼프강 아마데우스 모차르트.

그 사인은 나란히 그린 두 삼각형 뒤에 적혀 있었다.

형제라. 나는 그것이 무슨 의미인지 알고 있었다. 슈타들러 씨는 자신이 볼프강과 같은 프리메이슨 단원임을 인정했다. 시카네더 씨는 프리메이슨끼리 교환하는 사인의 의미를 말해주었다.

나는 손가락으로 동생의 글을 더듬어 보았다. 동생은 '그대는 무슨 말인지 알 것이다'라고 했다. 암시와 비유는 동생의 독특한 말투였다. 나는 볼프강이 남긴 글이 또 있는지 찾아보려고 방명록을 뒤적였다. 삼각형이 두 개 더 있었다. 같은 언어를 사용했지만 분명히 다른 사람이 적은 것이었다. 왜냐하면 방명록 마지막 페이지에 적혀 있는 글은 바로 어제 날짜였기 때문이다.

부지런하기를. 나태하지 않기를. 신실한 친구이자 형제 콘스탄트 폰 야코
비 남작.

같은 페이지에는 영어로 또 다른 글이 적혀 있었다. 칼 리히노브스키
왕자의 사인이 적힌 글로 삼각형이 두 개 그려져 있었다. 리히노브스키
왕자란 올케가 볼프강의 프리메이슨 동료에 대해 이야기할 때 언급한 이
름이었다. 그 사람이 직접 쓴 글을 지금 읽고 있는 것이다.

방명록을 더 보고 싶었지만, 슈타들러 씨가 돌아오는 소리가 들렸다.
나는 급히 방명록 위에 악보를 내려놓고 악보를 읽는 척했다.

"부인, 브랜디가 우리에게 기운을 불어넣어 줄 겁니다."

슈타들러 씨가 커다란 텀블러 두 잔을 들고 왔다. 그때 내가 방명록을
원래 펼쳐져 있던 대로 돌려놓지 않았다는 사실이 생각났다. 나는 제발
슈타들러 씨가 눈치채지 않기만을 바랐다. 내 심장이 아주 빠르게 뛰었
다. 내가 펼쳐 놓은 페이지에 적힌 이상한 사인 때문이었다. 슈타들러 씨
가 그 사인을 보면 내가 방명록을 뒤졌다는 사실을 알게 될 것이다. 나는
브랜디를 급하게 들이마셨다. 그런 나를 보고 슈타들러 씨가 웃었다.

"브랜디가 혈색을 되살려 줄 겁니다."

나는 얼굴을 붉히며 책상 위에 손을 올렸다.

"전 이 클라리넷을 위한 협주곡 악보를 들여다보고 있었답니다. 슈타들
러 씨. 정말 멋진 곡이에요."

"그 곡을 프라하에서 처음으로 연주한 것이 아직 두 달도 안 되었습니
다. 정말 큰 성공을 거두었습니다. 그때는 정말 상상도 못했습니다. 이렇
게 되리라고는……."

슈타들러 씨가 악보를 집어 들었다. 왠지 주저하는 듯한 모습이었다. 그때 그의 시선이 방명록에 닿았다. 자신이 펼쳐 둔 페이지가 아님을 알아챈 눈치였다. 그는 피아노 협주곡이 시작되는 부분을 흥얼거렸다.

"볼프강의 죽음이 불러일으킨 재앙은 상상도 못할 겁니다."

슈타들러 씨가 책상에 놓인 악보를 들어 올렸다.

"이제 더 이상 그 같은 재앙이 반복되면 안 됩니다. 더 이상 재앙은 없어야 합니다. 어쨌거나 연주는 잘 들었습니다. 오늘 밤 콘서트는 분명 성공할 겁니다. 부인도 그렇게 생각하시지요?"

"분명히 그럴 거예요."

슈타들러 씨의 집에서 나와 유대 광장을 걸어가면서 나는 망토 모자 밑으로 슬쩍 슈타들러 씨의 집을 쳐다보았다. 슈타들러 씨는 창문에 서 있었다. 손으로 눈을 비비고 있던 그는 나를 보더니 공손히 절을 하고 어두운 안쪽으로 물러났다.

8

오후 햇살이 라우엔슈타인 거리에서 희미해져 갈 무렵, 나는 비로소 피아노 연습을 멈추고 옆방에서 들리는 올케의 노래 소리에 귀를 기울였다. 사랑의 고통을 이야기하는 볼프강의 아리아였다. 동생은 두 사람이 사랑에 빠졌을 때, 장차 아내가 될 여인의 이름을 가진 등장인물이 오페라에서 부를 이 노래를 작곡했다. 올케는 이번 자선 콘서트에서 그 노래를 부를 것이다.

내 마음에 슬픔이 머무네.

올케의 높은 고음이 너무나도 애절해 나는 덮고 있는 숄을 움켜쥐었다. 올케도 뛰어난 가수였지만, 동생이 처리해 준 자연스러운 호흡법 때문에 더욱 멋지게 노래를 부를 수 있었다. 볼프강이 딱 한 번 올케를 잘츠부르크에 데려왔을 때, 나는 올케를 차갑게 대했다. 올케가 아들의 배우자로 부족하다고 생각한 아버지 때문이라고 변명할 수도 있지만, 사실 나는 두 사람의 사랑과 나를 무시하는 것 같은 유대감을 질투한 것이다. 그때의 내 태도를 그저 '올케를 무시했다'고 말하는 것은 아주 터무니없는 표현일지도 모르겠다.

올케가 문 앞에 나타났다. 그 뒤로 어린 칼이 보였다. 올케는 이제 곧 떠날 시간임을 상기시키려는 듯 웃고 있었다.

"마차가 곧 준비될 거예요."

마차는 좁은 베커 가를 달려 대학 광장으로 나아갔다. 마차 바퀴가 자갈길 위에서 요동치자 올케의 가는 어깨가 내 어깨에 부딪쳤다.

"장크트길겐에서 사는 건 어떤가요?"

올케는 정원에 무언가 있기라도 한 듯, 집들을 유심히 살펴보며 말했다.

"산골의 삶은 평온하겠죠?"

올케는 마치 자신이 빈을 벗어나야 할 이유가 있는 것처럼 말했다. 남편의 죽음에 대한 고통스러운 기억 때문인지도 몰랐다.

"집에 아이가 일곱이야. 다섯째 의붓아들은 정말 못 말려. 사내애들은 남편이 절대 혼내지 않아. 그래서인지 작은 사자 떼 같아. 가장 큰 딸아이는 공부할 때 응용이라는 걸 몰라. 우리 집은 빈의 모든 부자들이 산책을 나온 그라벤 거리만큼이나 정신없어."

"하지만 아이들이 그렇게 많으면 아주 즐거울 것 같아요."

"남편의 첫 번째 부인이 낳은 아이들은 집중력이 부족해. 딸아이가 열두 살인데 피아노를 가르치려고 했지만 도저히 집중하지 못하는 거야. 집중해야 할 때면 이를 닦거나 무언가를 먹는 아이지. 깍깍 소리를 지르면서 온 집안을 뛰어다닌다니까. 정말 정신이 없어. 남편은 좋은 사람이지만 아이들 교육은 전혀 신경 쓰지 않아. 나는 교육이야말로 가장 중요하고, 부모만이 제대로 다룰 수 있는 분야라고 생각하는데 말이야."

그러자 올케가 자신의 손을 보며 뭐라고 중얼거렸다. 하지만 말발굽이 자갈에 부딪치는 소리에 파묻혀 무슨 말인지 들리지 않았다.

"뭐라고 했어?"

내 말에 올케가 당황과 두려움을 담은 눈빛으로 나를 보았다.

"그게, 형님이 아버님처럼 말씀하신다고 했어요."

올케는 다시 시선을 창밖으로 던졌다. 나는 아버지를 사랑했고, 그가 따뜻한 부모였다는 사실을 믿지만, 나 자신은 아버지보다는 관대한 교육자가 되고 싶었다. 올케가 아버지의 결혼 반대 때문에 상처를 입었다는 사실을 알고 있었다. 하지만 나는 올케에게 아버지의 진면목을 말해주지 않기로 했다. 그보다는 오늘 있을 연주에 집중하는 것이 나았다. 나는 주름 칼라 밑에서 C장조가 시작되는 알레그로(빠르게) 부분을 쳐 나갔다.

마차가 예수회 성당의 장엄한 탑 밑에 있는 광장으로 들어섰다. 아버지가 볼프강의 〈도미니쿠스 미사〉*를 지휘했던 곳이다. 우리는 과학협회의 고전적인 파사드 앞에서 내렸다.

위층의 긴 창문에서 흘러나온 빛이 코린트식 기둥을 진한 크림색으로 물들이고 있었다. 가장 밝은 곳이 오늘 밤 연주할 홀임이 분명했다. 창문 수로 보아 아주 많은 사람을 수용할 수 있는 곳이었다. 내 호흡이 가빠졌지만 긴장 때문은 아니었다. 또다시 사람들 앞에서 연주한다는 사실이 한껏 기대되고 흥분되었기 때문이다.

외풍이 있는 마차에서 내린 올케는 발을 콩콩 눌렀다. 올케가 정문을 쳐다보더니 내 팔을 잡았다. 건물 안으로 들어온 우리는 소박한 돌로 만들어 회반죽을 칠한 계단 앞에 멈춰 섰다. 올케는 너무 높아서 올라갈 수 없는 곳인 양 계단을 쳐다보았다.

"칭찬해 줄 그이도 없는데 노래 부르는 건 처음이에요."

올케가 속삭였다. 올케의 조그만 손이 내 팔을 잡았다.

"올케가 노래 부를 때 꼭 그 애의 찬사가 있어야 할 필요는 없어."

---

* 모차르트가 성 베드로 교회의 하게나우어 신부를 위해 작곡한 미사곡.

계단에 놓인 램프가 부드러운 빛을 발하고 있었다. 그 불빛 사이로 올케의 눈에 고인 눈물이 보였다. 우리는 계단을 오르기 시작했다. 첫 번째 난간에 도달하자 층계 위에 서 있는 슈타들러 씨가 보였다. 슈타들러 씨는 한 귀족 남자와 같이 있었는데, 그 남자는 슈타들러 씨의 짧은 머리를 검사하려는 듯이 턱을 치켜들고 있었지만, 슈타들러 씨는 그 남자를 신경 쓰지 않았다. 두 남자 모두 시무룩하고 언짢아 보였다. 어쩌면 당연한 일이라는 생각이 들었다. 가장이 죽은 가난한 집을 위한 콘서트이지 않은가.

그때 한 여인이 우리를 향해 달려왔다.

"기다려, 슈탄첼, 같이 가."

얼굴이 둥근 그 여인은 추운 밖에서 들어온 탓인지 두 뺨이 발갛게 상기되어 있었다. 여인의 목과 가슴은 모피에 감싸여 있었다. 크고 검은 눈을 보니 올케의 자매임을 알 수 있었다. 목소리 톤으로 미루어 보아, 이 여인은 볼프강이 빈에서 〈돈 조반니〉를 초연할 때 소프라노로 출연한 요제파가 틀림없었다. 그는 올케에게 입을 맞추고 자신의 뺨을 내 뺨에 갖다 댔다. 요제파는 슬픈 얼굴로 내 어깨에 손을 얹었다.

"저런, 저런, 정말 슬프답니다. 하지만 우린 이겨내야 해요. 그럼요, 이겨내야죠."

요제파는 고개를 흔들더니 엄청난 속도로 층계를 올라갔다. 그 모습을 보며 올케가 눈썹을 치켜 올렸다. 요제파는 층계 위에 서 있는 슈타들러 씨가 두 손에 입을 맞출 수 있도록, 가족을 잃을 상실감을 노골적으로 드러내며 두 손을 앞으로 내밀었다.

슈타들러 씨가 올케에게 인사를 하고 손을 잡았다. 창백한 올케의 손에 입을 맞추는 슈타들러 씨의 피부가 홍조를 띠고 있었다. 그는 옆에 있는 남자에게 곤란하고 난처하다는 표정을 보인 후, 손을 뻗어 나를 소개했다. 슈타들러 씨는 고개를 숙이며 말했다.

"리히노브스키 왕자님이십니다."

슈타들러 씨의 방명록에 삼각형을 남긴 사람이었다. 리히노브스키 왕자는 슈타들러 씨의 소개에 알았다는 듯이 눈꺼풀을 아래로 숙였다. 왕자는 서른 남짓한 나이로 소박한 검은 벨벳 프록코트를 입고 금실로 꿰맨 조끼를 입고 있었다. 옷에서는 장미 향수 냄새가 났지만 그의 입김에서는 요즘 유행하는 세비야 산 시가 냄새가 강하게 났다.

"모차르트 부인, 제게 홀로 안내하는 영광을 주시죠."

왕자가 나를 향해 가볍게 고개를 숙이더니 내 손을 잡았다. 그는 쇤브룬에 있는 황제의 꼭두각시 인형 극장에 나오는 꼭두각시처럼 걸었다. 그가 이끄는 대로 흰색 이중문으로 들어가자 화려한 홀이 나왔다. 치장 회반죽을 칠한 벽에는 분홍색과 회색 대리석 장미가 있어 한층 고전적인 멋을 더하고 있었다. 천장 프레스코화에 그려진 그리스 인물들은 대학에서 다루는 여러 학문을 상징하고 있었다.

홀에서 대화를 나누는 사람이 400명은 족히 되는 것 같았다. 그중 상당수가 상류층이었다. 엄숙하게 의자에 앉아 있는 사람들을 보니 어린 시절 우리 연주를 들었던 여러 왕과 왕비가 떠올랐다. 반면 평민 복장을 한 사람들은 훨씬 활기찼다. 부유한 상인 계층이 분명했다. 언젠가 볼프강은 이제 귀족은 오케스트라를 식솔로 거느릴 능력이 없기 때문에 콘서트를 열려면 사업가를 후원자로 삼아야 한다는 말을 했었다. 그리고 오늘 밤, 이곳에 온 상인 계층은 동생의 음악이 주는 즐거움만큼은 그와 함께 죽지 않았다는 사실을 보여 주었다.

리히노브스키 왕자는 나를 맨 앞줄로 안내했다. 그는 우리 주위에 있는 몇몇에게 허리까지 숙여 인사했다. 앞줄에 앉은 사람들이 새로 도착한 사람을 보기 위해 몸을 돌렸다. 하지만 슈비텐 남작만은 앞을 응시한 채 아무 말도 없이 가만히 앉아 있었다. 나는 앞줄 가운데 앉아 있는 남작을 보기 위해 고개를 돌려 그를 살펴보았다.

슈비텐 남작은 체격이 좋은 사람으로 흰색이 많이 섞인 회색 위에 은색으로 수놓은 프록코트를 입고 있었다. 그는 똑바로 세운 지팡이 위에 두 손을 가지런히 올려놓고 있었다. 맨 위가 은으로 장식된 지팡이였다. 나보다 열 살 정도 많은 것 같았지만 흰 머리카락은 보이지 않았다. 턱수염이 뺨과 턱에 그늘을 만들고 있었다.

슈비텐 남작은 주변에서 오가는 대화에는 아랑곳없이 곤혹스럽고 고통스러운 표정으로 피아노를 응시하고 있었다. 마치 자신의 의지로 볼프강을 되살려 다시 한 번 피아노를 치게 하겠다는 결의를 다지고 있는 것 같았다. 자신의 의지를 반드시 관철시키려는 강인함이 느껴졌다. 그 시선은 점점 더 강렬해졌다. 자신의 의지로 어쩔 수 없다는 생각에 화가 난 사람 같았다.

리히노브스키 왕자가 내 팔꿈치를 치며 좌석을 가리켰다. 자리에 앉은 왕자가 부드럽게 말하기 시작했다. 왕자는 우아한 크리스탈 등을 보고 있었기 때문에 처음에는 나에게 말한다는 사실조차 알지 못했다.

"전 제가 부인 동생의 가까운 친구라고 생각합니다. 아시겠지만 계층이 다른 두 남자가 최대한 가까워질 수 있을 만큼은 가까운 사이였죠."

"동생은 분명 왕자님의 그런 마음에 충분히 감동했을 겁니다."

"나는 심지어 내가 그의 동료라는 말까지 했습니다. 우리는 함께 여행을 했습니다."

볼프강은 여행이 끝날 무렵이면 연주회를 할 수 있다는 확신이 있어야만 여행에 나섰다. 그때문에 나는 그만 지금 이야기를 나누고 있는 사람이 누구인지 깜빡 잊어버렸다.

"왕자님도 동생과 함께 연주를 했나요?"

내 말에 왕자의 눈썹이 불쾌한 듯 파르르 떨렸다. 모든 귀족이 그렇듯이 리히노브스키 왕자도 대중 앞에서 공연하는 것은 하인의 일이라고 생각하는 것이다.

"우리는 베를린에 갔었죠."

"조금 먼 여행이었군요."

"그 덕에 훨씬 가까워졌죠."

나는 막달레나의 남편이 동생에게 베를린 여행에 필요한 돈을 빌려주었다는 말이 생각났다. 왕자와 함께 한 여행인데 여분의 경비가 왜 필요했던 걸까?

"동생은 프러시아 궁전에 자리를 얻기 위해 베를린에 갔다고 하더군요. 왕자님은 왜 가신 건가요?"

"내 가문의 영토가 프러시아의 실레지아 주에 있지요. 임대 문제가 있어서 그걸 해결하려고 간 것이지요."

"영지 문제 때문에 베를린에 가실 일이 많으신가요?"

"아니, 그렇지는 않아요."

리히노브스키 왕자의 목소리는 아주 날카로웠다. 어찌나 날카로웠는지 악기를 조율하던 더블 베이스 연주자와 첼리스트 두 사람이 깜짝 놀라

처다볼 정도였다. 왕자는 음악가들이 다시 악기를 조율하는 일로 돌아갈 때까지 기다렸다가 말했다.

"영지 문제뿐이라면 굳이 내가 프러시아로 가지는 않았을 거요. 다른 이유가 있어서 볼프강과 함께 간 거지."

"프리메이슨 동료로서인가요?"

왕자는 내 말을 듣지 못한 것처럼 헛기침을 했다. 나는 더 물어보려고 했지만, 그때 거장 살리에리 씨가 대기실에서 홀로 나왔다. 오케스트라가 기립했다. 살리에리 씨가 인사를 받자 청중이 조용해졌다. 살리에리 씨가 지휘석에 올랐다. 입은 꼭 다물고 있었고, 눈은 고통으로 가득 차 있었다. 살리에리 씨가 손을 들자 알레그로 비바체(빠르고 경쾌한)인 동생의 마지막 교향곡이 시작되었다. 나는 처음 듣는 곡이었다. 동생의 초기 교향곡과 달리 복잡하고 장엄한 곡이 나를 사로잡았다.

살리에리 씨가 마지막 푸가*를 끝내기 위해 손을 높이 들어 올렸을 때 내 몸에서 모든 힘이 빠져나가 버린 것 같았다. 나는 동생이 신동임을 알고 있었고, 섬세한 작곡 능력과 뛰어난 피아노 실력을 가진 사람이라는 걸 알고 있었다. 하지만 그의 재능이 어디까지 발전할 수 있는지는 미처 이해하지 못하고 있었던 것이다.

모든 사람이 일어나 갈채를 보내고 있었지만 나는 입을 벌린 채 낮게 흐느껴 울었다. 볼프강이 그저 내 동생이었을 뿐이었을 때는 그의 죽음이 슬플 뿐이었다. 그러나 그가 엄청난 천재였음을 깨달은 지금은 그를 잃었다는 사실에 가슴이 미어지는 것 같았다. 나는 떨리는 몸 때문에 자

• 모방대위법적인 악곡 형식의 하나로 바로크 시대에 주된 악곡의 형식으로 쓰였다.

리에서 일어날 수 없었다. 리히노브스키 왕자는 그런 내 감정이 거북하다는 듯, 당혹스러운 눈빛으로 나를 보았다.

"부인?"

나는 손으로 눈물을 훔치며 웃어보였다. 당혹스러워하는 그의 마음을 풀어주기 위해 그 손목을 가볍게 건드렸다.

"왕자님께서는 베를린 여행에 대해 말씀하셨죠. 그래, 여행은 어땠나요?"

"저와 볼프강은 서둘러 베를린까지 가지는 않았습니다. 라이프치히를 거쳐서 갔지요. 그곳에서 부인 동생은 요한 세바스찬 바흐의 작품을 연구했습니다."

왕자의 입이 경련을 일으켰다. 그러자 왕자는 코를 손가락으로 툭툭 두드렸다.

"베를린에서는 상수시 궁에서 프러시아 황제를 만났지요. 정말 유쾌한 성으로 정원이 멋진 곳입니다. 황제를 기다리는 동안 테라스를 거닐며 폭포 뒤에 있는 상쾌한 동굴(grotto)에 들어갔지요."

"동굴, 그로토라고요?"

왕자는 갑자기 끼어든 내 말에 움찔했다.

"그렇습니다. 아주 작은 동굴이었죠. 뜨거운 여름이면 피서를 즐길 수 있는 곳입니다. 프러시아 왕은 이집트식 정원을 만들었어요. 파라오 같은 동상이나 신비한 피라미드 모형도 만들어 두었죠."

나는 주머니에 손을 넣어 종이를 만져 보았다. 그로토라는 단어가 머리에서 떠나지 않았다. 나는 눈을 감았다. 그러자 왕자가 내 쪽으로 몸을 기울이며 물었다.

"부인, 어디가 불편하신가요?"

그때 또다시 박수 소리가 들려왔다.

"동생의 부인께서 공연할 차례군요."

올케가 노래를 시작했다.

아, 나는 사랑에 빠졌네.

그 뒤를 이어 올케의 언니 요제파가 아리아를 불렀다. 왕자가 요제파가 시카네더 씨가 연출하는 〈마술피리〉에 나온다고 알려주었다. 하지만 나는 음악에 집중할 수가 없었다. 많은 것이 혼란스러웠다. 리히노브스키 왕자는 베를린에 있는 그로토를 언급했고, 슈타들러 씨는 종이 때문에 공포에 질렸고, 기제케 씨는 숫자에 대해 이상한 말을 떠들어댔다. 나는 그런 생각을 하지 않기 위해 노력했다. 연주를 위해 마음을 비울 필요가 있었다.

손가락이 경직되고 경련이 일었다. 손가락을 처다보는 동안 혹시라도 청중을 실망시키면 어쩌나 걱정이 되었다. 어렸을 때, 볼프강이 눈가리개를 하고 청중이 요구하는 대로 즉흥곡을 연주하며 현란한 기교로 청중들을 기쁘게 만들 때, 나는 초조하게 내 차례를 기다려야 했다. 하지만 동생이 워낙 긴 시간을 공연한 데다 워낙 많은 찬사를 받은 탓에 내가 연주할 시간이 남지 않을 때가 많았다. 아주 많은 시간, 공작과 왕자들이 내 연주를 듣지 않은 채 만찬장으로 향하는 모습을 풀 죽은 채 지켜보아야 했다. 오늘 밤도 역시 그래 주었으면. 빈의 유명한 음악가들도 하나둘 차례대로 동생의 천재성에 빛이 가리고 말았다. 하지만 이제 곧 내가 모차르트라는 이름도 그저 평범한 하나의 성일 뿐이라는 사실을 알리게 되리라. 파라디스 양이 활기찬 카덴차*의 B플랫 장조인 피아노 소나타 독주를 끝냈다. 파라디스 양이 자리에서 일어났다. 가쁜 숨을 몰아쉬는 모습에 자랑스러움과 당당함이 한껏 묻어 있었다.

청중의 환호가 가라앉자 오케스트라가 다시 악기를 정비했다. 거장 살리에리 씨가 나에게 인사를 하더니 피아노를 가리켰다. 내 시선은 그를 향해 있었지만 초점은 흔들리고 배에 경련이 일었다. 청중 앞에서 떨어본 적은 없다. 지금도 청중 때문에 떠는 게 아니다. 내가 두려운 것은 동생이었다. 동생은 나를 어떻게 생각할까?

다리가 후들후들 떨려 일어날 수가 없었다. 물속에 잠긴 것처럼 먹먹했지만, 여기저기서 기침을 하고 웅성거리는 소리는 들을 수 있었다. '난, 연주할 수 없어. 볼프강이 날 부끄러워할 거야.' 그때 어떤 소리가 들려왔다.

"모차르트 부인?"

소리가 나는 쪽을 올려다보았다. 슈비텐 남작이었다. 커프스 밑으로 하얀 레이스가 길게 늘어져 있었지만 손가락 위로 짙은 털이 나 있는 손을 내밀고 있었다. 나는 섬세하면서도 강인한 그 손길에 이끌려 자리에서 일어났다. 남작은 나를 피아노가 있는 곳까지 이끌었다. 남작의 지팡이 소리만이 유일하게 홀에 울렸다.

나는 피아노에 앉아 남작이 앞줄에 있는 자신의 자리로 돌아가는 것을 지켜보았다.

나는 독주자였다. 따라서 지휘자 역할도 겸해야 했다. 하지만 손을 들

---

* '종료'라는 뜻의 이탈리아어로, 악장이 끝날 무렵 등장하는 독주 악기의 즉흥 연주를 뜻한다.

어 올릴 수가 없었다. 연주자 몇 명이 헛기침을 했고 청중석에서 간간이 킬킬거리는 웃음소리가 들려왔다. 그때 슈비텐 남작이 비올라와 첼로 주자의 주위를 환기시키며 손가락을 딱 소리가 나게 부딪쳤다. 나처럼 음악가들도 그가 내리는 명령을 알아차렸음이 분명했다. 그는 손목을 비틀어 박자를 세면서 오케스트라가 협주곡의 알레그로 부분을 시작할 수 있게 했다.

나는 무릎에 올린 손을 쳐다보았다. 손과 건반 사이가 터무니없이 멀어 보였다. 고개를 들어 다시 남작을 보았다. 눈물이 흐르고 턱이 떨려왔다. 그런 내게 남작은 용기를 내라는 듯 웃어 보이며 목관 악기 파트를 보며 선율을 따라가라는 몸짓을 해보였다.

내가 연주해야 할 부분이 되었다. 손을 들어 피아노가 시작되는 부분을 가볍게 쳐나갔다. 악장을 마무리해야 할 부분이 다가오자 손가락과 어깨에 강한 힘이 느껴졌다. 즉흥적으로 정교하고 유쾌한 카덴차를 연주했다. 건반 말고는 그 무엇과도 연결되지 않은 것처럼 몸이 가벼워지면서 의자와 홀 바닥 위로 붕 떠오르는 것 같았다.

깊은 숨을 들이시고 남작 쪽으로 몸을 기울였다. 그는 오케스트라를 고요한 2악장으로 이끌고 있었다. 음악은 나를 달래주었다. 모든 음이 어린 시절 아버지를 따라 마차를 타고 함께 이 마을 저 마을로 돌아다닐 때 내게 말을 걸던 동생의 목소리처럼 들렸다. 건반 하나하나에서 동생의 웃음소리가 흘러나왔다.

마지막 악장의 아르페지오*와 음계는 더욱 신이 났다. 유쾌한 선율이

---

* 화음을 이루는 음을 연속적으로 빠르게 연주하는 방법.

갈채를 받지 못한 내 인생을 완벽하게 만들어준다는 느낌이 들었다.

슈비텐 남작이 나에게 일어서라는 몸짓을 했다. 나는 즐거운 마음으로 튕기듯 자리에서 일어났다. 올케가 언니 어깨에 고개를 묻고 울고 있었다. 남작이 굵은 목소리로 말했다.

"브라보!"

그가 일어나자 다른 사람도 따라 일어났다. 그와 눈이 마주친 나는 웃음을 터트렸다. 순수하고 어린아이 같은 기쁨이 밀려 왔다. 청중의 갈채가 아닌 음악 때문에 느끼는 감정이었다.

남작이 앞으로 나오더니 지팡이를 들었다. 그러자 청중이 조용해졌다.

"우리의 소중한 거장 모차르트 씨는 우리 곁을 떠났습니다. 그러나 놀라운 음악의 힘을 남겨 놓았습니다. 그 힘이 간직한 비밀은 우리 같은 아마추어로서는 추측하는 것도 불가능합니다. 지금 이 순간까지 우리는 알아채지 못했지만, 모차르트는 우리에게 그 비밀을 풀어줄 사람을 남겨 놓았습니다."

그가 나에게 손을 내밀었다.

"감사합니다, 모차르트 부인. 고인이 된 동생의 위대한 영혼을 우리에게 되돌려 주셨습니다."

나는 윗입술을 깨물며 웃었다. 그것은 세련된 반응은 아니었다. 하지만 사람들이 동생의 영혼이 돌아온 것을, 그것도 엄청난 느낌으로 내게 찾아온 것을 알고 있을까? 남작의 말에 사람들이 다시 박수를 쳤다. 그 소리를 들으며 나는 내 영혼과 육체가 어떤 대가를 치르더라도 동생에게 이 순간을 보답하겠다고 약속했다. 동생의 음악을 통해 나는 다시 동생에게 돌아왔다. 우리는 다시 하나가 되었다.

9

슈비텐 남작은 비밀 암호를 기록하는 것처럼 지팡이를 대고 톡톡 두드렸다. 남작의 얼굴은 경직되어 있었다. 그는 강렬한 감정을 드러내지 않기 위해 애쓰고 있었다. 하지만 목소리는 감정을 숨길 수 없었다.

"오늘 밤 볼프강이 우리를 위해 연주한 것 같군요."

"과분한 칭찬이세요."

남작이 코를 문질렀다.

"아니, 전혀 과분한 칭찬이 아닙니다."

"전 그런 칭찬을 받아본 적이 없답니다. 그러니 볼프강이 편지에 당신이 누구보다도 자주 다른 사람에게 친절을 베푸시는 분이라고 적었다는 걸 말씀드려야겠군요."

"그가 우리에게 베풀었던 콘서트에 비하면 아무것도 아닙니다. 일요일 오후면 제가 주관하는 작은 음악 모임을 황실도서관 홀에서 갖고는 했습니다. 저희가 피아노 옆에서 노래를 부르면 볼프강이 연주도 하고 노래도 하면서 화음을 고쳐 주었지요. 저로서는 정말 사랑하는 아들이 세상을 떠나버린 심정입니다."

그때 남작이 고개를 들었다. 눈이 반짝이고 있었다.

"내일 작은 음악 살롱이 열리는데, 참석해 주실 수 있을까요? 부인이 오시면 모임이 한결 빛날 겁니다."

그곳에는 동생과 가까운 사람이 많이 모일 것이다. 어쩌면 그로토에 대해 아는 사람도 있을 테고, 동생의 죽음에 관한 내 의심을 누그러뜨려 줄 사람도 있을 것이다.

"저야 영광입니다. 그저 제 연주가 남작님과 손님들을 실망시키지 않을까 걱정이군요."

"이미 연주를 들어봤습니다. 절대 그럴 리 없습니다."

"청중은 정말 고귀한 분들이셨지요. 음악이 가득한 아름다운 밤이었고요."

남작은 홀을 어슬렁거리는 귀족과 상인들을 쳐다보았다.

"이 사람들은 역겹고 부패한 자들입니다. 향수를 뿌려 가리려 하지만 씻지 않은 몸에서는 악취가 진동하지요. 하지만 당신 말이 옳습니다. 음악은 정말 아름다웠습니다."

나는 연주를 성공적으로 마쳤다는 사실에 흠뻑 기뻐하고 싶었지만, 남작의 태도는 사뭇 심각해 보였다.

"뭔가 문제가 있는 건가요, 남작님?"

"그저 궁에서의 의무 때문에 조금 문제가 있을 뿐입니다. 전 도서관뿐 아니라 검열도 담당해야 하지요. 하지만 전 검열이란 일이 적성에 맞지 않습니다. 누구나 자유롭게 말하고 원하는 것을 써야 한다고 믿으니까요."

남작은 쓸쓸하게 웃었다.

"지금 전 성서 이외의 모든 책을 금지하려는 황제의 정보부 사람들과 끝이 없는 지루한 싸움을 벌이고 있는 중입니다."

그때 리히노브스키 왕자가 슈비텐 남작의 어깨를 잡았다. 슈타들러 씨와 올케도 그와 함께였다. 올케가 내 손을 잡으며 말했다.

"정말 아름다운 연주였어요."

왕자도 그 말을 거들었다.

"협주곡은 정말 거룩했습니다, 모차르트 부인. 볼프강은 엄청나게 시대를 앞선 사람이었지요. 그는 이 세상에 속하지 않은, 거의 천사에 가까운 사람이었습니다. 혹자는 그가 우리에게는 너무나 과분하다고 했었죠. 그래서 죽은 것이라고요. 천국이 그가 살 곳이니까요."

슈비텐 남작이 지팡이로 마루를 툭툭 두드렸다.

"말도 안 됩니다, 왕자님. 볼프강이야말로 그 누구보다도 이 시대에 어울리는 사람이었습니다. 새로운 계몽주의를 대표하는 사람이었고, 자유와 평등, 과학에 바탕을 둔 지적 탐구를 추구하던 사람이었습니다. 그의 모든 노래, 그의 오페라의 모든 주제를 통해 그것을 알 수 있습니다. 진보의 과정을 막는 사람, 그 사람이야말로 볼프강을 죽음으로 내몬 겁니다."

남작은 그런 사람이 가까이 있어 맞서야 한다는 듯 주위를 둘러보았다. 남작이 내뿜는 힘이 의상에 달린 레이스와 장식품과 묘한 대조를 이루었다.

"그러나 볼프강의 생각은 절대 죽지 않습니다. 그는 공포가 예술을 침묵하게 놓아두지 않았으니까요."

나는 그때 리히노브스키 왕자와 슈타들러 씨가 경고의 눈빛을 교환하는 것을 보았다. 남작의 마지막 말은 무슨 의미일까? 볼프강이 공포를 느끼다니, 도대체 무엇 때문에?

"그러니까 거장 모차르트께서는 공포를 느끼지 못했다는 말이군요. 정말로 그랬다면, 그거야말로 엄청난 결점이군요."

갑자기 뒤에서 유연하고 세련된 목소리가 끼어들었다.

"공포는 영혼의 수호자로 머물러야 한다, 지혜의 폭력에 맞서는."

모두 뒤를 돌아보았다. 귀 위로 늘어진 가발을 꼬면서 녹색 코트를 입은 신사가 슈비텐 남작을 보며 웃고 있었다.

"하지만 아이스킬로스*는 또한 자비가 가혹한 심판보다 선행되어야 한다고 했습니다. 경의 고전 공부가 잘못된 것이지요."

슈비텐 남작이 말했다.

"당신이 감독하는 황실도서관에서 하루 종일 사색에 잠겨 있다면 제대로 공부할 수 있겠지요. 하지만 제 의무는 보다 실용적인 일에 국한되어 있군요."

남작의 표정이 경직되었지만 그 말에 대답하진 않았다. 녹색 코트의 신사는 가지고 있던 황금 상자를 열더니 손가락으로 그 속에 있는 것을 조금 집어 양쪽 코로 번갈아 들이마셨다.

"들어보니 왕자께서 모차르트를 천사라고 하시더군요. 세상을 떠나신 거장께서는 정말로 전설이 되어가고 있는 듯합니다. 결국 지상의 권력이 미치지 못하는 세계로 들어가긴 했군요."

그러더니 신사는 갑자기 목소리를 낮추며 말했다.

"아직 우리 중 누구도 벗어나지 못했는데 말입니다."

그 말에 리히노브스키 왕자가 한 걸음 뒤로 물러났다. 왕자의 눈에는 공포가 서려 있었다.

"천사라니? 나는 그저 말이 그렇다는 것이오. 나는……."

"지금으로서는 아주 경솔한 말씀이셨습니다. 이런 일에 경의를 표하는 말도 아니셨고요."

신사가 내게 고개를 숙였다.

"모차르트 부인."

---

* 그리스 비극 시인.

현학적인 그의 태도 때문에 나도 모르게 반발심이 생겨났다.

"당신의 잘못을 고쳐드려야겠군요. 엄밀히 말해서 저는 베어흐톨트 폰 조넨베르크입니다."

"아, 저도 알고 있습니다."

신사는 흔들림 없이 태평하게 대답했다. 잔뜩 움츠러든 죄인 앞에서 자신에게 숨길 수 있는 비밀이란 하나도 없다는 태도로 임하는 사제 같은 말투였다. 신사의 눈초리를 보고 있자니, 남편의 성을 언급한 것이 나도 모르는 어떤 음모에 그를 연루시킨 것 같은 오싹하고 불안한 기분이 느껴졌다. 슈비텐 남작이 얼굴을 찡그리며 말했다.

"모차르트 부인, 이분은 페어겐 백작이십니다. 경찰청장이시죠."

나는 무릎과 상체를 굽히고 인사를 했다.

"백작께서 음악을 사랑하시는지는 미처 몰랐군요."

남작이 말했다. 그러자 페어겐 백작이 다시 가발을 만지작거렸다.

"살리에리 거장을 정말 존경하지요. 황실 작곡가가 다른 이의 곡을 연주할 필요가 생기면 음악 선곡은 그대에게 부탁하겠소, 슈타들러 군."

슈타들러 씨는 잘못을 저지르고 엄격한 교장 앞에 선 학생처럼 꼿꼿한 자세로 서 있었다.

"감사합니다, 백작님."

"하지만 거장 모차르트 씨의 요령 없는 곡은 넣지 마시오."

백작의 말에 내가 말했다.

"요령이 없다고요?"

"백작은 〈피가로의 결혼〉•을 말씀하시는 겁니다. 주인을 배신한 하인이 이기는 오페라이니, 용납할 수 없는 거지요."

슈타들러 씨의 말에 백작이 말했다.

"분명 부인의 동생은 그 오페라를 쓴 이탈리아 불한당에게 속은 겁니다. 유대인이죠, 틀림없이."

"기독교로 개종했지요."

슈비텐 남작이 끼어들었다.

"개인적으로 그런 대화는 결코 허용하면 안 된다는 두려움을 느낍니다만, 어쨌거나 그 친구는 가버렸군요. 아무쪼록 그런 선동적인 음악은 다시 듣지 않았으면 합니다."

이제는 내가 요령 없다는 말에 반박할 차례였다.

"전 〈피가로의 결혼〉이 아주 훌륭한 오페라라고 생각합니다."

내 말에 백작은 비웃듯 콧방귀를 뀌었다.

"경애하는 부인, 독이 쓴맛이 난다면 전혀 해가 될 것이 없습니다. 누구도 삼키려 하지 않을 테니까요. 우리를 파멸로 이끄는 독은 과일이나 설탕 맛이 납니다. 동생 분의 아름다운 음악은 유혹적입니다. 〈피가로의 결혼〉이 내포한 포악한 철학은 독입니다. 그러니까 누군가가 프리메이슨이 품었다고 하는 것과 같은 독 말입니다."

백작이 주위를 둘러보았다. 리히노브스키 왕자와 슈타들러 씨는 고개를 떨어뜨리고 있었고 남작은 한숨을 쉬었다.

"젊은이들은 평등과 여러 가지 근사한 생각에 이끌려 프리메이슨으로 갑니다. 그런 젊은이들은 프리메이슨의 일원이 된다는 목숨을 건 맹세를 한 후에야 프리메이슨이 우리 체제를 뒤흔드는 전복을 꿈꾼다는 걸 알게

• 〈돈 조반니〉, 〈마술피리〉와 함께 모차르트 3대 걸작 오페라로 꼽히는 오페라 부파이다.

되지요."

그 말을 들으니 볼프강이 쓴 글이 생각났다.

"프리메이슨이 정말로 위험한가요?"

"프리메이슨 비밀결사단이 미국 혁명을 이끌었지요. 워싱턴, 제퍼슨, 프랭클린 같은 이름은 들어봤을 겁니다. 모두 정부와 군주라는 자연의 질서를 전복하겠다는 의지를 분명히 밝혔지요. 모두 프리메이슨입니다. 교황 성하께서는 그들을 비난하셨습니다."

"하지만 볼프강은 그저……."

백작이 눈썹을 치켜 올렸다.

"계속해 보시지요."

"그저 음악가일 뿐입니다."

왠지 나 자신이 무기력하게 느껴졌다.

"볼프강이 전복을 꿈꾸다니, 말도 되지 않아요."

"거장 모차르트 씨는 몇 년 전 〈후궁 탈출〉*로 큰 성공을 거두었죠. 그 오페라 기억하십니까?"

"물론입니다."

"국가와 인종의 화해라는 주제야 갈채를 받을 만했죠. 그것이 일루미나티**의 작품이라는 사실만 생각하지 않으면 말입니다."

"지금은 그만 하시죠."

● 요제프 2세의 국민 극장에서 공연하기 위해 작곡한 오페라. 세련된 징슈필로, 터키 술탄에게 잡혀가 후궁에 갇힌 두 여인의 모험담이다.

●● 일명 광명파라고도 하며, 엄밀히 말하면 바이에른 일루미나티이다. 계몽주의 시대인 1776년에 설립된 비밀결사로, 많은 음모론자들이 신세계 질서를 확립하기 위해 뒤에서 활동한 주모자라고 믿는 단체이다.

남작이 말했다. 하지만 내가 백작에게 물었다.

"무슨 말씀이신가요?"

남작이 다시 냉소적인 표정으로 무언가를 말하려고 했지만, 페어겐 백작은 교활하게 남작의 입을 다물게 했다.

"일루미나티의 목적은 저보다 남작이 더 잘 설명할 수 있지요."

또다시 주먹이 날아올지 몰라 균형을 잡으려 하지만 결국 견디지 못할 것을 아는 권투 선수들처럼 남작이 발을 바꾸었다. 백작이 계속 재촉했다.

"제발, 숙녀 분께 설명해 주시지요."

"바이에른에서 결성된 비밀결사 조직입니다. 종교와 국가의 편견을 종식시키려 했지요."

남작은 자신을 추스르고 페어겐 백작에게 몸을 돌렸다.

"그러니 사제들과 정부 관료들의 엄청난 분노를 사게 됐죠."

"당신은 종교적 원한과 국가적 증오라고 말하겠지만, 나는 단순하게 결코 전복되어서는 안 될 종교와 국가라고 부르겠습니다."

백작의 말에 올케가 백작에게 다가갔다.

"볼프강은 종교에 맞서지 않았어요. 그이는 황제 폐하를 사랑했고요."

"위험한 일루미나티 오페라*에 나오는 지도자 이름이 콘스탄체였죠. 첫 글자가 C가 아닌 K라고 해서 순순히 속을 만큼 내가 바보는 아닙니다."

흥분한 올케가 발을 굴렀다. 그러자 남작이 끼어들었다.

"너무 앞서나가시는군요. 거장의 아내를 의심하는 겁니까? 아시겠지만

• 〈후궁 탈출〉을 뜻함.

프리메이슨이 그렇듯 일루미나티도 모두 남자였습니다."

백작이 고개를 으쓱했다.

"적어도 거장 모차르트 씨의 시시한 프리메이슨 음악은 공연 목록에 없더군요. 난 자연스러운 공포에 영향을 받으며 쓴 그 곡이 무척 마음에 드는데 말입니다."

또다시 동생이 공포를 느꼈다는 이야기가 나왔다.

"동생은 어째서 그런 무시무시한 감정을 느낀 걸까요, 백작님?"

"죽음과 최후의 심판 때문이지요. 며칠 전에 거장 모차르트 씨의 장례식이 열릴 때 저도 성 미카엘 성당에 있었습니다."

슈비텐 남작이 올케의 팔을 잡아 부축했다. 그가 말했다.

"그때 볼프강의 〈레퀴엠〉을 연주했습니다. 그가 죽기 얼마 전에 완성한 곡이죠."

"정말 경이로운 곡입니다. 주님의 경이로운 위엄이 그 곡에 손질을 가하신 거죠. 야비한 오페라 소극에서 비열한 하인이 시시한 언쟁을 벌이는 것보다 훨씬 위대한 음악입니다."

백작의 말에 남작이 대꾸했다.

"그래, 백작께서는 음악을 들으러 성당에 가신 건가요, 아니면 자신의 죽음을 맞기 위해 가신 건가요?"

남작이 허리를 곧게 펴고 화가 난 듯 콧숨을 내쉬었다.

"물론 성 미카엘 성당의 측랑에는 우리 페어겐 가문의 묘지가 있습니다. 하지만 굳이 그곳을 방문할 필요는 없지요. 죽음은 항상 우리와 함께 하니까요."

그 말을 하며 백작이 또다시 코로 물질을 들이켰다. 남작이 참을 수 없다는 듯 신랄한 표정을 지었다. 백작이 계속 말했다.

"사실, 지금도 죽음이 우리 가운데 어슬렁거리는 게 보입니다. 도대체가 누가 산 사람이고 누가 유령인지 도통 모를 때가 많습니다."

백작이 손을 뻗어 남작의 은색 코트 장식을 툭 치며 말을 이었다.

"실제로 만져보기 전까지는 말이지요."

올케의 다리가 풀리면서 남작의 팔 위로 쓰러졌다. 다른 사람들이 올케를 정신 차리게 하려고 애쓰는 동안 페어겐 백작은 나에게 정중하게 인사를 했다. 왼발을 뒤로 빼고 과장되게 팔을 휘두른 백작은 오른쪽 무릎을 깊이 숙였다. 쭉 뻗은 백작의 다리는 실크스타킹 속에서 안으로 굽은 것처럼 보여, 마치 풍자만화에 나오는 아첨꾼처럼 보였다. 그는 천천히 보조를 맞춘 걸음으로 멀리 떠나갔다.

나머지 사람들은 아래층으로 내려와, 어두운 밤길로 사람들을 데려갈 마차가 올 때까지 화로 옆에서 기다렸다. 슈비텐 남작은 나를 향해 모자 끝을 들어 보이며 마차에 올랐다. 경찰청장을 만난 후 창백해진 리히노브스키 왕자는 아주 우울한 얼굴로 마차에 탔다. 슈타들러 씨는 한마디 말도 없이 떠났다.

빈 전체가 동생의 죽음을 슬퍼하며 눈물을 흘리는 것 같았다. 하지만 그 속에는 동생의 친구들이 느끼는 자기 연민과 공포도 있었다. 동생의 친구들은 동생에게 일어난 끔찍한 일이 자신들에게도 일어날 거라고 믿고 있는 듯했다. 나는 날이 밝으면 볼프강의 무덤에 가보려고 했지만 협회 홀에서 나눈 대화 때문에 그 시기를 늦추기로 했다. 동생을 찾아가 마지막 인사를 하기 전에 동생에게 일어난 일을 알아낼 필요가 있었다. 살아 있는 동안 우리는 서로에게 침묵했다. 하지만 동생 무덤에 서면 우리 사이에 더 이상의 비밀은 없을 것이다.

집으로 돌아가는 동안 올케는 어두운 거리에 시선을 고정하고 있었다. 백작의 의심이 가련한 여인을 공포에 질리게 한 것이 분명했다. 나는 성공적인 연주가 불러온 환희를 억눌렀다. 지금은 축하할 시간이 아니었다.

하지만 오늘 밤 내가 연주한 음악이 준 즐거움은 페어겐 백작의 협박을 뛰어넘을 정도로 컸다. 그런 저명한 사람들 앞에서 동생의 곡을 연주했다는 사실에, 한때 완전히 잊어버렸다고 생각했던 동생의 존재를 느꼈다는 사실에 너무나도 기뻤다.

올케에게 작별 인사를 하고 케른트너 가를 향해 달려가는 마차를 쳐다보았다. 밀가루 시장의 고요를 온몸으로 호흡하며 '섭리의 분수' 가에 앉았다. 여신의 발밑에 있는 차가운 손을 내 손으로 튕기며 볼프강의 협주곡 선율을 흥얼거렸다. 문득 슈비텐 남작의 삶이 궁금해졌다.

10

아침 햇살이 낡고 뒤틀린 유리창에 부딪쳐 침실 커튼 사이로 밝게 빛나고 있었다. 환상 속 성인이 발산하는 순수한 빛처럼 은색을 띤 햇살이었다. 팔을 위로 쭉 뻗어 기지개를 켜서 무거운 겨울날 피로를 날려 버렸다. 연주회의 흥분이 내 몸을 훈훈하게 감쌌다.

레널이 침대 기둥 옆에서 커튼을 묶으며 인사했다.

"안녕히 주무셨어요, 마님."

침대에서 일어나 잠옷 밑에 가려진 다리를 구부려 무릎과 가슴을 맞대고 앉았다.

"그래, 잘 잤어."

"어제 돌아오셨을 때 엄청 행복해 보이셨어요. 엄청 근사한 연주회였나 봐요."

"오랫동안 내가 꿈꾸던 바로 그런 밤이었어. 그런 경험을 할 거라는 기대조차 하지 못했던 그런 밤 말이야."

레널이 웃으며 내 실내복을 들었다.

"어제는 한마디도 하지 않으셨지요. 마치 꿈꾸는 것처럼 덩실덩실 춤을 추며 침대로 가셨잖아요."

나는 슬리퍼를 신고 레널이 옷을 입히도록 내버려두었다. 레널은 화장대 위에 놓인 쟁반에서 뜨거운 초콜릿을 따라왔다. 나는 충만한 기쁨을 느끼며 초콜릿을 음미했다.

"레널, 오늘 또 한 번 연주해야 해. 멋진 신사들이 모인 곳에서."

"진짜 근사한 분들이 오시나 봐요, 마님. 마님이 엄청 유명해지시겠어요."

하지만 레널의 목소리에는 다소 비난이 담겨 있었다. 소박하고 종교적인 레널은 내가 빈에 있는 내내 동생 무덤에서 무릎 꿇고 기도해야 한다고 생각할 것이다. 하지만 나는 레널을 훈계할 생각이 없었다.

"여기서 해야 할 일이 아주 많아."

그때 계단을 올라오는 묵직한 나막신 소리가 들렸다. 누군가 문을 두드렸다. 아직 내가 옷을 입지 않았기 때문에 레널이 문을 살짝 열고 집안일로 거칠어진 손을 내밀었다. 레널이 밖에 있는 사람이 건넨 편지를 나에게 가져왔다.

봉랍 위에 찍힌 인장을 보니 누가 보낸 편지인지 알 것 같았다. 막달레나 호프데멜의 집에 가던 날 슈비텐 남작의 마차에서 보았던 문장이었다. 나는 아랫입술을 지그시 깨물었다. 남작은 밤에 있을 모임에 꼭 참석해 달라고 했다. 하지만 그 전에 함께 만나 점심을 먹자고 했다. 단둘이 만나야 할 특별한 이유가 있다고 했다. 편지는 정중했고 사적인 감정이 섞여 있지 않았지만 마음을 설레게 하는 보이지 않는 열정이 숨어 있었다.

"편지함을 줘. 즉시 답장해야 해. 그리고 남작님과 함께 점심을 먹을 수 있도록 옷을 준비해 줘."

레널이 잉크 뚜껑을 열었다. 나는 화장대 위에 편지지를 놓고 식사 초대를 받아들인다는 간단한 답변을 적었다.

"와, 남작님과 식사라니, 전부터 아시는 분인가요?"

"아니, 어제 연주회 때 처음 뵌 분이야."

"남작님이라니, 집으로 돌아가시면 꿈을 꾸신 것처럼 느껴지실 것 같아요."

"남작이라는 작위에 내가 기죽을 거 같아, 꼬마 아가씨? 왕과 황후들 앞에서도 거뜬히 연주했는데?"

레널이 살짝 고개를 갸우뚱했다. 피아노를 연주하는 것과 점심을 먹는 일은 아주 다른 일이라고 생각하는 것 같았다. 나는 편지를 봉투에 넣고 돈주머니에서 크로이처를 몇 개 꺼냈다.

"아래층에 가서 주인에게 부탁을 해. 심부름꾼 아이를 부려 이걸 황실 도서관에 갖다 주라고."

레널이 절을 하고 아래층으로 내려갔다. 나는 쇄골 아래로 늘어져 있는 금발 머리를 툭툭 쳤다. 양손으로 머리카락을 머리 위로 모두 올려보았다. 나는 즉시 남작에게 가고 싶었다. 아침 쟁반을 치우고 레널이 내 머리를 장식하기 위해 가져온 리본 상자를 꺼냈다. 위가 요동치듯 떨렸다. 더이상 초콜릿을 먹을 기분이 아니었다.

리본 상자를 제자리에 돌려놓으려고 할 때 화장대 위에 또 다른 편지가 보였다. 쟁반 밑에 놓여 있어 보지 못했던 것이다. 내 앞으로 온 그 편지는 필체가 작고 들쭉날쭉한 것이 남편이 쓴 것이 분명했다.

엄지손가락으로 편지 봉투를 찢었다. 내가 출발하고 이틀이 채 지나기 전에 쓴 편지라 이렇게 빨리 도착할 수 있었다. 편지를 읽었지만 마음이 심란해서 집중할 수가 없었다. 어째서 그런지는 생각하지 않기로 했다. 나는 처음부터 다시 읽어나갔다.

친애하는 부인에게,

부인, 빈에 무사히 도착해 처남댁을 위로해 주었을 것이라고 믿소. 내 직무실과 내 의무들이 극심하게 방해받는 지독한 혼돈 속에서 아이들과 내가 당신이 빨리 귀가하기를 간절히 바라고 있다는 것을 분명히 알 것이오. 당신이 빈에 간 목적이 조속히 처리되기를 바라오. 빈처럼 평판이 나쁜 도시는 살인도 빈번할 테지만 처남의 사인에 대해서는 훨씬 합당한 설명을 그대로 받아들일 거라 믿겠소.

남편의 편지를 읽는 동안 명랑했던 내 기분이 우울해졌다. 화장대 거울에 비친 내 표정은 수녀의 잔소리를 듣는 주일학교 학생처럼 침울했다. 편지는 다음과 같이 이어지고 있었다.

당신 아들은 피아노 연습을 게을리하지 않고 있지만, 내 귀를 불쾌하게 만드는 그 아이의 유치한 피아노 소리를 들어보면 모친 같은 훌륭한 능력이 생길 것 같지는 않아 보이오.

귀여운 레오폴트가 피아노 앞에 앉아 있는 모습이 떠올랐다. 분명 남편이 그 애 연주 소리를 들으며 내 연주를 떠올릴 거라 생각하니 웃음이 나왔다. 필시 내가 자신을 위해 연주했던 즐거운 시간이 떠올라 편지를 써야겠다는 생각이 들었을 것이다.

문이 열리고 레널이 들어왔다.

"심부름하는 아이가 남작님께 갔어요, 마님."

남작이라는 소리에 다시 기분이 좋아졌다. 나는 약간의 죄책감을 느끼며 남편의 편지를 내려다보았다. 신앙을 생각하고, 신 앞에서 했던 서약을 떠올려 보았다. 나는 언제나 우리 주 그리스도와 성모 마리아에게 헌신했다. 성 금요일*마다 잘츠부르크 인근 성당을 돌며 수십 번 기도했고,

성 카예탄 성당 계단을 무릎 꿇고 올랐다.

레널이 내가 들고 있는 편지를 쳐다보았다. 소녀의 얼굴에 죄책감이 어렸다.

"죄송해요, 마님. 그 편지를 완전히 잊고 있었어요. 어젯밤 늦게 왔거든요. 마님이 엄청 늦게 오신 데다 엄청 즐거워 보이셔서 기분을 망쳐드리고 싶진 않았어요."

"어째서 이 편지를 보여주면 내 기분을 망칠 거라고 생각했지?"

"그야, 그게…… 그분에게서 온 것 같아서요. 그렇지 않나요?"

레널이 두 손으로 앞치마를 움켜쥐었다. 하인들은 언제나 내 인생에 문제였다. 아버지는 언제나 내가 하인들을 너무 모질게 대한다고 했다. 하지만 나는 하인들이 무례한 것을 용서할 수 없었다. 레널을 힐책하는 의미로 나는 눈을 크게 뜨고 입술을 앙다물었다. 하지만 레널의 눈에 고인 눈물을 보니 안쓰럽기도 했다.

나도 분노한 안주인 앞에서 벌벌 떨었던 적이 있다. 볼프강이 잘츠부르크를 떠나 빈에 갔을 때는 감정 상태가 극도로 나빠져 침대에서 울면서 지냈다. 그때 나는 동생이 떠나버렸으니 아버지가 죽으면 의지할 데가 하나도 없다는 공포에 사로잡혀 있었다. 아버지는 늘 혼자 남은 여인은 하녀가 될 수밖에 없다고 했다. 내가 레널 같은 허드렛일을 하는 하녀가 될 리는 없겠지만, 입주 가정교사가 되는 것도 내게는 끔찍했다. 어쩔 수 없이 남편의 아이들을 맡아 길러야 했을 때도 그리 좋지 않았다. 나는 종속되는 것이 견딜 수 없었다. 아버지도 그것을 알고 있었고, 내게 맞는 남편

● 예수 수난일.

을 찾을 때까지 그 때문에 걱정이셨다.

나는 편지를 접고 노여움이 누그러진 목소리로 말했다.

"옷을 준비해줘, 레널."

레널이 여행 가방이 있는 쪽으로 갔다.

"몸통에 레이스가 달린 자주색 드레스가 좋겠어."

"물론이죠, 마님."

남편의 편지를 편지함에 넣었다. 나중에 남작의 모임에 초대받았다는 소식을 전해야겠다고 생각했다. 황실 고위관리가 나를 초대했다는 사실을 알면 남편은 분명 기뻐할 것이다. 내가 남작에게 동생의 마지막 나날에 대해 알아내고 싶다는 것, 남작이라는 작위 때문이 아니라 콜랄토 궁 앞에서 그를 처음 봤을 때부터 왠지 모를 설렘이 있었다는 것 등은 굳이 말할 필요가 없으리라.

레널이 드레스를 침대 위에 펼쳐놓고 서랍에서 속옷을 꺼냈다. 레널이 코르셋을 펼치자 코르셋 뼈대가 투두둑 소리를 냈다. 나는 잠옷을 벗고 레널이 코르셋을 두를 수 있도록 가만히 서 있었다.

"내가 일을 처리하는 동안 빈을 조금 둘러보는 게 어때?"

"성당을 조금 둘러봤어요. 어머니를 위해 기도했답니다. 정말 멋진 곳이에요."

레널이 레이스를 묶으며 말했다. 내가 심호흡을 하자 레널이 보다 세게 끈을 잡아당겼다.

"빈이 마음에 들어?"

레널이 침대에서 드레스를 들어 내 머리에 씌우면서 말했다.

"장크트길겐보다 좀 더 걸을 곳이 많아요, 마님."

거울을 통해 어깨 너머의 레널과 시선이 마주쳤다. 레널은 시선을 아래
로 내리며 등 뒤의 레이스를 묶었다.

"집으로 돌아가는 남작님들도 없고요."

옳은 말이었다. 우리 마을에 슈비텐 남작 같은 사람은 없었다.

11

팔피 궁의 초록색 파사드를 지나 도서관 마당으로 들어갔다. 볼프강이 귀족 후원자들을 위해 자주 연주하던 곳이다. 동생을 위해 기도하며 조용히 그의 아리아를 흥얼거렸다. 마당을 지나자 석회암으로 만든 거대한 황실도서관이 상쾌한 오후 햇살에 반짝이는 모습이 보였다. 맥박이 빨라지면서 어린 시절 궁전에 들어갈 때마다 느꼈던 흥분이 되살아났다. 동생의 아리아가 휘파람이 되어 흘러나왔다.

문지기가 나를 설화석고로 만든 계단으로 안내했다. 계단 옆의 창문이 오후 햇살을 걸러내지 않고 황금색으로 빛나게 하는 그런 곳이었다. 올라가면서 만나는 곳은 단순히 거리의 먼지와 소음을 뒤로 두고 온 곳이 아니었다. 모든 것이 찬란하게 빛나는 곳이었다.

계단을 모두 올라가자 활짝 열린 멋진 밤나무 문이 보였다. 근사한 홀로 통하는 문이었다. 떡갈나무로 만든 책장이 크림색 대리석 바닥 위로 높이 솟아 있었다. 황금 잎에 새긴 로마 숫자가 도서 목록의 위치를 알려주고 있었다. 굵은 상아색 기둥이 화려한 천장 프레스코화에 닿아 있었다.

한 사서가 책을 가득 안고 발판 사다리에서 내려왔다. 그 사람에게 슈비텐 남작에게 안내해 달라고 부탁했다. 사서는 사다리 뒤에 있는 선반을 밀었다. 그러자 책장이 돌아가면서 작은 책상 하나가 간신히 들어갈 정도의 작은 방이 나왔다. 남작은 그 방 창턱에 앉아 어떤 사본을 읽고 있었다.

"모차르트 부인."

남작은 조심스럽게 사본을 책상에 내려놓으며 사서를 물러나게 했다.

"수고했네, 슈트라핑어."

남작은 자개단추가 달린 검은색 프록코트와 화려한 푸른 조끼를 입고 있었다. 그는 고개를 숙여 내 손에 입을 맞추었다. 나는 그가 들고 있던 사본을 쳐다보았다. 내 시선을 좇은 그가 웃었다.

"양피지입니다. 로마 황제의 역참 제도를 알 수 있는 지도이지요. 이걸 보세요."

남작이 책상으로 가더니 가까이 오라고 손짓했다.

"여기를 보세요. 이탈리아 끝자락이지요. 여기는 세르비아, 알바니아, 그리스구요."

내 팔뚝만 한 지도였다. 지도 모서리가 세월에 쓸려 심하게 바래 있었다.

"얼마나 된 건가요?"

"5세기 무렵에 필사된 사본입니다."

양피지 사본에서 마른 가죽 냄새가 났다.

"아름답지요?"

"네, 정말 그래요."

"사실 그저 아름답다는 말로는 부족합니다. 정말 근사한 물건이지요."

남작이 방에서 나가자는 몸짓을 했다.

"보여드릴 게 있습니다."

도서관 중앙 홀에 있는 책상으로 간 남작은 크고 얕은 서랍을 열었다.

"잘츠부르크에서 태어난 음악가시니, 이걸 좋아할 겁니다."

나는 소박한 악보가 표시된 종이를 쳐다보았다. 붉은 선에 X자로 음표를 적은 악보로 라틴어 가사가 적혀 있었다.

"어떤 노래인지 아시겠지요? 자, 보세요."

남작이 풍부한 바리톤 성량으로 첫 소절을 불렀다.

"내게 조용히 하라고 말할 사람이 아무도 없는 것, 이것이 도서관 우두머리가 누리는 특권이지요. 성 베네딕트의 죽음을 이야기하는 노래입니다. 교회 성찬식 때 부를 노래였지요. 600년 전에 당신의 도시에서 필사한 겁니다."

"정말 놀라워요."

남작이 자식을 자랑스러워하는 부모처럼 활짝 웃었다. 남작은 자신도 의식하지 못한 채, 별자리가 그려진 내 키만 한 친구를 빙글빙글 돌렸다.

"정말 놀랍지요. 하지만 현대 음악가들에게는 너무 구식인데다 거의 쓸일도 없지요."

"저도 그렇게 생각해요."

"하지만 볼프강의 음악은 다를 겁니다. 그의 음악은 앞으로 600년 뒤에 태어난 음악가들에게도 엄청난 영감을 줄 겁니다."

남작은 볼프강의 음악을 생각하면 힘이 솟는 것 같았다. 그가 크게 팔을 휘두르자 팔꿈치가 사다리를 쳤다. 그 때문에 그 위에 서 있던 사서가 사다리를 움켜쥐어야 했다. 남작은 놀란 사서를 올려다보고는 홀을 가로질러 갔다. 둥근 지붕에 그려진 장엄한 프레스코화 밑에서 남작은 뒷짐을 지고 윤기 나는 대리석 위를 거닐었다.

"빈에 오신다는 걸 알았으면 장례식을 연기했을 겁니다, 부인."

"제발, 사과하실 필요 없어요. 남작님이 장례를 주관하고 비용을 대주셨다는 걸 알고 있어요. 제가 할 일은 오직 감사뿐이랍니다."

"요즘 관습을 아실 겁니다. 그저 아주 소박한 장례였지요. 공간을 확보하기 위해 10년 안에 파내야 할 평범한 무덤이었어요."

"당연한 일이지요."

"조금 비인간적인 일입니다. 하지만 죽은 이의 영혼이 그 뼈보다 훨씬 중요하다고 생각합니다. 그렇지 않습니까?"

"물론이에요."

남작은 두 손을 기도하는 것처럼 가슴에 모았다.

"한 가지 말씀드릴 것이 있습니다, 부인. 볼프강을 장례식장으로 보내기 전, 제가 의사들을 불러 사인을 조사했습니다."

남작의 손바닥에서 볼프강의 유령이 나와 움켜쥔 것처럼 내 손가락은 감각이 없고 차가워졌다.

"제 아버지는 마리아 테레지아 황후의 의사셨습니다. 태어나면서부터 제 주위에는 과학자들이 가득했죠. 최신 과학은 제게 낯설지 않습니다. 의술도 마찬가지입니다. 그래서 제가 신뢰하는 의사에게 조사를 부탁했습니다. 그에게 제 의심을 말했던 거지요."

긴장 때문에 숨이 막혔다. 코르셋 뼈대들이 내 갈비뼈를 힘껏 조이고 있는 것 같았다.

"그분이 뭐라고 하셨죠?"

남작은 높은 창문에 아른거리는 햇살을 응시했다.

"그 의사는 볼프강의 주치의가 내린 결론에 동의하지 않았어요."

흥분하고 불안해하는 모습을 감추기 위해 나는 남작에게 등을 돌렸다.

"하지만 볼프강의 주치의께서는 피부에 난 발진이 그 애가 열병으로 죽은 증거라고 하셨어요."

"그 의사는 지금이 중세라도 되는 것처럼 치료한답시고 볼프강의 정맥을 절개했습니다. 그는 볼프강이 과도한 우울증과 무기력증 때문에 아프다고 하더군요."

남작이 손바닥을 딱하고 마주쳤다.

"그 의사는 바보입니다."

"그렇다면 동생은 왜 죽은 걸까요?"

남작은 목을 쓰다듬었다.

"제가 의견을 구한 그 의사 역시 볼프강의 임종을 지켜보았습니다. 그 의사 이름은 살라바입니다. 저는 그 의사의 의견을 존중합니다."

"그분은 다른 진단을 내리셨나요."

"그렇습니다."

동생의 죽음에 의문을 품은 친구가 슈비텐 남작 한 사람만은 아닐 것이다. 하지만 다른 사람들은 모두 진실 앞에서 공포에 떨고 있었다. 그러나 남작은 달랐다. 볼프강에 대한 애정이, 정의에 관한 신념이 전날 연주회에서 내 긴장을 풀어주기 위해 보여준 남작의 자상함보다 훨씬 강하게 나를 끌어당겼다.

남작은 나선형 석조 계단을 걸어갔다. 그를 따라 두 번째 책장 열이 있는 회랑을 걸었다. 남작은 치렁치렁하게 늘어진 가발을 쓴 늙은 황제의 대리석 반신상 뒤에 서서 나를 기다렸다. 아래쪽 도서관은 조용했다. 들리는 소리라고는 수레로 책을 나르는 슈트라핑어의 발소리뿐이었다.

"거장 하이든이 런던 공연을 위해 떠났던 그해 초였습니다."

남작이 속삭이듯 말을 시작했다.

"볼프강은 그를 포옹하며 다시는 못 보게 될 것 같아 걱정스럽다고 했어요. 하이든은 잘해냈습니다. 그때 전 볼프강이 먼 여행이나 런던의 지루한 비가 나이 든 하이든에게 안 좋게 작용할까봐 걱정하는 거라고 생각했습니다. 하지만 지금 생각해 보면 제가 그의 말을 제대로 이해하지 못했던 겁니다."

"그러니까 남작님 말씀은, 동생이 자신의 죽음을 언급했다는 건가요?"

남작이 조끼 자락을 움켜쥐었다. 어찌나 강하게 잡았는지 손톱이 새하얗게 변할 정도였다. 그는 가까이 있는 책장에서 두툼한 갈색 가죽 표지로 덮인 책을 꺼냈다. 책장을 넘긴 남작은 그 책을 내게 내밀며 펼친 페이지를 손가락으로 툭툭 두드렸다.

"아쿠아 토파나."

동생이 중독되었다고 믿은 그 독약이었다. 이탈리아어로 적혀 있는 그 책은 16세기에 살았던 시칠리아 여인, 시그노라 토파나가 아쿠아 토파나를 만들었다고 했다. 토파나는 아무 흔적 없이 남편을 독살하고 싶은 여성들에게 그 약을 팔았다는 것이다.

"비소와 가짓과의 유독 식물인 벨라도나와 납을 섞어 만듭니다. 물과 섞으면 맛도 색도 없지요."

나는 펼쳐져 있는 페이지를 들여다보았다.

"아쿠아 토파나의 증상은 환각과 환상을 보고, 죽음에 대한 강박관념과 불안에 휩싸이고, 복통이 오고, 신장 기능이 떨어지고, 부풀어 오르고……."

더 이상 읽어나갈 수가 없었다.

"피부에 발진이 생기죠."

남작이 이를 앙다문 채 말했다.

"모두 볼프강의 증상과 일치합니다."

"동생이 환각을 보았나요?"

"볼프강은 사방에 적이 있다고 생각했습니다. 얼마 전 길에서 만났을 때입니다. 그는 손가락을 입에 대고 조용히 하라고 하더군요. 그러더니 위험한 사람이 쫓아오기라도 하는 것처럼 사방을 둘러봤습니다."

남작이 책을 다시 가져갔다.

"어쩌면 환각이 아닐 수도 있지만요."

"하지만 볼프강은 다른 사람에게 협박받고 있다는 얘길 써 보낸 적이 한 번도 없어요."

"빈은 이 몇 년 동안 바뀌었습니다, 부인. 이렇게 표현하는 걸 용서해 주셨으면 합니다만, 두 사람이 전혀 연락하지 않은 동안에 말입니다. 원래 빈의 예술가들은 생각을 자유롭게 표현할 수 있었습니다. 제약 없이 무엇이든 말할 수 있었지요. 심지어 정치 문제까지도 말입니다."

"하지만 지금은?"

그때 끝에 있는 문이 열리고, 붉은 저킨*을 입은 시동이 들어왔다.

"점심식사 준비가 끝났습니다, 남작님."

남작은 책을 다시 책장에 꽂았다.

"이런 시기에는 절대로 실수를 해서는 안 되지요."

남작을 따라 복도로 나왔다. 내 뒤에서 시동이 문을 닫을 때 안쪽에서 누군가 속삭이는 것 같은 소리가 들렸다. 멈춰 서서 귀를 기울였지만, 더 이상 아무 소리도 들리지 않았다. 그저 내 치맛자락이 책장에 쓸리며 낸

• 소매 없는 짧은 남성용 상의.

소리일 거라고 생각하기로 했다.

12

남작의 거처에 있는 클라비코드의 뚜껑 위에는 가죽 장정을 두른 두꺼운 책 여러 권과 악보들이 놓여 있었다. 건반 위에는 악보가 몇 장 있었다. 〈죽은 거장〉이라고 적힌 악보는 여러 차례 고친 흔적이 남아 있는 미완성 작이었다. 남작은 악보를 아무렇게나 한데 모아 헝가리 건축에 관한 논문 밑에 숨겼다.

"남작님이 작곡하신 건가요?"

"그저 볼프강의 죽음에 대한 내 감정을 표현해보고 싶었어요."

"제가 좀 볼 수 있을까요?"

남작이 고개를 저었다.

"내 음악이 모두 그렇듯이, 이것도 아주 딱딱합니다."

그 순간 남편이 생각났다.

"단단한 표면 밑에 부드러움이 있다는 걸 여러 번 경험했지요. 분명히 제 마음에 들 거예요."

남작의 표정이 난감해지더니 살짝 얼굴을 찡그렸다.

"제 곡은 부인의 손만 귀찮게 할 겁니다. 그저 아마추어로 친구들과 연주하는 걸로 족합니다. 제 곡은 이 방에 숨겨놓을 생각입니다. 제 비천한 비밀로 말입니다."

남작이 짙은 초록색 벽 위에 그려진 노란색 아라비아풍 무늬를 손으로 쓰다듬었다. 어깨를 으쓱한 남작은 내게 팔을 내밀더니 식당 문으로 갔다. 식당은 푸른색과 흰색 능직으로 장식되어 있었다.

시종이 에메랄드 빛 포도주를 따랐다. 남작이 잔을 들어 올리며 말했다.

"아주 좋은 포도주입니다. 바하우 산이죠. 빈에서 다뉴브까지 이어진 곳입니다. 20년 쯤 숙성되어 아주 풍부하고 뛰어난 맛을 자랑하지요."

"좋은 포도주에는 익숙하지 않아요."

"산악 지방에서 산다면 호수의 순수한 물을 마시는 것이 자연스럽죠. 하지만 빈의 물은 심각하게 오염되어 있습니다. 그걸 마신다면 분명 일주일 만에 죽고 말 겁니다. 그러니 포도주나 맥주뿐이죠. 그 외에는 무덤뿐입니다."

죽음이라는 단어가 나오자 남작은 입으로 가져가던 술잔을 잠시 멈추었다. 그는 아첨에 불쾌해진 사람처럼 입을 오므렸다. 나는 포도주를 마셨다.

"정말 근사한 포도주군요, 남작님."

"우울한 분위기를 용서해 주십시오. 볼프강의 죽음에 의혹이 있다는 생각을 지울 수 없습니다. 어쩌면 수년 동안 궁에 맴돌던 음모 때문일 수도 있다고 생각합니다. 음모는 어디에나 있으니까요."

"제가 그저 동생의 무덤에 참배하기 위해 이곳에 왔다고는 생각지 말아주세요. 저 또한 동생의 죽음에 석연치 않은 뭔가가 있다고 생각했답니다."

"그렇습니까?"

남작이 놀라면서도 안심이 된다는 듯이 말했다.

"그렇습니다."

나는 유리잔의 가장자리를 손으로 문질렀다.

"동생의 죽음이 남작님께 커다란 영향을 미쳤나 봅니다."

남작이 식탁을 두드렸다.

"볼프강의 음악은 내게 열정을 주는 모든 것이었지요. 그가 가버린 지금 저는 절망하고 있습니다. 제 자신의 삶에 대해서도, 제국의 운명에 대해서도 말입니다."

시종이 내 앞에 소고기 수프가 든 접시를 놓았다.

"제국이라고요?"

"현재 평등과 자유라는 새로운 사상이 유럽 전역에서 지식인의 삶을 바꾸고 있습니다. 저는 황제에게 제국 정책도 계몽주의 정신에 기반을 두어야 한다고 했습니다."

남작은 소고기 수프를 휘저었지만 먹지는 않았다.

"정말로 이 나라에 혁명이 일어날까요?"

"유럽의 여러 위대한 군주 국가에서 불가능해 보이던 혁명을 겪고 있습니다. 불과 20년 전에 조지 왕은 식민지 미국에서 패배의 아픔을 맛보아야 했지요. 루이 왕은 몇 달 전에 베르사유 궁에서 쫓겨났습니다. 하지만 이 나라에 그런 일이 일어날 것 같지는 않습니다."

"정말 다행이에요."

"물론, 저야 혁명은 그다지 걱정하지 않습니다. 황제에 비하면 저는 잃을 것이 많지 않으니까요."

남작이 수저를 내려다보다 식탁에 내려놓았다.

"우리 군주는 제 개혁안을 무시하고 있습니다. 그런 관대한 정책을 펼치면 급진적인 사상이 오스트리아에 들어올 수 있다고 걱정하죠. 수프 다 드셨나요? 이걸 치우죠."

시종이 수프 접시를 치우고 김이 모락모락 나는 도자기 냄비를 가져왔다.

"황제는 페어겐 백작의 말에만 귀를 기울입니다. 어제 만난 사람 기억하시죠? 경찰청장은, 눈치채셨겠지만 자유와는 거리가 먼 사람입니다."

시종이 냄비에서 두툼하게 비계가 달린 뜨거운 소고기와 감자를 꺼내 내 접시에 담았다. 그 모습을 지켜보다가 남작이 얼굴을 찌푸렸다.

"페어겐과의 전쟁에서 제가 졌습니다. 사회의 진보와 자유로운 사고를 보호하려는 전쟁이었지요."

어렸을 때 나와 동생은 귀족을 위해 하프시코드를 연주했었다. 그때 귀족들이 자신의 생각을 고취시키고 자신의 위상을 세우기 위해 투쟁하는 모습은 전혀 보지 못했다. 하지만 남작의 말을 듣고 있으니, 리본 색과 머리 스타일에만 열을 올리는 나 자신이 한심스러웠다. 주위에서 중요한 문제를 둘러싸고 투쟁을 벌이는 동안 나는 그저 가보트*나 미뉴에트를 추고 있었던 것이다.

"볼프강의 음악은 이 싸움이 곧 끝날 거라는 믿음을 주었지요. 그의 예술은 새로운 사상을 품고 있었습니다. 그의 음악은 새로운 사상이 멈추지 않을 거라는 믿음을 주었습니다. 페어겐 백작조차도 볼프강의 대무곡을 들으면 발로 박자를 맞출 정도입니다. 그의 음악에는 추밀원 연설로는 결코 이룰 수 없는, 저항할 수 없는 무언가가 있습니다."

"제 동생을 잃은 슬픔 때문에 남작님께서 그렇게 어두워지셨나 봅니다."

내 말은 공허했다. 남작에게도 내 말은 공허하게 들렸을 것이다.

---

* 17세기 프랑스에서 발생한 4/4박자 혹은 2/2박자의 춤곡.

"그가 없어서 내 실패가 더욱 비참하게 느껴집니다. 볼프강에게 받은 영감이 너무나 그렇기 때문에 그의 죽음을 필사적으로 추론해 보려는 겁니다. 그러니 부인은 신경 쓰지 마세요."

"빈에 온 지 사흘밖에 지나지 않았지만 동생의 죽음에 여러 가지 석연치 않은 점이 있다는 걸 알았어요. 남작님이 어떤 생각을 하시는지는 모르겠지만, 그건 단순히 추론만은 아닐 거예요."

나는 주머니에서 종이를 꺼내 펼쳤다. 식탁 맞은편에 앉아 있었지만 남작은 동생의 글씨를 알아보는 것 같았다. 남작의 얼굴에 일순 긴장이 서렸다. 남작이 칼과 포크를 내려놓더니 종이로 손을 뻗었다. 나는 종이를 건네주었다.

"볼프강이 언급한 그로토가 무엇일까요?"

남작이 시종에게 접시를 치우라고 손짓했다.

"그로토라고요?"

"죽기 직전에 동생은 새로운 프리메이슨 지부를 구상하고 있었나 봐요."

남작이 볼프강의 글을 꼼꼼하게 읽어 나갔다. 남작이 손으로 접시를 잡고 있었기 때문에 시종은 머뭇거리며 어쩔 줄 몰라 했다. 하지만 곧 진지한 남작의 태도를 보고 뒤로 물러났다.

"새로운 지부라고요? 어떻게 부인이 이 종이를?"

"올케가 동생의 서류 속에서 찾았어요."

남작이 접시를 옆으로 밀었다. 남작은 어린아이를 훈계하듯이 속삭이는 목소리로 동생의 이름을 불렀다.

"슈타들러 씨는 제 동생이 위험에 처했었다고 믿는 것 같더군요."

"프리메이슨은 귀족도 아주 많습니다. 볼프강은 프리메이슨이 즐거운 토론 모임이라고 생각한 것 같습니다. 아시겠지만, 힘 있는 후원자를 만날 수 있는 곳이지요. 하지만 그것도 한때입니다. 황제가 프리메이슨의 사상을 너무 급진적이라고 생각해 제약을 가하고 있습니다."

"그렇다면 이제는 사람들이 자신이 프리메이슨임을 밝히는 걸 두려워하나요?"

"공포스러워하지요. 상당수 프리메이슨이 지부를 탈퇴했습니다. 감히 황제와 맞설 수는 없으니까요."

나는 깊은 한숨을 쉬었다. 동생이 얼마나 반항적인 기질을 타고났는지 잘 알고 있었다.

"하지만 동생은 그러지 않았군요."

남작은 내가 준 종이를 응시했다.

"볼프강은 빈 지부에 남은 사람 가운데 상당히 영향력 있는 인물로 부상했습니다. 지부 모임을 위해 음악도 만들었죠."

"자신이 프리메이슨임을 사람들이 알게 내버려두었나요?"

"숨기지 않았습니다."

"동생이 스스로를 위험에 처하게 했다고요?"

남작은 포도주 잔을 통과해 녹색으로 빛나는 햇빛을 쳐다보았다.

"〈마술피리〉를 보셨습니까?"

"경애하는 남작님, 그것이 제 질문에 대한 답변이신가요? 〈마술피리〉 때문에 볼프강이 위험해졌나요?"

"부인과 공연을 보러 가면 좋겠군요."

"그 오페라는 프리메이슨이 비밀 의식 때 사용하는 상징으로 가득하다고 들었어요."

"그렇습니다."

"어쩌면 자신들의 비밀을 알린 것이 프리메이슨의 분노를 산 건 아닐까요?"

남작이 머리를 기울였다.

"모를 일이죠. 하지만 전 볼프강이 그저 프리메이슨의 목표는 인류의 형제애임을 황제에게 보여주고 싶었을 뿐이라고 확신합니다. 황제의 통치를 위협하는 내용은 없었어요."

그런 순진한 의도야말로 과연 동생다웠다.

"당신은 프리메이슨 단원이 동생을 죽였다고 생각하시는군요. 그렇지 않나요?"

"현재 프리메이슨들은 서로를 불신합니다. 페어겐이 심어 놓은 첩자가 도처에 있으니까요. 프리메이슨들은 황제에 대한 반역 행위로 잡혀가는 것이 두려워 서로에게 배신자가 됩니다."

남작이 내게 종이를 돌려주었다. 남작을 따라 서재로 가는 동안 그 종이를 다시 주머니에 넣었다. 나보다 먼저 서재에 들어간 남작이 사본 더미 속에서 서류철을 한 권 꺼내 펼치는 모습이 보였다. 그 서류철을 들고 내게 다가왔다.

"자, 들어보세요. '경찰은 사람들이 황제와 정부에 대해 어떤 말을 하는지, 정부가 우려해야 할 사람의 일반적 태도는 무엇인지, 상류층과 하류층 사이에 스며들어 반란을 조장하거나 선동하는 사람은 없는지 감시할 임무가 있다. 이 같은 활동은 정기적으로 상부에 보고한다.' 이것은 황제가 내린 비밀 칙령입니다. 페어겐이 모든 사회 계층을 막론하고 정보 요원을 심을 수 있는 이유지요. 이제 더 이상 누구도 자유롭게 말할 수 없습니다."

"하지만 자유롭게 노래할 수는 있는 건가요?"

남작이 손가락을 들어올렸다.

"볼프강은 그렇게 믿었지요."

"그 애가 틀렸나요?"

"사람들이 국가에 반하는 말을 했을 때 그 말에 귀 기울인 것은 급진적인 과격파뿐이었습니다."

"하지만 볼프강이 음악을 연주했을 때는……."

"모든 사람이 귀를 기울였죠."

삼종기도를 알리는 종소리가 들려왔다. 기도하는 사람을 위해 세 번 종을 친 후 잠시 기다렸다가 다시 치기를 세 번 반복한다. 종소리가 들릴 때마다 나는 환희의 마리아께 기도를 드렸다.

종이 그치자 남작은 나의 기도가 당혹스럽다는 듯이 헛기침을 했다.

"손님들이 도착했을 겁니다. 이제 연주할 시간이군요."

13

하인이 황실도서관의 등불을 켜는 동안 모임에 참석한 스무 명 남짓한 신사들이 담소를 나누며 뜨거운 포도주를 마시고 있었다. 마당 너머 황제의 공식 저택 창문 사이로 호박색 불빛이 흘러나왔다.

피아노 앞에 앉았다. 학생들을 혼내는 선생처럼, 화려한 의자에 앉은 남자들이 조용해질 때까지 슈비텐 남작이 그들을 응시했다.

"모차르트 부인이십니다."

남작이 나를 소개하고 인사를 했다. 사실 처음에는 볼프강의 푸가를 연주하려고 했다. 동생이 편지로 남작이 좋아하는 곡을 말해준 적이 있기 때문이다. 동생의 푸가는 무르익은 작곡가가 완성한 완벽한 곡이었다. 그러나 여기 모인 사람들은 모두 그런 동생의 모습을 알고 있었다. 나는 내가 아는 볼프강의 모습을 보여주고 싶었다. 눈을 감고 열다섯 살 때 묵었던 암스테르담의 한 여인숙을 떠올렸다.

그때 동생은 열 살이었다. 어머니는 런던에 고작 1년밖에 머물지 않았기 때문에 영어를 많이 알지는 못했지만, 그래도 영어 소설을 읽고 계셨다. 아버지는 잘츠부르크의 지주에게 우리의 성공을 줄줄이 나열하는 편지를 쓰고 있었다. 나는 피아노 앞에 앉아 있었고 동생은 부드럽게 콧노래를 부르며 작곡할 때 쓰는 공책에 퀼펜으로 무언가를 끼적이고 있었다.

지금 내 몸은 황실도서관 피아노 앞에 있지만, 피아노 의자로 동생이 뛰어와 급하게 앉았던 일, 두 사람의 엉덩이가 부딪쳐 유쾌하게 웃었던 일, 이제 막 작곡한 변주곡을 연주하려고 했던 일 등을 생생하게 기억하고 있었다. 오랑예 왕자의 궁전 작곡가가 지은 노래를 기반으로 만든 곡이었다.

그래서 나는 푸가 대신 경쾌한 네덜란드 곡을 연주하기로 했다. 당김음 변주, 셋잇단음표, 짧은 음표, 아다지오(느리게)로 연주해 나갔다. 나는 다시 가족에게 둘러싸인 행복하고 명랑한 열다섯 살 소녀로 돌아갔다. 음악을 통해, 동생과 소원해지면서 잃어버린 환상적인 삶을 다시 경험할 수 있었다. 상상에서는 부모님에게도 그들이 듣고 싶은 말이 아니라 내가 하고 싶은 말을 할 수 있었다. 상상 속에서는 부모님도 내가 볼프강처럼 음악가로 살아가는 것을 기뻐해 주셨다.

연주를 하는 동안 동생은 살아 있었다. 그리고 변주곡 연주가 끝났다. 어느새 나는 황실도서관으로 돌아와 있었다. 도서관의 둥근 지붕이 빈의 유력 인사들이 내지르는 환호성으로 가득 찼다. 그리고 볼프강은 다시 죽었다.

혈색 좋은 얼굴들이 내 주위에서 환희의 기쁨을 발하고 있었다. 하지만 나는 화가 나서 주먹을 꽉 쥐었다. 내가 볼프강의 음악을 그가 살아 있는 것처럼 연주했는데, 어떻게 그의 죽음에 슬퍼하지 않고 마지막까지 태연하게 들을 수 있단 말인가.

슈비텐 남작은 입을 굳게 다물고 있었다. 미소는 없었다. 그도 나와 같은 생각임이 분명했다. 볼프강의 음악을 들을 때마다 남작은 동생의 죽음을 또다시 경험하는 것이 분명했다. 갈채가 끝날 때까지 우리 두 사람은 서로를 바라보고 있었다. 누군가 당혹스럽다는 듯 헛기침을 했다. 남작이 마음을 가라앉히고 입을 열었다.

"기제케 군, 부탁하네."

그때까지 나는 기제케 씨가 와 있다는 사실을 알지 못했다. 기제케 씨가 피아노 앞까지 걸어왔다. 나는 놀라움과 반가움의 표시로 미소를 지어 보였지만 그는 아는 체하지 않았다. 지난번 극장에서 보았던 차림새 그대로였다. 단지 옷자락에 묻어 있던 얼룩은 사라지고 없었다. 넥타이는 목 위로 높게 매어져 있었고, 굵기가 얇은 머리는 이마 뒤쪽으로 낭만적으로 빗어 넘기고 있었다. 나는 슈비텐 남작 옆에 있는 의자에 앉았다.

기제케 씨는 소문이 나쁜 시인 쉴러의 송시 첫 부분을 낭독했다. 내가 듣기로는 평범한 사람도 군주와 지위가 같다고 읊은 시라고 했다. 놀랍게도 참석한 귀족들은 온화하게 웃으며 배우의 목소리에 귀 기울이고 있었다.

"분노와 복수는 잊어야 하리라. 우리의 끔찍한 원수는 용서해야 하리라."

기제케 씨의 힘찬 목소리는 무척 놀라웠다. 전에 들은 목소리는 냉소적이고 날카로웠다. 배우란 존재는 내가 피아노 앞에 앉을 때마다 변하는 것처럼 말할 때마다 변하는 존재일지도 모른다는 생각이 들었다.

"폭군의 사슬에서 벗어날 것."

시에 심취한 남작의 턱이 떨려왔다.

"작별의 고요한 시간. 수의에 둘러싸인 달콤한 휴식."

기제케 씨가 낭독을 멈추었다. 침묵 속에서 기제케 씨는 쉿 소리를 내더니 기대와 공포가 담긴 눈을 들어 지붕 위에 그려져 있는 여러 지품천사와 현자를 보았다. 기제케 씨가 두 손을 높이 들었다.

"형제들이여, 최후의 심판의 입을 통해 나오는 온화한 문장이여."

"브라보!"

슈비텐 남작이 벌떡 일어나 환호했다. 그 뒤를 따라 다른 참석자들도 환호하자 기제케 씨가 목례로 답했다. 경직된 이마를 보니 기제케 씨는 시의 내용을 의심하고 있는 것처럼 보였다. 그는 자신이 읊은 시를 믿지 못하는 걸까?

남작은 기제케 씨의 어깨를 붙잡고 칭찬했다. 기제케 씨는 발을 질질 끌며 펀치가 있는 곳으로 걸어갔다.

"음악을 더 즐깁시다."

남작이 말했다. 거장 살리에리 씨가 피아노에 앉고 남작과 또 다른 두 명이 헨델의 오라토리오˙를 불렀다. 내 옆에는 가장자리를 금박으로 장식한 푸른 코트와 짧은 하얀 바지를 입은 덩치 큰 남자가 앉아 있었다. 이마는 낮았고 늑대개의 열정을 품은 듯한 얼굴은 익살맞으면서도 오만해 보였다.

"정말 근사한 연주였습니다, 부인."

그 남자가 짧고 하얀 가발을 잡아당기며 말했다.

"감사합니다."

"거장 모차르트 씨와 가까운 형제였다는 사실에 정말 행복했습니다."

남자는 노래하는 사람들에게 시선을 향한 채 입술도 움직이지 않고 말했다. 그는 곁눈질로 나를 보았다. 궁에 몸담고 있는 사람이었지만 빈민가의 잔혹한 비열함을 간직한 눈이었다.

"전 아직 귀하의 성함을 모르는군요."

내 말에 그 남자는 발음을 생략해서 투박하게 말하는 독일 북부 억양으로 말했다.

˙ 종교 혹은 종교와 관련이 있는 내용을 다룬 독창, 합창, 관현악을 위한 대규모 악곡.

"콘스탄트 폰 야코비 남작입니다."

볼프강과 가까운 사람이었다. 슈타들러 씨의 방명록에 삼각형을 그린 사람으로 프리메이슨 단원이었다.

"만나 뵙게 되어 영광입니다. 억양이 빈 분이 아니신 것 같은데, 빈은 어떻게 오셨나요?"

"의무 때문이죠. 전 프러시아 황제 폐하의 대사입니다."

"동생과는 오랫동안 가깝게 지내셨나요?"

"2년 전 동생 분이 베를린에 왔을 때부터죠. 이곳에 부임한 후 우리는 곧바로 예전 같은 사이로 돌아갔습니다."

"베를린에서라면, 리히노브스키 왕자님도 함께 계셨나요?"

왕자는 방 맞은편에 앉아 있었다. 꼿꼿하게 앉아 있었는데, 등은 의자에 닿아 있지 않았다.

"그렇습니다. 그 악당하고 함께였죠."

프러시아 대사는 왕자가 있는 쪽을 향해 불쾌하다는 듯 손을 튕겼다. 동생 친구가 공격을 받았다고 생각하니 살짝 불쾌해졌다.

"그분은 신사처럼 보였습니다만."

"그렇게 보셨습니까? 왕자는 헝가리를 향해 다뉴브 강을 떠나는 바지선 같은 존재이지요. 물결이 흐르는 대로라면 잘 흘러갈 겁니다. 하지만 물살에 맞서 거슬러오려고 하진 않지요. 기회주의자는 사람을 따릅니다. 정의는 중요하지 않아요."

대사는 입술을 핥으며 씩 웃었다.

"왕자는 쪼개서 장작으로 써야할 사람이죠. 목적지에 닿으면 바지선은 그렇게 되지 않습니까? 진짜 비열한 악당입니다."

"두 분 모두 같은 형제들 아닌가요?"

내 말에 대사는 어떻게 그런 생각을 할 수 있냐는 듯 쳐다보았다.

"아무리 우정이 두터운 모임에 속해 있어도 비열함이 결코 사라지지 않는 사람이 있기 마련이지요."

나는 왕자의 성격에 대해서는 더 이상 대화를 나누고 싶지 않았다. 그래서 다시 동생 이야기를 꺼냈다.

"볼프강이 대사님을 처음 만났을 때는 베를린 궁전에서 자리를 얻고자 했다던데요."

대사는 양 볼에 바람을 넣어 크게 부풀렸다.

"황제께서 동생 분께 자리를 주려고 했었죠. 하지만 거장 모차르트를 음모하는 세력이 있었어요. 분명히 그의 재능을 두려워한 거겠죠. 제 주군께서 넘어설 수 있는 힘이 아니었습니다."

"황제께서는 의지를 관철하지 않으셨나요?"

"정치란 단순히 국경을 정하고 군대를 배치하는 것이 다가 아닙니다. 궁전에서 요직을 차지하고 싶은 사람은 책략에 능해야 하지요. 음악가도 예외가 아닙니다. 하지만 동생 분은 그런 쪽으로는 순진했죠."

무슨 뜻인지 충분히 이해할 수 있었다. 여행하는 동안 아버지는 여러 궁전과 살롱에 초청될 수 있도록 적절한 아첨을 했다. 하지만 동생은 결코 그런 기술을 획득하지 못했을 것이다.

"황제께서는 제게 거장 모차르트의 악보를 직접 구입해 배편으로 보내라고 하셨습니다. 그만큼 저희 황제께서 동생 분의 업적을 높이 평가하고 있다는 뜻이겠지요. 곧 미망인을 찾아뵙고 악보를 구입할 생각입니다."

올케는 기꺼이 악보를 팔 것이다. 그 전에 내가 좋아하는 악보를 몇 장

달라고 해야겠다는 생각이 들었다. 나는 동생이 악보 모퉁이에 음악과 상관없는 내용을 끼적여두곤 한다는 것을 알고 있었다. 아버지가 돌아가시고 얼마 후부터 편지를 보내지 않은 동생이다. 혹시 그 후에 작업한 악보에 나를 그리워하는 내용을 적어 놓았을지도 몰랐다.

노래가 끝났다. 살리에리 씨가 터키풍 즉흥곡을 연주하면서 슈비텐 남작과 담소를 나누었다. 리히노브스키 왕자가 내게 궁전식으로 인사를 했다. 프러시아 대사는 자신이 악당이라고 생각하는 사람과 악수를 나누었다. 그런 다음 대사는 펀치가 있는 곳으로 어슬렁거리며 걸어갔다. 기제케 씨가 펀치를 잔에 따르고 있었다. 기제케 씨가 나를 보았다. 그 눈과 피부가 처음 봤을 때처럼 빛나고 있었다.

왕자가 내 옆 의자에 털썩 앉자, 들고 있던 잔의 황갈색 토케이 포도주가 출렁거렸다.

"좋은 연주였습니다, 부인. 난 언제나 볼프강의 고전적 대칭성을 좋아했었죠."

"그건 표면에 나타난 모습일 뿐이랍니다. 볼프강은 모든 작품 속에 긴장을 담았어요. 그런 긴장을 멋지게 해결한다는 것이 동생의 음악이 주는 즐거움이랍니다."

왕자가 포도주를 입에 넣고 굴렸다. 내가 지나치게 직접적으로 그의 말에 반박했던 것이다.

"부인은 생김새만 동생과 닮은 게 아니군요. 음악에 관한 한 그도 바보 같은 말은 용납하지 못했죠."

"저는 바보 같다고 드린 말씀이 아닙니다. 그저⋯⋯."

"틀렸다는 거겠죠."

그때 갑자기 빠른 발걸음 소리가 들리더니 기제케 씨가 내 앞에 섰다. 가까운 곳에서 보니 코트에 얼룩을 비벼 빤 흔적이 보였다.

"슈비텐 남작께서 부인을 여인숙까지 모셔다 드리라고 했습니다."

필요 이상으로 큰 목소리였다. 왕자가 반론을 제기할 틈을 주지 않으려는 의도 같았다. 기제케 씨가 나에게 팔을 내밀자 왕자는 어깨를 으쓱하더니 포도주를 끝까지 마셨다.

14

도서관 마당을 가로지르는 기제케 씨의 코트가 넓게 펼쳐져 펄럭거렸다. 궁전 창문에서 새어나오는 불빛이 석양에 서 있는 기제케 씨의 커다란 눈을 노랗게 물들였다.

"부인, 서둘러야 합니다."

기제케 씨는 합스부르크 왕가의 사자들이 누워있는 아우구스투스 성당을 지나며 나를 재촉했다. 하지만 얼어붙은 자갈 포장길 위에서 균형을 잡는 일이 쉽지는 않았다. 도로테어 거리에 접어들자 기제케 씨가 한 건물 안으로 들어갔다. 그가 조용히 속삭였다.

"지금 부인은 커다란 위험에 처했습니다. 볼프강의 죽음은 이미 제가 경고하지 않았습니까."

기제케 씨가 엄청나게 흥분해 있는 바람에 무섭기도 했지만, 나는 연주할 때 집중을 위해 그렇게 하듯이 팽팽하게 긴장된 마음을 가라앉히려고 애썼다.

"당신은 동생의 죽음에 대해 자신이 어떻게 생각하는지는 말씀하셨죠. 하지만 그가 살해된 거라고는 안 하셨어요. 내가 아는 것은 범인이 호프데멜일 수도 있다는 거예요. 하지만 그는 죽었으니 그를 걱정할 필요는 없지요."

기제케 씨가 내 팔을 잡은 손에 강하게 힘을 주었다.

"어째서 호프데멜을 말씀하시는 겁니까?"

나는 시선을 떨어뜨렸다.

"아, 그의 아내와 관련된 이야기 때문이군요."

기제케 씨는 괴롭지만 어딘지 모르게 안도하는 것 같았다. 나는 기제케 씨의 손에서 벗어나기 위해 손목을 비틀었다. 그는 누군가 따라오기라도 하는 것처럼 길모퉁이를 쳐다보았다. 내 팔을 잡은 끈적끈적한 손이 나를 보다 구석진 곳으로 끌고 들어갔다.

"정말로 걱정할 게 없다고 믿는다면 어째서 이렇게 심장 박동이 격렬하게 뛰는 거지요? 겁에 질린 새처럼 말입니다."

나는 잡힌 팔목을 비틀어 빼고 조용한 거리로 나왔다. 내가 머물고 있는 여관으로 가기 위해서였다. 기제케 씨는 벽에 바짝 붙은 채 내 뒤를 따라왔다. 그 눈은 모퉁이에 있는 등불에 고정되어 있었다. 방향을 꺾어 밀가루 시장 쪽으로 향했다. 길은 좁고 어둡고 텅 비어 있었다. 미처 말똥을 보지 못하고 밟아서 미끄러질 뻔했다. 기제케 씨가 얼른 다가와 나를 붙잡았다.

"감사해요, 저는……."

기제케 씨가 나를 벽으로 밀었다. 남작의 살롱에서 마신 펀치 냄새가 강하게 났다. 내가 소리치려 하자 그가 손으로 내 입을 막았다. 기제케 씨는 자기 얼굴을 내 얼굴 가까이 들이밀었다. 빛이 어두워 제대로 분간할 수는 없었지만 그 얼굴은 분명 절망적으로 애원하고 있었다. 내가 위험에 빠졌을 수는 있지만, 나를 해칠 사람이 이 사람은 아닌 게 분명했다. 기제케 씨가 속삭였다.

"그러니까 당신은 아무 상관 안 한다는 말입니까? 다른 사람을 위험에 빠트리는데도요?"

나는 내 얼굴을 덮은 그의 손을 밀어냈다.

"제가 누굴 위험에 빠트린다는 건가요?"

"당신 동생에 대한 진실을 알고 있는 사람들이지요."

"그것이 왜 위험하다는 거죠?"

"바보처럼 굴지 말아요. 전에 말해줬잖습니까."

"당신이 말한 건 엉터리 같은 숫자 놀이뿐이라고요."

기제케 씨를 밀어내려고 했지만 그는 더욱 센 힘으로 나를 몰아붙였다.

"귀머거리 흉내는 그만 내요. 정말로 볼프강의 죽음에 문제가 없다고 생각했다면 당신은 여기 오지도 않았을 거라고."

기제케 씨가 조용히 속삭였다.

"볼프강의 후원자들 앞에서 뽐내기나 하려고 여기 온 건가요?"

나는 더 이상 벗어나려고 애쓰지 않았다.

"그렇진 않겠죠. 안 그렇습니까? 당신이 아는 게 뭡니까? 볼프강의 죽음에 대해 이야기해 준 게 누구입니까?"

나는 슈비텐 남작과 그가 보여준 독약에 관한 책이 생각났다.

"내가 어떻게 해야 할까요, 기제케 씨? 당신은 지금 동생이 살해됐다고 하면서도 내가 그 사건을 밝히기를 거부하시는군요."

그때 모퉁이 쪽에서 낮은 목소리가 들려왔다. 골목으로 접어드는 두 남자가 보였다. 기제케 씨가 다시 내 입을 막으며 말했다.

"창녀처럼 행동해요."

나는 반박하려 했지만 기제케 씨가 나를 밀어 벽에 몰아붙였다. 두 남자는 우리 곁에 멈췄다. 그중 한 명이 낄낄거리며 웃더니 기제케 씨에게 농을 걸었다. 다른 남자는 그대로 서 있었다. 남자는 동료에게 휘파람을 불더니 우리에게 다가왔다.

어스름한 벽 위에 그 남자가 칼을 치켜 올리는 그림자가 보였다. 순간 칼날이 번뜩였다. 내가 비명을 질렀다. 기제케 씨가 몸을 돌리더니 상체를 숙이고 그 남자를 향해 돌진해 쓰러뜨렸다. 기제케 씨가 몸을 빙그르 돌리며 똑바로 서더니 칼을 든 남자의 팔을 발로 찼다. 칼이 저 멀리 자갈길 위에 떨어졌다. 두 번째 남자가 기제케 씨의 머리를 향해 주먹을 날렸지만, 기제케 씨가 몸을 돌려 그 남자를 출입구 쪽으로 밀어붙였다.

"달아나요, 부인."

기제케 씨가 소리쳤다. 첫 번째 남자가 공격에 가담해 그의 등을 들이받자 기제케 씨의 입에서 신음 소리가 새어나왔다. 나는 거리로 달아났다.

"숙소로 가면 안 돼요! 거기도 놈들이 있을 거예요! 궁전으로 돌아가요!"

뒤에서 기제케 씨의 목소리가 들렸다. 나는 빠른 속도로 도로테어 거리를 지나 광장으로 들어갔다. 도서관 문은 빗장이 걸려 있었고 내부는 컴컴했다. 나는 황실무도회장 밑으로 뻗어 있는 마찻길을 따라 달렸다.

불빛을 따라 뛰면 기제케 씨를 구해줄 경비병을 만날 수 있을 거라고 믿었다. 하지만 아무도 보이지 않았다. 너무 늦었을지도 모른다는 불안감을 느끼며 황실예배당 뒤에 있는 긴 스테인드글라스 창문을 지날 때였다. 어둠 속에서 한 목소리가 들려왔다.

"부인, 지쳐 보이시는군요."

그쪽으로 몸을 돌렸다. 어둠 속에서 리히노브스키 왕자가 걸어 나왔다. 털이 달린 긴 칼라와 담비 모자가 보였다. 그가 얼굴을 찌푸렸다.

"모차르트 부인?"

나는 장갑을 낀 왕자의 손을 잡았다.

"왕자님, 무기를 가지고 계신가요?"

"칼이 있습니다만, 왜 그러신지?"

"빨리 저와 함께 가주세요."

나는 왕자의 손을 잡고 광장을 지났다. 걸어가는 동안 가쁜 숨을 몰아쉬며 기제케 씨가 위험에 처했다는 사실을 알렸다. 왕자는 빠른 걸음으로 걸으며 코트를 열고 칼을 꺼냈다. 프러시아 대사가 왕자를 비난하던 일이 떠올랐다. 하지만 지금 왕자는 겁쟁이나 악당이 아니라 고귀하고 용감해 보였다.

거리는 텅 비어 있었다. 기제케 씨가 두 남자와 싸운 아파트 출입구는 고요했다. 왕자가 칼집에 칼을 넣었다. 나는 출입구에 서서 번득이는 칼을 보았던 순간을 되새겨 보았다. 그 남자는 가제케 씨가 아니라 나를 향해 걸어왔었다.

"부인, 내가 숙소까지 데려다 주겠습니다."

리흐브노스키 왕자가 팔을 내밀었다. 그때 여관으로 돌아가지 말라던 기제케 씨의 말이 떠올랐다. 생각할 시간이 필요했다.

"아뇨, 걷는 게 좋겠어요. 사람이 많은 곳에서요. 혼자가 아니어야 안심이 될 것 같아요. 안정을 취해야겠어요. 괜찮을까요?"

왕자가 초조한 듯 입을 앙다물었다.

"물론입니다."

나는 왕자에게 팔짱을 꼈다.

"내가 꼭 참석해야 할 모임이 있습니다. 아시겠지만 사회적 의무이지요."

"왕자님을 귀찮게 해드릴 생각은 없답니다."

"내가 일을 보는 동안 곁방에서 잠시 쉬면서 기력을 회복하시면 될 겁니다."

"사교 모임이 아닌가요?"

왕자는 입을 앙다물었다.

"그라벤 거리는 여기서 그리 멀지 않습니다. 이렇게 추운 밤에도 극장에 가는 사람들 때문에 마차가 아주 많아요. 분명히 기운을 차릴 겁니다. 내가 있으니 걱정할 필요도 없지요."

15

페스트 기념탑이 있는 그라벤 거리에 들어섰다. 지나가는 마차의 불빛이 페스트로 죽은 사람들의 무덤 위로 깜박거렸다. 기둥 꼭대기로 날아가고 있는 아홉 천사의 모습이 보였다. 그 모습이 내게는 자신들 위에 머물며, 잡히지 않는 구원의 빛을 잡기 위해 헛되이 노력하다가 지옥으로 떨어지는 케루빔처럼 보였다. 나는 그 작품이 의도하고 있는 모습을 제대로 볼 수 있게 해달라고 기도했다.

거리는 말굽 소리와 길 가는 사람을 향해 지르는 마부의 고함 소리로 시끌벅적했다. 리히노브스키 왕자가 마차를 피해 벽에 바싹 붙어 걸었다.

"기제케 씨가 걱정돼요."

내 말에 왕자는 누군가 듣는 사람이 없는지 주위를 둘러보았다. 거리의 엄청난 소음 때문에 나 자신의 소리도 제대로 들리지 않는데 말이다.

"걱정할 건 없습니다."

왕자가 나를 자기 쪽으로 끌어당기며 말했다.

"배우의 현란한 말솜씨에 속지 마세요. 분명 평판이 나쁜 친구들을 많이 사귀고 있을 테니까요. 어쨌거나 기제케는 그런 사람들을 다루는 법을 잘 알고 있을 겁니다."

처음 극장 별관에서 만난 기제케 씨만 생각한다면 왕자의 그런 평가를 믿었을 것이다. 그때 기제케 씨는 정말 난봉꾼 같았다. 하지만 나는 그의 다른 모습도 알고 있었다. 기제케 씨가 했던 말과 그 목소리에 담겨 있던 극심한 공포를 잊을 수 없었다.

"기제케 씨는……."

"뭐라고 했나요?"

"볼프강이 독살됐다고 했어요."

"그 배우는 그저 떠도는 소문을 읊은 것뿐입니다."

"볼프강도 자신이 독살될 거라고 믿었어요."

왕자는 페스트 기념탑 위에 있는 삼위일체 상을 쳐다보았다.

"불쌍한 친구 같으니라고."

"그가 비밀을 털어놓은 적이 없나요?"

왕자가 고개를 끄덕였다.

"절 도와주실 건가요?"

"기꺼이 그렇게 하지요, 부인."

"반드시 진실을 밝혀내겠어요."

왕자가 다시 삼위일체 상을 쳐다보았다. 그가 페스트에서 살아난 사람들을 생각하는 건지, 페스트에 굴복한 사람들을 생각하는 건지 궁금했다.

"꼭 그렇게 할 거예요."

나는 러프 밖으로 손을 빼 왕자의 손목 위에 내 손을 올렸다.

"설혹 사실이라 해도 어쩌실 겁니까, 부인?"

나는 진실이 밝혀진 후에는 어떻게 할지 생각해 보지 않았다고 했다. 왕자는 내가 당황하고 있다는 데 주목했다.

"처음 봤을 때보다도 부인 안에는 볼프강이 훨씬 많이 들어 있나 봅니다. 과학협회 홀에서 연주를 마친 후 부인이 발꿈치를 부딪치는 모습을 보았습니다. 모르는 사람들 앞이라 수줍음에 자신을 억제해서 그렇지, 분명 부인도 볼프강처럼 기쁠 때는 팔딱팔딱 뛰는 게 분명해요."

"이 일이 그것과 무슨 관계가……?"

"부인도 천진난만하다는 거지요. 볼프강처럼요. 그래서 볼프강도 위험에 처한 겁니다."

"그럼, 왕자님도 그 애가 살해됐다고 생각하시는 건가요?"

"아니, 전 아닙니다."

왕자가 다시 확신을 주듯이 웃었다. 짧지만 친절한 미소였다. 그렇게 웃는 순간에도 활기가 전혀 없다니, 이상하게 느껴졌다. 우리는 왕자의 그런 무심한 태도가 무너질 수도 있는 이야기를 나누기 시작했다.

"이 도시에는 위험한 사람들이 있습니다. 볼프강을 싫어할 이유가 있는 사람들이죠. 부인이 계속해서 그가 살해됐다고 주장한다면 그 사람들은 부인이 자신들을 비난한다고 생각할 겁니다."

"하지만 전 결코 그런 비난은……."

"그리고 자신들을 살인자로 비난하기 전에 부인을 침묵시키려고 할 겁니다."

왕자가 내 쪽으로 몸을 숙였다.

"볼프강은 결코 어른이 되지 못했죠. 부인의 동생은 궁전에서 연주하고 황후 무릎에 폴짝 뛰어 안기던 어린 시절처럼 행동했어요. 그는 빈이 변하고 있다는 걸 알아채지 못했죠. 슈비텐 남작의 모임에 나온 친구들이 점잖다고 해서 속으면 안 됩니다. 이곳은 사악한 열정이 가득한 잔인한 도시입니다."

거리를 건너려는 사람에게 한 마부가 말 등에 채찍을 휘두르며 고래고래 소리를 질렀다. 불쌍한 보행자는 밟혀 죽지 않기 위해 황급히 길가로 물러났다. 마차가 지나가고 안도한 보행자가 옆길로 들어갔다.

왕자가 손을 들어 거리 한쪽을 가리켰다.

"저길 보세요. 성당 첨탑 앞쪽 말입니다. 4년 전 한 살인자가 저 광장에서 교수대에 매달렸죠. 꼼짝도 못하게 묶여서 고문을 받았어요. 모든 뼈가 수레바퀴에 짓이겨 부서졌죠. 그런 다음에야 목이 매달렸어요. 위대한 예술과 문화의 도시라는 빈의 훌륭한 사람 수천 명이 그걸 즐기겠다고 모여들었죠. 누구보다도 문명화됐다고 자부하는 사람들이 고작 그 정도입니다."

나는 손으로 얼굴을 가렸다. 왕자는 내가 그저 신경질적인 여자라고 생각하는 게 분명했다. 하지만 그런 이유가 아니었다. 나는 남편이 밀수입과 밀렵으로 형을 받은 사람에게 행하는 작은 고문 기구가 생각났기 때문이다. 왕자가 계속해서 말했다.

"슈비텐 남작의 살롱에서 만난 몇몇 사람들을 포함해 이 도시의 지식인들이 그 죄수의 고통을 즐기겠다며 저곳에 왔었죠."

내 뼈가 으스러지는 것처럼 형장의 공포가 생생하게 느껴졌다. 다리에 힘이 풀려 왕자의 가슴으로 쓰러졌다. 그가 내 팔을 받쳐 주었다.

"제가 너무 말을 함부로 했나 봅니다, 부인. 용서하세요. 몸을 추스를 시간이 필요하겠군요."

왕자가 나를 이끌었다.

"이 길을 건너면, 제 집, 그러니까 친구들을 만날 집이 있습니다. 그곳에 계세요."

어지럼증 때문에 거리 모습이 제대로 보이지 않았다. 지나가는 모든 말의 갈기가 흰색으로 보였다. 깃을 단 갈색 옆구리가 재빠르게 내 옆을 지나갔다. 묵직한 문이 열리자 설비가 잘 갖추어진 복도가 보였다. 리히노브스키 왕자에게 절을 하는 집사의 눈이 어두운 동굴처럼 보였다.

16

넓은 석조 계단을 빠르게 올라가 커다란 방으로 들어갔다. 급하게 눈을 깜박여 봤지만 밝은 벽도 흐릿하게 보였다. 왕자가 나를 긴 의자에 앉혔다.

"펀치가 부인을 소생시켜 줄 겁니다."

왕자가 손가락을 튕겨 하인을 불렀다.

"여기가 어딘가요?"

내가 물었다. 위층에서 피아노 소리가 들려왔다. 베를린 황실 악단 지휘자의 미뉴에트를 볼프강이 편곡한 곡이었다. 연주 솜씨가 뛰어났다.

"다른 사람들은 아직 도착하지 않았습니다. 하지만 부인이 있다는 걸 알릴 수는 없습니다. 부디 양해해 주시길."

하인이 따뜻한 펀치를 가져왔다. 나는 그것을 받아 쭉 들이켰다. 서서히 벽에 그려진 그림이 보이기 시작했다. 베네치아 풍의 그림으로 감각적이고 충격적이었다. 동물과 벌거벗은 사람들이 바위 위에서 어슬렁거리고 있었는데, 덩굴로 몸을 감싸고 신선한 과일을 먹고 있었다. 층계를 올라가는 발걸음 소리와 우스운 농담을 하는 남자들의 목소리가 들려왔다. 남자들은 다른 방으로 들어가 문을 닫았다.

"여긴 뭐 하는 곳이죠?"

"부인, 저희 모임 사람들이 온 것 같군요. 부인은 여기서 쉬고 계세요. 일이 끝나는 대로 곧 돌아오겠습니다."

왕자는 내 손목을 가볍게 두드리더니 난간으로 나갔다. 왕자는 누군가에게 층계를 올라가자는 몸짓을 했다. 위층에서 신중하게 내딛는 발걸음

소리가 들려왔다. 피아노 소리가 멈췄다. 왕자는 여전히 복도를 걷고 있었다. 나는 남은 펀치를 마저 마셨다. 하인이 빈 잔을 들고 밖으로 나가면서 조심스럽게 문을 닫았다.

벽에 그려져 있는 나체의 인물들이 근심 없는 표정으로 나를 비웃었다. 순결하고 순수한 낙원을 그린 그 모습에 눈살이 찌푸려졌다. 다시 기제케 씨가 괴한들과 싸우던 어두운 골목이 생각났다. 홀 너머에서 음악이 들려왔다. 여덟 명 정도로 구성된 소규모 악단의 연주였다.

나는 방을 나가 텅 빈 난간으로 나갔다. 갑자기 남자들이 소리쳐서, 왠지 무서워졌다. 소리치던 남자들이 이제 노래하기 시작했다. 외침은 노래의 첫 부분 같았다.

"큰 소리로 악기를 울려라! 우리의 즐거움을 알리자!"

노랫소리는 홀의 이중문을 뚫고 흘러나왔다. E플랫 장조. 남자들의 합창에 이어 테너 한 명과 베이스 두 명이 노래를 불렀다. 규칙적이면서도 우아한 형식, 복잡한 대위법 위에 표현되는 분명한 멜로디를 듣고도 작곡가를 알아맞히지 못한다는 것은 불가능했다. 동생 작품이 분명했다.

테너가 목소리를 높였다.

"위대한 수수께끼, 달콤함은 이런 축제일의 프리메이슨의 기분."

왕자의 일이란 프리메이슨 모임에 참석하는 것이었다. 나는 이중문 손잡이를 잡았다. 하지만 프리메이슨의 비밀을 발설한 사람은 무서운 벌을 받게 된다는 기제케 씨의 말이 떠올랐다. 그렇다면 의식을 엿들은 여인은 어떻게 될까?

다시 합창을 시작했다. 커다란 합창 소리를 들으며 천천히 문을 열고 안으로 들어갔다. 문 쪽 모퉁이는 거의 빛이 들지 않았다. 그곳에 가만히

서 있으면 누군가 나가지 않는 한 발견되지 않을 터였다. 남자들은 벽에 놓인 벨벳 의자에 앉아 있었다. 대략 서른 명 정도였고 칼을 차고 있었다. 가까운 곳에 슈타들러 씨가 앉아 있었다. 음악가들은 멀리 떨어진 반대편 끝에 있었다.

오케스트라 뒤로 높이 솟은 무대가 있었다. 배경 막에는 해를 감춘 삼각형이 그려져 있었다. 빛나는 삼각형은 돌로 만들었다. 그 모습은 고대 이집트 통치자들이 무덤으로 쓰기 위해 건설했던 피라미드처럼 보였다.

리히노브스키 왕자는 프러시아 황제가 베를린 궁전에 이집트식 정원을 만들었다고 했다. 어쩌면 그 정원의 구조가 이 홀의 모습과 닮았을지도 모르겠다. 슈타들러 씨의 방명록에 그려져 있던 삼각형처럼, 홀을 가득 메우고 있는 이 서툴게 그려진 상징들이 프리메이슨의 비밀을 나타내고 있는지도 모른다. 그 비밀들은 이집트와 관계가 있을까? 프러시아 황제도 프리메이슨일까?

무대 가운데 탁자가 놓여 있었다. 그 위에는 칼과 가정용 성서만 한 책이 한 권 펼쳐져 있었다. 책 위에 놓인 것은 두개골이었다.

한 남자가 빛이 비치는 무대 위로 나왔다. 리히노브스키 왕자였다. 하얀 앞치마를 두르고 있었다.

"존경하는 형제 여러분, 영원의 건축가께서 사랑하는 우리 형제를 이 형제단의 사슬에서 떼어 가신 것을 기뻐합시다."

왕자의 목소리는 느리고 낮았다.

"누가 그를 모르겠습니까? 누가 그의 가치를 모르겠습니까? 누가 그를 사랑하지 않을까요? 바로 우리의 형제 모차르트를 말입니다."

왕자가 모인 사람을 둘러봤다. 그 표정은 엄숙했고 그의 송덕문은 마치

고발장 같았다. 왕자는 마치 누군가가 동생을 사랑하지 않았으며 그의 가치를 제대로 평가하지 않았음을 고백하라고 재촉하는 것만 같았다.

"불과 몇 주 전만 해도 그는 우리와 함께했으며 우리 사원의 제식에 아름다운 음악을 더해주었습니다. 오늘 우리는 그의 음악을 다시 들었습니다. 그는 가장 열정적으로 우리 규칙을 따른 사람입니다. 그는 아버지요 남편이었고, 친구들에게는 진정한 친구, 형제들에게는 진정한 형제였습니다."

왕자가 다시 자리로 돌아갔다. 한 남자가 의자에서 일어났다. 슈비텐 남작을 찾아갔을 때 보았던 사서였다. 슈타들러 씨가 사서에게 다가가더니 눈가리개로 사서의 눈을 가리고 홀 중앙으로 데려갔다. 사서는 지부에 입회하기 위해 왔다고 말한 후 자신을 소개해 나갔다.

"입회 청원자 요제프 슈트라펑어, 미카엘의 아들이며 스물일곱 살입니다."

목소리는 낮았고, 태도는 눈가리개 너머에 있는 어두운 방을 탐사라도 하듯 신중했다.

"오스트리아 로흐라우에서 5월 1일에 태어났으며, 로마 가톨릭 신자입니다. 평민이고 황실도서관 사서 보조입니다."

슈타들러 씨가 칼을 높이 들었다.

"이것은 경고이자 서약이다. 형제들의 비밀과 의식을 절대로 타인에게 발설해서는 안 된다. 또한 하늘 아래 그 어떤 표면 위에도 기록을 남기거나 상징을 새겨 넣으면 안 된다. 그럴 각오가 되어 있다면 이를 어길 경우 너의 목이 귀에서 귀까지 찢기고 너의 혀가 입에서 뽑힐 것을 잘 알고 있음을 위대한 건축가의 이름으로 맹세하라."

사서가 서약을 반복했다. 서약을 끝낸 사서의 입이 엄숙하고 굳게 닫혀 있었다. 볼프강도 같은 서약을 했을 거란 생각이 들었다. 갑자기 동생을 엄습했을 두려움이 생생하게 느껴졌다. 나는 눈을 감았다. 고개를 숙이고 있으니 빠른 속도로 죽음이 나를 지나쳐 입회자의 눈가리개를 떼어내는 모습이 보이는 듯했다.

그런데 눈가리개를 떼어내고 얼굴을 드러낸 사람은 사서가 아니었다. 동생이었다. 숨이 막혔다. 무시무시한 서약이 내 귀에 맴돌았다. 볼프강의 음성은 배신자의 끔찍한 말로를 알고 있음을 여실히 드러내고 있었다. 동생이 나를 돌아보았다. 탁자에 놓인 두개골처럼 핏기 하나 없는 푸른 송장의 얼굴로 이를 드러내며 웃고 있었다. 그때 날카로운 비명 소리가 들려왔다. 나는 서둘러 문으로 걸어갔다. 남자들이 문을 향해 고개를 돌렸다. 그때에야 비명을 지른 사람이 나라는 사실을 깨달았다. 나는 달리기 시작했다. 남자들이 내 뒤를 따라왔다.

왕자가 내 손을 잡더니 층계를 뛰어 내려갔다. 그는 앞치마를 잡아채듯 벗어서 하인의 팔에 아무렇게나 던져 넣었다. 일단 거리로 나오자 남자들은 더 이상 쫓아오지 않고 계단에 모여 있었다. 사서의 눈가리개가 이마 위에 올라가 있었다. 그의 얼굴은 마치 벌거벗은 모습을 들키기라도 한 것처럼 일그러져 있었다. 그때 한 남자가 소리쳤다.

"여자잖아? 누가 여자를 데려온 거야?"

차가운 밤공기에 몸이 떨려왔다. 왕자가 내 팔을 잡고 걸어갔다.

"이제 아시겠지만, 전 프리메이슨입니다."

내가 고개를 끄덕였다.

"이미 알고 있었어요. 슈타들러 씨의 방명록에 그린 삼각형을 봤거든요. 하지만 프리메이슨이 그렇게 끔찍한 서약을 하는지는 몰랐어요."

"그저 서약일 뿐입니다. 아무런 의미가 없지요. 약간 극적인 것, 그것뿐입니다."

"그렇다면 왕자님도 볼프강의 형제였나요? 같은 지부에 속한?"

"7년 동안이었죠."

"동생도 저런 서약을 했나요?"

"그런 이야기는 위험하다고 말해야겠군요."

"동생도 했나요? 저런 서약을요?"

내 목소리가 높아졌다.

"그만두세요. 너무 위험한 이야기입니다."

성 베드로 성당에 도착했다. 그가 내 손을 꼭 잡았다.

"완전히 얼었군요. 안으로 들어갑시다."

17

어스름한 성 베드로 성당에 들어간 왕자는 가장 뒤에 있는 신자석에 나를 앉히고 코트에서 휴대용 술병을 꺼내 내 입술에 갖다 댔다. 목을 타고 넘어가는 코냑 때문에 기침이 나왔다. 너무나 피곤해서 고개를 뒤로 젖히고 둥근 지붕에 드리운 그늘을 쳐다보았다. 제단 위에서 천사들이 성모에게 왕관을 씌우고 있었다. 천사들이 나도 그처럼 감싸주었으면 하는 생각이 들었다.

코냑을 한 모금 더 마셨다. 높은 제단 앞에 세 수녀가 무릎을 꿇고 기도하고 있었다. 성물 안치소에서 사제가 나오더니 그들에게 속삭였다. 왕자가 사제를 쳐다보았다.

"볼프강의 처제가 이 신을 사랑하는 사람들에게 왔었죠. 그를 위해 마지막 의식을 치러줄 수 없겠느냐고요."

안도감이 알코올처럼 내 가슴을 따뜻하게 했다.

"그 말을 들으니 기쁘군요. 그 애가 종부성사를 받지 못했을까 봐 걱정이었거든요. 올케가 편지에서 그 말을 하지 않아서……."

"사제는 오지 않았습니다."

왕자의 입에서 나온 말이었지만 그 말은 왠지 볼프강이 우리에게 속삭이고 있는 것 같았다. 죄를 용서받지 못한 채 성당을 떠돌며 간청하고 어찌할 줄 몰라 하는 동생의 소리 같았다. 동생을 찾기 위해 주위를 둘러보았지만 그저 차가운 공기뿐이었다. 성물 안치소 문이 큰 소리를 내며 닫혔다. 깜짝 놀라 그곳을 쳐다보았다. 사제는 이미 사라지고 없었다.

"어째서 오지 않았죠?"

"프리메이슨은 신을 믿지 않는다는 소문을 들어보셨을 겁니다."

"하지만 진실이 아니잖아요. 볼프강은 그렇지 않아요."

"물론 그렇지 않습니다. 하지만 사제가 다른 이의 설명을 듣지 않으려고 애쓰는 시대니까요. 프리메이슨 형제들 대부분이 신실한 신자입니다. 하지만 사제들은 우리가 일루미나티처럼 교회를 배척한다고 믿습니다."

왕자가 손가락으로 앞니를 문질렀다.

"모든 사람이 프리메이슨을 의심합니다. 사제가 아니더라도 페어겐 백작이 있지요. 그가 우리에게 첩자를 심어 놓았죠. 새로운 지부를 설립하려면 경찰청장의 승인을 받고 황제께 충성을 맹세해야 합니다. 우리가 하는 일은 그게 답니다."

"그럼 일루미나티는요?"

"그들은 음지에 남았지요. 아무도 그들의 존재를 모릅니다. 페어겐도 마찬가지일 겁니다. 그가 일루미나티를 색출해낸다면 분명……"

왕자가 입을 다물었다.

"말해주세요."

"일루미나티의 운명은 결국 죽음뿐일 겁니다."

코냑을 크게 한 모금 마신 후 병을 왕자에게 돌려주었다.

"볼프강이 베를린에서 일루미나티에 가입했을까요?"

"베를린이라."

왕자의 눈 밑 피부에 경련이 일었다. 그는 성당을 나가는 수녀들을 쳐다보았다. 문이 닫히자 그는 코냑을 마시고 코트에 집어넣었다.

"그가 프러시아 황제 앞에서 공연했던 모습을 기억합니다. 정말 장엄했죠."

"하지만 프러시아 황제는 동생을 실망시켰어요. 그곳에서 자리를 얻지 못했죠."

왕자가 제단을 쳐다보았다.

"원래부터 그를 위한 자리는 없었습니다."

"황제가 동생을 속인 건가요?"

왕자는 옆쪽 신자석을 팔로 짚으며 지쳤다는 듯이 한숨을 쉬었다.

"부인, 나는 부인에게 닥쳐오는 위험을 충분히 말했습니다. 부인은 황궁을 비롯해 제국에서 가장 힘이 있는 귀족들의 살롱에 자유롭게 드나들 수 있었던 거장 모차르트의 죽음에 대해 묻고 있는 겁니다. 우리 형제들을 지도하는 새로운 규칙을 지키길 거부했던 사람의 죽음을 말입니다."

나는 고개를 저었다.

"동생은 그저 음악을 만들고 싶어 했어요."

"볼프강은 아주 소박한 무덤에 묻혔습니다. 내가 아는 바로는 침모와 제빵사 무덤 옆이죠. 하지만 그의 삶은 아주 복잡했습니다. 권력자들이 감추고 싶어 하는 비밀에도 관여했지요."

왕자가 너무나도 강렬하게 응시했기 때문에 나는 눈길을 떨어뜨리고 내 손을 쳐다보았다.

"내가 이렇게 지나치게 많이 떠드는 이유는, 부인, 우리를 보호하기 위해서입니다. 부인이 더 이상 파고들지 않았으면 하는 바람에서 말입니다. 볼프강은 베를린 여행을 유감스러워하지 않았습니다. 그가 그곳에 가야 했던 임무를 완수했으니까요."

"임무라니요?"

"우리 빈 지부가 그에게 프러시아의 프리드리히 빌헬름 황제를 면담하라는 임무를 주었죠."

왕자의 말을 모두 이해하지는 못했지만, 희미한 빛에 기둥과 버팀벽이 일부만 보여도 성당 내부의 전체 모습을 추측할 수 있듯이, 왕자가 이야기하는 위험을 충분히 느낄 수 있었다.

"지부 건물에 그려진 피라미드, 프러시아 왕의 이집트 정원이지요?"

왕자가 그만 하라는 듯 손을 들어올렸다.

"그래요, 정말 여자들이란. 맞습니다. 프러시아 황제도 프리메이슨입니다. 그는 우리 지부와 형제 결연을 맺은 지부의 회원입니다."

구름이 걷힌 것 같았다. 천장 중앙에 있는 작은 탑 창문으로 달빛이 흘러들었다. 달빛이 황금 설교단 위에서 반짝거렸다. 마치 그곳에 누군가 있는 것 같은 생각이 들어 흠칫 놀랐다.

왕자가 내 팔목을 강하게 움켜잡았다.

"부인 동생은 자연사한 겁니다. 부인도 아시겠지만 그는 평생 병 때문에 힘들어했죠. 하지만 계속 의문을 갖고 파헤치려고 하면 황제의 비밀경찰이 주목할 겁니다. 그렇게 되면 그들은 볼프강의 죽음에 음모가 있다고 생각할 거고요. 그럼 수사를 시작할 테고 살인에 관해서는 어떠한 혐의도 발견하지 못할 겁니다. 하지만 수사를 하는 동안 볼프강이 베를린에 간 이유에 대해서도 알게 되겠죠. 그렇게 된다면 경찰은 우리 형제 모두를 조사하려고 할 겁니다."

"반란죄나 간첩 행위가 되는 건가요?"

"우리 황제의 가장 큰 적인 프러시아 황제와 관계된 일입니다. 이미 비밀조직은 법적으로 엄격한 제약을 받고 있습니다. 그렇죠, 그건 반란죄입니다."

우리는 성당을 떠났다. 거리를 어지럽히던 마차는 이미 사라지고 없었다. 페스트 기념탑을 지나 걸어갔다. 왕자의 입술이 땀 때문에 번들거렸다.

"숙소로 갑시다."

하지만 나를 습격했던 괴한이 여관에 있을지도 몰랐다. 아마도 술집에서 사람들과 어울리고 있을 레널은 안전할 것이다. 하지만 나는 그곳으로 돌아가지 않는 게 좋을 것 같았다.

"동생 집으로 가야겠어요."

왕자는 예의 그 엄격한 얼굴로 돌아와 있었지만, 표정 밑에 감춘 동요를 느낄 수 있었다. 동생 집 앞에서 왕자는 모자를 들어 보였다.

"나는 아침이면 대부분 힘멜포르트 거리 모퉁이에 있는 얀의 커피하우스에 있습니다. 유진 왕자의 오래된 겨울궁전 너머에 있는 곳이지요."

"그곳으로 찾아뵐게요."

"그러신다면 기쁠 겁니다."

왕자가 다시 라우엔슈타인 거리로 걸어갔다. 동생 집 위층에서 거친 피아노 소리가 들렸다. 볼프강의 미뉴에트였다. 어린아이가 연주하고 있거나, 아니면 어린아이처럼 연주하는 사람이리라. 박자는 제멋대로였고 음도 정확하지 않았다.

층계를 오르다가 문득 왕자에게 동생의 임무가 무엇이었는지 묻지 않았다는 생각이 났다. 빈 지부는 무엇 때문에 동생을 베를린에 보낸 걸까? 재빨리 입구로 나가봤지만 왕자는 이미 모퉁이를 돌고 있었다. 거리는 텅 비었고 온통 고요했다. 들리는 소리는 동생의 피아노에서 흘러나오는 조악한 음뿐이었다.

18

올케가 어색한 미소를 지으며 인사를 하고는, 하녀를 시켜 따뜻한 적포
도주를 가져오게 했다. 설탕과 꿀, 향료를 넣고 데운 포도주였다. 올케는
나를 데리고 동생의 작업실로 갔다. 어린 칼이 미뉴에트를 치고 있었다.
내가 다가가자 그 아이는 피아노 의자에서 내려와 소파 뒤에 숨었다.

몸집이 큰 남자가 볼프강의 책상 가로장에 다리를 올리고 있었다. 짧게
신음소리를 내면서 허리 뒤춤에 손을 짚고 있던 남자가 몸을 펴더니 내
쪽으로 몸을 틀었다. 프러시아 대사였다. 대사는 좋은 사냥감을 획득한
사냥꾼처럼 환하게 웃고 있었다.

"모차르트 부인."

대사가 나를 보더니 인사를 했다. 올케가 깜짝 놀라며 나를 보았다.

"어제 슈비텐 남작님 살롱에서 대사님을 뵈었어."

내가 설명했다. 대사는 가슴을 쫙 편 채 다가왔다. 악보를 들고 있었다.
책장에도 그가 살펴보던 악보들이 펼쳐져 있었다.

"거장 모차르트 씨의 악보를 구입하는 일에 즉시 착수했지요. 제 군주
께서 가장 위대한 작품들을 반드시 구입하고 싶어하시니까요. 절대로 미
룰 수 없는 일입니다. 안 그렇습니까? 분명 욕심을 내는 사람들이 있을 테
니까요."

하녀가 은쟁반에 뜨거운 적포도주를 한 잔 받쳐 들고 왔다. 대사가 환
성을 지르며 포도주를 마셨다. 대사가 포도주를 마시는 동안 올케는 손
가락을 동그랗게 말아 한 잔 더 가져오라고 지시했다.

"정말 좋군요. 헝가리 산인가요?"

"하머 씨에게 구입했어요."

올케가 헝가리산임을 확인해 주었다.

"최고예요. 정말 좋군요."

대사가 잔을 비웠다. 올케는 동생 작품을 파는 순간에 그런 비싼 포도주를 대접한다는 사실이 당혹스러운 것 같았다.

"겨울 동안 그이는 이 포도주를 마시곤 했답니다."

올케의 목소리는 아주 쾌활했지만 눈은 전혀 웃고 있지 않았다. 올케는 아무리 슬퍼도 즐거움을 노래해야 하는, 천생 배우였던 것이다.

"밤늦게까지 그이의 피가 흐를 수 있게 해주었죠. 새벽 2시까지 작곡할 때가 많았어요."

"분명 영감이 올 때마다 마셨겠지요."

대사가 말했다.

"물론 영감이 오지 않을 때도 마찬가지였겠죠. 저의 볼프강 같은 천재라 해도 작업은 어려운 법이니까요."

나는 책상에 가서 악보를 들쳐보았다. 동생의 작품이, 동생의 아름답고 불가사의한 영혼이 퀼펜이 지나간 자리마다 생생하게 남아 있었다.

하녀가 포도주를 가져왔다. 이번에도 대사가 환호를 지르며 포도주를 마셔버렸다. 악보 옆에 정원 풍경을 그린 편지함이 있었다. 은으로 만든 뚜껑을 여니 볼프강이 쓴 편지가 보였다. 첫 번째 편지는 돈을 빌려달라고 리히노브스키 왕자에게 쓴 편지였다. 마치 프러시아 대사가 악보를 보는 척하면서 서신을 뒤진 것처럼 악보 사이에 파일 표지가 끼어 있었다.

바로 뒤에서 대사의 시선이 느껴졌다. 나는 편지함을 닫았다. 대사는 들고 있던 악보로 책상에 놓인 악보를 탁하고 내리쳤다. 두툼한 손가락

위로 붉은 털이 보였다. 대사가 악보 위에 손가락을 탐욕스럽게 쫙 펼쳤다. 그 손을 보니 빈에 오는 동안 길가 선술집에서 보았던, 여종업원을 어루만지던 남자들이 생각났다.

"오늘 오후, 슈비텐 남작 살롱에서 들은 부인의 연주는 정말 굉장했습니다."

"동생 작품을 그대로 보존하는 데 주력했답니다."

그때 올케가 나가는 모습이 보였다. 복도로 나간 올케는 하녀에게 큰 아이를 데려오라고 했다. 대사는 손등으로 코를 문지르며 책상 위에 있는 악보를 보았다.

"그러니까, 저의 주군이신 프러시아 황제 폐하와 같은 생각을 하시는 거군요."

"프러시아 황제께서 볼프강의 악보를 구입하시는 건 우정 때문이신가요?"

대사가 한 손가락을 가발 밑에 넣고 머리를 긁었다.

"그분은 거장 가족의 명예를 보호해 주고 싶어 하십니다. 지당하신 처사입니다."

"그러니까 악보를 구입하시는 목적은 자선에 가까운 거군요."

대사가 오만함을 감추며 짓궂게 웃었다. 말썽꾸러기 의붓아들들이 곤란한 일을 하다 붙잡혔을 때 짓는 웃음이었다. 나는 대사를 똑바로 응시했다.

"아니면 임무를 완수한 대가일까요?"

대사는 가발을 똑바로 세우며 혀로 이를 핥았다.

"동생이 단순히 자리를 얻으려고 베를린에 가지 않았다는 걸 알아요.

그 앤 임무 때문에 프로이센 황제 폐하를 만나려고 했어요."

"누가 그런 말을 했습니까?"

내가 턱을 치켜들었다. 그러자 대사가 손을 활짝 펴보였다.

"도대체 무슨 임무 말입니까? 어떤 목적을 위한 임무이지요?"

그것은 나도 몰랐다.

"그 애의 지부를 위한 임무지요. 당신 역시 프리메이슨이구요. 어째서 그런 말씀은 하지 않으신 건가요?"

"그건 권력과 사회적 지위를 갖지 못한 자들이 일반적으로 저지르는 잘못입니다. 왜냐하면 비밀단체의 회원은 세상에 존재하는 모든 감춰진 지식에 내밀하게 관여해야 하기 때문이지요. 저는 부인이 무슨 말씀을 하시는 건지 모르겠습니다."

그때 올케가 포도주 잔을 들고 왔다. 이번에는 올케가 나에게 직접 그 잔을 건네주었다.

"이거 드세요, 형님. 이제 형님도 우리 친구이신 대사님만큼 따뜻해질 거예요."

올케가 농담을 하며 밝게 웃었다. 동생도 올케의 저런 명랑함을 사랑했으리라.

"건강을 위하여!"

내가 말하자 대사도 따라했다. 대사는 올케의 팔을 잡고 책상으로 갔다. 그는 주먹을 악보 더미 위에 올렸다.

"모차르트 부인, 이게 제가 가져갈 악보입니다."

올케가 대답하기 전에 나는 손으로 눈을 가리며 책상으로 쓰러졌다. 그 바람에 포도주가 조금 쏟아졌다. 나는 일부러 흐느끼며 눈물을 흘렸

172

다.

"죄송해요. 너무 감상적이라고 생각하시겠죠. 하지만 동생 작품이 떠나 간다고 생각하니 제 자신을 주체할 수가 없군요. 아직도 이 악보 속에 동생이 살아 있는 것 같네요."

"충분히 이해합니다, 부인."

대사는 마지못해 그렇게 말했지만, 올케는 야단법석을 떨었다. 내가 기대한 반응이었다.

"며칠만 시간을 주시면 이 악보를 필사해 두고 싶어요. 그저 제가 간직하게요."

대사가 악보를 쳐다보았다. 대사는 나쁜 패의 카드를 받은 사람의 표정을 짓고 있었다.

"그것이……."

그때 올케가 끼어들었다.

"물론이에요, 형님. 저도 필사를 도울게요. 분명 대사님도 양해해 주실 거예요."

대사가 책상 끝을 손가락으로 두드렸다.

"그러니까 저는……."

올케가 대사의 웃옷 단추를 만지며 말했다.

"대사님, 너그럽게 양해해 주세요. 형님 일이 대사님 계획을 많이 늦추지는 않을 거예요."

대사가 콧바람을 내쉬며 천천히 허리를 숙였다.

"이쯤에서 가봐야겠습니다. 친구와 저녁을 먹기로 했어요."

배를 툭툭 두드리며 말하는 그 말투에는 짐짓 꾸민 듯한 유쾌함이 묻어 있었다.

"안타깝게도 음악이 제가 추구하는 유일한 양식은 아니라서 말입니다."

대사는 방문을 나서며 올케에게 가까이 가더니 돈주머니를 올케 손에 떨어뜨렸다. 내가 두 사람의 거래를 보고 있다는 것을 의식한 대사의 눈에서 사냥꾼의 번뜩임이 사라졌다. 두 사람은 쫓기는 사냥감처럼 복도로 걸어갔다.

나는 프러시아 황제가 찾는 특별한 암호가 있을지도 모른다는 생각을 하며 악보를 뒤적였다. 특별히 이상한 점은 없었다. 현악 4중주, 바이올린 협주곡, 피아노 소나타, 가곡, 미완성인 위령곡이 전부였다. 물론 모두 프러시아 황제가 기꺼이 돈을 주고 구입할 만한 작품들이었다. 하지만 베를린에 가야 했던 볼프강의 임무를 생각해 보면 분명히 음악적 가치 외에 다른 이유가 있을 터였다.

창문을 통해 거리로 나서는 대사가 보였다. 대사가 손뼉을 치자, 채찍소리가 어둠을 가르며 마차가 달려왔다. 마차에서 푸른 코트를 입은 하인이 뛰어내렸다. 하인은 대사가 마차 안으로 들어가게 도왔다. 그리고는 마부 옆자리에 훌쩍 뛰어올랐다. 마부는 추운지 팔짱을 끼고 둥글게 몸을 말고 있었다.

기병대가 곧 11시가 된다는 신호를 울리며 터벅터벅 지나갔다. 마차가 지나가자 기병대 지휘관이 대사의 마차를 향해 경례를 했다. 잠시 후 올케가 돌아왔다.

"대사님이 〈레퀴엠〉을 사셨어요, 형님. 위령곡이죠. 마치 그이의 죽음을 팔고 있는 거 같아요."

'동생의 죽음을 판 건 올케잖아' 하는 생각이 들었다. 하지만 이내 내

무정함이 미안하게 느껴졌다. 나는 올케의 가느다란 어깨를 꼭 안아주었다.

19

우리 두 사람이 포옹을 푸는데 대사가 주고 간 돈주머니에서 동전 소
리가 났다. 올케가 어린아이 같은 하얀 이로 아랫입술을 깨물었다.

"악보 하나 당 금화 100개예요. 모두 800개죠."

웅얼거리듯 감탄을 표한 나는 책상 위에 있는 악보로 시선을 돌렸다.
부엌에서 하녀가 소리치는 소리가 들리고 가우컬이 마루를 뛰어왔다. 빵
을 물고 있던 가우컬은 올케 앞에 오더니 빵을 내려놓았다.

"그 녀석이 빵을 뺏어갔어요."

하녀가 들어오며 말했다. 올케는 웃으며 돈주머니를 소매에 집어넣고
개를 안아 올렸다.

"괜찮아, 사비네. 이 녀석은 저녁으로 빵을 듬뿍 먹을 수 있어. 안 그러
니, 이 짓궂은 조그만 녀석아."

올케가 빵을 찢더니, 빵 조각을 잔뜩 고대하고 있는 개 앞에서 흔들어
보였다. 올케는 개를 안고 빙글빙글 돌았다.

"형님, 전 기분이 정말 좋아요. 우리 당구나 한 게임 쳐요."

"벌써 몇 년이나 안 쳤는걸."

"전 그이랑 매일 쳤어요. 그이는 긴 파이프를 물고 민요를 흥얼거리곤
했답니다. 내가 칠 차례엔 늘 조용히 하라고 그이에게 잔소릴 했었죠. 하
지만 이제 또다시 그 소리를 듣는다면 멋진 교향곡처럼 들릴 거예요."

올케는 개를 꼭 껴안은 후 바닥에 내려놓았다. 올케가 발산하는 행복
은 전염성이 있었다. 나는 올케를 따라 옆방으로 갔다. 의자를 모두 벽에
붙이자 당구를 칠 수 있는 공간이 나왔다. 올케가 먼저 공을 쳤다. 올케

의 공이 붉은 공을 맞추고 내 공을 맞추었다.

"잘했어, 올케."

올케가 환호성을 지르며 트럼펫 부는 흉내를 냈다. 저녁 내내 나는 새로 알게 된 이상한 사실에 온통 신경을 빼앗기고 있었다. 아직도 칼이 나를 향해 날아올 것만 같았다. 흥분한 탓에 심장 박동이 불규칙하고 빠르게 뛰었다. 하지만 당구를 하다 보니 안도감이 느껴지고 웃음도 나왔다.

올케가 내 쪽으로 공을 보냈다. 큐대 끝으로 가운데를 정확히 맞춘 올케의 공은 붉은 공을 맞추고 다시 올케 쪽으로 돌아갔다. 올케가 "야아" 소리를 지르며 엉덩이를 신나게 흔들었다.

"끝내주죠!"

올케는 마음껏 기뻐하고 있었다. 그 열기 때문에 창문의 중간 문설주에 서리가 얼었는데도 방이 따뜻하게 느껴졌다. 내 차례가 되었다. 큐대를 당구대 위에서 밀어 쳤다. 공이 쿠션을 향해 굴러갔다.

"형님은 그냥 공을 들고서 당구대 반대쪽에 갖다 두시는 게 낫겠어요."

올케가 껄껄 웃었다. 그러다 갑자기 우리 두 사람 모두 조용해졌다. 올케는 내가 화났을지도 모른다는 생각에 당황해하며 나를 쳐다보았다. 올케의 볼이 당혹스러움으로 벌겋게 상기되었다. 나는 탁자에 등을 대고 혀를 차며 "끝내주지?"라고 소리쳤다. 우리는 서로 끌어안은 채 낄낄거렸다.

올케가 당구를 치기 위해 큐대를 잡았지만, 공을 치기 전에 큐대를 당구대 위에 떨어뜨렸다.

"형님, 전 어떻게 해야 하죠?"

올케가 손으로 얼굴을 감싸고 흐느끼기 시작했다. 우리는 행복한 순간에 포옹해 본 적이 없었다. 그래서인지 지금 올케가 처절하게 울고 있는

데도 건드릴 수가 없었다. 나도 이렇게 울었을 때가 있었다. 동생이 올케와 결혼했을 때, 이제는 아버지 간병은 모두 내 차지가 된 것을 슬퍼하면서였다. 그 기억이 떠오르자 올케의 슬픔에 무감각해졌다.

"빚, 온통 빚뿐이에요. 그이가 나에게 남긴 건요."

"금화가 800개니 이 집을 지킬 수 있을 거야."

내 목소리는 내 귀에도 무정하게 들렸다.

"볼프강이 프러시아 궁전에 아주 잘 보였던 게 분명해."

올케가 코를 훌쩍이며 눈물을 닦았다.

"그러니까 그곳 황제가 동생을 위해 그런 돈을 지불했겠지."

또다시 베를린 문제로 돌아왔다. 간신히 마음이 편해졌는데. 올케의 얼굴에서 분노가 떠올랐다. 올케의 뺨에 다시 홍조가 돌았는데, 이번에는 당황했기 때문이 아니었다. 올케는 당구공을 힘껏 치고는 아직 공이 멈추지도 않았는데 다음 샷을 준비했다.

"볼프강이 프러시아 여행을 위해 쓴 돈에 비하면 금화 800개는 아무것도 아니에요."

공이 제대로 맞자 올케는 또다시 공을 칠 준비를 했다.

"프러시아 사람들이 그이가 살아 있을 때 준 건 금으로 만든 코담뱃갑뿐이었어요. 황실 문장이 새겨진 거였죠."

올케는 입술을 앙다문 채 말했다. 장난기가 전혀 섞이지 않은 말투였다.

올케는 큐대를 초크로 문질렀다. 당구대에 몸을 숙인 올케는 윗입술을 빨면서 침묵을 지켰다. 우리 사이의 부드러운 분위기는 사라졌다. 나는 궁금한 점을 물어보았다.

"볼프강이 그 여행에서 얻은 이익은 없었어?"

올케가 공을 놓치고 조용히 욕설을 내뱉었다. 내가 몸을 숙여 공을 쳤다. 내 공은 빨간 공을 맞추고 아무렇게나 당구대 가장자리로 굴러갔다. 공은 올케의 공에 살짝 닿은 뒤 멈춰 섰다.

"기가 막힌 샷이네."

내가 말했다. 올케가 고개를 숙였다.

"전 여자가 생겼다고 믿었어요."

나는 큐대로 바닥을 짚고 올케에게 손을 뻗었다. 하지만 올케는 그 손길을 뿌리치고 마당을 바라보았다. 올케는 저 멀리 마구간에 있는 보이지 않는 사람에게 이야기하듯 낮은 목소리로 속삭였다.

"그이는 프라하에서 한참 빈둥거리다가 라이프치히를 거쳐 베를린에 갔어요. 그러니까 그인 여자 때문에 일정을 늦춘 거예요."

"그건 아닌 거 같아."

올케가 그런 말을 하지 말라는 듯 손을 저었다.

"그이는 실망하면 언제나 우울해졌어요. 그인 베를린에서 자리를 준다고 약속했다고 했어요. 하지만 어떤 자리도 얻을 수 없었죠. 그런데도 낙담하지 않았어요. 그이는 정말 행복해하며 빈으로 돌아왔어요."

나는 볼프강의 임무에 대해 말하지 않고 올케를 안심시키고 싶었다.

"그 애가 행복했다면 뭔가 다른 일을 마무리했기 때문이겠지. 만족스럽거나 희망찬 일이 있었을 거야."

"형님 차례예요."

큐대가 손등 위에서 미끄러지면서 공이 생각한 지점을 크게 벗어났다. 지켜야 할 비밀 때문에 동요했기 때문이다. 올케가 내 행동을 어떻게 생각할지 몰라 힐끗 쳐다보았지만, 올케는 그저 큐대 끝에 초크를 문지르고 있었다.

"여행을 떠나면 그이는 언제나 자주 편지를 보냈어요. 하지만 베를린 여행 때는 전혀 편지를 하지 않았어요."

올케의 공이 다른 공과 강하게 부딪쳤다. 올케는 공이 튕겨나가는 모습을 지켜보았다.

"뭔가 잘못된 게 분명했어요."

올케의 말은 리히노브스키 왕자가 했던 말을 확인해 주었다. 볼프강은 프로이센 궁전에서 자리를 얻기 위해 베를린에 갔던 것이 아니었다. 동생은 그곳에서 무엇인지 모를 임무를 완수했고, 그 때문에 기뻤던 것이다.

물론 그렇다고 해서 올케의 추측이 전적으로 틀렸다는 것은 아니다. 질투심에 가득 찬 남편이 막달레나 호프데멜의 얼굴에 남긴 상처가 떠올랐다. 볼프강이라면 한두 번 이상 그런 죄악을 저질렀을 수도 있다고 생각했다. 하지만 나는 동생이 아내에게 부정한 일을 했다기보다 프리메이슨 형제들을 위해 보다 덜 사악한 일을 했다고 믿고 싶었다. 황제에게는 잘 못을 저질렀는지 모르지만 신께는 부끄럼이 없기를 여전히 희망하고 있었다. 물론 빈에서 어느 쪽에 반기를 드는 것이 더욱 위험한 행동인지는 생각하지 않기로 했다.

어렸을 때 볼프강은 너무나 순진했기 때문에 다른 사람의 질투나 음모를 깨닫지 못할 때가 많았다. 황제의 궁전에서 사람을 기만하는 법을 배웠는지, 귀족의 살롱에서 아첨하는 법을 배웠는지는 모르겠다. 혹시 베를린에서의 임무가 너무나 중요했기 때문에 동생은 아내에게 진실을 말하기보다는 부정을 저질렀다고 믿게 내버려둔 것일 수도 있다는 생각이 들었다.

"나를 믿어, 올케. 그건 진실이 아니야. 여자 때문에 베를린에 늦게 간 게 아니야."

올케가 당구대 위에 큐대를 내려놓았다. 내 목소리에 불만이 섞여 있다고 생각하는 게 분명했다.

"그가 충실하지 못했다면, 그건 내 잘못이라고 생각하는 거죠?"

올케의 목소리에 노여움이 묻어났다.

"나쁜 아내인 제 탓이라고요."

올케의 분노를 느낀 나는 한발 물러났다.

"형님은 언제나 절 싫어했어요. 형님도, 아버님도요."

올케가 양손에 주먹을 쥐었다.

"결혼하고 잘츠부르크에 갔을 때, 형님은 절 피했어요. 하나뿐인 동생도 그 뒤론 없는 것처럼 행동했어요. 그것도 그이가 가장 어려운 시기에요."

"알아, 올케에겐 내가 잘못했어. 하지만……."

올케는 소매에서 돈주머니를 꺼내 당구대 위에 던졌다.

"대사님이 이걸 줄 때 형님 얼굴을 봤어요. 프러시아 황제가 사고 싶다면 전 기꺼이 팔 거예요. 그건 형님 동생이 제게 남긴 유산이니까요. 형님은 제가 돈만 밝힌다고 생각하죠? 하지만 형님이 아버님 유산을 그이와 나눌 수 없다고 했던 일이 생각나네요."

"그건 아버지의 유언 때문에……."

"늙고 사악한 수전노보다 돈에 신경 쓸 사람이 또 있을까요?"

나는 아버지가 원한 건 내가 가난해지는 걸 원치 않았기 때문이라고 말하려고 했다. 하지만 스스로도 그것이 사실이 아님을 알고 있었다. 나는 입을 다물고 아래를 보았다. 아버지가 볼프강에게 유산을 남기지 않은 이유는 뛰어난 아들에게 버림받았다고 느낀 늙은 아버지의 심술이었다는 것을 말하진 못했다.

올케는 동생 서재로 가더니 접이식 책상 뚜껑을 세게 열어젖혔다. 나는 서재 문으로 다가갔다. 뒤에서 하녀가 칼에게 부엌으로 가자고 속삭였다. 어린 볼프강이 침대 위에서 칭얼댔다.

올케가 고개를 돌려 나를 보았다. 곱슬머리가 얼굴 위로 흘러내려와 있었다. 올케는 턱을 잔뜩 내밀고 종이 한 장을 요란스럽게 흔들면서 다가왔다.

"이걸 보세요. 그이의 유산 목록이에요. 저 망할 당구대가 그가 남긴 가장 비싼 유산이라고요."

종이에는 집에 있는 모든 물건에 대한 상세한 설명과 가격이 빼곡하게 적혀 있었다.

"정말 가장 귀중한 물건이라고요, 악보를 빼면요. 무슨 말인지 아시겠어요?"

나는 눈을 깜박이며 고개를 끄덕였다.

"그이는 마음만 먹으면 더 많은 돈을 벌 수 있었어요. 한 달 레슨비가 6두카트였으니까요. 하지만 그이는 작곡을 더 좋아했기 때문에 학생을 많이 두지 않았어요."

아무리 볼프강 같은 유명 음악가라고 해도 6두카트라면 엄청난 돈이었다. 또다시 막달레나의 남편이 생각났다. 일개 서기관이었던 호프데멜이 지불하기에는 너무나 큰돈이었다.

"내가 그이에게 작곡을 줄이고 학생을 더 많이 가르치라고 불평한 적이 있을 거 같으세요? 아니요, 그런 적 없어요."

올케는 종이를 내 손에 밀어 넣더니 나를 밀치고 지나갔다. 올케는 침대 옆에 있는 상자에서 재킷, 바지 등을 꺼내 긴 의자에 집어 던졌다. 붉은 프록코트를 찾은 올케는 코트를 끌어안고 흐느껴 울었다.

"그이는 오페라 첫 공연 때 이걸 입었어요. 정말 중요한 연주회라면 대부분 이걸 입었어요."

올케는 프록코트를 쓰다듬다가 단추 하나를 만지작거렸다. 가운데 붉은 돌이 박힌 자개 단추였다.

"툰 남작 부인이 보낸 선물이에요. 그이가 정말 좋아했죠."

나는 올케의 손을 잡아끌어 침대에 눕히고 이불을 덮어 주었다. 올케는 벽 쪽으로 몸을 돌렸다. 슬픔과 가난에 절망하는 올케의 마음이 느껴졌다. 올케의 목덜미로 흘러내린 머리카락을 쓸어 올려주고 프록코트를 다시 상자에 넣었다.

그때 문가에 칼과 하녀의 모습이 보였다. 하녀가 건강한 손으로 칼의 어깨를 잡고 있었다. 아이는 흐느끼는 엄마의 등을 바라보았다.

"잘 시간이로구나, 애야."

내가 말했다. 칼이 옷을 벗는 동안 하녀는 아기 볼프강의 침대를 조용히 흔들었다. 나는 동생의 서재로 갔다.

촛불을 켜고 동생의 책장을 살펴보았다. 모두 기억에 남아 있는 책들이었다. 나는 《메타스타시오의 가사집》을 꺼내 표지를 쓰다듬었다. 유명한 궁전 시인의 작품을 토리노에서 출간한 것으로 아홉 권이 한 질이었다. 밀라노의 피르미안 백작이 연주에 대한 답례로 동생에게 보낸 선물이었다. 그때 동생은 열네 살이었다. 창가에 안락의자가 있었다. 그 의자에 앉아 담요로 무릎을 덮고 그 위에 책을 펼쳤다.

창문 밖으로 늦게까지 주드뽐므 코트에 있다가 집으로 돌아가는 사람들이 보였다. 추위에 등을 둥그렇게 구부리고 있었지만 인사만은 서로 활기차게 나누었다. 그리고 거리는 조용해졌다. 바람에 시달리며 망설이는 도둑처럼 복도의 어둠이 잔물결이 일듯 흔들렸다. 달빛을 받아 동생의 피아노 건반이 푸르게 빛났다. 나는 피아노 뚜껑을 닫고 잠에 빠져 들었다.

20

안락의자에 앉아 딱딱하게 몸이 굳은 채 추위를 느끼며 잠에서 깼다. 새벽이었다. 잠결에도 메타스타시오의 책만은 꼭 쥐고 있었다. 아직도 밖에서 꾸물거리고 있는 밤을 보자 갑자기 와들와들 떨려왔다. 그 밤은 나를 죽이려는 남자를 숨겨주고 있는 것 같았다. 리히노브스키 왕자가 경고한 빈의 사악한 비밀을 감추고 있는 것 같았다.

목을 돌려 기지개를 켜고 앞날을 걱정하지 말자고 스스로에게 다짐했다. 자신이 독극물에 중독됐다고 생각한 후 동생은 이 창문 앞에서 새로운 하루가 시작되는 걸 보고 싶어 했으리라. 이곳에서 동생은 신께서 자신에게 새로운 날을 주시기를 갈망했으리라. 동생은 한낮의 햇빛 속에서도, 은밀하고 위험한 밤의 어두움 속에서도 언제나 내 가까이 있었다. 나는 기꺼이 새벽을 받아들였다. 미사에 참석해 동생의 영혼을 위해 기도할 것이다.

외투와 장갑을 챙겨 들고 살금살금 문으로 다가갔다. 동생 책상에 있는 시계가 5시 30분을 가리키고 있었다. 올케가 침대 위에 대자로 누워 있었고, 올케 팔 밑에는 개가 웅크리고 자고 있었다. 칼이 침대에서 일어났다. 그 아이의 어두운 눈은 슬퍼 보였고, 그 아이의 피부는 바깥에서 빛나는 달빛만큼이나 창백했다. 나는 칼에게 조용히 하라는 의미로 손가락을 입에 댔다. 부엌으로 가서 잠든 하녀 곁을 지나 밖으로 나왔다. 아직 밤의 냉기가 남아 있었다.

성 슈테펜 성당의 둥근 지붕 밑으로 긴 줄에 매달린 등불이 보였다. 성당으로 들어오자 내가 들고 있던 촛불은 거의 제 기능을 발휘하지 못했다. 나는 장크트길겐에 있는 작고 친근한 성당에 익숙했다. 이곳의 거대한 성당은 천장이 높고 어두워 장중하면서도 압도적이었다.

나는 추위에 떨고 있는 신자들 사이에 자리 잡았다. 앞 신자석 위에 촛농을 몇 방울 떨어뜨리고 촛불을 똑바로 세웠다. 신자석 사이를 돌아다니는 사제가 라틴 성가를 부르며 사슬에 매단 향통을 흔들었다. 성직자두 명이 늙은 신부가 무릎을 꿇는 것을 도와주었다. 늙은 신부가 제단에경의를 표하자 두 성직자가 늙은 신부를 의자에 앉혔다. 두 성직자가 정복을 걸쳐주자 늙은 신부는 삼위일체를 불렀다. 그는 신께서 또다시 밤을물리쳐 주셨으니 감사하라고 했다. 나는 눈을 감고 괴한의 공격에서 벗어날 수 있었음을 감사했고, 기제케 씨가 무사하기를 빌었다. 늙은 신부가공중에 성수를 뿌렸다. 신도들이 그리스어로 우리 주 그리스도께 자비를구했다.

"주여, 우리를 불쌍히 여기소서."

"불쌍히 여기소서라, 우리의 거장 모차르트 씨의 〈레퀴엠〉 중에서 가장인상 깊은 부분이 바로 이 부분이지요."

통로가 어두워 내게 말하는 사람이 누구인지 보이지 않았다. 나는 어리둥절한 표정으로 그쪽을 응시했다. 그 사람은 모자를 벗어 의자에 내려놓고 내 옆에 앉았다. 부드러운 손길로 가발을 똑바로 세운 페어겐 백작이 수수께끼 같은 미소를 짓고 있었다. 추운 밖에서 들어온 탓에 백작의 눈은 촉촉이 젖어 있었다. 백작의 뺨을 타고 한 줄기 눈물이 흐르고있었다. 추위 때문이라고는 해도 백작이 눈물을 흘린다는 사실이 너무나놀라웠다.

"성 미카엘 성당에서 연주한 〈레퀴엠〉은 정말 훌륭했습니다."

신도들이 〈영광송〉을 불렀다. 백작의 목소리는 듣기 싫진 않았지만 날카로운 바리톤이었다. 백작은 그 고통을 잘 알고 있다는 표정으로 제단 위에 있는 십자가상을 쳐다보았다. 성가가 끝나자 백작은 눈썹을 치켜 올리며 웃었다.

"어제 프러시아 대사께서는 동생 집에서 무엇을 하셨을까요?"

그 말에 내 눈이 휘둥그레졌다. 백작은 자신이 어떻게 그 사실을 알았는지는 굳이 설명할 필요가 없다는 듯이 손목을 탁 쳤다.

"절 미행하셨나요?"

"전 매일 오전 미사에 옵니다. 전 주님을 정말 경애하니까요. 뭐, 어쨌거나 잠도 별로 없고요. 물론 맨 앞자리에 앉지요. 그러니까 부인 말처럼 내가 이 가난뱅이들 가운데 앉아 있는 건 우연이 아니지요."

백작이 손바닥을 보이며 앞으로 내밀었다.

"그러니까 부인, 프러시아 대사에 대해서 말해주시지요."

목이 타서 기침이 나왔다.

"대사님은 볼프강의 악보를 몇 개 구입하셨어요."

"그냥 악보만 말입니까? 그 밖에는요?"

"그 밖에 또 뭐가 있어야 하나요?"

"이보세요, 부인. 부인의 동생은 실없이 농담이나 하고 낄낄거리고 다녔으니, 순진한 광대라고 믿는 사람도 있었지요. 하지만 사람의 본성을 꿰뚫어 보는 게 내 직업입니다. 동생 분의 지능은 엄청났습니다. 불행히도 그 때문에 잘못된 철학에 빠지고 위험한 친구들을 사귀었지요."

백작은 콧속이 아픈 것처럼 콧대를 손으로 꾹꾹 눌렀다.

"부인은 어째서 거기 계셨던 겁니까? 그러니까 올케 분의 집에 말입니다."

"안전 문제 때문이었어요."

그때 앞에 앉은 여인이 뒤를 돌아보았다. 우리 소리가 너무 시끄러웠던 것이다. 페어겐 백작이 초를 기울여 자신의 얼굴을 비추었다. 여인이 침을 꿀꺽 삼키더니 재빨리 시선을 손에 든 기도서로 돌렸다.

"그러니까 동생 분의 집으로 피난을 가셨다는 거군요. 계속해 보세요."

백작이 고개를 한쪽으로 갸우뚱했다.

"공격을 받았어요. 황실도서관에 있는 슈비텐 남작님 살롱에서 나온 후 괴한들이 저와 한 신사 분의 생명을 노렸어요."

백작은 그 말에 놀라는 기색이 없었다. 꽉 다문 입술은 계속 이야기하라고 재촉하기 위함이 분명했다. 가만히 있으니 왠지 죄를 지은 것 같은 기분이 들어 나는 이야기를 계속했다.

"그때 전 기제케 씨와 함께였어요. 전 도망쳤고, 그분은 어떻게 됐는지 모르겠어요."

"기제케? 그 배우 말입니까? 그 친구라면 그게 그날의 첫 번째 다툼은 아니었을 겁니다."

우리는 성가대의 '알렐루야'에 화답했다.

"부인도 그 친구가 〈마술피리〉의 가사를 일부 썼다는 걸 알고 있겠죠?"

"그건 시카네더 씨가……."

"초안을 썼지요. 동생 분이 다듬었고 기제케가 몇 문장을 추가했고요."

백작의 눈이 나를 놀라게 해서 만족스럽다는 듯이 짓궂게 빛났다. 공포스러워 하던 기제케 씨, 그런 그에게 입 다물고 있으라고 경고했던 시카네더 씨, 석양빛에 빛나던 칼이 연달아 생각났다. 지금까지 나는 괴한이 노린 것이 나라고 생각했지만, 어쩌면 기제케 씨는 프리메이슨의 비밀을 폭로한 대가로 사형 선고를 받았을지도 몰랐다. 내 동생이 그랬던 것처럼.

사제가 설교를 시작했다. 백작이 일어서더니 내 쪽으로 팔꿈치를 내밀었다.

"저 신부님의 설교는 교훈적이라기보다는 훈계에 가깝습니다. 부인, 저랑 가실까요?"

"전 미사에 참석하러 왔어요."

"성찬식 전에는 올 겁니다. 부인의 영혼을 위해 신부님의 설교보다 훨씬 도움이 될 이야기를 들려드릴 생각이니까요."

백작은 나를 조용한 세례실로 데려갔다. 나는 손으로 촛불을 감쌌다. 희미한 새벽빛이 세례반 안에 담긴 물 위에서 희미하게 반짝거렸다.

"부인 동생 분은 프러시아의 친구가 되려고 했었지요. 그건 우리 황제 폐하의 뜻에 반하는 겁니다."

나는 깜짝 놀랐다. 물론 동생에 대한 이야기를 들었기 때문이 아니었다. 백작이 모든 사람들의 비밀을 다 알고 있는 건 아닐까 하는 생각이 들었기 때문이다.

백작이 세례반 위에 몸을 숙였다. 빛이 반사되어 그의 얼굴에 그늘이 졌다.

"부인의 조카 분은 모두 여기서 세례를 받았습니다. 아시겠지만요."

백작의 피부는 메마르고 창백했다. 나이 때문이라기보다는 뺨과 턱을 부드럽게 해줄 지방이 부족해서였다. 웃고 있는 입가의 팔자주름은 부서진 테라코타에서 떨어져 나온 조각처럼 깊게 홈이 파여 있었다.

"죽은 아이도 포함해서 말입니다."

나는 눈을 감고 죽은 조카와 내 딸 바베테를 위해 기도했다. 나는 망토를 꼭 움켜쥐었다.

"부인, 이곳에서 그들의 존재가 느껴지십니까?"

백작이 어둠을 훑어보며 세례반 가장자리를 꼭 움켜쥐었다.

"이 성수 속에서 그들을 봅니다. 성수로 열심히 몸을 씻고 있는 유령을요. 하지만 그 어떤 것도 그들이 우리 곁을 떠나게 만든 병을 없애지는 못합니다."

나는 미동도 없이 서 있었다. 나에게는 세례반 주위를 떠돌고 있는 아기 유령들보다 백작이 더 끔찍하게 느껴졌다. 백작은 독백을 하고 있는 것 같았다. 어쩌면 아기 유령들에게 이야기하고 있는지도 몰랐다.

"누구도 죽음을 떨쳐버릴 수는 없지요. 교황 성하께서 축복을 내려주셔도 안 되는 겁니다."

백작이 낮은 목소리로 속삭였다.

"또한 신을 믿지 않는 자는 장례식을 했다 해도 하늘에 자리를 얻을 순 없는 법이지요. 그런 자의 영혼은 복수를 꿈꾸며 우리 주위를 떠돌지요."

"신을 믿지 않는 자라고요?"

손이 떨리면서 촛불이 흔들렸다. 한순간 백작이 긴장한 듯 보였다. 백작도 내가 볼프강의 피아노에 앉았을 때 느꼈던 바로 그 기분을 느끼고 있는 것 같았다. 마치 유령이 그런 것처럼 서늘하고 가벼운 기운이 내 손을 타고 목까지 올라온 듯한 기분을.

"그러니까 백작님 말씀은 제 동생이……."

"동생 분의 장례식은 성당 맞은편에 있는 십자가의 예배실에서 열렸습니다."

희미하게 웃는 모습을 보니 백작은 다시 지상으로 돌아온 듯했다. 유령이 떠나간 것이다.

"이 귀중한 전당에 무신론자들이 그렇게 많이 모여든 건 처음일 겁니다."

나는 충격을 받았다.

"백작님, 제발."

"프리메이슨들 중 상당수가 무신론자입니다. 이 사회를 해치려는 자들이지요."

"그분들은 그저 훌륭한 음악가가 잠든 걸 애도하려고 모인 걸 거예요."

"그들은 동생 분을 소위 위에 있는 '총본부'에 올리려고 모인 거지요. 그들은 천국까지도 프리메이슨의 규칙 아래 복종할 것을 요구하는 자들이지요. 이 나라를 전복시키려는 열망에 사로잡힌 자들입니다."

백작이 세례반의 석조 가장자리를 손바닥으로 철썩 내리쳤다.

"그들은 자신들이 권력을 잡고 싶어 하지요. 자기들 마음대로 우리를 통치하려는 비밀집단입니다."

"동생은 황제 폐하를 사랑했어요."

말은 그렇게 했지만, 나 자신도 과연 그랬을까 하는 의구심이 들었다.

"분명히 그렇다고 믿어요."

내 말에 백작이 턱을 추켜올렸다. 내가 그 말에 확신이 없다는 걸 알아챈 것 같았다. 백작은 우물쭈물하는 학생 앞에 서 있는 선생처럼 아무 말도 하지 않고 기다렸다. 나는 백작뿐 아니라 스스로에게도 동생의 마지막 몇 달을 납득시키기 위해 노력해야 했다.

"프리메이슨이 정부를 전복시킬 이유가 있을까요? 프리메이슨 중에는 저명한 귀족 분들도 있잖아요."

"이미 권력에 근접해 있는 사람이 권력을 가장 탐하는 법이지요. 프리메이슨이 자신들이 공유하는 비밀 지식을 뭐라고 부르는지 아십니까? 고귀한 예술이라고 부릅니다. 도대체 뭐가 고귀한 걸까요? 물론 길을 잘못든 귀족도 있겠지만 대부분은 상인, 음악가, 배우들입니다."

백작이 나에게 다시 한 번 팔짱을 끼게 하더니 세례실 밖으로 데리고 나왔다.

"동생 분은 장미십자회랑 비슷한 단체의 회원이었지요."

기제케 씨가 장미십자가에 대해 했던 말이 생각났다. 18이라는 숫자가 동생의 죽음과 관계가 있다던 말도 생각났지만, 숫자의 의미는 알지 못했다.

"무슨 말씀인지 잘 모르겠어요."

"프러시아 황제도 그런 조직의 회원입니다. 알고 계셨나요?"

백작이 맥박이라도 재듯이 손가락을 내 손목 위에 올렸다.

"동생 분이 작곡한 프리메이슨 음악을 전부 들어보셨나요?"

"아니요."

"그중 한 곡이 〈그대, 우리의 새로운 리더〉이지요. 마치 우리 황제께 자질이 부족하다는 듯이 말입니다."

"제 생각에 그 제목은 그저 시적인 표현 같아요. 실제 권력을 표현한 것이 아니라 도덕적이고 영적인 지도자상을 나타낸 거지요."

나도 모르게 깜짝 놀랐다. 빈에서 만난 볼프강의 지인은 모두 동생이 나라에 위협이 되는 존재였다고 믿기를 강요하고 있다는 생각이 들었다. 우리는 맨 앞줄 사람들이 성체를 봉헌하기 시작했을 때 자리로 돌아왔다.

"부인의 친구이신 슈비텐 남작은 몇 년 전 베를린에 있었죠. 우리 측 대사였습니다."

페어겐 백작이 낮게 속삭였다. 초가 기울어지며 촛농이 내 손에 떨어졌다. 나는 움찔했다.

"남작은 프리메이슨의 베를린 지부 단원입니다. 그때 프로시아 황제 일가와 아주 가까워졌죠. 프로시아 공주 한 명이 그를 아주 좋아했어요."

갑자기 뜨거운 촛농에 닿은 것처럼 예리한 질투심이 내 마음을 아프게 했다. 나는 그런 감정을 지우기 위해 노력했다. 페어겐 백작이 말해준 동생의 이야기로도 충분히 혼란스러웠다. 남작의 매력에 끌리는 죄악을 저질러 내가 빈에 온 목적을 망칠 순 없었다.

"그분을 의심할 이유는 전혀 없을 것 같은데요. 그분 역시 백작님처럼 황제께서 임명하신 분이고, 더구나 황궁에 사시는 분이잖아요."

"권력에 가까이 간 사람들의 속성을 말씀드렸을 텐데요."

백작이 나를 위해 옆으로 비켜섰다.

"슈비텐 남작은 황제 폐하를 받들어야 하는 검열관의 수장입니다. 그런데도 위험한 책들을 버젓이 출간하고 있습니다."

나는 통로로 나갔다. 내가 성체를 모시는 동안 페어겐 백작은 내 옆에 무릎을 꿇고 앉았다. 사제가 백작에게 성체를 내밀었다. 백작은 마치 파리를 먹는 도마뱀처럼 성체를 받아 물었다. 사제가 "이 피는 주님의 피니라" 하고 중얼거렸다. 포도주는 얼음처럼 차가웠다. 포도주를 삼키는 백작의 눈이 질근 감겼다. 성호를 그으며 늙은 사제가 우리에게 안녕히 가시라고 했다.

"신께 감사합니다."

나도 다른 신도들과 함께 중얼거렸다. 백작이 나를 따라 성당 입구까지 나왔다.

"거장 모차르트 씨의 친구들에게 속지 마십시오. 살아 있을 때는 비난을 퍼붓다가 죽으면 찬양하는 것, 이것이 빈의 습성입니다."

"사실은 어디서나 그렇다는 걸 잘 알고 있습니다."

"저런, 무척 날카로우시군요, 부인."

"무례하게 굴 생각은 아니었는데, 용서하세요."

"여기서는 그런 날카로움을 '묘지 예절'이라고 부르지요. 친구들이 그렇게 부자였는데 어째서 동생 분이 그렇게 힘들게 살았는지 궁금하시겠죠. 그런 친구들은 사실 살아서 처자식을 먹여 살려야 하는 친구보다는 젊어 죽은 가난한 성자 친구에게 더 좋은 법이지요. 본인이야 어떻게 믿었건 거장 모차르트 씨는 졸개였을 뿐이에요."

백작은 성당의 본관 문 앞에서 멈춰 섰다.

"그는 희생된 거예요. 분명히 부인은 동생을 죽인 사람을 찾으러 오셨겠죠."

"제가요?"

"기제케 같은 친구랑 한바탕 놀려고 오신 거라고 하기엔 이 겨울에 너무 먼 길을 오셨습니다."

성당 밖 광장에서 한 치안관이 매춘부들을 일렬로 세우고 걸어가고 있었다. 매서운 바람에 매춘부들의 얇은 치마가 펄럭였다. 음란한 거래에 대한 대가로 머리를 박박 깎인 여자들. 감옥에서 아무렇게나 깎인 탓에 머리 곳곳에 울긋불긋한 상처 자국이 있는 여성들의 깡마른 몸에는 거름과 나뭇잎이 아무렇게나 붙어 있었다.

매춘부가 지나가자 상인들이 광장에 하나둘 바구니를 펼쳤다. 페어겐 백작이 아몬드 사탕을 파는 여인을 향해 손가락을 튕겼다. 여인은 백작 앞에 무릎을 꿇고 조그만 꾸러미를 백작의 손에 올렸다. 백작이 건네는 동전을 받아들 때까지 여인은 고개를 들지 않았다. 백작은 사탕을 입에 넣고 와그작와그작 씹었다. 입가에 끈적끈적한 설탕물이 흘러나왔다. 백작은 핏기 없는 혀로 흘러나온 설탕물을 핥으며 마차로 걸어갔다.

새벽빛이 낮게 뜬 구름을 보라색으로 물들여 놓은 모습이 마치 지붕이 구름에 상처를 낸 것처럼 보였다. 하늘은 방금 본 여인들의 창백한 머리처럼 나를 예리하게 갈라놓을 비를 암시하고 있었다.

21

여관에 들어갔을 때 레널은 바에서 다른 하녀들과 카드를 하고 있었다. 술 취한 남자가 식탁에서 아침을 먹고 있었다. 나를 쳐다보는 창백한 그 얼굴에는 적개심이 가득했다. 뺨에 멍이 든 여인이 얇은 입술을 비참하게 앙다물고 묽은 죽을 먹고 있는 남편 옆에 앉아 있었다.

레널이 카드를 내려놓더니 호탕하게 웃으며 맥주를 들이켰다. 같이 카드를 하던 사람들이 들고 있던 카드를 집어던졌다. 그중 한 명이 나를 발견하고 머리를 움직여 레널에게 내 존재를 알려 주었다.

레널이 모자를 고치면서 자리에서 일어났다.

"마님, 오셨어요?"

나는 눈썹을 치켜 올렸다. 기제케 씨의 말처럼 나를 공격한 괴한이 여관까지 찾아왔는지 궁금했다. 레널의 유쾌한 태도로 보아 그 사람들이 찾아왔어도 레널에게는 훨씬 부드럽게 대한 것이 분명했다. 이제 막 아침이 시작됐을 뿐인데 벌써 노름을 하고 있다는 사실이 그다지 유쾌하지는 않았다.

여관 관리인이 포도주 병을 팔 밑에 끼고 들어왔다. 술 취한 남자가 혈떡거리며 기뻐했다. 아무리 빈의 식수 상태가 엉망이라고 해도, 술을 마시기에는 너무 이른 시간이었다. 하지만 이런 여관에 묵을 때는 그런 사람을 만날 각오도 해야 한다.

"괜찮으시면 제 아침 식사를 클라비코드 옆으로 가져다주세요."

내 말에 관리인이 절을 했다. 나는 손가락을 튕겨 레널을 부른 뒤 구석으로 걸어갔다. 오래된 클라비코드는 뚜껑이 열려 있었다. 건반 위에 갈색 맥주와 소스가 점점이 묻어 있었다. 악기 여기저기에 술 취한 사람들이 새긴 머리글자가 있었다.

"어제 저녁은 어떻게 보냈니, 레널?"

레널은 '저도 그걸 묻고 싶어요' 하는 표정을 지었다.

"전 여기 식당에 있었어요. 하녀들과 몇몇 신사 분들하고요."

식탁에 앉아 있던 술 취한 남자가 포도주를 병째 들이키더니 배를 움켜쥐며 신음했다.

"먹은 걸 거의 다 올릴 것 같은데."

내 말에 레널이 씩 웃으며 그 남자를 보았다.

"아침이면 누구나 가장 약해지는 법이니까요."

나는 성당에서 만난 페어겐 백작을 떠올렸다. 희미한 새벽빛 속에서 세례반에 반사되던 백작의 얼굴이, 유령에 대해 속삭이던 창백한 얼굴이 떠올랐다. 백작도 혹시 저 남자처럼 아침이면 약해지는 것일까?

"그래, 정말 그래."

내가 말했다.

"그런데 마님은요? 어제 연주는 잘하셨어요?"

"그래, 정말 잘됐어."

순간 기제케 씨와 함께 공격을 받았다는 이야기를 할까 하다가 그만두었다. 괴한들이 여관에 오지 않았다면 레널은 그 사실을 모르는 편이 나았다.

"어제 어떤 신사 분들을 거리에서 만났거든. 곧 헤어지긴 했는데, 혹시 그분들이 여기 오지 않았어?"

"아뇨, 신사들은 없었어요. 숙녀 분이 한 분 찾아왔고, 불량배들이 몇

명 왔었어요."

여관 관리인이 초콜릿이 담긴 주전자와 빵을 가져왔다. 레널이 초콜릿을 컵에 따랐다.

"그 불량배들이 내가 말한 남자들일 거야."

"하지만 마님은 신사라고 하셨잖아요."

"그거야 내가 예의바른 숙녀니까 그렇게 표현한 거지. 사실 신사는 아니었어."

"그 사람들은 바에서 마님이 여기 계시냐고 소리쳤어요. 그때 전 카드를 하고 있었는데, 그 소리에 대답하려고 했거든요. 그런데 요아킴이 그 사람들을 보더니……."

"요아킴이라니?"

"여관 관리인이요. 요아킴이 그 사람들을 훑어보더니 제 어깨에 손을 대고 그대로 앉아 있으라고 했어요. 요아킴은 그 사람들이 나를 해칠 거라고 했어요. 그 사람들이 여기서 마님을 찾으면 안 된다고요. 왠지 아주 화가 난 것처럼 보였거든요."

나는 초콜릿을 마시려고 했지만 손이 떨려 두 손으로 컵을 꼭 잡아야 했다.

"그런데 숙녀 분도 왔었다고?"

"호프데멜 부인이라고 하셨어요. 요아킴에게 마님을 뵈러 왔다고 해서 제가 만나봤답니다. 아주 늦은 밤이었어요. 그래서 연주를 끝내고 저녁 드시러 갔을 거라고 말씀드렸어요."

"뭔가 전갈을 남겼어?"

"마님께 자신이 유감스럽게 생각한다고 전해 달라셨어요."

"유감이라고?"

나는 빵을 뜯으며 말했다.

"주제넘은 말씀이지만, 왠지 그 부인은 불안해 보였어요. 얼굴을 가리고 있었지만 분명히 누군가에게 공격을 받은 거 같았어요. 그러니까, 상처가 보였거든요."

"그 사람 남편이 그런 거야."

레널이 숨을 훅들이시더니 손톱을 깨물었다.

"그런 남편은 제대로 벌을 받아야 할 텐데요."

"제대로 받았어."

레널은 아랫입술을 지그시 깨물었다. 내가 어디서 밤을 보냈는지 알겠다는 표정이었다.

"어젠 연주를 끝내고 볼프강 집에 갔었어. 올케를 위로해 주고 거기서 잤어. 아침에는 일찍 성당에 갔고."

그제야 레널의 표정이 풀렸다.

"정말 잘하셨어요, 마님."

"근데, 넌 성당에 없던데?"

"저야 여기서 마님을 기다려야 한다고 생각했거든요. 마님 침대 밑에서 제가 드릴 기도를 전부 드렸어요."

나는 빵을 입에 넣고 씹었다. 레널이 주전자를 들어 컵에 초콜릿을 더 따르려고 했다. 나는 손을 들어 레널을 막았다. 술 취한 남자가 포도주를 쏟는 모습을 보니 식욕이 달아났다.

볼프강은 죽었다. 하지만 어떻게? 불법적인 프리메이슨 형제와 관련이 있는 사람이 죽었을까? 아니면 거리에서 나를 공격한 사람들 중 하나가 죽였을까? 어쩌면 아내의 부정에 화가 난 호프데멜이 죽였는지도 모른다. 어째서 막달레나는 내 하녀에게 유감이라는 말을 남긴 걸까? 동생은 무언가 유감스러운 일을 했기 때문에 죽은 걸까?

22

오전 늦게까지 방에서 쉬고 클라비코드가 있는 바로 내려갔다. 그곳에서 나폴리의 거장 스카를라티*의 소나타를 연주했다. 악기는 새 것이었을 때도 그리 좋지 않았을 것이다. 그리고 오랜 세월 음식물 세례를 받으며 더욱 나빠졌다. 이른 점심을 먹으러 온 손님들이 내 연주에 대해 떠들어댔다. 나는 전혀 말을 듣지 않는 조악한 건반에 절망하며 방으로 돌아왔다.

레널이 내 머리를 빗기는데 뭉친 부분이 있었다. 나는 레널의 손에서 빗을 빼앗아 눈물이 날 때까지 그 부분을 잡아 당겼다. 화를 내며 고통스럽게 뭉친 부분을 풀고서 빗을 화장대 위로 던져 버렸다.

레널이 거울로 슬쩍 나를 쳐다보았다. 어째서 내가 그렇게 흥분한 것인지 설명하고 싶었지만, 레널은 어제 일을 털어놓을 정도로 신뢰할 수 있는 사람이 아니었다. 내 혼란을 없애 줄 누군가 다른 사람이 필요했다.

어디로 가야 할지 명확하게 알지 못한 채 나는 밀가루 시장을 돌아다녔다. 레널이 케른트너 거리까지 따라왔지만 여관에서 기다리라는 내 꾸지람을 듣고 돌아갔다. 하지만 그렇게 흥분할 일은 아니었다. 레널이 나를 감시한다는 것은 있을 수 없는 일이었다. 하지만 동생의 죽음을 둘러싼 음모의 규모를 생각하면 내 방에 정보원이 있다고 해도 터무니없는 일 같지는 않았다. 경찰청장이 새벽에 나를 찾아와 경고한 것은 충분히 나쁜 일이었다. 확신할 수는 없지만 어쩌면 그는 나를 정보원으로 이용하고

---

* 나폴리 악파의 아버지라고 불리는 이탈리아 작곡가. 오페라의 노래를 레치타티보와 아리아로 분류했다고 알려져 있다.

싶었는지도 모른다. 어쨌거나 페어겐 백작은 내가 볼프강의 가까운 친구들을 의심하는 것은 물론, 레널처럼 내가 믿어도 좋을 사람마저 의심하게 만들었다.

나는 슈토크 임 아이젠 광장에 있는 식당으로 갔다. 크고 시끄러운 곳이었다. 창백하고 붉은 얼굴의 종업원이 내 앞에 빵 한 덩어리를 놓았다. 나는 빵은 먹었지만 다음에 나온 수프와 소고기는 조금씩만 먹었다. 내 모습이 슬퍼 보였는지 식사를 끝내고 8크로이처를 내자 종업원이 토케이 산 포도주를 한 잔 내왔다.

"서비스입니다, 부인."

그가 말했다.

"정말 친절하시군요."

"몸이 따뜻해지실 거예요."

종업원이 웃으며 말했다.

"물론 추위에는 익숙하시겠지만요. 잘츠부르크에서 오셨죠?"

나는 한 번도 내 말투에 잘츠부르크 억양이 담겨 있다고 생각한 적이 없었다. 아마도 시골에서 산 이 몇 년 동안 어렸을 때는 볼프강과 장난을 칠 때만 사용했던 잘츠부르크 억양이 입에 붙은 것 같았다.

"네, 그래요."

내가 대답했다.

"집이 그리우시겠어요."

"그래요."

"하지만 빈은 둘러볼 곳이 많으니까, 가시기 전에 꼭 보고 가세요."

종업원이 창백한 손가락으로 창문을 가리키며 말했다. 그의 손가락이 가리킨 곳에 광장 중앙에 서 있는 커다란 기둥이 있었다. 그 기둥에는 커다란 맹꽁이자물쇠가 채워져 있었다.

"저건 뭔가요?"

"수백 년 전에 자물쇠 제조공의 도제 한 명이 누구도 열 수 없는 자물쇠를 만들기 위해 자신의 영혼을 악마에게 팔았대요. 도제의 스승은 그가 위대한 장인이 될 걸 알았기 때문에 그 도제에게 자유를 주었어요. 하지만 악마가 자신의 소유권을 주장하면서 그의 영혼을 지옥으로 데려갔대요."

"사람들에게 교훈을 주는 기둥이군요."

"그 후 도제들은 악마에게 영혼을 판 사람을 기억하기 위해서 기둥에 못을 박아요."

나는 포도주를 홀짝이며 말했다.

"아니면 악마를 기억하기 위해서겠죠."

"어쩌면요."

종업원은 주저하듯 웃어 보이더니 식탁에 놓인 돈을 집어 들고 자신의 금발 머리를 긁적였다.

그라벤 거리의 공기는 맑게 느껴졌다. 페어겐 백작이, 슈비텐 남작이 프리메이슨이며 베를린 궁전과 친밀하다는 이야기를 한 것은 내가 슈비텐 남작을 경계하게 만들기 위해서일 것이다. 하지만 안전과 위로를 찾을 곳을 생각할 때 떠오른 사람은 슈비텐 남작이었다. 슈비텐 남작과 헤어진 후 겪은 일은 모두 위험하거나 나를 위협하거나 이해할 수 없는 일뿐이었다. 나는 남작이 과학협회에서 연주하기 전에 어떤 식으로 나를 진정시켜 주었는지를 떠올렸다. 한마디 말도 없이 그저 고개를 끄덕이며 믿는다는 듯 웃었을 뿐인데도 엄청난 위로가 됐었다.

양배추 시장을 지나 궁전으로 갔다. 슈비텐·남작의 거처에 도착했을 때는 오후 햇살이 한층 강렬해져 있었다. 황실도서관의 하얀 벽이 눈부시게 빛나고 있었다.

급하게 대리석 계단을 올라가는 내 귀에 바이올린 소리가 들려왔다. 나는 도서관 중앙홀 문 앞에 서서 그 소리에 귀를 기울였다. 라이프치히의 거장으로, 동생이 좋아했던 요한 세바스찬 바흐의 독주곡이었다.

슈비텐 남작이 중앙홀에서 바이올린을 들고 서 있었다. 높고 둥근 천장 때문에 남작의 큰 키가 더욱 두드러져 보였다. 남작은 눈을 감은 채, 강하면서도 우아하게 발로 박자를 맞춰 바닥을 치고 있었다.

사서인 슈트라핑어가 나를 보았다. 그는 내게 가볍게 궁전식으로 인사하고 둥근 천장을 향해 올라갔다. 남작이 연주를 끝내자 슈트라핑어는 헛기침을 하고 문 쪽을 보라는 듯 고개를 까딱였다. 슈비텐 남작은 여전히 바이올린을 연주하는 자세로 고개를 돌렸다.

내가 웃으며 박수를 쳤다. 남작은 악기를 책 더미 위에 놓고 코트를 집어 들었다. 남작은 코트를 입으며 내 쪽으로 왔다.

"저는 저 자리에서 연주하는 걸 좋아합니다. 볼프강이 항상 최상의 음질을 내는 곳이라고 했었죠."

음악을 연주했기 때문인지 남작의 얼굴은 생기로 가득 차 있었다. 터무니없게도 그 모습을 보니 또다시 남작과 사랑에 빠졌다는 프러시아 공주에게 질투심이 일었다. 갑자기 어색해졌다. 남작은 내 반응이 자신의 말이 마음에 안 들었거나 음악이 마음에 안 들었기 때문이라고 생각하는 것 같았다. 그는 헛기침을 하고 덧붙였다.

"물론 볼프강이야 완벽한 음향효과 따위는 필요 없었습니다. 저 같은 아마추어는 이런 멋진 둥근 천장이 받쳐 주어도 안 되지만요."

뒤로 돌려 묶은 검은 리본 사이로 남작의 머리카락이 흘러나와 있었다. 연주를 하는 동안 느슨하게 풀린 것이리라. 나도 모르게 머리카락을 쓸어 올려주기 위해 손을 들었지만, 그대로 멈추었다. 그 모습을 본 남작이 스스로 머리를 정돈했다. 그의 시선은 바닥과 우리 둘 사이의 애매한 어느 지점에 머물러 있었다.

나는 고개를 들어 높은 책장과 옛 황제들의 흉상을 보았다.

"남작님, 제가 온 건 음악 때문이 아니랍니다. 조언을 구하려고 왔어요."

남작이 책장을 돌아 자신의 집무실로 나를 데리고 갔다. 집무실 문을 닫은 남작은 꼬챙이를 들어 벽난로의 꺼져가는 불씨를 쑤셨다. 창문 밖으로 궁전 뒤쪽에 있는 정원이 보였다. 금실로 수놓은 노란 슈트를 입은 신사가 석회석 조각을 깐 정원을 위엄 있게 걷고 있었다. 시종, 부인들, 귀족들, 사냥개와 애완견이 한 무리가 되어 그 뒤를 총총히 따르고 있었다. 그 신사는 주변 사람을 전혀 신경 쓰지 않고 있었다.

저분이 황제시구나. 두려움과 의심에 사로잡혀 외롭게 지내시는 분. 황제를 따르는 무리 중에 페어겐 백작이 있는지 찾아보았지만 거리가 너무 멀어 얼굴을 분간할 수 없었다.

"볼프강이 위험한 일에 관여한 거 같아요. 너무나 위험해서 그 애가 살해됐다는 남작님의 의심이 맞을 거라는 생각이 들어요."

남작이 발 뒤쪽을 따뜻하게 하기 위해 코트 뒷자락을 들어 올렸다.

"무슨 일이 있었나요?"

"어제 칼을 든 괴한이 저와 기제케 씨를 공격했어요."

"어디서 말입니까?"

나는 남작이 신분이 낮은 배우들끼리의 다툼이라는 편견 없이 기제케 씨에 관한 이야기에 반응하는 유일한 사람이라고 생각했다.

"여기서 멀지 않은 곳이에요."

다시 우리를 향해 내리꽂던 칼이 생각나 목소리가 떨렸다.

"그리고 페어겐 백작께서 아침 일찍 미사에 참석한 저를 찾아오셨어요."

"백작이 직접 말입니까?"

"네, 백작께서는 볼프강의 친구를 모두 믿지 말라고 하셨어요."

"저를 포함해서 말이지요."

나는 입술을 깨물었다.

"충분히 이해할 수 있는 일입니다, 모차르트 부인. 저도 역시 부인이 무서운 생각을 하는 데 일조했으니까요. 볼프강이 독극물에 중독됐다고 한 사람이 바로 저 아닙니까."

남작이 미소를 지었다.

"그래, 페어겐 백작이 저에 대해 뭐라고 하던가요?"

"백작은 프리메이슨에 대해서 말씀하셨어요. 황제께 위험한 존재들이라고요."

슈비텐 남작이 고개를 저었다.

"백작께서는 남작님도 프리메이슨이라고 하셨어요."

"맞습니다. 전 부인이 알고 계신다고 생각했습니다. 말씀 안 드린 것이 큰 죄가 될까요?"

나는 프러시아 공주를 생각했다. 예리한 질투심이 되살아났지만, 공주가 볼프강의 죽음에 관계 됐을 리는 없을 것 같았고, 남작의 로맨스에 대해 이야기를 나누고 싶은 생각도 없었다.

"페어겐 백작께서는 남작님이 프러시아 황제와, 그러니까 우리 황제의 원수와 특별한 관계를 맺고 있다고 하셨어요."

남작은 작은 집무실을 가로질러 가더니 나에게 오라고 손짓했다. 조끼 주머니에서 열쇠를 꺼낸 남작은 책장 밑에 있는 서랍을 열었다. 서랍에는 가장자리가 붉고 황금색 나뭇잎으로 장식된 청록색 장식 띠가 있었다. 장식 띠에 새겨진 네 개의 상징이 햇살에 비쳐 환하게 빛나고 있었다. 그 상징은 몇 해 전 네덜란드에 있는 유대교 회당 밖에서 본 문자였다. 석류석이 삼각형을 이루며 그 상징을 둘러싸고 있었다. 장식 띠 옆에는 페이퍼백 한 권이 놓여 있었다. 표지에는 컴퍼스의 두 다리가 그려져 있었다.

"이걸 보여드려야겠군요, 부인. 이 장식 띠의 문장은 제가 프리메이슨임을 입증합니다. 원하신다면 비밀 악수법을 알려드릴 수도 있습니다. 귀족이 나누는 시시한 악수와는 거리가 멀지요. 물론 볼프강이 우리 형제가 된 것은 이 서랍에 든 물건 때문이 아닙니다."

"볼프강은 어째서 프리메이슨이 된 거죠?"

"자신의 진정한 고귀함을 알아보는 사람들과 함께하고 싶었던 거죠. 음악 공연에 돈을 지불하는 사람과 동등해지고 싶었던 겁니다. 이 세상을 평화롭게 만들고 싶었던 거고요. 어쨌든 베를린에서 저는 황제 폐하를 위해 충실하게 일했습니다. 페어겐 백작이 절 조사하는 건 시간 낭비입니다."

"남작님은 프러시아 황실과도 사적으로 친하게 지내셨다고 하던데요."

남작은 서랍을 닫더니 책장에서 두툼한 책을 꺼냈다.

"제 아버님께서는 모라비아*의 뱀파이어에 대해 연구를 하시고 이 책을 쓰셨어요. 마리아 테레지아 황후의 요청이 있었죠."

남작은 책을 펼쳐 그 위에 적힌 제목을 보여주었다.

"그렇다고 해서 아버님이 뱀파이어가 되시지는 않았고요."

"하지만 뱀파이어를 믿는 사람이 되셨잖아요."

"아버님은 뱀파이어가 소작농들의 미신이라고 보고하셨죠."

남작은 책을 덮고 다시 책장에 꽂았다.

"볼프강은 흥분하거나 뭔가에 열중할 때면 음악을 들으며 진정하곤 했지요. 부인은 어떠신가요?"

아침에 조악한 클래비코드에 앉아 절망했던 생각이 났다.

"저도 그런 편이죠."

"그렇다면 저를 위해 한 곡 연주해 주신 후에 이야기를 계속하는 게 좋겠습니다."

"보다 명확하게 생각하려면 그러는 편이 좋겠어요."

"분명히 도움이 될 겁니다."

남작이 내 팔을 잡고 다시 중앙홀의 둥근 천장 밑으로 데려갔다. 내가 피아노에 앉자 백작이 내 어깨에 손을 얹었다. 남작의 손이 닿은 부위가 불에 덴 것처럼 따끔거렸다. 잠시 숨을 쉴 수조차 없을 정도였다.

"저를 위해 노래를 불러주실 수 있을까요?"

"물론이죠."

"아리아, 〈설명하고 싶어요〉가 좋겠군요. 볼프강이 안포시의 오페라에 넣기 위해 작곡한 곡이죠."

• 옛 체코슬로바키아 중부의 한 지방.

"저도 알고 있어요. 그 애가 악보를 보내주었답니다."

나는 목의 근육을 풀고 첫 소절을 연주해 나갔다. 약혼자가 있는 사람에게 은밀한 사랑을 고백하는 이 곡을 연주할 때마다 가슴이 쩡해졌다. 둥근 천장이 음질을 최고로 만든다는 남작의 말은 사실이었다. 내 아리아는 동생이 노래로 표현하고 싶었던 모든 것을 품고서 공기 중으로 퍼져 나갔다.

내 슬픔이 어떤 것인지,
당신에게 설명하고 싶어요, 오, 신이시여.
하지만 운명은 내게
슬퍼하고 침묵하라고 합니다.

슈비텐 남작은 뒷짐을 지고 천장을 쳐다보고 있었다. 내 목소리는 둥근 천장에 부딪쳐 사방으로 퍼져 나갔다. 내 호흡과 함께 흘러나온 볼프강의 노래가 우리를 둘러싸고 있었다. 노래는 끝으로 다가가고 있음을 알리는 높은 라 음에 이르렀다. 그때 갑자기 남작이 몸을 돌렸다. 어깨가 떨리고 있었다. 어쩌면 이제 우리 곁을 떠나버린 천재를 생각하고 있는지도 몰랐다.

내게서 벗어나, 내게서 떠나버려요.
사랑에 대해서는 말하지 말아요.

아리아가 끝났다. 아직도 음악이 주는 황홀한 여운에 감싸여 천장 위를 둥둥 떠다니는 것 같았다. 남작의 눈이 빛나고 있었다. 남작이 정중하게 허리를 숙이며 내게 손을 내밀었다. 그는 나를 데리고 둥근 천장이 끝나는 부분에 있는 계단으로 데려갔다. 내가 먼저 나선형 계단을 오르며 뒤따라오는 남작을 쳐다보았다. 그는 다른 사람이 없는지 확인하려는 듯 도서관을 둘러보고 있었다.

뒤에서 걸어오는 남작의 숨소리가 깊고 무거웠다. 나는 정확하게 발걸음을 내딛기 위해 치맛자락을 들고 걸었다. 몇 분간 계속해서 올라갔다. 입에서 땀이 날 정도였다. 우리는 천장에 그려진 프레스코화에 닿을 정도로 높이 올라갔다. 그곳에 좁은 회랑이 있었다. 천장에서 본 프레스코화는 원근법 때문에 일그러져 있었다. 그렇게 그려야 밑에서 보면 바른 형태로 보이는 것 같았다. 유명한 과학자들이 새로운 땅을 그린 지도를 보는 그림이었다. 과학자들의 망원경이 멀리 있는 지평선을 향하고 있었다. 과학자들의 옷 그림자는 황금으로 그물눈 음영을 넣어 표현했다. 그들은 매끄러운 대리석처럼 보이는 기둥에 기대고 있었다.

저 멀리 아래를 내려다보았다. 현기증이 일었다. 손으로 눈을 감쌌다. 내 몸이 휘청거렸다. 남작이 내 손목을 잡았다.

"아니, 내려다보면 안 돼요. 잘못하면 떨어집니다."

내 몸이 휘청하더니 남작 쪽으로 기울었다.

"죄송해요. 제가 긴장했나 봐요."

내가 속삭이듯 말했다.

"높이 올라와서인가요?"

"그런 것도 있겠지만, 동생의 죽음에 대해 알게 된 것 때문이에요. 그 애가 정말로 프러시아에 임무가 있어 간 것이라면……."

"임무라고요?"

남작이 눈을 가늘게 떴다. 난간에 몸을 기댄 나는 시야가 흐려져 눈을 질끈 감았다.

"그렇다면 아주 잔혹한 사람들을 염려해야 할 거예요. 무사히 진실을 알아낼 수 있을지 모르겠어요. 하지만 전 꼭 알아내야 해요. 그건 제가 동생에게 진 빚이에요."

남작이 슬며시 내 한 손을 잡더니 나를 자기 쪽으로 끌어 당겼다.

"부인."

나는 눈을 떴다. 남작이 입은 조끼의 황금 단추가 그가 숨 쉴 때마다 빛이 났다.

"아까 부르신 노래에 담긴 감정이 제게도 생겼습니다. 무슨 말씀인지 아시겠습니까? 저는……."

아리아를 마쳤을 때 사랑의 감정이 하늘로 나를 데려가는 듯했다. 그런 감정을 모른 체하는 것은 불가능했다. 하지만 나는 그에게 붙잡힌 손을 빼내 서둘러 계단이 있는 곳으로 왔다. 내려가기 전에 뒤를 돌아보았다. 멀리서 남작이 웃고 있었다. 마치 즐거웠던 먼 옛날을 회상하는 것 같은 표정이었다.

계단을 내려올 때는 올라갈 때보다 숨 쉬기가 더 힘들었다. 아버제 호숫가에 있는 아이들이 생각났다. 끝나지 않을 것처럼 보이는 이 계단이 나를 볼프강의 죽음을 몰랐던 날의 시골 마을 광장으로 데려가 주기를 간절히 바랐다. 거리에서 공격받지도 않고, 공포에 질리지도 않고, 궁전에서 남작을 사랑하게 되지도 않는 베어흐톨트 부인으로 돌아가고 싶었다.

완전히 밑으로 내려와 둥근 천장 밑에서 빙그르 뒤로 돌았다. 슈비텐 남작을 보기 위해 위쪽 회랑을 쳐다보았다. 그곳에서 그의 미소를 느끼고 싶었다. 하지만 남작은 기척도 없이 어느새 내 앞에 와 있었다. 나는 그에게 닿기 위해 발을 들었다. 그가 말을 하지 않고 내게 다가오기만 했다면 나는 그의 팔에 안기고 말았으리라.

"오늘 밤에 함께 〈마술피리〉를 보러 가시지요."

남작의 말투는 정중했다. 저 위에서 더듬거리며 자신의 감정을 표현했던 남자가 밑으로 내려오자 황실도서관장으로 돌아온 것이다. 하지만 부드러운 그 눈빛에 나는 짐짓 당황하고 말았다.

"네, 그래요."

"그 전에 먼저 저와 가실 때가 있습니다. 만나야 할 사람이 있거든요."

23

남작의 마차가 베커 가에 있는 집으로 들어갔다. 정비가 잘된 집이었다. 문 위에는 사악한 늑대 옆에 순진한 암소가 쉬고 있는 모습을 그린 프레스코화가 있었다. 가톨릭교도와 이단자인 프로테스탄트 사이의 전쟁을 선동하는 것 같은 그림이었다. 마차가 정문을 통과하는데 왠지 늑대 소리가 들리는 것 같았다.

마차에서 내린 슈비텐 남작이 나에게 손을 내밀었다. 그 손을 잡자 늑대가 덮칠지도 모른다는 공포가 사라졌다. 남작 뒤로 벽이 있었다. 그 벽에는 두 천사가 성모 마리아에게 왕관을 씌어주는 모습이 새겨져 있었다. 성모 마리아의 무표정한 얼굴은 마치 사랑을 고백한 남자 옆에 있고자 하는 나를 꾸짖는 듯했다.

남작이 나를 데리고 그 깔끔한 저택으로 들어갔다. 계단에서 문으로 이어지는 복도는 구불구불한 검은 철로 장식되어 있었다. 남작이 줄을 당겨 종을 쳤다. 열쇠 구멍이 뒤로 들어가더니 구멍 너머에서 창백하고 습한 눈이 우리를 불쾌한 듯 쳐다보았다.

슈비텐 남작이 그 눈을 향해 명령하는 것처럼 고개를 끄덕였다. 그러자 빗장이 벗겨지고 늙은 하인이 나왔다. 그는 우리를 음침한 부엌으로 데려갔다. 쾨쾨한 냄새 때문에 기침이 나왔다. 하인은 발을 질질 끌면서 우리를 안내했다. 점점 진한 황 냄새가 났다.

우리가 들어간 방은 아주 어두웠다. 하지만 창문의 덧문을 올리면 거리가 내려다보일 것 같았다. 어둠에 익숙해졌을 때 갑자기 초록색 불빛이 폭발하는 모습이 보였다. 내가 소리를 지르자 남작이 또다시 내 팔을 잡앗다. 하지만 불빛이 사라지자마자 손을 놓았다. 남작의 손길은 그 방의 모든 모퉁이에서 강렬한 섬광이 나타났다 사라지기라도 한 것처럼 내 마음을 설레게 했다.

늙은 하인이 덧문을 밀어 창문을 열었다. 황 냄새가 사라지고 대신 똥 냄새와 축축한 마초 냄새가 났다. 방은 유리병과 그 속에서 끓고 있는 액체로 가득 차 있었다. 창문에 비치는 빛 사이로 키 작은 남자가 걸어 나왔다. 어깨까지 오는 유행이 지난 가발을 쓰고 있었는데, 통통한 얼굴과 하얀 곱슬머리는 그 가발보다는 어려 보였다. 그 남자는 뭉툭한 손으로 천을 쥐고 안경을 닦았다. 톡 튀어나온 눈 때문에 교살되기 직전인 사람처럼 보였다. 남자가 안경을 쓰자 톡 튀어나온 눈은 두툼한 렌즈에 가려 보이지 않았다.

"아, 슈비텐 남작님이시군요. 저 때문에 놀라셨다면 사과드립니다."

"뭐가 폭발한 건가?"

남작이 물었다.

"치통을 고칠 방법을 찾고 있었어요."

"폭발을 이용해서 말인가?"

남작이 탁자에 있는 시험 접시와 병을 들여다보았다.

"빛을 이용하는 겁니다."

하인이 마지막 덧문을 열었다. 탁자 밑에는 더러운 짚더미가 있었는데, 그 위에 토끼가 열 마리 정도 들어 있는 케이지가 있었다.

"모든 것은 빛일 뿐, 그 외에는 아무것도 아니지요. 남작님 이도 마찬가지지요."

키 작은 남자가 안경을 치켜 올리며 말했다.

"'빛이 있으라.' 우리의 성스러운 성서는 빛이 생기기 전에는 신 외에는 어떠한 존재도 없었다고 했지요. 이 벽도, 의자도, 남작님도, 그저 응축된 빛이었지요."

"그래서 이런 실험을?"

"아, 그건 뭐, 사실 폭발은 제가 예상치 못한 결과입니다. 지난번 실험 때는 없었던 일이에요. 적어도 이 정도는 아니었지요. 이상해요, 아주 이상한 일입니다."

키 작은 남자가 손으로 목을 긁었다. 슈비텐 남작이 고개를 움직여 나를 가리켰다. 그러자 키 작은 남자가 내 손에 입을 맞추었다.

"처음 뵙겠습니다. 의사 마티아스 살라바입니다, 부인."

남자의 뺨은 창백한 분홍색이었다. 건조한 피부가 입 주위에서 엄지손톱 크기로 떨어져 나가 있었다. 남자의 얼굴은, 관리하지 않아 여기저기 회반죽이 떨어져 나간 탓에 안쪽 벽돌이 보이는 가난한 집의 지하실 벽처럼 보였다. 내가 자신의 외모를 살펴보고 있음을 알아챈 남자가 또다시 목을 긁었다.

"제가 수은에 조금 중독되어 있습니다, 부인. 물론 걱정하실 필요는 없습니다. 전염되는 건 아니니까요. 여기 실험실에서 몇 가지 실험을 했더니 그렇게 됐어요."

"그런 위험한 실험은 그만두셔야 해요."

내 말에 키 작은 남자가 웃으며 슈비텐 남작을 쳐다보았다. 남작도 그 남자를 보며 웃었다.

"그러면 제 이를 치료하지 못할 겁니다."

살라바 씨가 입을 크게 벌리더니 이를 가리켰다. 살라바 씨의 이는 은

빛 나는 회색 덩어리에 덮여 있었다.

"치료용 아말감입니다, 부인. 이것 때문에 제가 제 해골 속에 이를 보존하고 달콤한 음식도 먹을 수 있지요."

슈비텐 남작이 의사의 좁은 어깨에 손을 얹었다.

"친애하는 의사 양반, 자네는 몇 년 안에 수은에 굴복하고 말거야. 하지만 자네 이는 온전히 자네와 함께 묻힐 수 있겠지."

의사는 한차례 크게 웃더니, 갑자기 경련이라도 이는 듯이 몸을 부르르 떨었다. 그리고는 손뼉을 쳤다.

"부인은 동생 분의 데스마스크 때문에 오셨군요!"

내가 그를 쳐다보았다. 의사는 내가 자신이 나를 알아맞혔기 때문에 놀랐다고 생각하는 것 같았다.

"거장 모차르트 씨는 최근에야 알게 됐지요. 그때는 이미 얼굴이 너무 부풀어 오르고 좋은 상태가 아니었어요. 하지만 부인이 누구신지 알 정도는 됐지요."

의사는 나에게 모퉁이로 오라고 손짓했다. 회반죽으로 만든 볼프강의 얼굴이 찬장의 흔들리는 골격 옆에 놓여 있었다. 내 기억보다 턱밑 살이 두툼해졌지만 나를 닮은 이마 위에 새겨진 침울함을 충분히 느낄 수 있었다. 코끝이 조금 넓은 긴 코는 내 코와 똑같았다. 이제 조용히 눈을 감고 쉬고 있지만, 동생의 데스마스크는 그 애의 마지막이 얼마나 힘들었는지 여실히 보여주고 있었다. 갑자기 눈을 번쩍 뜨고 입을 크게 벌려 고통에 울부짖을 것만 같았다.

나는 내 가슴을 부여잡았다. 의사가 데스마스크 위로 몸을 숙였다. 남작이 안심하라는 듯 내 팔꿈치를 잡아주었다.

"나라면 당신을 도울 수 있었을 텐데요. 가엾은 분이로군요."

의사가 창백한 손으로 부드럽게 데스마스크를 톡톡 쳤다.

"하지만 그 사람들은 마지막 순간까지 나를 부르지 않았어요. 내가 갔을 땐, 이미 너무 늦었어요."

" '당신을 도울 수 있었을 텐데'라고요?"

내 말에 의사가 대답했다.

"뭐라고요?"

"아니 제 말은, 당신이 그 애를 도울 수 있었다는 뜻인가요?"

"물론 쉽지는 않은 일이지요. 하지만 동생 분의 주치의인 클로세트는 그런 일엔 전혀 도움이 안 됐죠. 그는 그저 구식 의사일 뿐이에요. 빈 의사들 대부분이 그렇지요. 새로운 치료법도, 진짜 과학도 알지 못해요. 그저 피나 뽑을 뿐이죠. 기운을 차려야 할 때 정맥을 잘라서 피를 뽑다니, 그건 환자를 극도로 약하게 만들 뿐이에요. 나쁜 증기를 뽑아낸다며 뜨거운 컵 모서리를 살에 대는 건 고문이라고요."

동생의 데스마스크는 그런 고통을 생생하게 전해주고 있었다.

"클로세트 씨는 동생이 끔찍한 속립진열에 걸렸다고 했어요."

내 말에 살라바 씨가 씩 웃었다.

"나한테는 모차르트 씨가 검은 담즙이 너무 많이 나온다고 했지요. 히포크라테스에 따르면 우리 몸은 혈액, 점액, 노란 담즙, 검은 담즙이 균형을 이루고 있지요. 네 가지 중 하나가 아주 많아지면 병에 걸린다고요. 클라세트는 모차르트 씨의 뇌에 검은 담즙이 너무 많이 쌓였다고 했어요. 뇌에 있는 검은 담즙을 제거한다며 피를 빼고 토하는 약을 먹였지요."

"클라세트 씨가 동생을 토하게 했나요?"

내 목소리가 떨렸다.

"아주 쏟아내게 했지요."

내 입에서 흐느끼는 소리가 새어나왔다. 슈비텐 남작이 혀를 차면서 살라바 씨를 보았다. 당황한 살라바 씨가 바닥을 발로 문질렀다.

"어쨌거나 동생 분은 얼마 못 가 죽었어요. 클로세트가 그를 죽였다고 하실지도 모르겠지만, 사실 그가 할 수 있는 일은 별로 없었어요. 독극물을 다뤄본 적이 별로 없거든요."

의사가 이제 막 끓기 시작한 액체가 담긴 냄비에 돌 항아리에서 꺼낸 액체를 몇 방울 떨어뜨렸다. 다시 황 냄새가 났다.

"그러니까 볼프강이, 그 애가 독극물 때문에 죽었다는 건가요?"

"오, 그럼요, 물론입니다. 아시겠지만, 그게 제 전문 분야죠. 대학 법의학과 학장이라는 직위를 이용해 독극물학을 만들었지요."

"볼프강은 어떤 독에 중독된 건가요?"

"그게, 수은은 아닙니다. 그 정도는 클로세트도 알 수 있었죠. 숨을 내쉴 때 악취가 나고 오줌에 거품이 일고 땀이 많이 나는 거, 이건 일반적으로 매독 환자에게서 많이 나타나는 증상이죠. 매독에 걸리지 않으려고 거기에 수은을 다량 집어넣거든요."

"살라바, 숙녀 분 앞이네."

슈비텐 남작의 말에 살라바 씨는 내 존재를 잊고 있었다는 듯 끓는 냄비에서 시선을 거두었다.

"아이고, 그렇군요. 불쌍한 모차르트 씨는 마지막에 환각을 보았습니다. 자신이 〈마술피리〉 공연장에 와 있다고 생각했지요. 그분은 '조용, 밤의 여왕이 높은 파 음을 내기 시작했어. 잘 들어봐. 두 번째 아리아를 부

218

르고 있다고. B플랫을 저렇게 강하게 부르고 그 음을 유지하다니!' 하고 말했죠. 그분은 방에서 죽어가고 있다기보다는 극장에 앉아 있는 것처럼 먼 곳을 응시했어요. 불쌍한 분이시죠."

"박사님, 동생을 죽인 독이 무엇인가요?"

"아쿠아 토파나죠. 비소, 납, 벨라도나를 섞어 만든 거예요. 맛도 없고 색도 없는 치명적인 독약이죠."

"확신하시나요?"

"뭐, 부검을 안 해 봤지만 눈으로 확인한 병리 증상은 분명해요."

"속립진열이 아닌가요?"

"우리 하인이 요 며칠 속립진열로 고생했지요. 지금은 괜찮아 보이더군요."

살라바 씨가 복도로 나가더니 소리쳤다.

"이그나츠, 환영을 본 적이 있나? 입이나 목에 타는 것 같은 통증을 느낀 적 있어?"

부엌에서 퉁명한 목소리가 들려왔다.

"없습니다, 주인님."

"복통은? 근육 경련은?"

살라바 씨가 내 쪽으로 몸을 돌렸다.

"분명히 경련은 없었어요. 뭐, 평소에도 저 늙은 친구야 간신히 몸을 움직일 수 있지만요. 하지만 저 친구의 피부를 보면 아시겠지만, 클로세트가 동생 분의 블랙리스트에 올린 기장 씨 같은 발진이 있습니다."

"블랙리스트라고요?"

"사망기록증 말입니다."

슈비텐 남작이 기침을 하면서 말했다.

"살라바, 뭔지 모르겠지만 숨 쉬기가 어렵군."

살라바 씨가 냄비에서 끓고 있는 액체에 코를 대고 냄새를 맡았다.

"그래요, 정말 흥미로운데요."

"그게 뭔가?"

"그냥 제가 연구하고 있는 겁니다. 이게 남작님 폐를 괴롭히고 있군요."

"그렇네. 그것도 아주 지독하게."

"좋아요, 아주 좋습니다. 아시겠지만 오래 맡으면 무척 위험해지죠. 하지만 이렇게 빨리 영향을 미치다니, 흥미로운데요."

나는 그 방에서 나가 어지러운 침대와 부엌을 지나 단숨에 문까지 뛰어갔다.

"기다리세요, 부인, 이 데스마스크를 놓고 가실 건가요?"

뒤에서 살라바 씨가 소리쳤다. 나는 기둥에 기대어 배를 움켜쥐었다. 소용돌이치는 바람이 마당을 감싸고돌았지만 옷에 진하게 배인 살라바 씨의 끔찍한 액체 냄새는 사라지지 않았다. 슈비텐 남작의 마부가 다른 말들을 이끄는 우두머리 말의 옆구리에 기댄 채 파이프 담배를 피우고 있었다.

남작이 밖으로 나왔다.

"힘든 일을 겪게 해서 미안합니다, 부인. 저는 그저……."

"볼프강을 위해 기도해야겠어요."

살라바 씨의 연구실을 가득 채운 증기가 지옥의 증기처럼 느껴졌다. 죽은 동생의 영혼은 어떤 냄새로 싸여 있을까?

"저를 성당에 데려가 주세요."

24

프란체스코회 수도원 벽감 위에 그린 성인들의 얼굴이 선명하고 신성한 빛을 발하고 있었다. 황혼이 지는 베커 가에서 보는 저 빛나는 성인의 얼굴이 살라바 씨의 독가스 때문에 보이는 환상일지도 모른다는 생각이 들었다. 슈비텐 남작은 무언가 말을 하려고 했지만, 그만두고 마차 밖을 내다보았다. 그런 남작의 손을 만지고 싶다는 소망이 간절했지만, 그 소망을 억누르기 위해 나는 흥분한 강아지를 말릴 때처럼 손을 뒤로 감추고 있었다.

"부인을 혼자 둘 순 없습니다. 위험합니다. 어젯밤 부인을 공격한 괴한들이……."

"이곳에서 절 아는 사람은 없어요. 전 혼자 있을 필요가 있어요."

성당 앞에서 하인의 부축을 받아 마차에서 내렸다. 내가 내리자 하인은 다시 마차 뒤에 있는 자기 자리로 돌아갔다. 남작은 마차 창문 너머로 반쯤 어두워져가는 하늘을 바라보았다.

"7시에 여관으로 가겠습니다, 부인. 프라이하우스 극장으로 갈 겁니다. 〈마술피리〉 공연을 볼 거고요."

나는 알았다는 의미로 고개를 끄덕였다.

"남작님은 정말 친절하세요."

마부의 좌석 옆에서 흔들리는 등불에 비쳐, 남작의 지팡이 끝에 있는 은장식이 희미하게 빛났다. 남작은 지팡이로 한 곳을 가리키며 조금 무뚝뚝하게 말했다.

"본관 문으로 들어가서 왼쪽으로 꺾으세요. 유진 왕자의 무덤 옆입니다."

남작의 마차는 북쪽 탑을 지나 덜컥거리며 사라졌다. 나는 천장이 높은 성모 성당의 어두운 복도를 걸어 볼프강의 장례 미사가 열린 중앙 회중석을 지나갔다. 십자가 예배당의 연한 갈색 석조가 촛불에 드리워 어두운 빛을 띠고 있었다. 제단 뒤에는 고난에 찬 그리스도가 십자가 위에서 손과 발에 박힌 못 때문에 괴로워하고 있었다. 사람과 거의 비슷한 크기로 만들어진 그리스도상은 벚나무로 만든 가시관을 머리에 쓰고 있다. 그리스도의 몸 역시 벚나무로 만들어져 있었다. 턱에는 사람의 수염을 잘라 붙인 턱수염이 있었지만, 그것이 오히려 나무로 만든 다른 부분보다 생기가 없어 보였다.

외풍이 불어 등이 흔들렸다. 그 때문에 등불이 그리스도의 얼굴을 비춰 그 고통을 여실히 드러내다가 다시 어둠 속에 가두는 일이 반복되었다. 서커스의 속임수처럼 등불은 그리스도를 더욱 생기 있게 했다. 나는 성호를 두 번 긋고 십자가 앞에 무릎을 꿇었다. 바닥이 아주 차가웠다. 그리스도의 괴로운 얼굴을 쳐다볼 수가 없었다. 볼프강의 관이 묻힌 곳. 슈비텐 남작과 올케가 불쌍한 내 동생을 이곳에 데려와 장례 미사를 받게 했을 때도 저런 표정이었을까? 몇 년간 동생을 내버려두었다는 죄책감이 온몸을 감쌌다. 나는 조용히 흐느껴 울었다.

내게 있었던 질투와 욕심에 슬퍼하며 나는 용서를 빌었다. 십자가 위의 그리스도에게, 그리고 볼프강에게 용서를 빌었다. 아버지가 돌아가셨을 때, 나는 동생과 내가 유럽을 돌며 벌었던 모든 돈을 혼자 가졌다. 아버지는 좋은 투자자였기 때문에 그 액수는 상당했다. 아버지는 비싼 가구와 악기, 유럽 전역에서 귀족들이 보내준 금시계와 보석함을 내게 주셨다.

어린 시절 사람들의 관심을 끈 것은 단연 볼프강이었다. 그 애는 자신의 몫을 가질 권리가 있었다. 아무리 아버지가 내게 모든 것을 주셨어도 내가 절반을 볼프강에게 보냈어야 했다. 하지만 나는 그 애의 자유를 시샘했다. 동생은 자유를 얻었으니 당연히 재산은 포기해야 한다고 생각했다. 황제가 있는 수도에서 성공한 삶을 살기 위해 잘츠부르크를 떠난 동생이라고 생각했다. 20대 후반이 되어 이제 제대로 된 결혼도 할 수 없는 나를 버렸고 내 재능을 무시했다고 스스로를 설득했다. 어린 시절, 우리는 친근한 남매였지만 나는 동생과의 관계를 끊어버렸다.

십자가를 올려다보았다. 유다가 자기가 사랑했지만 자신보다 위대했던 사람을 팔아버린 것처럼 나도 돈 때문에 볼프강을 배신했다. 나는 성지에서 가져온 마른 씨로 만든 묵주를 돌렸다. 내가 빼앗은 돈만 있었다면 볼프강은 무사했을까? 올케가 이야기한 동생의 빚에 대해 생각해 보았다. 볼프강은 분수에 맞지 않게 살았다. 하지만 볼프강을 아프게 한 것은 우리의 재정 싸움이 아니었다는 걸 안다. 나는 수천 포린트*를 동생에게서 빼앗은 것보다 훨씬 나쁜 일을 했다. 나는 동생에게 재능을 키워주고 사랑을 알려줄 마지막 남은 가족의 의무를 거절했다. 또다시 슬픔이 북받쳐 올라왔다. 은총의 성모 마리아여, 아드님이신 우리 주 예수 그리스도에게 저를 위해 빌어주세요.

등불이 그리스도의 얼굴 위에서 요동쳤다. '아버지, 왜 저를 버리셨나이까' 하고 부르짖는 그리스도의 고통이 느껴지는 것 같았다. 살라바 씨의 연구실에서 본 동생의 회색 데스마스크처럼, 그리스도의 고통은 생생하

---

* 헝가리 화폐 단위.

게 살아 있었고 그것을 참아내는 것은 나의 신성한 의무였다. 나는 성모 마리아에게 맹세했다. 어떠한 고통이 따르고 어떠한 위험이 닥치더라도 동생의 죽음을 바로잡겠다고. 자리에서 일어나 성호를 그었다.

밖으로 나오니 광장에서 누군가 너무 춥다고 소리치고 있었다. 그와 함께 가던 사람이 그 소리에 크게 웃었다. 이제 밤이었다. 하지만 기제케 씨와 함께 공격받은 후 어둠 속에서 느끼던 위협이 더 이상 신경 쓰이지 않았다. 나는 안정을 되찾았고 확고한 결심이 섰다.

목동이 몇 마리 안 되는 양 떼를 데리고 성당 앞을 지나갔다. 목동은 덥수룩한 털에 쌓여 킁킁거리며 걸어가는 늑대개를 소리쳐 불렀다. 개는 양 떼를 쉴러 가로 몰았다. 양 떼가 사라지자 나만이 껌뻑이는 등불 아래 서 있었다. 외투를 두르고 여관을 향해 걸었다. 이제 머리가 맑아졌다. 기도를 하면서 나는 볼프강에게 질문했다. 오늘 밤 극장에서 동생의 대답을 들을 수 있을 것이다.

25

레널이 텅 빈 밀가루 시장이 내려다보이는 창가에서 내 머리를 다듬었다. 반짝이는 자갈 포장길 때문에 오히려 여신상 주변이 어둡게 보였다. 머리를 한 번 빗을 때마다 눈을 깜빡이며 남작의 마차가 보이기를 고대했다. 남작을 기다리는 동안 내가 생각한 것은 사랑이었다. 남편도 의무도 생각나지 않았다. 그저 사랑뿐이었다.

20대 때, 잘츠부르크에서 사랑에 빠진 적이 있다. 육군 대위였던 디폴트는 고귀한 집안의 소년들을 가르치는 학교를 운영했다. 하지만 그는 나를 귀족으로 만들겠다는 아버지의 야망을 충족시킬 수 없는 사람이었다. 아버지는 그의 청혼을 거절했다. 몇 년 후 아버지 소원은 내가 베어흐톨트와 결혼하면서 이루어졌다. 하급 귀족이라도 귀족은 귀족이었다. 어쩌면 아버지는 출신 성분이 좋은 남편을 만나는 것이 내 소원이라고 생각했는지도 모르겠다. 언제나 나는 모자에 머리를 감추는 법 없이 귀족처럼 높게 올렸다. 그러나 결혼 후, 재능을 포기하고 많은 친구들이 그렇듯이 집에서 아이들과 함께하는 것에 만족하게 될 때까지는 몇 년이라는 세월이 필요했다.

마차 한 대가 카푸친회 성당을 지나 여관 앞에 섰다. 마차 창문에 슈비텐 남작의 얼굴이 보였다. 그를 보니 내 안에 사랑이 얼마나 충만한지 알 수 있었다. 극심한 죄책감이 몰려왔다.

"오늘 밤 황제도 올 겁니다."

내가 마차 옆자리에 올라탈 때 남작이 말했다. 낮에 오만한 태도로 가신들을 거느리고 궁전 정원을 거닐던 황제가 떠올랐다.

"쇤브룬에서 그분의 어머니이신 황후께 연주를 해주었을 때 뵌 적 있어요. 그땐 어린 소년이셨죠."

남작이 조용히 무언가를 말했지만, 들리지는 않았다. 왠지 무척 낙심한 사람처럼 보였다.

"제 생각엔, 그분은 많이 변하신 것 같아요."

"레오폴트 2세 말입니까? 완전히 달라졌죠. 황제의 어린 시절 따위는 상상하기도 힘듭니다."

극장 앞에는 마차가 줄지어 늘어서 있었다. 극장에 들어가기 위해 안뜰을 지나는 동안 남작은 모자에 손을 대며 여러 사람들과 인사를 나누었다.

기대감으로 발걸음이 가벼웠다. 딱 한 번 뮌헨에 갔을 때를 빼면 볼프강의 오페라는 잘츠부르크 홀에서만 보았다. 그곳은 지루할 정도로 속속들이 알고 있는 곳이었다. 극장의 대리석 입구에는 화려한 옷을 입은 빈 상류층 사람들이 가득했다. 그곳에 모인 사람들 입에서 동생의 이름이 흘러나왔다. 슈비텐 남작이 현관 홀 끝에 있는 계단을 가리키며 말했다.

"저는 이곳에서 황제를 맞이해야 합니다. 제 관람석은 첫 번째 층에 있습니다. 되도록 빨리 가겠습니다."

남작이 홀을 가로질러 갔다. 그곳에 모인 사람들은 황제의 눈에 잘 띄는 자리를 잡기 위해 서로를 밀치고 있었다. 나는 계단을 올라갔다. 동생과 내가 연주하기 위해 궁전에 왔을 때만 해도 미래의 황제는 눈에 띄는 인물이 아니었다. 당시 레오폴트 왕자는 권력과는 거리가 먼 사람이었다. 한 공국의 대공만 되어도 잘된 거라는 것이 세간의 평이었다. 우리와 함께 황궁을 돌아다니며 뛰어놀던 마리아 안토니아(마리 앙투아네트) 공주는 지금 남편인 프랑스 왕과 함께 파리 감옥에 갇혀 있다. 공주의 쾌활한 성격이 이 세상의 요구와는 맞지 않았을 것이다. 그것은 분명 볼프강도 마찬가지였다.

계단을 올라가자 안내인이 남작의 자리로 안내해 주었다. 나는 긴 복도를 따라 걸었다. 리히노브스키 왕자가 텅 빈 복도에서 서성이고 있었다. 왕자는 자신의 성급함을 무기 삼아 텅 빈 공간에서 누군가를 불러내기라도 하려는 듯이 슈비텐 남작의 관람석을 노려보고 있었다.

내가 왕자를 불렀다. 왕자의 얼굴은 결투에 임하는 사람처럼 날카롭고 예민했다. 나를 본 왕자는 애써 얼굴 표정을 풀었다.

"왕자님, 남작님을 찾고 계신가요?"

내가 물었다.

"남작은 어디에 있습니까?"

왕자의 목소리는 낮고 음울했다.

"홀에서 황제 폐하를 뵙고 계세요."

왕자가 손가락으로 눈 가장자리를 짚었다. 평온한 얼굴 뒤에 감춰진 동요를 드러내 보이는 행동이었다. 그 모습을 보니 마치 훌륭한 필사책 한 페이지에 묻은 검은 얼룩 같다는 생각이 들었다.

"아직 이 오페라를 보지 못하셨나 봅니다. 왕자님은 제 동생의 든든한 후원자 아니셨나요?"

"초연을 보았습니다, 부인."

그때 복도에서 소리가 들렸다. 왕자가 재빨리 시선을 그쪽으로 돌렸다.

"물론 아주 뛰어난 작품이라고 생각합니다."

"볼프강 최고의 작품이라는 소리를 들었는데요."

"〈돈 조반니〉를 뛰어넘지는 못하지요."

"어째서 그런가요?"

"보시면 아시겠지만 〈마술피리〉의 주인공들은 일종의 신성한 결합을 통해 생명의 본질을 발견합니다. 돈 조반니는 세상의 진실은 오직 지옥으로 여행하라는 압력을 받을 때만 깨닫게 된다는 걸 알았죠."

"어쩌면 볼프강은 지옥이 정해진 운명이 아니라는 걸 알았는지도 몰라요. 기도와 선의로 피할 수 있는 곳이라고요."

왕자는 내 말에 고개를 저었다. 왕자가 반박할 거라 생각했지만, 그는 그저 오케스트라가 악기를 조정하는 소리만 듣고 있었다.

왕자는 나에게 인사를 하고 홀에서 황제를 영접하고 올라오는 사람들을 헤치며 계단을 내려갔다. 나는 슈비텐 남작의 관람석에 들어가 무대로 통하는 2층 좌석을 내려다보았다. 오케스트라 단원들이 웃으며 농담을 나누고 있었다. 모두 자신의 성공을 알고 있는 사람들 고유의 자신감이 넘쳤다.

"부인."

그때 열린 문 뒤에서 목소리가 들렸다. 기제케 씨였다.

"기제케 씨, 괜찮으신가요? 무사해 보여서 정말 다행이에요."

기제케 씨는 오늘 공연할 긴 흰옷을 입고 있었고 얼굴에는 검은색과 흰색 띠가 그려져 있었다.

"남작님은 어디 계십니까?"

기제케 씨가 물었다. 그때 요란한 박수 소리가 들리며 오케스트라가 일어났다. 바이올린 연주자들이 활로 연주단을 두드렸다. 자리로 가기 위해 통로를 걷는 황제 뒤로 갑옷처럼 빛나는 옷을 입은 수행원들이 따랐다.

황제의 움직임에는 의도된 우아함이 있었다. 통통하면서도 근엄한 얼굴은 냉엄하면서도 무표정했다. 기제케 씨가 말했다.

"남작은 당연히 저기 있겠죠. 저 무리 속에서 알랑거리면서."

"말조심하세요. 남작님은 존경받을 만한 분이세요."

기제케 씨는 여전히 어둠 속에서 복도만 보고 있었다. 나는 기제케 씨가 있는 쪽으로 다가갔다.

"나를 내버려두세요."

기제케 씨 목에서 불에 타는 듯이 초조한 목소리가 흘러나왔다.

"부인이 여기 있는 건 몰랐습니다. 부인과 함께 있는 건 너무 위험해요."

"그게 무슨 소리죠?"

"부인이 도망친 후, 난 칼에 찔려 죽을 뻔했습니다."

분장한 얼굴 밑으로 멍 자국이 보였다. 그가 손을 들어 보였다. 손바닥이 지저분한 천에 감싸여 있었다.

"칼을 빼앗기 위해 칼날을 움켜쥐었지요."

"괴한들이 노린 게 당신이 아니라 저란 말인가요?"

"나는 볼프강의 독살에 대해 아무 말도 안 했어요. 하지만 부인은 아닙니다. 그래요, 그들이 노린 건 부인이에요."

"하지만 그 사람들은 내가 도망가는 걸 내버려두었어요. 그 사람들이 노린 건 당신인지도 몰라요."

기제케 씨가 눈을 감자 분장에 가려 그의 눈이 보이지 않았다. 기제케 씨는 섬뜩할 정도로 천천히 고개를 끄덕였다. 내가 옳은 것이다. 어째서 기제케 씨는 엄청난 위험에 빠진 것일까?

"당신이 보았군요."

내가 말했다.

"무얼 말입니까?"

"독살되는 걸요. 동생이 독을 마시는 걸 본 거예요. 언제 보신 거죠?"

기제케 씨가 손을 감싸고 있는 천을 깨물었다.

"프리메이슨 홀에서입니다. 볼프강과 내가 만든 칸타타를 연주한 후였죠."

"누군가요? 누가 볼프강을 죽였죠?"

"그저 나와 다른 비밀을 공유한 사람이라는 말씀만 드릴 수 있겠군요."

형제로 맺어진 사람을 뜻했다.

"프리메이슨인가요?"

"그렇습니다."

"여성일 수도 있나요?"

기제케 씨가 내 어깨를 움켜쥐었다.

"도대체 무슨 말을 하는 겁니까?"

나는 기제케 씨에게 벗어나려고 발버둥 치다 로코코풍 나무 발코니에 부딪쳤다. 지휘자가 지휘대로 다가가자 환호가 일었다. 그때까지만 해도 극장이 얼마나 큰지 알지 못했다. 다섯 층을 가득 메운 사람들이 환호하자 극장이 떠나갈 듯 들썩거렸다.

기제케 씨가 관람석에서 뛰어나가 버렸다. 문이 닫히고 육중한 트롬본이 서곡을 연주하기 시작했다. 갑작스러운 장중함에 깜짝 놀랄 정도였다. 두 번째 음과 세 번째 음. E플랫 장조였다. 프리메이슨 지부에서 들었던 것과 같은 장조였다. 볼프강은 조표를 아무렇게나 정하는 법이 없었다. 그 애는 음악을 듣는 사람이 알아야 할 내용, 알리고 싶은 분위기를 음악에 넣었다. 서곡 세 마디만 듣고도 나는 이 작품이 기제케 씨와 시카네더 씨가 말한 대로 프리메이슨의 음악임을 알 수 있었다.

푸가가 연주되는 동안 극장을 둘러보았다. 페어겐 백작이 황제와 몇 칸 떨어진 자리에 앉아 있었다. 다리를 꼬고 앉아서 버클 달린 신발을 음악에 맞춰 까딱이고 있었다. 남작의 관람석 맞은편에는 리히노브스키 왕자가 아름다운 검은 머리의 여인과 앉아 있었다. 그 여인은 발코니 끝에 매달려 피아노를 치는 사람처럼 손가락을 신나게 움직이고 있었다.

슈비텐 남작이 급하게 들어와 옆 좌석에 앉았다. 그는 과학협회에서 내 연주를 들을 때 그랬던 것처럼 지팡이 머리에 두 손을 올렸다. 음악을 들으며 남작이 나를 보고 웃었다. 그때 남작은 내 마음 속 동요를 알아챈 것이 분명했다. 그는 손을 뻗어 내 손을 잡았다.

무대에서 연극이 시작되었다. 타미노 왕자가 커다란 뱀을 피해 달아났다.

"도와주세요."

타미노 왕자가 울부짖었다. 슈비텐 남작이 잡고 있던 내 손을 놓으며 감탄을 표시했다. 타미노 왕자가 첫 아리아를 끝내기도 전에 나는 동생의 아리아에 푹 빠졌다. 시카네더 씨는 〈마술피리〉가 프리메이슨의 가치를 알리기 위해 만들었다고 했지만, 내게는 볼프강의 순수한 즐거움이 느껴졌다.

오페라에 푹 빠져 있던 탓에 우리 관람석으로 두 남자가 들어오는 것조차 보지 못했다. 남작 역시 처음에는 그들의 기척을 느끼지 못했다. 두 사람은 당황한 채 망설이듯 문 옆에 서 있었다. 초조한 한숨 소리가 들리고 남작이 그들을 돌아보았다. 두 사람 모두 거칠고 투박한 옷을 입고 있었다. 남작의 시선을 피했지만 그렇다고 물러나지도 않았다. 남작이 그들에게 다가가 넓은 가슴을 내밀고 보석으로 장식한 지팡이를 곤봉처럼 치켜 올렸다. 그러자 두 남자는 인사하듯 모자에 손을 대고 물러났다. 남작은 몇 분 동안 관람석 안을 거닐다가 다시 자리에 앉았다.

무대 위로 별을 박은 왕관을 쓴 밤의 여왕이 나타났다. 여왕은 잃어버린 아이에 대해 노래했다. 여왕의 슬픔에 눈물이 흘렀다. 과학협회에서 만났던 올케의 수다쟁이 언니가 밤의 여왕이었다. 여왕의 아리아는 볼프강이 슬픔을 표현할 때 많이 사용하는 G단조였다. 공주가 납치됐다는 것을 장황하게 노래한 여왕은 타미노 왕자에게 공주를 구해달라고 애원했다. 시카네더 씨는 슬픈 감정을 곧 저속한 코미디로 희석시켰다. 새 사냥꾼과 젊은 소프라노로 구성된 즐거운 세 소년이 하늘을 나는 요술 배를 타고 들어왔다.

기제케 씨가 사제들과 함께 무대를 성큼성큼 가로질렀다. 큰 역은 아니었지만 훌륭하게 맡은 역할을 해내고 있었다. 관람석에서 보았을 때는 갈라져버릴 것 같던 음성이 무대 위에서는 거침없고 장엄했다.

1막이 끝나갈 무렵, 기제케 씨는 무대 끝에 있는 사제들 속으로 슬그머니 섞여 들어갔다. 겁에 질린 새 사냥꾼이 납치된 공주에게, 이제 곧 만나게 될 대사제에게 자신을 어떻게 소개해야 하는지 물었을 때, 내 시선은 기제케 씨를 향해 있었다. 공주가 대답했다.

"진실을, 진실을, 그것이 설령 범죄라 해도."

그때 기제케 씨가 비틀거리며 공주를 향해 두 걸음을 옮겼다. 여러 배우들 속에 섞여 있어서 관중은 기제케 씨의 움직임을 알아채지 못했다. 그러나 노래를 부르고 있던 공주는 기제케 씨의 눈을 보고 흠칫 놀라는 기색이었다.

막간 휴식 시간이 되었다. 1막이 끝났는데도 동생 음악이 머리에서 떠나지 않았다. 너무나 행복해서 무대로 나가 춤을 추고 싶은 심정이었다. 남작이 황실 일가를 만나기 위해 자리에서 일어났을 때 행복에 취한 내가 그의 손을 잡고 지그시 힘을 주었다. 남작도 역시 내 손을 지그시 잡았다. 남작의 재킷에 있는 단추들이 별처럼 반짝였다.

남작은 황제 주변을 맴돌고 있는 귀족들에게 인사를 하기 위해 내려갔다가, 오케스트라가 2막을 연주하기 위해 준비하는 동안 자리로 돌아왔다. 올케의 언니가 자신이 마지막으로 부를 아리아의 콜로라투라* 부분을 멋지게 해냈다. 그 소리는 사람의 목소리라기보다는 관악기처럼 들렸다. 시카네더 씨가 마술 종을 울려 사랑하는 연인을 불렀다. 두 사람은 함께 노래했다. 그 모습을 보니 기뻐서 눈물이 나왔다. 그런 나를 보고 남작이 소매에서 손수건을 꺼내 주었다. 손수건을 눈에 대고 오랫동안 그대로 있었다. 나는 손수건에서 나는 자스민 향기를 한참 음미했다.

• 여성 소프라노가 가장 화려한 고음을 가장 고난도 가창력으로 구사하는 부분.

26

처음에 공주는 약하고 말이 많다는 이유로 사제가 될 수 없었다. 그러나 오페라가 끝나갈 무렵에는 공주의 결단력과 바른 태도가 사제들을 설득해 자신들의 세계로 받아들이게 된다. 막이 내린 후 나는 오페라에 쏟아진 갈채에 대해 이야기했다.

"공주가 주인공인 오페라 중에서는 가장 의미가 있는 작품이에요."

슈비텐 남작이 윗입술을 깨물었다.

"정말 그렇습니다."

커튼 사이로 왕자와 공주가 나와 새 사냥꾼과 그의 부인의 갈채를 받았다. 그때 관람석 문이 열리고 슈타들러 씨가 들어왔다. 급한 일이 있는 게 분명했지만 나를 보자 주춤했다. 슈비텐 남작이 슈타들러 씨를 돌아보았다.

"슈타들러, 좋은 저녁이로군."

슈타들러 씨가 성근 머리를 긁적이며 내게 인사했다. 그는 안으로 들어오지 못하고 문가에 서 있었다.

"정말 멋진 연극이었어, 슈타들러. 그렇지 않나?"

남작이 물었다. 잠시 침묵이 흐른 후, 슈타들러 씨가 더듬거리며 대답했다.

"네, 그렇지요. 정말 놀라운 작품이지요."

"정말 감동적이었어요."

내가 말했다. 슈타들러 씨가 이번에는 재빨리 대답했다.

"뭐가 말입니까?"

"볼프강의 오페라 말이에요."

나는 슈타들러 씨가 그토록 당황해 하는 이유가 궁금해서 고개를 갸우뚱했다. 올케의 언니, 요제파가 무대로 나와 다른 네 가수와 합류하자 관중들이 자리에서 일어났다. 요제파는 관중을 향해 한껏 과장된 몸짓으로 절을 했다. 연극을 하면서 모든 힘을 다 써버린 듯 머리는 거의 바닥에 닿을 정도였고 손은 가슴께에 올리고 있었다.

슈타들러 씨가 슈비텐 남작 뒤에 있는 금도금한 의자 끝에 앉았다. 그는 손으로 엉덩이를 문질렀다. 맨 앞줄에 앉은 황제는 우아하게 손뼉을 치고 있었지만 별다른 감흥은 없어 보였다.

"황제께서 오페라 상연을 허락하지 않을 수도 있나요?"

내가 물었다. 그러자 슈타들러 씨가 남작의 어깨 너머로 목을 길게 뺐다. 그는 황제의 갈채가 승인을 약속하고 있다는 듯이 뺨을 실룩거렸다. 남작이 슈타들러 씨의 손목을 두 손으로 잡았다.

"이봐, 슈타들러. 무슨 문제가 있나?"

"무슨 말씀이신지요?"

"급하게 할 말이 있어 여기 온 것일 테지. 모차르트 부인은 염려하지 않아도 되네. 내가 아는 건 부인도 모두 알고 계시니까."

"무얼 말입니까?"

남작이 슈타들러 씨에게 가까이 다가갔다.

"무엇이겠나? 볼프강의 죽음에 대해서지."

무대 위에서 가수들이 앙코르 곡을 시작했다. 시카네더 씨가 자신만만하게 서곡의 아리아를 이끌어 갔다. 노래가 시작되고 관중들 갈채가 잦아지자 슈타들러 씨가 작은 목소리로 말했다.

"기제케가 정보를 가지고 있답니다."

슈비텐 남작이 보이지 않는 음식 냄새를 맡은 사람처럼 고개를 들었다.

"볼프강을 독살한 사람을 알고 있답니다. 하지만 무척 두려워하고 있어요. 기제케는 남작님께만 자신이 아는 사실을 말하겠답니다. 남작님이 보호해 주시길 바랍니다."

남작이 고개를 흔들었다.

"신의 가호가 있기를."

남작은 문으로 걸어갔다.

"그 불쌍한 친구를 만나봐야겠어. 자네는 모차르트 부인 곁에 남아 있게."

슈타들러 씨가 이의를 제기하려고 했지만 남작이 엄한 눈길을 보냈다.

"내가 올 때까지 부인을 떠나지 말게."

문이 닫히고 슈타들러 씨가 의자에 털썩 주저앉았다. 사람들이 시카네더 씨에게 갈채를 보냈다. 곧 공주 역을 맡은 배우가 앙코르 곡을 부르기 위해 무대 중앙으로 나왔다. 나는 오케스트라가 아리아의 도입부를 연주하는 동안 2막에 나왔던 가사를 생각했다.

"밤과 죽음을 두려워하지 않는 여인이라면 자격이 있으니 가입할 수 있다."

내가 나지막하게 속삭였다. 그러자 슈타들러 씨가 나를 보았다. 그의 턱이 떨리고 있었다. 그때 주머니에 있는 볼프강의 쪽지가 생각났다. 왠지 동생이 적지 않은 내용이 무엇인지 알 것 같았다.

"그로토 말이에요. 슈타들러 씨. 볼프강은 자기가 구상하던 새 지부에 대해 당신에게 말했을 거예요. 그렇지 않나요?"

"그는…… 그랬지요."

슈타들러 씨는 이제 막 숨이 넘어가려는 사람처럼 대답했다.

"그 애는 그로토에 대한 구상을 끝내지 않았어요. 하지만 이 오페라 속에 분명한 어투로 전체 계획을 모두 담은 거예요."

무대 위에서 공주가 인사를 했다.

"볼프강은 여성이 참가하는 지부를 꿈꿨던 거예요. 공주가 시험에 통과하고 사제들에게 인정받는 걸 보세요. 그것이 볼프강이 하려던 거였어요. 여성에게도 남성과 똑같은 권리가 있어야 한다는 거예요. 계몽과 평등을 믿었으니 당연히 그런 생각을 했을 거예요. 그렇지 않나요, 슈타들러 씨?"

슈타들러 씨가 살짝 고개를 끄덕였다. 밤의 여왕이 아리아를 부르기 시작했다. 밤의 여왕은 마음속에 치솟아 오르는 복수를 다짐하고 있었다.

"그것이 위험한 생각인가요?"

슈타들러 씨는 얼굴을 움켜쥔 채 고개를 숙이더니 의자를 흔들었다.

"프리메이슨 형제들은 가입할 때 무서운 맹세를 합니다. 규칙을 어기는 사람은 무서운 벌을 받게 되지요."

"저도 들었어요."

"뭐라고요? 언제 말입니까?"

"볼프강은 지부에 여성을 끌어들이면 안 된다는 규칙을 어기려고 했어요. 하지만 그 앤 죽었어요. 또 누가 위험에 처한 건가요? 새로운 지부를 만들려던 사람이 누구죠? 당신인가요? 기제케 씨하고요?"

슈타들러 씨가 신음 소리를 냈다.

"리히노브스키 왕자님입니다. 그분이 볼프강이 새로운 지부를 세우는 걸 지지했지요."

어째서 리히노브스키 왕자가 그런 위험한 모험을 감행하려 했는지 의아했다. 나는 건너편에 있는 왕자를 쳐다보았다. 피아노 치는 시늉을 하던 여인은 완전히 심취되어 관람석 끝에 머리를 기대고 있었다. 완전히 도취된 여인과 달리 왕자의 얼굴은 공허했다.

주요 등장인물의 앙코르 곡이 모두 끝났다. 두꺼운 보라색 커튼이 내려왔다. 관중들의 환호에 맞춰 이번에는 모든 출연자가 무대로 나왔다. 그들 중에 기제케 씨는 보이지 않았다.

그때 관람석 문이 열리고 슈비텐 남작이 들어왔다.

"기제케 씨는요?"

"찾지 못했어요. 기다리고 있으면 여기로 다시 올 겁니다."

기제케 씨는 범인의 이름을 내게 말했어야 했다. 하지만 그는 도망가 버렸다. 범인의 이름이 물 위에 쓴 것처럼 내 앞에 나타났다가 사라져 버렸다. 당혹스러운 기분이 들어 나는 자리에서 일어났다.

그때 무대 뒤에서 두꺼운 밧줄이 끊어지는 묵직한 소리가 났다. 새 사냥꾼에게 충고하던 세 소년이 타고 있던 마술 배가 흔들리고 있었다. 배가 앞뒤로 흔들리는 순간 관중석에서 숨을 삼키는 소리가 들렸다. 배가 기울어지더니 흔들거리는 남자의 머리가 보였다. 배 안에서 무언가 시카네더 씨 위로 쏟아졌다. 시카네더 씨는 깃털 달린 옷의 어깨 부분으로 그것을 닦아냈다. 배가 움직이자 매달린 남자도 함께 움직였다. 남자의 몸이 무대 위로 떨어져 내렸다. 시카네더 씨는 소리를 지르고 있는 밤의 여왕을 한쪽으로 밀어냈다.

남자의 몸이 뒤틀린 채 무대 위에 널브러졌다. 그가 입고 있는 하얀 옷에 피가 번져 있었다. 시카네더 씨가 남자의 얼굴을 들어올렸다.

"이런 세상에."

시카네더 씨가 방금 전에 갈채를 받은 깊은 바리톤 음색으로 소리쳤다.

"기제케야. 이미 죽었어."

건너편에서 리히노브스키 왕자가 일어서는 게 보였다. 그 옆에 있는 아름다운 여인이 공포에 질려 왕자의 몸을 끌어안고 있었다. 왕자는 슈비텐 남작을 쳐다보았다. 남작은 주먹을 꽉 쥔 채 무대를 노려보고 있었다. 왕자가 황급히 관람석을 나가자, 여인이 울면서 그 뒤를 따랐다.

27

얀의 커피하우스 계단을 올라갔다. 위에서 당구공 부딪치는 소리와 두 사람의 목소리가 들려왔다. 한 명은 "잘하셨습니다, 왕자님"이라고 했고, 또 한 명은 "순전히 운이야, 리히노브스키, 이 사기꾼 같으니"라고 했다.

계단을 다 오르자 팔을 뻗어 손을 내밀고 있는 키 큰 리히노브스키 왕자가 보였다. 영국 스타일로 간소하게 옷을 입은 뚱뚱한 남자가 코트에서 지갑을 꺼내 지폐를 두 장 꺼냈다. 그는 얼굴을 찡그리며 지폐를 왕자의 손에 내리치듯이 올려놓았다.

"나보다 지위가 낮다는 걸 다행으로 생각하라고, 호프만."

왕자가 지폐를 치우면서 말했다.

"안 그랬으면 나를 모욕한 대가를 치르게 했을 거야."

"기꺼이 대가를 치루지. 무기를 골라 봐."

"자네에게 결투라는 명예 따위는 주지 않을 거야. 입 조심하지 않으면 거만한 하인 녀석처럼 우리 집 밖에 있는 그라벤 거리로 내던져 버릴 거라고."

그때 탁자에서 세 번째 남자가 일어났다. 슈타들러 씨였다. 그는 두 남자 사이에 서더니 두 남자의 가슴에 각각 한 손씩 얹었다.

"결투건 말다툼이건, 두 분 명예에는 어떤 것도 도움이 되지 않습니다."

호프만이라는 남자가 소파에 털썩 앉으며 흰 앞치마를 두른 남자를 손짓해 불렀다. 그 남자는 고개를 끄덕이며 커피 끓이는 기구에서 커피를 따랐다. 왕자가 코 밑부분을 두 손가락으로 집었다.

"아침에는 커피를 못 마셔서 전투적으로 되는가 보군, 호프만. 자넨 점심시간이 지나면 나와 결투하겠다고 덤비지 않잖아."

"자네가 악당인 걸 아는 사람들은 대부분 늦게 일어나잖아. 그러니까 밤까지 무대는 나를 위한 거라고. 오늘은 진짜 내 맘대로 할 거야."

호프만이 나를 향해 손을 흔들었다. 그 때문에 나를 본 왕자는 깜짝 놀랐다. 왕자의 발이 미끄러지면서 부츠 굽이 바닥을 내리쳤다. 내가 있다는 사실을 알게 된 순간, 왕자의 얼굴에는 노여움이 떠올랐지만 이내 자신을 가다듬었다.

"호프만, 이 숙녀 분께 실례를 저질렀군."

"자네만큼은 아니겠지, 분명히."

"저런, 이분은 모차르트 부인이야."

"볼프강의 누님이란 말이야?"

그때 점원이 커피포트를 가져왔다. 호프만 씨는 당황한 기색을 감추려는 듯, 급하게 커피를 따랐다. 슈타들러 씨는 신문 뒤로 몸을 감추었다. 왕자가 내 손을 잡고 구석에 있는 탁자로 데려갔다.

"왕자님, 댁이 그라벤 거리에 있다고 하셨죠? 프리메이슨 집회가 있던 곳이요. 그곳은 왕자님 댁이었군요."

왕자가 손으로 입을 막으며 기침을 했다. 그는 앞치마를 두른 남자를 향해 두 손가락을 들어보였다. 얀의 커피하우스는 빈에서 아주 유명한 커피하우스였지만, 오전에는 리히노브스키 왕자 일행이 당구대를 독점하고 있었다. 칸으로 막은 아득한 좌석과 붉은 벨벳 벽이 있는 편안한 곳이었다. 바 옆에 있는 나무 선반에는 신문이 놓여 있었고, 갓 볶은 커피 향이 가득 차 있었다.

왕자가 긴 세비야 산 시가에 불을 붙였다. 담배 연기를 내뿜는 입술 사이로 숨이 파르르 떨렸다.

"볼프강은 여기서 공개 연주회를 많이 열었죠. 이곳에서는 경제적으로 썩 좋은 결과를 얻었어요."

나는 바 옆에 있는 피아노를 쳐다보았다. 볼프강이 연주하던 궁전에 비하면 아주 초라해 보이는 장소였다. 하지만 그런 선입견은 술집에서 돈벌이를 해야 했던 내 경험 때문인지도 몰랐다. 언젠가 우리 가족은 런던에 너무 오래 머무르는 바람에 가져갔던 돈을 모두 다 쓴 적이 있었다. 그때 우리 남매는 1페니짜리 티켓을 팔며 맥주홀에서 연주를 해야 했다.

앞치마를 두른 남자가 쟁반에 도자기로 만든 커피포트와 컵, 파이 두 조각을 받쳐 들고 왔다. 그 남자는 인사를 하고는 모두에게 커피를 따라 주고 파이를 탁자에 내려놓았다.

"얀이 만든 작품이지요."

리히노브스키 왕자가 나에게 포크를 주더니 파이 접시를 내 쪽으로 밀었다. 얀 씨가 자랑스러운 듯 또다시 인사를 하고 돌아갔다.

"먹어보시죠."

왕자가 입에서 푸른 담배 연기를 내뿜으며 말했다.

"정말 맛있어요."

아침 미사에 다녀온 후 여관에서 아침 식사를 하기는 했지만, 거의 먹지 못했다. 어젯밤 기제케 씨의 죽음을 본 충격이 너무 컸던 것이다. 나는 파이를 집어 들었다. 갈색으로 바삭하게 구운 사과파이로 얇게 썬 과일이 들어 있었다. 한 잎 베어 물자 커피 가루처럼 쓴 양귀비 씨앗이 입 안 가득 퍼졌다.

"제가 공격을 받고 당황해 있던 밤에……."

내 말에 왕자가 대답했다.

"제가 부인을 돕는 영광을 누렸지요."

"그때 왕자님은 볼프강의 죽음에 이상한 점은 없다고 하셨어요. 하지만 틀리셨어요. 동생은 독살된 거예요."

"지금 부인의 말은……"

"하지만 한 가지는 맞히셨어요."

"무엇을 말입니까?"

"왕자님은 볼프강의 적들이 살아 있는 친구들을 공격할 거라고 하셨죠. 그건 사실이었어요. 기제케 씨가 돌아가셨죠."

왕자가 파이 껍질을 포크로 툭툭 두드렸다. 왕자는 설교를 늘어놓는 사람보다 자신이 위험을 훨씬 더 잘 알고 있으면서도, 훈계를 늘어놓는 부모 앞에 아무 말 없이 앉아 있는 조급한 십대 같은 표정을 짓고 있었다.

"더구나 왕자님이 제게 말씀하지 않은 게 있어요. 어째서 그 일에 깊이 관여되어 있다는 말씀을 하지 않으신 거죠?"

왕자가 포크로 파이를 두 조각냈다.

"그로토 말씀이에요. 왕자님도 새 지부를 건설하는 데 관여하셨다면서요."

왕자가 포크로 파이를 으깼다.

"그 이야긴 하지 않는 게 좋다고 생각했으니까요."

"그로토라는 말이 계속 머리에서 맴돌고 있는 걸요. 전혀 잊어지지 않아요."

왕자가 옆 눈으로 나를 흘겨보았다. 날카롭고 화난 표정이었다.

"어째서 모두 두려워하는 거죠? 동생 친구 분은 모두 공포에 떨고 있어요. 한 명은 죽었고요."

"아직까지는 그렇지요."

나는 왕자의 얼굴에 공포가 서릴 것이라고 생각했다. 하지만 왕자는 놀이를 망친 아이 같은 불쾌한 표정을 지었다. 왕자의 분노가 가라앉자 나는 어떤 게임을 해야 할지 알 것 같았다.

"왕자님도 베를린에 갔었죠. 비밀 임무를 띤 사람은 왕자님이에요. 볼프강이 아니라 왕자님이 첩자였던 거예요."

왕자가 손가락으로 탁자를 두드렸다. 볼프강은 첩자가 되기에는 교활함이 부족했다. 내 짐작이 옳은 게 분명했다.

"볼프강 덕분에 내가 베를린으로 간다는 사실이 덮어지기는 했지요. 하지만 난 첩자가 아닙니다."

슈타들러 씨가 들고 있던 신문을 바스락거리며 펼쳤다. 호프만 씨는 코를 골며 자고 있었다.

"베를린에 볼프강이 앉을 자리 따윈 없었어요."

"우린 모두에게 볼프강이 베를린에서 일자리를 얻을 거라고 말했죠. 그래서 내가 적국 수도로 가는 이유를 아무도 의심하지 않았지요."

"왕자님은 그저 여행의 동반자일 뿐이니까요."

"그렇지요."

"진짜 목적은 무엇이었나요?"

왕자의 눈이 서늘해졌다. 두 눈이 의심으로 출렁였다. 첩자에게 천재조차도 자신이 속는다는 것을 모른 채 위험한 곳으로 끌려가게 하는 능력이 있는지 궁금해졌다.

"프러시아 황제는 우리 지부와 같은 규칙을 지킵니다. 그는 장미십자회*

의 일원이지요."

"그러니까, 왕자님은 형제를 만나러 가신 거라고요?"

"프러시아 황제는 형제애 이상을 원했습니다. 자신의 지부를 빈에 세우고 싶어 했죠. 페어겐 백작 모르게 말입니다."

"그래서 어떻게 되었죠?"

왕자가 탁자를 손바닥으로 내리쳤다.

"부인은 정말······."

"어떻게 됐는지 말해주세요."

내가 입을 앙다문 채 말했다.

"프러시아 왕은 우리 지부의 원칙 따위는 관심이 없었습니다. 그는 그저 연락망을 원한 거지요."

"첩자 말인가요?"

나는 아르페지오••로 연주하듯이 손가락을 마구 움직였다. 손은 탁자 밑으로 숨겼지만 집중하기 위해 계속해서 손가락을 움직였다.

"정보원이죠. 빈 상류층에 심어 두려고 했죠. 프러시아의 통제 아래 말입니다."

"그러니까 왕자님은 프러시아 황제의 명령을 받기 위해 베를린에 간 거군요. 정보원을 모으기 위해 빈에 돌아온 거구요. 도대체 무슨 일을 꾸미시는 건가요?"

"아니, 그렇지 않아요."

• 남중세 후기 독일에서 형성된 신비주의 비밀결사대. 초기 장미십자회의 전통을 이어받았다는 익명의 성명서가 17세기에 나돌았으며, 프란시스 베이컨도 관계가 있었다고 알려져 있다.

•• 화음을 이루는 음을 연속해서 빠르게 연주하는 법.

왕자의 음성이 높아졌다.

"나는 프러시아 황제를 단념시키러 간 겁니다."

왕자가 흥분을 가라앉히며 말했다.

"계획을 취소해 달라고 말입니다."

"정말인가요?"

나 자신도 깜짝 놀랄 만큼 무례하고 신랄한 말투가 나왔다.

"우리 황제께서 수도에 프러시아 지부가 생긴 걸 알면 우리 지부도 무사하지 못할 겁니다. 황제는 이미 우리를 의심하고 있어요. 우리가 가장 큰 적과 내통하고 있다고 믿는다면 어떤 벌을 받을지 알 수 없는 거지요."

"그런데 프러시아 황제가 왕자님의 요청을 거절했나요?"

"천만에요. 내가 사정을 설명했을 때 프러시아 황제는 빈에 있는 형제들이 위험해질 수 있다는 걸 충분히 이해했어요. 하지만 볼프강이 모든 걸 망쳤죠."

"볼프강이요?"

"그는 베를린에서 연주한 후에 프리메이슨의 오페라를 만들자고 했어요."

"〈마술피리〉 말이군요."

"부인의 동생은 그저 작품을 만들 돈을 구하는 데만 혈안이었죠. 그는 그런 작품을 만들면 프러시아 왕이 빈에, 우리 프리메이슨의 삶에 더 깊이 관여할 거라고 했어요. 그 때문에 우리 모두가 엉망이 되어 버린 겁니다."

왕자의 입가에 땀이 맺혔다.

"하지만 프러시아에서 세운 지부는 없잖아요."

"물론 없지요."

"그런데 왜 위험이 사라지지 않은 거죠? 어째서 기제케 씨가 죽은 거죠?"

"잃을 게 아주 많은 유력자들이 있지요. 이 나라의 권력자들. 볼프강의 형제 중에는 프러시아와 관계가 있다는 의심을 받으면 아주 위험해지는 사람들이 있습니다. 대법관인 퀴프슈타인 백작, 내 장인인 툰 백작도 그런 인물이지요. 나는 이런 중요한 사람들을 위험에 빠뜨리기 위해 그로토에 대해 폭로하려는 사람들이 있다고 믿습니다. 그렇게 되면 오스트리아는 혼란에 빠질 거예요. 우리나라는 프러시아의 공격에 속수무책이 될 겁니다."

"전쟁이라고요? 어쩌면 그게 프러시아 황제의 계획일지도 몰라요. 첩자를 심는 게 아니라 우리 황실에 분란을 일으키는 거죠. 우리 정부를 약하게 만드는 거예요."

"그럴 수도 있지요."

"하지만 볼프강의 생각은 아주 단순했잖아요. 그 애는 그저 여성도 프리메이슨이 됐으면 했을 뿐이라고요."

"그건 어리석은 생각이에요."

"어째서 그렇죠?"

왕자가 나를 뚫어지게 쳐다보았다. 이제야 내가 여자라는 걸 알아챈 얼굴이었다. 그래서 그렇게 어리석은 말을 한다는 표정이었다.

"너무나 터무니없기 때문이죠."

"하지만 그 애가 〈마술피리〉를 만든 건 그 때문이에요. 〈마술피리〉는 터무니없지 않아요. 그 애 작품 중에서 가장 아름다운 작품이에요."

"음악은 그럴지도 모르죠. 하지만 생각은 어리석었습니다."

왕자가 커피를 몇 모금 마시더니 시가를 물었다.

"하지만 볼프강은 여성을 형제로 받아들인다는 생각에 사로잡혀 있었죠. 베를린에서도 그런 생각을 떠벌렸으니까요. 아마 프러시아 황제도 그 생각에 동의한 거 같더군요. 왜냐하면 자신의 지부에서 가장 힘 있는 사람들의 아내를 입단시키라고 했으니까요. 그 여자들을 이용해서 정보를 빼내려고 했을 겁니다. 어쨌거나 프러시아 황제는 볼프강을 이용한 거죠."

"볼프강은 〈마술피리〉를 간신히 끝냈어요. 왕자님은 그 애가 프러시아 황제를 이용하지 않았다는 걸 어떻게 아시죠?"

왕자가 커피 가루를 컵에 뱉더니 커프스 레이스로 입을 닦으며 말했다.

"그러니까 볼프강이 죽었겠죠."

28

건초를 실은 손수레가 얀의 커피하우스를 지나 라우엔슈타인 거리로 접어들더니 볼프강의 집 쪽으로 나아갔다. 볼프강의 집에 가면 위로를 받을 수 있을 것 같았다. 당구대 앞에서 조롱하던 남자들과 달리 따뜻한 환대를 받을 수 있으리라. 볼프강이 빈에 온 후 결혼한 이유를 알 것 같았다. 그 애는 남자들과 음악을 연주했지만, 그 음악은 분홍색 대리석 치장 벽돌 밑에서, 꽃의 여신들의 채색 부조 밑에서 만든 것이다. 여성들과 함께 말이다.

커피하우스를 나올 때 뒤에서 계단을 내려오는 소리가 들렸다. 그 소리는 곧 멈추었다. 뜨거운 손이 내 목을 만진 것 같은 강렬한 힘이 느껴졌다. 뒤돌아보자 슈타들러 씨가 복도에 서서 내게 가까이 오라고 손짓했다. 그쪽으로 다가가자 슈타들러 씨는 거리를 쳐다보았다.

"제발 그만두시라고, 다시 한 번 부탁드립니다, 부인. 그 이야기는……."

"볼프강이 여성을 지부에 입회시키려고 했다는 이야기 말인가요?"

"제가 오페라하우스에서 부인께 그 말을 했을 때는 공포로 약해져 있었습니다. 리히노브스키 왕자는 내가 부인께 그 말을 했다고 생각할 겁니다."

"왕자님과 나눈 이야기를 엿들으셨나요?"

"제발 그런 이야기는 누구에게도 하지 마십시오. 정말 부탁입니다."

"왕자님을 무서워하시는군요."

"지금은 프리메이슨이라면 누구나 두렵습니다."

"당신의 형제들이잖아요."

"물론입니다. 하지만 대부분 그들의 형제들이라고 해야겠군요."

슈타들러 씨는 거리를 훑어보았다. 마치 지나가는 마차 사이로 볼프강의 유령이 나타나 거리낌 없이 비밀을 외칠지도 모른다고 걱정하는 것 같았다. 그 애는 이제 어떤 말을 해도 처벌받지 않겠지만 자신은 아닐 테니까.

"볼프강은 여성이 입회하는 지부를 만들고 싶어 했어요. 물론 프리메이슨의 규칙에는 어긋나는 일이죠. 하지만 그게 크게 위험한 일은 아닌 것 같은데요."

"그건 오스트리아 지부의 규칙입니다. 프랑스는 아닙니다."

"프랑스는 여성도 프리메이슨이 될 수 있나요?"

"혁명이 여성에게 그런 권리를 줬습니다. 아시겠어요? 세상에, 여성이라니. 볼프강이 어떤 의도를 가지고 있었든지 간에 볼프강은 프랑스 혁명의 이념을 추구한 겁니다. 군주제가 전복되고 왕비를 처형하려고 하는 이때 말입니다."

슈타들러 씨는 두 손을 번쩍 들어 올렸다가 맥없이 떨어뜨렸다.

"무슨 말인지 아시겠습니까?"

거리는 주드뽐므 코트로 가는 사람들을 태운 마차로 분주했다. 노란 이륜 경마차가 커피하우스 입구를 가까이에서 지나갔다. 자갈길에 바퀴가 요란하게 부딪치는 소리가 났다. 슈타들러 씨는 어두운 복도로 몸을 숨겼다. 마차가 지나간 후에 그는 커피하우스를 떠났다.

나는 길가를 따라 걸었다. 프랑스 혁명, 프러시아 황제의 계획. 정치에 무지한 나였지만 동생이 처했던 위험을 충분히 느낄 수 있었다. 하지만 놀라지는 않았다. 동생은 자신의 소중한 원칙을 실현할 아름다운 오페라를 작곡할 기회를 얻은 것이다. 동생은 천성적으로 위험을 경멸했다.

나는 동생의 집으로 갔다. 나선형 계단을 올라 올케의 방으로 갔다. 조카가 피아노 앞에 앉아 있었다. 이번에는 제대로 연주하고 있었다. 나는 조카의 볼을 잡고 이마에 입을 맞췄다. 조카는 이마를 손으로 문지르더니 피아노 밑으로 숨었다. 얼굴을 찡그리고 있었지만 웃음을 감추지는 못했다. 그런 아들을 보며 올케가 웃었다.

"어서 오세요, 형님."

내 손을 잡으며 하녀를 불렀다.

"사비네, 뜨거운 펀치를 가져 와. 형님을 따뜻하게 만들어드려야겠어."

"아니, 그럴 필요 없어. 방금 커피를 마셨거든. 내 심장은 참새 날개처럼 팔딱거리는 걸."

"그렇다면 펀치로 진정시켜야겠네요."

그때 작은 볼프강이 깨어나 우는 소리가 들렸다. 올케가 옆방으로 가서 볼프강에게 입을 맞추며 진정시켰다. 나는 피아노 의자에 앉았다. 하녀가 내 뒤에 작은 화로를 놓았다. 화로 열기가 등에 스며들었다. 그때서야 비로소 나는 내가 불확실성의 무게에 짓눌린 사람처럼 등을 구부리고 있었다는 걸 알았다.

럼 펀치를 홀짝이며 동생의 죽음에 대해 곰곰이 생각해보았다. 한 가지는 분명했다. 동생은 막달레나 호프데멜과 관계가 있기 때문에 살해된 것이 아니었다. 올케가 편지에 믿지 말라고 했던 그 소문은 그저 중상이었다. 그 소문은 프리메이슨과도 프러시아와도 전혀 관계가 없었다.

자살한 남편에게 상처받은 채 외롭게 집 안에 갇혀 있을 불쌍한 막달레나가 생각났다. 내가 자신의 결백을 알고 있다고 막달레나에게 말해야겠다.

올케가 아이를 하녀에게 맡기고 내 옆에 앉았다. 올케는 피아노 위에 놓인 악보를 대충 넘겼다.

"이게 프러시아에서 사 간 그이 악보예요. 절 위해 한 곡 연주해 주세요."

순진하게 웃고 있는 올케를 보니 사람들이 나를 볼프강의 대역으로 생각하는 게 아닌가 하는 생각이 들었다. 부부는 닮는다더니, 올케도 동생만큼이나 단순한 사람 같았다.

"그래, 그렇게 할게. 뭘 연주할까?"

올케가 악보 더미에서 악보 몇 장을 꺼냈다.

"물론 이거죠."

올케가 악보를 피아노 위에 펼치는 동안 나는 그 악보를 뚫어지게 쳐다보았다.

"어째서 물론이라는 거지?"

"누구에게 헌사한 곡인지 모르세요?"

올케는 악보 필사 때문에 시커먼 잉크가 묻은 손으로 악보의 첫 장 윗부분을 가렸다. 그곳에는 동생이 직접 쓴 글이 적혀 있었다.

사랑하는 누님, 마리아 안나, 나의 나넬에게.

동생의 서명 옆에는 우리 가족들 이름이 적혀 있었다. 나는 사인을 어루만지며 조용히 동생의 이름을 불렀다. 악보의 첫 장을 읽어보았다. 피아노를 위한 소나타였다.

"그 애는 늘 악보를 보냈어. 하지만 이건 본 적이 없는 걸."

"신곡이에요, 그죠?"

올케의 검은 눈동자가 지치고 그늘진 눈가와 선명한 대조를 이루며 밝게 빛났다.

"연주해 주세요. 분명히 한 번도 들어본 적이 없는 곡이에요."

연주를 하기 위해 자세를 고쳐 잡는 동안, 어째서 프러시아 대사가 잘 알려진 곡 대신 이 소나타를 선택했는지 의아해졌다. 첫 몇 소절을 연주하기도 전에 이 소나타가 볼프강이 작곡한 소나타 중에서도 특히 어려운 소나타임을 알 수 있었다. 불연속적으로 끊어지는 왼손의 아르페지오는 엄청난 기술이 필요한 당김음으로 되어 있었다.

올케가 신이 나서 악보를 넘겼다. 힘찬 카덴차°로 마지막 론도°°를 마무리하고 나는 올케의 손을 잡았다. 우리는 동시에 정말 근사하다고 말하고는 웃으며 포옹했다. 칼이 피아노 밑에서 내 다리를 끌어안았고, 올케의 개가 방으로 뛰어들어와 올케의 무릎에 올라탔다. 동생이 있을 때 이런 기쁨을 나누지 못했다는 사실이 너무 슬펐다.

올케가 피아노로 소나타 첫 부분을 쳤다.

"그이가 형님이 올 걸 알고 이 곡을 남긴 거 같아요. 그이 방식대로 인사한 거죠."

"내가 절대로 못 볼 수도 있었는걸."

"그이는 형님이 이걸 보실 걸 알고 있었을 거예요."

° 연주자의 기교를 나타내기 위한 장식부.
°° 반복되는 부분을 가진 악곡 형식.

나는 가우컬의 귀를 쓰다듬었다. 가우컬이 내 손목을 핥았다. 나는 악보를 처음부터 끝까지 다시 훑어보았다. 그런데 마지막 장에 연주할 때 보지 못했던 글귀가 있었다. 너무 흥분한 탓에 보지 못하고 지나친 게 분명했다. 종이 모퉁이에 아무렇게나 흘려 쓴 것은 동생 글씨였다. 나는 종이를 가까이 대고 큰 소리로 읽어보았다.

"그 여인은 언제나 후회에 쌓여 자신이 앞을 보지 못함을 유감스럽게 생각했다. 건반 위에서 그 여인의 음악은 천국에서 쫓겨난 악마처럼 자유분방했다. 나는 천국의 홀에서 그 여인의 형제로서 함께했고, 내 아버지의 의도는 아니었지만 언제나 그 옆에 내가 있었다……."

"무슨 수수께끼 같아요. 무슨 뜻일까요?"

올케가 가우컬의 목을 쓰다듬으며 말했다.

"그이가 사육제 때 쓴 수수께끼 기억하세요?"

"그럼 물론이지."

그것은 술과 춤과 욕망이 어우러진 축제에 어울리는 수수께끼들이었다. 하지만 이 수수께끼는 달랐다. '유감'이라는 단어를 보니 막달레나 호프데멜이 레널에게 남기고 간 전갈이 떠올랐다. 하지만 앞을 보지 못한다는 것과 낙원이라는 단어는 마리아 테레지아 폰 파라디스 양을 암시하는 것 같다. 파라디스 양은 뛰어난 피아니스트로 그녀의 연주 스타일은 정말 자유분방했다. 하지만 또 낙원에서 함께했지만 아버지가 선택한 사람은 아니었다는 내용은 올케를 의미하는 것 같았다. 아버지는 죽는 순간까지 올케를 며느리로 인정하지 않았다.

"전 그이의 수수께끼를 푼 적이 없어요. 하지만 그이는 형님은 풀 수 있을 거래요. 이게 무슨 뜻 같아요?"

나는 '천국의 홀에서 그 여인의 형제로서 함께했고'라는 구절을 곰곰이 생각했다. 어쩌면 이 수수께끼의 해답이 볼프강이 자신의 지부에 입회시키려 했던 여인의 이름일지도 몰랐다. 올케가 팔꿈치로 나를 슬쩍 찔렀다.

"도대체 뭘까요?"

"좀 더 생각해 봐야겠어. 하지만 분명히 풀 수 있을 것 같아."

프러시아 대사가 이 악보를 택한 이유가 이 수수께끼 때문인지 궁금했다. 올케가 옳았다. 볼프강은 나에게 이 수수께끼를 남긴 것이다. 그 애는 '사랑하는 누나에게 이 곡을 바친다고 했고, 악보 끝에 단서가 될 수수께끼를 남겼다. 하지만 무엇 때문에?

볼프강이 죽기 전까지 마무리하지 못한 위험한 일이 있다고 생각하자 오한이 느껴졌다. 그 아이는 내가 그 일을 마무리해야 한다고 생각한 걸까?

"그럼, 계속 생각하세요. 형님이 꼭 생각해낼 수 있도록 빌어드릴게요."

올케가 일어섰다. 그때 누군가 내 치마를 당겼다. 칼이 피아노 밑에서 기어 나오더니 흰 가죽 공을 내 손에 아무렇게나 밀어 넣고 방에서 뛰어나갔다. 칼은 복도로 나가더니 구주회* 핀 뒤에 섰다.

"세상에, 공놀이를 할 건가 봐요. 저앤 그이가 죽은 후론……."

올케가 깜짝 놀라며 손으로 입을 가렸다.

"자, 간다 칼!"

내가 소리치며 공을 힘껏 던졌다. 공은 핀에 맞고 튕겨 나왔다. 칼이 그

---

* 핀 아홉 개를 세우고 큰 공으로 쓰러뜨리는 놀이.

공을 잡았다. 핀이 하나 남았다. 칼이 발로 그 핀을 쓰러뜨리며 웃었다. 나는 승리를 자축하며 환호를 질렀다. 그때 하녀가 점심 준비가 다 되었음을 알렸다. 올케가 내 손을 잡고 방을 나섰다.

"따뜻한 음식으로 몸을 녹여요. 성당은 아주 추울 거예요."

칼이 다시 핀을 세웠다. 나는 그곳에 남아 오랫동안 아이와 놀고 싶었다. 집을 떠난 지 일주일도 안 되었지만 벌써 의붓아들의 악동 같은 미소와 제멋대로인 행동조차 그리웠다. 물론 칼과 동갑인 레오폴트가 가장 보고 싶었다.

"성당이라니?"

"점심 먹고 장례 미사에 가야 해요."

무슨 말인지 몰라 올케를 멍하니 바라보았다.

"불쌍한 기제케 씨를 위한 미사랍니다."

"아아, 그렇지. 불쌍한 기제케 씨."

칼이 내 손에 공을 밀어 넣었다.

29

성 미카엘 성당 입구에 있는 각진 중세 프레스코화 밑에서 시카네더 씨가 슬픔에 잠긴 문상객들에게 기제케 씨의 죽음에 대해 이야기하고 있었다. 무대 위에서 뒤집어쓴 기제케 씨의 피를 닦아내기 위해 박박 문지르기라도 한 것처럼 검정 프록코트의 어깨는 탈색되어 있었다. 시카네더 씨의 눈은 땅으로 떨어지는 천사가 새겨진 제단을 뚫어지게 쳐다보고 있었고 팔은 무대로 떨어지는 기제케 씨를 설명하고 있는 듯 급하게 움직였다. 올케가 그를 부르자 시카네더 씨가 이쪽을 향해 재빨리 걸어왔다. 그러나 올케가 팔을 잡고 있는 사람이 나라는 것을 안 순간 멈칫했다. 하지만 이미 돌아가기엔 늦었다.

"친애하는 콘스탄체, 오늘 볼프강의 레퀴엠 미사곡을 몇 곡 부를 겁니다. 우리 친구 기제케가 부군의 완벽한 작품을 공연하다가 죽었으니까요."

"당연한 말씀이세요, 에마누엘."

올케 눈이 촛불처럼 빛났다. 시카네더 씨가 내게 고개를 숙여 인사했다.

"모차르트 부인."

나도 무릎을 굽혀 화답했다.

"네, 시카네더 씨."

시카네더 씨가 올케의 앙상한 손목을 잡았다.

"볼프강의 음악이 기제케의 영혼을 위로해 줄 겁니다."

며칠 동안 동생의 죽음 때문에 힘들어 했던 기제케 씨였다. 그런 기제케 씨가 동생의 음악을 듣고 평온해질 것 같지는 않았다. 그가 살해될 때 마지막으로 들었던 소리가 관중들 환호에 싸인 동생의 오페라였을 테니까. 시카네더 씨는 또다시 인사를 하고 자기 자리가 있는 성가대석으로 걸어갔다. 올케가 성호를 그으며 그 뒤를 따라갔다. 나도 올케와 함께 가려고 했지만 성당 구석에서 들린 묵직한 기침 소리 때문에 그렇게 하지 못했다. 성 니콜라스 예배실 나무 십자가상 밑에 한 여인이 무릎 꿇고 앉아 있었다. 숄을 걸치고 있는 여인의 등이 앙상했다. 여인은 추운 듯 떨고 있었다.

거리를 떠도는 노숙자 같았다. 어쩌면 기제케 씨의 연인으로 기대했던 결혼이 무산되어 슬퍼하고 있는지도 몰랐다. 여인이 일어났다. 내 생각과 달리 여인은 값비싼 옷을 입고 있었다. 비틀거리며 예배실에서 나온 여인은 제단을 덮은 천을 움켜쥐었다. 여인이 자수를 놓은 화려한 천을 움켜쥔 채 주저앉자 제단 위에 있던 십자가상이 바닥으로 떨어졌다. 여인이 바닥에 눕더니 팔과 다리에 경련을 일으켰다. 나는 여인을 향해 달려갔다. 그러나 땅딸막한 하녀가 먼저 뛰어가 여인을 일으켜 세웠다. 하녀는 퉁명스러운 얼굴로 나를 쳐다보았다. 파라디스 양의 하녀였다.

뒤에서 거만한 목소리가 들려왔다. 성당 안에서 내기에는 너무 큰 소리였고, 장례식용이라고 하기에도 너무 힘찬 목소리였다.

"예배실이 마음에 드나요?"

여전히 쓰러진 여인에게서 시선을 떼지 못한 채 고개를 반쯤 돌려 뒤를 보았다. 파라디스 양의 눈동자가 인형의 눈동자처럼 흔들리고 있었다.

"예배실이요? 정말 아름다워요."

"4백 년 전에 살았던 황실 요리사를 위한 곳이죠."

"정말 관대한 군주셨군요."

"그를 사면하신 주께 감사할 일이죠."

"재판을 받은 일이 있나요?"

"독살 혐의였죠."

그때 분명히 파라디스 양의 눈동자가 움직임을 멈추고, 마치 볼 수 있는 사람처럼 나를 응시하는 것 같았다. 파라디스 양은 내 팔이 잡힐 때까지 손을 휘저으며 다가왔다. 그러더니 나를 예배실로 끌고 들어갔다.

나는 성호를 긋고 무릎을 꿇었다. 바닥에 쓰러졌던 여인은 제단 옆에 있는 의자에 앉아 있었다. 파라디스 양이 나를 붙잡지 않은 손을 뻗었다. 그리고는 살며시 여인의 얼굴을 덮고 있는 검은 베일을 들어 올렸다. 막달레나 호프데멜이었다. 창백한 얼굴 때문에 상처가 두드러져 보였다. 눈꺼풀은 파르르 떨리고 볼과 눈썹에 경련이 일었다.

"어째서 여기서 기도를 하고 있었던 거니, 가엾은 것. 기제케 씨의 미사는 본당에서 열리는데."

파라디스 양은 이탈리아어로 하녀에게 두툼한 외투를 가져오라고 했다.

"제 운명을 기다리고 있었어요."

막달레나가 대답했다. 막달레나는 아주 가려운 듯 손등을 마구 긁었다.

"끔찍한 제 운명을요."

막달레나의 목소리가 갈라졌다. 눈물 때문에 상처가 더욱 도드라져 보였다. 막달레나는 고개를 들어 천장을 보았다. 붉은색과 푸른색으로 칠한 '최후의 심판' 프레스코화가 있었다. 가여운 막달레나가 최후의 심판날

받을 구원을 스스로 포기하지는 않을까 걱정되었다. 나는 그 옆에 웅크리고 앉아 막달레나의 뺨을 어루만졌다. 막달레나는 살짝 주춤했지만 여전히 프레스코화에서 눈길을 떼지 않았다.

"도대체 뭐가 그렇게 슬픈가요?"

내 말에 파라디스 양이 대답했다.

"당연하지 않나요? 난 이 애의 상처를 보진 못하지만 만질 순 있죠."

"내 말은 왜 그렇게 두려워하느냐는 거예요."

내 말에 파라디스 양이 입을 다물라는 듯 쉿 소리를 냈다. 이탈리아인 하녀가 모직 외투를 가져와 막달레나의 어깨에 덮었다. 하녀는 머리카락으로 윗입술을 닦았다. 파라디스 양이 손가락을 튕기자 하녀가 그 옆에 와서 섰다.

"가서 볼프강의 음악을 들어, 막달레나."

한 번도 들어본 적이 없는 부드러운 말투로 파라디스 양이 말했다. 하지만 이내 냉정한 목소리가 돌아왔다.

"그 사람은 죽음도 재미로 만들던 사람이잖아."

막달레나가 손으로 눈을 가렸다. 그는 베일을 내려 얼굴을 가리려고 했지만 내가 그 손목을 잡고 가까이 끌어당겼다.

"말할 게 있어요. 우리가 만난 후에 볼프강의 죽음에 대해 몇 가지 알아낸 게 있어요."

막달레나의 손가락 사이로 눈물이 흘러내렸다. 막달레나는 나를 보려 하지 않았다. 내 손도 눈물에 젖어갔다.

"동생 죽음에 관한 것이에요. 정확히는 말하지 못해요. 아주 위험한 비밀이거든요. 한 가지 말해줄 건 당신 남편은 동생을 죽이지 않았다는 거예요."

내 말에 막달레나가 고개를 흔들었다. 왜 그러는지 알 수 없었다. 막달레나의 충혈된 눈에 공포가 가득했다.

"동생이 죽은 건 커다란 음모 때문이에요. 남편과는 상관없어요."

"프란츠"

막달레나가 낮은 목소리로 중얼거렸다.

"그때 여관에 왔었죠. 제 하녀에게 유감이라고 했고요. 하지만 당신이 유감스러울 일은 없어요. 알겠어요?"

나는 막달레나의 차가운 손에 입을 맞추었다. 짭짜름한 눈물이 느껴졌다. 막달레나가 "고마워요"라고 말했지만, 소리가 너무 작아서 입 모양으로만 가늠할 뿐 들리지는 않았다. 나는 신자석에 앉은 파라디스 양과 막달레나를 그대로 둔 채 성당 앞으로 갔다. 통로에서 얼룩덜룩한 관석 포장도로를 건넜다. 지하에 청동 문장이 새겨진, 페어겐 백작의 가족 무덤이 있음을 알리는 문이 있었다. 경찰청장은 무덤에도 첩자를 심어 놓았을 것이다. 맨 앞좌석에 앉으며 슈비텐 남작을 찾아보았다. 그는 보이지 않았다. 나는 올케 옆에 앉았다.

올케의 언니 요제파가 허겁지겁 앞좌석으로 왔다. 올케에게 입을 맞추고 나에게 인사를 건넨 요제파는 성가대석으로 갔다. 그는 레퀴엠의 소프라노 파트를 부를 예정이었다. 시카네더 씨 극단의 코러스들이 성찬대에 자리를 잡기 위해 기제케 씨가 누운 투박한 나무 관을 밀치고 나갔다. 독주자들이 요제파 옆에 앉았다.

목관 악기가 연주를 시작했을 때 슈비텐 남작이 내 옆에 와서 앉았다. 얼굴은 발갛게 달아올라 있었고 입은 잔뜩 긴장해 있었다.

"늦어서 죄송합니다."

그가 말했다. 나는 고개를 끄덕여 보였다.

"궁전에서 일이 있었습니다. 마지막까지 자리를 지켜야 했죠."

"그렇게 칭찬하셨던 배우의 장례 미사에 오지 않을 리 없다고 생각했어요. 그럴 분이 아니시잖아요."

나는 걱정하지 말라는 의미로 남작의 손등에 손가락을 댔다. 남작이 깜짝 놀란 듯 눈을 깜박거렸다. 엄숙한 장례 분위기 때문에 감정을 억누르고 있지만, 남작이 아주 기뻐하고 있다는 것을 손끝에 전해지는 감촉으로 충분히 알 수 있었다. 우리의 시선을 어긋나게 할 수 있는 것은 단 하나뿐이었다. 우리는 볼프강의 음악을 듣기 위해 성가대를 보았다.

동생의 레퀴엠 음절 하나하나에 신이 깃들어 있었다. 동생은 우리가 자신의 영혼에 새겨놓은 허영을 여실히 파헤치고 있었다. 그 아이는 우리 모두가 죄인이라고 말하고 있었다. 자신이 사자의 땅에 들어가고 있음을 알면서도, 죽은 자를 위한 미사곡이라는 마지막 사명을 끝내기 위해 안간힘을 썼을 불쌍한 볼프강이 생각났다. 성가대가 지옥 불에 떨어진 죄인의 영혼이 구원을 비는 〈사악한 자를 물리쳐 주소서〉를 부르자 온몸이 떨려 왔다. 나는 눈을 감고 볼프강의 영혼과 죽은 내 딸아이, 어머니와 아버지, 그리고 내 영혼을 위해 기도했다. 음악에 담긴 것은 구원이라기보다는 고문이었다. 성가대의 노래는 구원을 바라는 처절한 망령들의 외침 같았다. 내 기도는 점점 잦아졌다.

나는 막달레나를 쳐다보았다. 막달레나는 앞으로 몸을 숙인 채 두 손을 꼭 쥐고 있었다. 남편에게 죄가 없다는 내 말을 믿어주기를. 호프데멜은 볼프강을 죽이지 않았다. 하지만 어째서 막달레나가 '최후의 심판' 그림 밑에서 울고 있었는지 이해할 수 있었다. 호프데멜은 살인자는 아니지만 스스로 목숨을 끊었다. 자살은 용서받지 못할 죄였다. 나는 성호를 그었다.

막달레나 옆에 파라디스 양이 있었다. 라틴어 성가를 부르며 앞좌석에 손을 대고 피아노를 치듯 손가락을 움직이고 있었다. 그 모습을 보면서 동생이 악보에 적어놓은 수수께끼를 생각했다. 동생은 앞 못 보는 여인과 낙원을 언급했다. 수수께끼의 답은 파라디스 양일까? 하지만 '그 여인은 언제나 후회에 쌓여 자신이 앞을 보지 못함을 유감스럽게 생각했다'고 했다. 파라디스 양이 무언가를 후회한다는 것은 상상하기 힘들었다.

동생이 여성의 재능을 입회 기준으로 삼았다면, 마리아 테레지아 폰 파라디스 양은 동생 외에는 따라올 사람이 거의 없는 뛰어난 피아니스트인 것이 분명하다. 동생은 언제나 여성의 결단력을 믿었다. 〈마술피리〉에서도 공주가 스스로에게 확신이 없었다면 결코 아무 일도 하지 못했을 것이다. 공주는 확고한 신념으로 끝내 사제들의 세계로 들어간다. 파라디스 양도 피아노 재능 못지않게 그런 자질을 갖추고 있었다.

요제파가 성자들에게 비추는 영원한 빛을 노래할 때 올케가 흐느껴 울었다. 나는 올케의 야윈 등을 두드려 주었다. 성가대가 노래를 끝냈다. 투박한 코트를 입은 짐꾼 네 명이 기제케 씨의 관을 어깨에 짊어졌다. 아마도 머리와 팔꿈치, 발목이었을 망자의 뼈가 투박한 나무 관에 부딪쳐 덜거덕거리는 소리가 났다. 하지만 망자가 살아난다는 무서운 이야기를 믿는 소작농 짐꾼들은 잠시 주저했다. 기게케 씨가 살아나지 않는다는 확신을 원하는 것 같았다. 하지만 나는 설사 기제케 씨가 살아난다고 해도 그는 이 세상이 자신을 덮어버릴 때까지 그 조그만 관속에 조용히 누워 있을 것만 같았다. 기제케 씨의 숨구멍 하나하나에서 공포가 땀처럼 스며 나왔었다. 죽음만이 그에게 안전한 휴식을 선사할 것 같았다.

슈비텐 남작과 내가 성당 문까지 올케를 부축했다. 기제케 씨의 관이 빈의 남쪽 외곽에 있는 성 마르크스 묘지로 이동했다. 아마도 볼프강과 가까운 곳에 묻히리라.

올케가 시카네더 씨의 가슴에 얼굴을 묻고 울었다. 그 주위를 극장에서 온 가수들이 감싸고 있었다. 기제케 씨의 장례 미사였지만 볼프강의 음악이 올케의 슬픔을 떠올리게 한 것이 분명했다. 기제케 씨의 관이 무덤으로 떠나자 남은 사람들 모두 슬픔에 잠긴 작은 여인이 빈에서 죽은 모든 사람의 미망인이라도 되는 것처럼 올케를 안아주었다.

음악은 끝났지만 나는 동생의 음악이 계속 들리는 듯했다. 음악의 잔향을 느끼기 위해 다시 성당으로 돌아갔다. 성당은 텅 비어 있었고 촛불도 거의 꺼져 있었다. 또다시 페어겐 가문의 무덤을 지나갔다. 발밑에서 석판이 살짝 덜컥거렸다. 나는 재빨리 석판 옆에 있는 판석 위로 발을 옮겼다.

극장 가수들이 광장을 건너며 떠드는 목소리가 점차 줄어들었다. 모두 올케의 집이나 술집으로 갈 것이다. 나는 그들과 어울릴 마음이 없었다. 아직도 아름다운 음악 소리가 귓가에 맴돌았다. 성가대 주위로 천사들이 날면서 나만이 들을 수 있는 음악을 연주하는것 같았다.

그때 성당에서 노래 소리가 들려왔다. 천사의 목소리가 아니라는 것을 알아챌 때까지는 조금 시간이 걸렸다. 여인의 목소리는 성당 왼쪽 익부에서 들려오고 있었다. 레퀴엠의 일부였다. 나는 낡은 석조 계단이 있는 곳으로 걸어갔다. 그 밑에서 한 여인이 〈오 예수 그리스도〉를 부르고 있었다.

　　우리 주 예수 그리스도. 영광의 왕이여.

　　믿음이 있는 영혼을 깊은 수렁, 지옥의 고통에서 구하소서.

　　계단 옆의는 벽감에서 초를 꺼내 기름 등불로 밝혔다. 그리고 그 목소
리를 따라 어둠 속으로 발을 내딛었다.

30

그들이 어둠의 나락으로 떨어지지 않게 하소서.

완벽한 소프라노는 아니었고 완벽한 소프라노가 되기 위해 노력하는 목소리도 아니었다. 여인은 자신의 감정과 믿음으로 죽어가던 동생이 펜으로 남긴 음악에 생명을 불어넣기라도 하려는 듯 열정적으로 노래를 불렀다.

경건한 기수, 미카엘이여. 그들을 신성한 빛으로 되돌리소서.

계단 밑에서 불어오는 바람 때문에 촛불이 흔들렸다. 나는 손으로 촛불을 감싸고 둥근 천장 밑에 있는 긴 지하실로 들어갔다.

먼지 많은 지하실은 차갑고 건조했다. 바닥에는 좁고 낮은 용기가 가득했다. 그 여인에게 인사를 건네고 싶었지만 노래를 방해하고 싶지는 않았다.

우리 주께 속죄의 기도와 찬미를 바칩니다.

나는 가까이 있는 용기를 만져보았다. 먼지가 쌓인 금속 용기에 돌쩌귀가 달려 있었다. 초를 내려놓고 용기 뚜껑을 열었다. 안쪽을 만져보자 딱딱하고 건조한 감촉이 느껴졌다. 나는 초를 들어 안쪽을 들여다보았다.

얼굴, 그곳에는 얼굴이 있었다. 눈동자는 텅 비고, 입술은 사라지고 없었지만 마치 웃는 것처럼 보였다.

나는 깜짝 놀라 뒤로 물러났다. 내 손은 관 속에 든 시체가 벌떡 일어나기라도 한 것처럼 허공을 향해 쫙 뻗어 있었다. 물론 시체는 고요히 누워 있을 뿐이었다. 시체의 머리는 가을 낙엽 같은 적갈색 가발을 쓰고 있었고, 레이스 장갑을 낀 두 손을 가슴에 단정하게 모으고 있었다.

나는 울퉁불퉁한 판석에 걸려 넘어지면서 중심을 잡기 위해 노력했다. 벽의 찬기가 손을 타고 느껴졌다. 내 손 옆에 긴 넓적다리뼈 두 개가 십자로 놓여 있었다. 나는 화들짝 놀라 물러났다. 내 정강이뼈가 가까이 있던 관에 부딪쳤다. 관이 나무 재목 위에서 흔들거렸다. 홍수가 났을 경우 위로 떠오를 수 있도록 만든 장치였다. 그 관이 옆에 놓인 관 쪽으로 기울어지면서, 관이 줄줄이 옆으로 쓰러졌다. 관이 쓰러지면서 쏟아져 나온 뼈들 때문에 여름철 관목 숲에서 뛸 때 날 법한 소리가 났다.

노래 소리는 점점 더 멀어져 갔다.

오, 주여. 그들이 죽음을 벗어나 주께서 아브라함과 그 자손들에게 약속
하신 생명을 주소서.

나는 쓰러지는 관을 막기 위해 분주히 움직였다. 그러다가 둥근 천장의 낮은 지주에 부딪쳐 벽감 안으로 쓰러졌다. 머리에 엄청난 통증이 느껴졌다. 한참을 찡그리고 있다가 눈을 뜨자 벽감에 높이 쌓인 골반 뼈가 보였다. 새로 들어올 시체를 위해 원래 있던 시체를 치운 곳이었다. 갑자기 죽음에 대한 공포가 온몸을 휘감았다. 비명을 지르고 싶었지만 숨이 막혀 소리가 나오지 않았다.

성당은 고요했고 관은 평온하게 쉬고 있었다. 숨을 쉬기 힘들 정도로 자욱하게 핀 먼지만이 방금 전에 있었던 소동을 암시하고 있었다.

노래도 이미 끝나 있었다. 나는 초를 집어 들었다. 지하실을 모두 밝히려는 듯 팔을 쭉 뻗고 움직이지 않았다. 좌우로 몸을 돌려가며 지하실을 응시했지만 아무것도 보이지 않았다. 그때 발자국 소리가 들렸다. 가까운 곳에서 나는 소리는 아니었다. 소리가 나는 쪽으로 몸을 돌렸지만 더 이상 들리지 않았다. 내가 그쪽을 향해 말했다.

"거기 누군가요?"

다시 소리가 들려왔다. 소리는 벽감을 치고 울려 퍼졌다. 관에서 휴식을 취하던 사자가 다시 살아났다는 생각이 들자 온몸에 소름이 돋았다. 관에서 일어난 시체가 유령처럼 어둠 속을 뚫고 비틀거리며 다가오고 있는 것 같았다.

발소리가 가까워졌다. 황급히 유령이라는 생각을 마음속에서 지웠다. 나는 바로 그제께 공격을 받았다. 그러니 복수를 꿈꾸는 사악한 영혼을 만날 확률보다는 나를 죽이려는 산 사람을 만날 확률이 훨씬 높았다. 초를 든 손에 힘이 빠졌다. 천천히 보조를 맞추어 걷는 그 발소리는 아직 먼 곳에서 나는 것 같았다. 그런데 갑자기 내 앞에 발자국 소리의 주인공이 나타났다.

"그 애처로운 초는 없는 게 낫겠어요."

나는 팔을 들어 올렸다. 파라디스 양이 두툼한 입술을 핥으며 입을 벌리고 있었다. 나는 아무 말도 못하고 촛불만 들여다보고 있었다.

"내가 어떻게 알고 있는 거냐고 묻는 거라면, 수지 냄새를 맡았다고 해둘게요."

그 말에 내가 중얼거렸다.

"당신이 노래하는 걸 들었어요. 하지만 보이지가……."

"이 밑으로 내려오면 당신이나 나나 같은 장님일 뿐이죠."

파라디스 양이 내 곁을 스치듯 지나가며 손가락으로 내가 들고 있는 촛불을 껐다. 나는 비명을 질렀다. 파라디스 양은 내가 초를 떨어뜨릴 때까지 강하게 내 손목을 비틀었다.

"함께 가요."

파라디스 양이 말했다. 나는 파라디스 양에게 이끌려 걸어갔다. 무릎이 관 모서리에 부딪치고, 인부들이 놓고 간 장비에 걸려 넘어졌다. 파라디스 양은 계속해서 지하 깊은 곳으로 들어갔다.

"도시 외곽에 묘지를 만들기 전엔 이 성당 밑에 부자들이 묻혔죠. 지금 우리를 감싸고 있는 사람들이죠. 귀족들, 저명한 시민들 수백 명이 이곳에서 건조된 채 잠들어 있는 거예요."

"관에 누운 여자가 나한테 소리치는 것 같아요."

파라디스 양이 혀를 찼다.

"관에 넣기 전에 인부들이 턱을 끈으로 묶어요. 소리치는 것처럼 보였다면 끈이 풀려서 입이 벌어졌기 때문이겠죠."

파라디스 양이 내 손을 아래로 당겼다. 손끝에 가죽의 감촉이 느껴졌다. 아무것도 보이지 않았지만, 그것이 죽은 사람의 피부라는 걸 알 수 있었다. 나는 손을 빼려고 했지만 벗어날 수 없었다.

"여기 느껴져요? 여기는요?"

파라디스 양이 말했다. 내 손바닥이 긴 넓적다리뼈를 쓸었다.

"구부러졌군요. 쭉 뻗어 있질 않아요."

"부러진 후 제대로 붙지 않았기 때문이죠. 여기 왔을 땐 분명 부자였겠지만 제대로 먹지 못해 말랐어요."

파라디스 양이 내 손을 놓았다는 사실을 깨닫기 전까지 나는 손가락으로 앙상한 다리뼈를 더듬고 있었다. 나는 뒤로 화들짝 물러났다.

"황실 가족이 아니라면 누구나 공동묘지로 가야 해요. 새로 바뀐 법 때문이지요. 충분히 돈을 낼 의향이 있다면 미사를 많이 올릴 수는 있겠지만, 가난한 사람과 함께 묻혀야 한다는 건 어쩔 수 없지요."

내 턱이 파르르 떨렸다.

"너무 까다롭게 굴지 말아요. 불쌍한 기제케는 신분 차별이 없는 묘지에 묻히고 싶었을 거예요. 볼프강도 마찬가지고요. 프리메이슨이 바라는 게 그것 아니던가요? 평등. 죽어서야 이룰 수 있다니 안된 일이에요."

파라디스 양이 내 어깨를 잡더니 다른 쪽으로 걸어갔다.

"10년쯤 전부터 이곳에 묻히는 사람은 없어요. 하지만 난 여전히 여길 와요. 관에 붙은 금속판에 새긴 비문으로 누군지 알아내요. 손가락, 뺨, 이마를 만져봐도 알 수 있지요."

우리는 빨리 움직였다. 벽은 오른쪽에 있었다. 주변이 서서히 눈에 들어왔다. 어둠은 어둠으로 물리치는 것이다. 컴컴한 지하실에서 나를 이끌고 가고 있는 이 여인은 세상을 어떻게 느끼고 있는지 궁금했다. 파라디스 양이 갑자기 멈췄다. 발밑에 계단이 느껴졌다.

"왼쪽에 등이 있어요."

나는 희미하게 빛나는 기름 램프를 집어 들고 울을 뒤로 젖혔다. 한 줄기 긴 노란 광선이 뻗어나갔다. 어둠 속에서는 오히려 선명하게 느껴졌던 방이 빛 속에서 오히려 희미하게 보였다. 우리 앞에는 관이 한 개만 놓여 있었다.

"메타스타시오."

파라디스 양이 말했다. 나는 파라디스 양을 등불에 비춰 보았다. 윗입술에 땀이 맺혀 있었다. 조급한 표정으로 내게 관을 보라고 몸짓하는 것으로 보아 등불을 느끼고 있음이 분명했다. 소나무로 만든 긴 관이었다. 올리브 가지로 화환을 씌운 여러 두개골과 루트가 그려져 있었다. 그 옆에는 구리 단지가 있었다.

"궁전 시인이란 말인가요?"

밀라노 백작이 볼프강에게 보낸 화려한 책이 떠올랐다.

"50년 동안 궁전 시인이었죠. 당신 동생 같은 작곡가들이 곡을 붙여 오페라로 만든 것만 수십 곡이 넘어요. 바로 그 시인의 관이죠. 내장을 제거한 시신이에요."

"내장을 제거했다고요?"

"관 옆에 있는 단지에 시인의 원천인 심장과 시를 낭독한 혀가 들어 있어요. 다른 기관도 조금 있지요."

"정말 위대한 천재였죠."

"지금은 우스운 단지에 내장이 담겨 있고요."

나는 파라디스 양을 노려보았다. 파라디스 양은 내가 보이는 것처럼 불편한 표정으로 손목을 획 움직였다.

"빈에 와서 무슨 일을 했죠?"

파라디스 양이 물었다.

"해야 할 일이 조금 있었어요."

파라디스 양이 콧방귀를 뀌었다.

"어처구니없는 사람이군요."

"난 동생을 죽인 사람을 알아내고 싶어요."

내 목소리가 둥근 천장에 부딪쳐 울려 퍼졌다. 생각보다 큰 소리로 말했던 것이다. 파라디스 양이 볼을 옴폭하게 만들며 입을 쭉 내밀었다.

"그러니까 당신도 내장을 단지에 넣고 싶은 거군요."

"지금 협박하는 건가요?"

"애처로운 사람. 난 세 살 때 앞을 보지 못하게 됐어요. 한동안은 그 때문에 슬펐죠. 하지만 곧 알았죠. 이미 이 추한 세상을 충분히 보았다는 걸 말이에요. 앞을 못 보게 된 후 난 본질을 꿰뚫어 보게 됐죠."

파라디스 양은 입을 앙다문 채 말했다.

"과연 당신 동생이 당신을 이곳에 묻고 싶어 할까요? 당신이 해야 할 일을 정확히 알고 있나요? 당신은 볼프강과 함께 살아야 해요. 그와 함께 죽는 게 아니라."

파라디스 양의 동공이 격렬하게 움직였다. 나는 파라디스 양이 볼프강과 어느 정도 가까웠는지 궁금했다.

"내가 위험에 빠져 있나요? 그로토 때문일까요?"

"뭐라고요?"

"그로토요. 동생이 새로 만들려고 했던 프리메이슨 지부지요. 여성도 가입할 수 있는 그 지부에 동생이 염두에 두었던 사람은 당신이에요. 분명해요. 하지만 당신은 그런 사실을 알리고 싶지 않았겠죠. 황제께서 금지한 일이니까."

내 말에 파라디스 양이 웃음을 터트렸다.

"볼프강이 그랬다고 해도 난 거절했을 거예요."

272

"무슨 말인지 모르겠어요."

"나는 스스로 내 길을 개척해요. 아무리 앞이 안 보여도, 내가 여성이라고 해도 말이에요. 난 음악으로 직접 밥벌이를 하고 있어요. 런던과 파리를 돌아다니며 큰돈을 벌지요. 내가 당신을 비웃는 것처럼 보인다면 그건 당신이 나와 같은 재능을 가지고 있으면서도 그 재능을 쓰지 않기 때문이에요."

"난 아버지를 돌봐야 했어요."

"물론 그렇겠죠. 하지만 난 절대로 그런 망할 남자가 내 삶을 좌지우지하게 내버려두지 않아요."

"이봐요."

나는 발을 굴렀다.

"내 말이 충분히 정중하지 않은 모양이네요. 프랑스어로 말하는 편이 나을까요? 당신 아버지는 볼프강도 구속하려고 했어요. 늙은 자신을 돌봐야 한다고 말이죠. 하지만 그는 간신히 당신 아버지에게서 벗어날 수 있었죠. 하지만 당신은 그럴 생각조차 하지 않았어요."

나는 벽에 기댔다. 목에 찬기가 느껴졌다.

"남자는 여자를 파괴해요. 우리가 재능이 있다는 사실조차 인정하기를 거부하죠. 한밤의 행위로 우리 몸과 건강을 해치고 끊임없이 아이를 갖게 만들죠. 나는 그런 비참한 운명에 빠지지 않아도 됐어요. 그게 다 내가 성공한 직업인이기 때문이에요. 난 어떤 남성의 도움도 받지 않고 성공했어요. 다른 사람의 도움이라는 건 흔히 그 사람의 인생을 저당 잡히는 거예요. 남자는 날 구속할 수 없어요. 프리메이슨이라고요? 난 형제애 따윈 필요 없어요."

"우정은요?"

파라디스 양이 손을 절레절레 흔들었다.

"나는 장님이에요. 혼자 있는 것에 익숙해요. 아무리 많은 사람들에게 둘러싸여도 나는 혼자니까요. 그게 내가 이곳에 오는 이유죠. 위쪽 성당에서 본 죽음은 그저 쇼예요. 거장 모차르트의 레퀴엠은 아주 멋진 송별곡이죠. 여기서 나는 누구보다 잘 볼 수 있어요. 음악은 아름다움으로 나를 채우고 사람들이 내 눈을 보고 움찔하는 걸 느끼지 않아도 돼요. 죽음은 살아 있는 사람들과 다른 식으로 나를 대해요."

파라디스 양이 고개를 떨어뜨렸다. 산 사람이 아닌 무시무시한 존재들을 친구로 두어야 하는 파라디스 양의 고독이 느껴졌다.

"이제 가야 해요. 베를린으로 가야 하거든요."

파라디스 양은 무언가 더 할 말이 있는 것 같았지만 주저하고 있었다. 나는 숨을 죽이고 기다렸다.

"프러시아 대사가 나에게 볼프강의 곡을 연주해 달라고 했어요. 그중에는 미발표곡도 있다고 했죠. 볼프강의 미망인에게서 구입했다면서요."

파라디스 양의 얼굴에 주저하는 빛이 떠올랐다. 하지만 곧 평온을 되찾은 것 같았다.

"오늘 대사가 머무는 곳에 갔어요. 그는 내게 보수를 지급하고 가능한 빨리 베를린으로 가라고 했죠."

"나도 그 곡을 알아요. 오늘 낮에 직접 연주해 봤어요."

"대사와 함께 있는데, 누군가가 급하게 뛰어 들어오더군요. 그 사람은 큰 소리로 '페어겐이 알았습니다' 하고 말했어요."

내가 입을 열자 파라디스 양은 조용히 하라는 듯 손을 들었다.

"그리고는 대사도 그 사람도 가만히 있었어요. 아마도 자기들 식으로 혼자가 아니라는 신호를 주고받았겠죠. 하지만 엄청난 비밀을 숨기는 듯 긴장하고 있었어요. 분명히 나 때문에 이야기를 멈춘 거예요. 하지만 곧 내가 보이지 않는다는 사실을 깨달았는지 긴장을 풀더군요. 대사가 일어나서 문으로 갔어요. 그 사람이 대사에게 뭐라고 속삭이더군요. 대사는 '난 할 수 없어요'라고 말하더니 그 사람에게 다른 방에서 기다리라고 했어요. 부탁하는 게 아니라 강압적으로 명령하는 거였어요. 그다음에 대사가 내게 여행 경비를 주고 떠나라고 했어요."

"페어젠이 알았다? 나는 할 수 없다? 그게 다 무슨 말이죠?"

"사람들은 내가 장님이지 귀머거리는 아니라는 사실을 잊어버리곤 해요. 소곤거리면 자신이 누군지 모를 거라고 생각하는 거죠. 하지만 난 그 목소리를 분명히 기억하고 있어요. 그 사람의 아내를 가르친 데다 장모의 살롱에서 자주 연주를 했거든요."

"그 사람이 누구죠?"

"리히노브스키 왕자예요."

대사가 악당이라고 했던 그 왕자 말인가? 도대체 왕자가 무엇 때문에 대사를 찾아간 걸까? 페어젠이 무엇을 알아냈다는 뜻일까?

파라디스 양이 손을 뻗었다. 내가 그 손을 잡았다.

"아주 조심해야 해요, 나넬. 볼프강은 언제나 당신을 소중하게 여겼죠. 그를 위해서라도 무사해야 해요."

파라디스 양이 내 뺨을 어루만졌다. 그 손등을 타고 내 눈물이 흘러내렸다. 파라디스 양은 나를 계단이 있는 곳으로 데리고 가더니 먼저 가라고 했다. 계단을 올라오자 창문을 통해 회색빛 밤이 나타났다.

"볼프강이 수수께끼를 남겼어요. 혹시 당신을 가리키는 걸까요?"

내가 물었다.

"난 수수께끼엔 약해요. 앞도 못 보는 걸요. 진실을 감추는 건 뭐든지 혐오해요."

우리를 보더니 신자석 맨 앞줄에 앉아 있던 이탈리아 하녀가 일어섰다. 하녀는 제단을 보면서 성호를 긋더니 주인에게 다가와 그 팔을 잡았다. 두 사람 뒤로 문이 닫히면서 바람이 불었다. 바람은 왠지 지하실을 향해 달려가는 것 같았다. 나는 재빨리 통로를 달려 어두워지는 밤거리로 나섰다.

31

빈 전체가 성 미카엘 성당 지하 납골당처럼 생명이 사라진 듯 보였다. 나는 스페인 승마 학교가 있는 포장도로를 걸었다. 마구간 밖으로 길게 목을 빼고 있는 하얀 리피차 산 말들이 석양에 비쳐 마치 유령처럼 보였다. 하루를 마치고 집으로 돌아가는 시장 여인들의 얼굴에 피로가 가득했다. 바람은 없지만 추운 저녁이었다.

황실도서관 짐꾼들 숙소에서 커다란 난로가 지글지글 타면서 밝은 빛을 내고 있었다. 나는 황급히 계단을 올라 슈비텐 남작의 방으로 달려갔다.

내가 들어서자 식탁에 앉아 있던 남작이 일어났다. 그는 목에서 냅킨을 빼고 짧은 바지를 덮고 있는 녹색 실내복의 벨트를 여몄다. 남작이 내 손을 잡더니 입술로 내 손가락 관절을 문질렀다. 내가 자신을 찾아온 이유가 어제 자신이 고백한 사랑을 받아들였기 때문이라고 믿는 것 같았다. 남작은 식탁으로 가자는 몸짓을 했다.

"같이 드시겠어요? 이렇게 와주셔서 정말 기쁩니다. 미사가 끝난 후 당신을 찾았지만, 찾지 못했습니다. 지금 우첼리니를 먹고 있었습니다. 이것은……."

남작이 갑자기 초 옆에 있는 큰 접시를 보면서 말을 멈추었다. 송아지 롤 옆으로 세이지 잎이 삐죽 나와 있었다. 그 안쪽에 돌돌 말려 있는 햄이 마치 상처가 남긴 흔적처럼 보였다.

"동생이 좋아하던 음식이죠."

남작이 엄지손가락을 입술에 댔다. 내가 문을 보았다. 한 시동이 시선을 피한 채 문 옆에 서 있었다.

"더 필요한 건 없어."

남작이 말하자 시종이 양쪽 발꿈치를 맞부딪친 후 떠나갔다.

"남작님, 전 너무 무서워서 이곳에 왔답니다."

남작이 '사랑 때문이 아니라?' 하고 묻는 것 같은 표정을 지었다. 내 표정이 어떤지는 알 수 없었지만, 남작의 표정을 통해 그가 내 마음을 어떻게 읽었는지는 알 수 있었다. 내가 방에 들어섰을 때 떠오른 남작의 환한 표정이 사라져갔다.

나는 프러시아와 볼프강이 서로 연락을 주고받았다는 것과 프러시아 황제가 동생을 빈 지부에 침투시키려 했다는 것을 이야기했다.

"누군가가 볼프강을 첩자로 이용하려 했던 게 아닌가 걱정돼요."

"그럴 수 있는 일이지요."

"그 아이가 첩자라는 게 밝혀졌다면, 누가 그 아이를 죽였을까요? 외국 첩자를 처단하는 게 임무인 페어겐 백작일까요? 아니면 흔적을 없애려는 프러시아 황제일까요?"

남작이 나를 소파로 데려갔다. 내 옆에 앉은 그에게서 자스민 향기가 났다. 〈마술피리〉를 보고 기쁨의 눈물을 흘렸을 때 남작이 건네준 손수건에서 나던 냄새와 같은 냄새였다. 난로에서 장작이 떨어지자 나는 벌떡 일어났다.

"부인이 들려준 이야기는 아주 중요한 정보입니다."

"남작님, 제 생각에는 아주아주 위험한 정보 같은데요."

내 말에 남작이 웃음을 지어 보였다.

"궁전에선 위험하지 않으면 중요한 정보가 아니지요. 그것이 황실의 특성입니다."

"장크트길겐 같은 조용한 곳에 사는 걸 유감으로 생각했는데, 그러면 안 되겠군요. 거긴 최소한 위험하지는 않으니까요."

"산골 지방에서는 눈사태에 도전하는 사람은 조용히 죽어갈 뿐이지요. 하지만 궁전에서는 누군가 기회를 잡았다는 것이 카지노에서 가장 판권이 높은 자리에서 주사위를 던지는 것과 같습니다."

남작은 자리에서 일어나 무언가를 곰곰이 생각하는 듯, 정확히 발을 내딛으며 걷기 시작했다.

"그 판권은 바로 오스트리아입니다. 미래의 자유 오스트리아지요. 우리가 이긴다면 페어겐의 압제에서 황제의 신하들을 구할 수 있습니다. 우리는 누구나 자유롭게 말하고 생각할 수 있는 자유를 주고 싶습니다. 새로운 과학이 깊숙이 품고 있는 진리를 추구할 수 있게 말입니다."

나는 남작이 나를 잡고 주사위처럼 마구 흔들다가 아무렇게나 탁자 위에 내던지는 것 같은 느낌이 들었다.

"어떻게 말이죠? 황제께서는 페어겐 백작만 믿으시는데요."

남작이 자신의 재킷에 달린 훈장을 집게손가락으로 툭툭 건드렸다. 붉은색과 황금색이 섞인 성 슈테펜 십자회 중급훈작사였다.

"황실도서관장이자 검열관이라는 직책 때문에 나는 출판업자들의 자유를 제한해야 합니다. 하지만 그런 제한을 없애기 위해 계속 노력해 왔습니다."

"어떻게 말인가요?"

"최근에 황제를 만났습니다. 저는 제 믿음이 허락하는 한도 내에서 황제의 정책을 수행합니다. 그것은 페어겐도 마찬가지지요. 그는 정보원을 조직하고 모반을 꾀하는 자를 찾아내 벌을 줄 수 있습니다. 하지만 황제가 적절하다고 생각하는 수준을 넘어서면 안 되지요."

"페어겐 백작이 그랬나요?"

남작이 소파 모서리에 앉았다.

"올해 초, 황제가 페어겐 백작을 질책한 적이 있어요. 한 출판업자가 정부를 비판하는 소책자를 배포했을 때였죠. 페어겐은 그 출판업자가 다시는 사업을 하지 못하게 만들었어요. 너무 과하게 처벌했던 겁니다. 황제는 출판업자의 사업을 원래대로 돌려놓으라고 했어요. 만약 페어겐이 절대로 해서는 안 될 일을 했다면 어떻게 될까요?"

남작은 이미 주사위를 던졌다. 이제 곧 결과를 알게 될 터였다.

"살인을 말씀하시는 거군요."

"맞습니다. 황제가 페어겐의 정보원이 볼프강처럼 유명한 사람을 죽였다는 사실을 알게 된다면 분명 경찰청장을 해임할 겁니다."

'주사위를 던지세요, 나도 준비가 됐어요.'

내가 생각했다.

"남작님, 저도 무슨 일이든 돕겠어요. 제가 해야 할 일이 있다면 즉시 하겠어요. 제가 알고 있는 걸 황제께 말씀드려야 한다면 제가 편지를 쓸게요."

"편지라고요?"

남작이 손을 흔들며 고개를 저었다.

"절대로 글로 남기면 안 됩니다. 다른 사람에게 말해도 안 되고요."

나는 공손하게 허리를 숙였다.

"그럼 숙소에서 남작님 말씀을 기다리고 있을게요."

남작이 내 손목을 잡았다.

"그건 안 됩니다. 부인이 위험하다는 건 사실이니까요. 그런 여관에 혼자 머물면 안 됩니다. 너무 위험해요."

"하지만 저는 분명히……."

"부인은 여기 머무셔야 해요. 부인이 알고 있는 정보를 황제에게 전달할 방법을 찾겠습니다. 그 전에 확실한 증거를 찾아야 해요. 오래 걸리지는 않을 겁니다."

내 신변이 걱정이라는 남작의 말을 믿었다. 하지만 그 외에 내가 이곳에 묵었으면 하는 또 다른 이유가 있는 건 아닌지 궁금했다. 남작은 분명 신사였지만 있어서는 안 될 일이 생길지도 모른다는 생각이 들었다. 백작과 같이 있는 시간이 길어진다면 나 자신을 억제하지 못하고 죄를 지을 것만 같았다.

남작이 나를 거실로 데려갔다. 난로와 달빛만이 희미한 빛을 발하는 곳이었다. 그는 나를 어둠이 깔린 창문 옆에 두고 난로가 발산하는 주홍빛을 받으며 걸어갔다. 그는 창문 위에 있는 종이 더미를 치우고 작은 서랍을 열었다. 그리고 한동안 가만히 서 있었다.

마침내 남작이 다시 내 쪽으로 왔다. 난로 불빛을 받은 남작의 눈이 빛나고 있었다. 남작은 아무 말도 하지 않았다. 뒤에는 난로가 불타오르고 있었고, 그 눈에는 달이 가득 들어 있었다. 남작은 아름다운 십자가 목걸이를 들어 보였다.

"아버지가 네덜란드에서 가져오신 겁니다. 영혼의 안식을 위해 어머니께 주셨죠."

남작이 내 손 위에서 목걸이를 흔들었다. 십자가가 내 손바닥에 닿아

간지러웠다. 호박으로 두른 십자가는 내 새끼손가락 반만 했다. 남작이 목걸이를 떨어뜨렸다. 바닥에 떨어지기 전에 내가 그 목걸이를 잡았다.

"부인이 가지고 있었으면 좋겠습니다."

나는 남작의 눈에 담긴 달빛을 보았다. 그리고 목걸이의 걸쇠를 끌러 목에 걸었다. 쇄골에 목걸이가 닿았다. 이 목걸이는 분명 나를 지켜줄 것이다. 난로에서 장작 타는 소리가 들렸다. 내 숨소리도, 남작의 숨소리도 거칠어지고 짧아졌다. 머릿속에서 노래가 들려왔다. 동생이 페르난도를 위해 작곡한 〈여자는 다 그래〉였다.

연인의 사랑스러운 숨소리가 내 가슴에 위안을 주네.

내 호흡이 아리아의 사라반드* 리듬을 타기 시작했다.

심장은 희망으로 살찌고 사랑은 더 이상 다른 유혹이 필요 없네.

십자가가 난로 불빛에 반짝이며, 내 호흡에 맞춰 삼박자로 들썩거렸다. 남작도 노랫소리가 들리는 듯 황홀한 표정을 짓고 있었다.

남작이 십자가로 손을 뻗었다. 내가 그 손을 잡았다. 손을 놓아야 한다고 생각했지만, 나는 그 손을 십자가 위에 올려놓았다. 한 발 더 남작에게 다가갔고, 남작이 내 허리를 감싸 안았다. 우리는 입을 맞추었다. 거칠고 날카로운 턱수염이 느껴졌다. 어쩌면 턱수염에 베일지도 모른다는 생각이 들었다. 나는 좀 더 얼굴을 남작에게 가까이 가져갔다.

• 느린 3박자의 스페인 춤.

32

나는 남작의 방에서 소파에 기댄 채 앉아 있었다. 발밑에서 난로 열기가 몸을 따뜻하게 감싸고 있었다. 머리 밑에 놓인 남작의 가슴이 부드럽게 움직였다. 남작이 내 머리카락을 헤치며 두피를 어루만지고 있었다. 나는 남작이 마사지하도록 내버려두었다. 남작은 내가 웃음을 터트릴 때까지 자신의 발가락으로 내 발을 간질였다. 나는 얼굴을 들어 그에게 천천히 키스했다. 풀어진 남작의 셔츠 사이로 손을 집어넣었다.

"추운가요?"

내가 그 단단한 어깨를 어루만지며 물었다.

"당신이 난로 불을 모두 가져가 버렸으니까."

남작이 웃으며 말했다.

"내 몸의 열기만으로는 부족한가 봐요."

남작이 내 목에 얼굴을 묻고 숨을 들이셨다. 그리고 소파에 고개를 기댄 채 어두운 천장을 바라보았다. 내가 코로 그의 턱을 문질렀다.

"왜 그래요?"

"우리가 함께 있는 걸 보면 볼프강이 정말 좋아했을 텐데요."

남작이 내 목에 걸려 있는 십자가를 만지작거렸다. 죄책감이 느껴지지는 않았다. 이제는 내가 공포가 아니라 욕망 때문에 이곳으로 왔다는 것을 안다. 하지만 그렇다고 해서 나를 비난하고 싶지는 않았다. 그가 나를 만졌을 때 나는 오직 남작만 생각했다. 지금까지 그것은 피아노 앞에 앉을 때만 느낄 수 있었던 열정이었다. 하지만 동생의 이름을 듣는 순간 안락했던 순간은 갑자기 사라져 버렸다. 마치 아버지와 남편, 마리아플라인 성당의 신부님이 문을 박차고 들어와 나를 비난하듯 쳐다볼 것 같았다. 나는 그들이 나를 쳐다보고 있기라도 한 듯, 황급히 옷을 여몄다. 그리고 멍하니 난로 속에서 타고 있는 장작을 쳐다보았다.

"미안해요."

남작이 내 뺨을 어루만졌다. 희미한 향수 냄새가 났다.

"그 이름을 말하는 게 아니었어요."

눈물이 앞을 가렸다. 남작의 말 때문이 아니었다. 그저 남작의 향수 냄새를 어디에서 맡았는지 기억해 냈기 때문이었다. 동생의 집에서 올케가 볼프강이 즐겨 쓰던 향수라고 했던 냄새였다. 이제 나는 동생이 어떤 향수를 쓰는지도 모를 만큼 그와 멀어져 있었던 것이다. 그 아이의 웃음소리, 목소리 모두 내 기억대로인지 의심스러웠다. 지난 10년간의 기억이 완전히 사라져 버린 것 같았다. 그중 1년도 제대로 기억하고 있지 않은 것만 같았다.

"그 애는 내가 재능을 발휘하기를 바란 유일한 사람이었어요. 그 애는 빈에 도착한 후 저도 이곳에 와야 한다고 편지를 썼어요. 여기서 연주자로 교사로 살아야 한다고요."

"그땐 혼자였단 말입니까?"

남작의 얼굴에는 그때 우리가 만났더라면, 하는 표정이 서려 있었다.

"아버지가 혼자셨거든요. 아버지 곁을 떠날 수 없었어요."

슈비텐 남작은 내가 자신을 거절한 것처럼 초조하게 말했다.

"세상에, 하인들이 있잖아요. 그건 하인들 일 아닙니까?"

"딸들의 일이기도 하고요."

남작이 숨을 길게 내쉬었다.

"그랬었나 보군요."

"볼프강은 언제나 절 이해했어요. 제게 어떤 의무가 있다고 생각하지 않았어요. 그 앤 어떤 것이 제게 제일 좋은지, 저보다 더 잘 알고 있었죠."

남작이 자신의 엉덩이에 손을 얹었다. 마치 내가 떠나버릴지도 몰라 걱정하는 것 같았다.

"빈에 오기 전까지는 제가 얼마나 동생을 그리워하는지 몰랐어요. 산속에서 3년 동안 편지 한 통 받지 못한 채 지냈어요. 그저 그 애가 없는 슬픔을 음악으로 달래야 했죠. 음악만이 그 애를 알 수 있는 유일한 수단이었고, 그것으로 충분한 것 같았어요. 하지만 이곳에 오니 그 애가 그저 악보 위에 적힌 이름이 아니라는 걸 알겠어요. 그 애는 연주를 했고 저녁을 먹었고 당구도 쳤고 아내도 사랑했던 사람이었어요. 그리고 죽어 버렸죠. 이곳에 있는 모든 사람이 그 애 친구이거나 적이었어요."

"이곳에 온 걸 후회하나요?"

남작은 마치 애원하듯 말했다. 나는 그가 안심할 수 있도록 웃어 보였다.

"이곳에 오니 동생에 대한 기억이 새록새록 피어올라요. 열두 살 때 처음 연주 여행을 떠났어요. 마차에 앉아만 있는 게 지루해서 우린 '마법의 왕국'을 만들어냈죠. 게트라이데 거리에 있던 집에서 우린 함께 방을 썼어요. 제가 여자라서 방 가운데 커튼을 쳤지만 그 앤 늘 커튼을 넘어왔어요. 네덜란드에서 제가 장티푸스에 걸렸을 때는 종부성사까지 받을 정도로 심각했어요. 그때 볼프강은 내가 낫지 않고 죽으면 분명히 엄청난 천재였다는 소리를 들을 거라고 했어요."

"저런, 맙소사."

나는 남작의 손을 잡고 내 무릎에 올렸다.

"아버지가 그 애만 데리고 이탈리아로 떠나셨을 때 절 쳐다보던 그 애 표정이 생각나요. 그 애 얼굴엔 여행에 대한 흥분과 저만 두고 떠난다는 죄책감이 한데 서려 있었어요. 그때 전 그 애가 너무 미웠어요. 두 사람이 떠나고 일주일 동안 누워서 울기만 했었죠."

"하지만 그는 당신이 이곳에 오길 원했죠."

"우리 사이가 나빠진 건 아버지 때문이에요."

갑자기 가슴이 벅차올라 잠시 말을 멈추었다. 눈물이 날 것만 같았다. 그리고 비로소 오랫동안 알고는 있었지만 입에 담지 못했던 말을 꺼냈다.

"그 앤 그저 원하는 대로 작곡하고 연주하고 싶었을 뿐이에요. 아버지 곁을 떠날 때 그 애는 나도 함께 가길 원했어요. 그 아이는 나도 음악가로 성공하기를 원했죠. 자신이 멋진 슈트를, 그 빨간색 슈트를 입고 사람들 앞에서 피아노를 칠 때 나도 함께하기를 바랐었죠."

"당신이 없었다면 우리는 볼프강의 죽음을 훨씬 견디기 어려웠을 겁니다."

갑자기 어떤 모습이 떠올랐다. 볼프강과 내가 함께 피아노에 앉아 있는 모습이. 우리는 그 아이가 작곡한 〈네 손을 위한 소나타 D장조〉를 연주했다. 그 곡은 우리가 피아노 한 대로 함께 연주할 수 있도록 만든 곡이었다. 볼프강의 빨간 소매가 내 왼손을 넘어 높은음 건반을 두드렸다.

"전 그 아이를 대신할 수 없어요, 고트프리트."

내가 괴로운 듯 속삭였다. 처음으로 내 입에서 나온 자신의 이름을 듣고 슈비텐 남작은 내 얼굴을 내려다보았다.

볼프강과 나의 소나타가 점점 끝이 나고 있었다. 마지막 소절을 연주한 우리는 동시에 손을 위로 치켜 들었다. 음악이 끝나는 순간 나는 곧게 몸을 세웠다.

"아니, 아니에요. 난 그 애와 다르지 않아요. 우리는 완벽하게 같아요."

나는 슈비텐 남작의 얼굴을 잡고 키스를 했다. 남작이 웃음을 터트렸다.

"내일 황제 앞에서 모차르트가 연주할 거예요."

내가 팔을 넓게 폈다.

"정말인가요?"

"그럼요. 황제와 약속을 잡아주세요."

"원하신다면 기꺼이 그렇게 하겠습니다, 마에스트로. 무엇을 연주하실 건가요?"

"아직은 모르겠어요. 하지만 뭘 입을지는 결정했어요."

33

남작의 마차 안에서 회색 숄과 흰 보닛 차림의 하녀들이 일터로 걸어 가는 모습을 지켜보았다. 떠오르는 햇살을 받아 환하고 아름답게 빛나는 얼굴들이었다. 빈에 도착한 후 줄곧 하늘을 덮고 있던 구름이 걷히고 있 었다. 아침 햇살이 궁전 정면을 비추며 섬세한 아름다움을 드러내고 있었 다.

마차는 한 도제가 아무도 풀 수 없는 자물쇠를 매단 적이 있는 슈토크 임 아이젠 광장을 지나갔다. 악마는 아무도 모르는 기술을 알려주는 대 가로 그 어린 도제의 영혼을 요구했다. 마차 속에서 흔들리며 나는 미소 를 지었다. 황제 앞에서 어떤 곡을 연주할지 결정했다.

레널이 내 방에서 난로를 피우기 위해 무릎을 꿇고 앉아 있었다. 나를 보자 너무 늦게 왔다는 듯이 눈썹을 치켜 올렸다. 이제 곧 늦게 돌아온 것 따위와는 비교할 수도 없는 깜짝 놀랄 일이 벌어질 거라고 생각하니 웃음이 나왔다.

외투를 벗어 침대에 놓고 나도 침대에 누웠다.

"불은 나두고 지금 슈비텐 남작께 가봐. 뭘 주실 거야."

레널이 치마에 묻은 재를 털면서 일어섰다.

"어서 서둘러. 시간이 없어."

내가 웃으며 말했다. 레널도 웃으며 숄을 걸치고 방을 나갔다. 그 아이 가 나막신을 신고 광장을 나서는 소리가 들렸다. 입고 있는 옷에 슈비텐 남작의 향기가 남아 있었다. 자스민 향기가. 나는 화장대 거울을 쳐다보 았다. 머리를 풀어 헤치고 빗으로 천천히 빗었다. 거의 허리까지 닿는 머리었다. 나는 머리카락을 노끈처럼 꼬고 가위를 집어 들었다. 언제나 화려한 리본으로 묶어 올린 긴 금발머리는 내 자랑이었다. 머리를 꾸미는 일에 너무 신경을 쓴 나머지 그 속에 담긴 내용을 잊는 일이 자주 있었다. 나는 천천히 가위를 들어 움켜쥔 머리카락을 잘랐다. 화장대 위에 머리 타래를 내려놓자 훨씬 가벼워진 느낌이 들었다.

자르고 남은 머리를 뒤로 넘겨 검은 리본으로 묶었다. 이제 나는 동생이 되었다. 집을 떠나기 전, 올케의 편지를 읽고 거울 속에서 본 동생의 모습 그대로였다. 동생의 데스마스크를 보았을 때와 같은 고통은 느껴지지 않았다. 거울 속에 보이는 모습은 동생과 내가 함께 나눈 창의성과 기쁨뿐이었다. 단 한 번의 가위질로 여성이라는 속박에서 해방된 것이다. 이 얼굴을 보면 누구도 내 재능을 부정하지 않고, 아버지를 모시다 작은 마을의 하급 귀족에게 시집가라는 말은 하지 않을 것이다. 이 얼굴이라면 궁전에 들어갈 수 있다. 남작과 함께 황제를 만날 수 있는 것이다. 나는 거울 속 나에게 웃으며 인사했다.

"안녕하신가, 거장."

레널이 슈비텐 남작이 준비한 짐을 가지고 돌아왔다. 침대 위에 물건을 내려놓고 무심코 화장대를 쳐다본 레널은 너무 놀라 숨도 못 쉴 정도였다. 나는 볼프강의 빨간 슈트를 쓰다듬어 보았다. 슈트 어깨에 볼프강의 머리카락이 붙어 있었다. 모자를 뒤집어 보았다. 동생이 남긴 땀자국이 보였다. 주황색 바지 솔기가 닳아 있었다. 모든 것이 내 동생과 함께 한 옷들이었다. 나는 레널을 보며 말했다.

"내 옷을 벗겨 줘, 레널."

34

여관 바에서 관리인이 볼프강의 〈피가로의 결혼〉을 흥얼거리고 있었다. 레널이 조용히 난간으로 다가갔다. 그 아이는 나에게 기다리라는 듯 손을 들었다.

"요아킴, 맛있는 슈타인페더 한 병 가져다줘요."

"술 마시기엔 너무 이른 거 아니야? 뭐, 어쨌거나 창고에서 곧바로 꺼내 줄게."

관리인이 노래를 부르며 지하실로 내려갔다.

"춤추고 싶다면, 작은 백작님, 기꺼이 기타를 쳐드리리다."

레널이 내게 서두르라는 손짓을 했다. 나는 재빨리 문을 나가 남작의 마차에 올라탔다.

"저 어때 보여요?"

내가 모자를 벗어 옆에 놓으며 말했다. 남작이 지팡이 위에 얼굴을 기댄 채 고개를 저었다.

"당신은 정말, 정말 볼프강처럼 보이는군요."

남작이 목덜미 부근에 있는 내 머리카락을 만졌다. 나는 손을 펼쳐 쥐고 있던 머리 타래를 보여주었다. 타래는 얇은 리본으로 묶어 놓았다.

"볼프강은 남자치고는 긴 머리였죠. 하지만 저로선 너무 많이 잘라낸 거 같아요. 이런 모습으로 밖에 나올 순 없을 것 같아요."

남작이 머리 타래를 집어 조끼 주머니에 넣었다. 나는 입고 있는 반바지를 문지르다가 내 허벅지를 철썩 내리쳤다.

"이런 바지를 남자 분들은 어떻게 입는지 모르겠어요. 쓸려서 너무 아

290

파요."

"우리는 고래 뼈로 만든 코르셋을 입고 가슴을 높게 들어 올릴 필요가 없지요. 다리를 조이는 옷을 입고 있지만 여성만큼 고통스럽지는 않아요. 모자는 잘 맞나요?"

나는 금박 장식을 한 검정색 삼각모자를 머리에 썼다. 남작이 모자를 바로잡아 주었다.

"약간 기울여서, 이렇게 쓰세요. 안 그러면 뒤집어질 거예요."

남작이 다시 자리에 앉으며 나를 뚫어지게 쳐다보았다.

"정말 놀랍군요. 놀라워요."

"올케가 이상하게 여기지 않았나요?"

남작이 고개를 저었다.

"내가 입기 위해 산다고 말했어요. 물론 콘스탄체는 그 말을 믿지 않았죠. 내 키는 볼프강보다 훨씬 크니까요. 절대 맞을 리 없었죠. 콘스탄체는 내가 자신의 명예를 지켜주면서 친구의 미망인을 위해 돈을 낼 방법을 찾았다고 생각하는 것 같더군요."

"황제는 어떠셨나요?"

"허락이 떨어질 때까지 조금 기다려야 했죠. 처음에는 망설였으니까."

"어떻게 설득하셨죠?"

"우리 계획에 동참하면 아주 놀라운 진실을 알게 될 거라고 했죠. 결국 그렇게 하겠다고 했어요. 하지만 한 가지 경고를 했어요."

남작이 말을 멈추고 얼굴을 찡그렸다.

"무슨 경고를요?"

"아무것도 밝혀지지 않으면 남작 작위를 박탈하겠다고요."

"저런, 안 돼요."

"걱정할 필요 없어요. 일단 황제가 승낙한 일이니까. 황제는 내가 말한 범죄 증거를 보고 싶어 합니다. 우리가 증명해 보이면 돼요."

"가장 중요한 손님이 과연 올까요?"

"황제가 참석하라고 명령했으니 올 겁니다."

마차가 궁전 연회실 아치 길을 지나, 궁전에서 가장 오래된 계단으로 통하는 스위스 뜰로 들어갔다. 시종이 문을 열자 남작이 마차에서 내려 나에게 손을 내밀었다. 나는 고개를 저었다.

"오늘은 기사가 필요 없어요."

남작이 아차 하는 표정으로 입을 굳게 다물었다. 시카네더 씨가 화려한 스위스 문에서 나와 남작에게 인사를 했다. 나는 시카네더 씨의 어깨를 툭 쳤다.

"내 오랜 친구 에마누엘, 와줘서 고맙네."

시카네더 씨의 눈이 떨리고 있었지만 태도는 의연했다. 자신이 위험에 처하더라도 그가 나를 배반하진 않을 거라는 믿음이 생겼다. 시카네더 씨가 이쪽이라는 듯 고개를 까닥거렸다.

"이쪽입니다."

우리는 주황색 카펫이 깔린 하얀 대리석 계단을 올라갔다. 긴 계단을 일렬로 올라가는 우리 세 사람 모두 사뭇 긴장하고 있었다. 나는 동생의 옷을 입은 내 모습이 아무리 그럴 듯하게 보여도, 근위병이 다가와 내 정체를 폭로할지도 모른다는 두려움에 쌓여 있었다.

시종이 우리를 안내했다. 황실 복도는 끝없이 이어진 것처럼 보였다. 궁전은 조그만 집으로는 황제의 위대한 위신을 담지 못한다는 듯 거대한 위용을 자랑하고 있었다. 그러나 권력은 영원하지 않다. 권력이 영원하다면 페어겐 백작이나 정보원 같은 존재는 필요하지 않았을 것이다. 권력이 클 수록 약점도 돋보이는 법이다.

카펫을 밟는 우리의 발소리를 들을 수 있었다. 멀리서 누군가 속삭이고 있었다. 닫힌 방문 사이로 흘러나오는 시계 소리가 마치 우리의 심장 소리 같았다. 침묵이 그 자체로 곳곳에 스며들어 있는 것 같아 모든 방문을 열고 그곳에 누가 웅크리고 있는지 보고 싶었다.

볼프강의 옷은 일단 익숙해지자 편안하게 느껴졌다. 남작의 규칙적인 발걸음에 맞춰 내 호흡도 차분해졌다. 내 시선을 느낀 남작이 뒤돌아보며 윙크했다. 시종이 우리를 작은 연주홀로 안내했다. 벽에 조개와 나뭇잎을 새긴 방이었다. 반원 형태로 의자가 놓여 있고 그 앞에 피아노가 있었다. 피아노가 조용히 나에게 다가오라며 손짓하고 있었다.

슈타인이 만든 피아노였다. 피아노 위에 모자를 놓고 아르페지오를 연주했다. 피아노 소리가 침묵을 뚫고 울려 퍼졌다. 그때 사람들이 다가오는 소리가 들렸다. 시종이 사람들을 맞을 준비를 했다. 슈비텐 남작의 긴장이 느껴졌다.

마침내 황제가 가신들을 거느리고 들어왔다. 키가 크고 흐릿한 눈빛의 황제는 짧은 가발을 쓰고, 벽에 새긴 자단 나무와 어울리는 가을빛 벨벳 슈트를 입고 있었다. 가슴에는 현장을 두르고 있었다. 슈비텐 남작이 황제를 향해 두 팔을 벌리고 우아하게 허리를 숙였다.

"폐하, 어서 오십시오."

시카네더 씨도 황급히 황제를 맞았다. 슈비텐 남작이 재빠르게 나에게 눈짓을 하지 않았다면 하마터면 평소처럼 여자의 절을 할 뻔했다. 생전 처음 해본 남자의 절이었기 때문에 오히려 훨씬 정중한 자세가 나왔다.

"모차르트."

황제가 말했다. 황제의 눈길에 신경이 곤두섰다. 황제는 그런 나를 보면서 혀로 이를 문질렀다. 슈비텐 남작이 황제에게 제대로 설명해 두었기를 바라며, 나는 목소리를 숨기기 위해 기침을 했다.

"폐하, 어서 오십시오."

제발, 더 이상 말을 시키지 않기를. 그렇지 않으면 여자인 게 들통 날 게 뻔했다. 다행히 황제는 아무 말 없이 의자에 앉았다. 황제가 앉자 다른 사람들도 자리를 잡고 앉았다. 단 한 명만 빼고.

페어겐 백작은 방 한가운데 서서 나를 쳐다보았다. 창백한 눈에 충격과 망설임이 담겨 있었다. 평소에는 실눈을 뜨고 다니는 페어겐 백작이 지금은 두 눈을 휘둥그레 뜨고 있었다. 슈비텐 남작이 경찰청장의 팔꿈치를 잡았다. 그는 백작을 잡고 봄의 축제를 축하하며 춤을 추는 소작농이 그려진 의자에 앉혔다. 백작은 입을 다물지 못했다.

황제가 눈을 깜박였다. 연주를 시작할 시간이었다. 나는 정신을 가다듬고 동생이 작곡한 소나타 중 가장 어려운 〈F장조의 알레그로〉를 연주해 나가기 시작했다. 동생이 새 신부를 데리고 잘츠부르크에 왔을 때 작곡한 곡이었다. 그때 나는 올케를 차갑게 대했고, 동생은 상처를 받았다. 음악에 동생의 슬픔이 담겨 있었다. 그 뒤를 느린 B플랫 장조가 따랐다. 신혼여행 중에 우리 집에 들렀던 볼프강의 자존심과 슬픔이 뚜렷이 떠올랐다. 아버지에게 결혼을 승낙받지 못한 슬픔과 상처받지 않기 위해 애쓴 동생의 자존심이 절절하게 느껴지는 곡이었다.

아다지오로 천천히 곡을 마무리하면서 황제를 힐끗 쳐다보았다. 황제는 창백한 턱을 긁고 있었다. 페어겐 백작은 그 옆에 앉아 떨고 있었다. 얼굴은 울혈이 있는 것처럼 창백했고, 두 손은 무릎 위에 꼭 쥐고 있었으며, 시선은 결코 내 신발 위로 올라오지 않았다.

빠른 속도로 피아노를 치면서도 나는 백작에게서 눈길을 떼지 않았다. 빠른 음악이 돌풍이 되어 강타하기라도 한 것처럼 백작의 목이 갑자기 움직였다. 공개적으로 매질을 당하게 된 불쌍한 죄수처럼 느껴졌다.

갑자기 음이 틀렸다. 엄청난 연주 속도에 나 자신도 당황할 정도였다. 복수심이 집중력을 흩트리고 연주하는 즐거움을 빼앗아가고 있음이 분명했다. 나는 백작에게서 시선을 거두고 다시 음악에 활기를 불어넣었다.

드디어 연주가 끝났다. 황제가 자리에서 일어나자 모든 사람이 일어나 박수를 쳤다. 황제가 손을 들자 모두 조용해졌다.

"이런 신성한 음악을 우리에게 들려줄 사람이 누가 또 있겠는가? 불후의 거장, 모차르트가 아니라면 말이다."

페어겐 백작은 사시나무 떨듯 떨고 있었다. 황제가 다시 자리에 앉았다.

"자, 이제 무엇을 보여줄 생각인가?"

황제가 물었다. 나는 기침을 하며 슈비텐 남작을 보았다. 하지만 내가 눈길을 주기 전에 슈비텐 남작이 앞으로 나서며 말했다.

"〈돈 조반니〉에 나오는 장면을 공연할 생각이었습니다."

"근사하군. 〈돈 조반니, 타락한 죄수〉가 원제목이던가? 내가 진심으로 좋아하는 도덕 이야기지."

황제가 손뼉을 쳤다.

"거장은 피아노를 연주하고 제가 석상인 유령 역을 맡았습니다. 시카네더 씨는 하인인 레포렐로 역을 준비했습니다."

시카네더 씨는 가슴을 쭉 펴고 있었다. 소나타 연주가 끝난 뒤 성공을 확신하고 있음이 분명했다. 하지만 나는 아직도 불안했다.

"돈 조반니 역은 시카네더 씨의 극단 단원이 맡기로 했습니다만, 안타깝게도 몸이 아파 오지 못했습니다. 그래서 많은 것을 보여드릴 수는 없습니다."

"거장 모차르트 씨가 그 역할을 맡으면 되지 않나."

"안타깝게도 모차르트 씨는 바리톤이 아닙니다, 폐하. 돈 조반니 역할에 적합하지 않습니다. 어쩌면 공연을 못할지도 모르겠습니다. 혹시 페어겐 백작이……."

"완벽하군."

황제가 백작의 어깨를 흔들었다.

"같이 하게, 백작. 목소리도 좋고 바리톤이지. 돈 조반니 역에 딱이로군. 자, 앞으로 나가게. 교회 가수보다는 나을 거야. 하지만 잘 못해도 처벌하진 않겠네."

군주의 입에서 처벌이라는 말이 나오자 백작은 충격을 받았다. 황제를 바라보는 눈이 심하게 흔들렸다. 슈비텐 남작이 백작의 손에 악보를 쥐어주고 앞으로 끌고 나왔다. 남작은 두 사람이 피아노 옆에 설 때까지 백작의 팔꿈치를 놓지 않았다.

백작의 얼굴은 성당에서 유령을 언급했을 때처럼 파랗게 질려 있었다. 그때 백작은 죄인은 불가사의한 복수를 받게 되어 있다고 했다. 이제 백작이 그런 복수를 받게 될 차례였다. 희생자의 영혼이 무덤에서 나와 백작을 죽음도 좌지우지하는 절대 권력자 앞에서 시련을 겪게 하려는 것 같았다.

백작은 넥타이를 느슨하게 풀었다. 하지만 매듭은 그의 목 안에 있었다. 어떤 것도 그를 편하게 하지 못했다. 시카네더 씨가 내게 몸을 기울이며 말했다.

"〈돈 조반니〉에는 내가 부를 장면이 별로 없어요. 돈 조반니가 유혹한 여인들에 대해 이야기하는 레포렐로의 아리아를 부르고 싶은데요."

"하지만 황제께서 좋아하실지 모르겠군요."

"그렇겠군요. 그럼 뭘 부를까요? 〈밤낮 없이 일하네〉로 할까요?"

"그렇게 하지요. 하지만 먼저 이 곡을 부르고요."

나는 유령의 도착을 알리는 장엄한 음악을 연주하기 시작했다. 돈 조반니가 살해한 남자의 영혼이 자신을 죽인 사람을 지옥으로 데려가기 위해 찾아오는 장면이다. 돈 조반니의 하인 역을 맡은 시카네더 씨가 공포에 질린 듯 몸을 움츠렸다. 페어겐 백작은 음 하나하나를 견디지 못하고 몸을 떨고 있었다. 슈비텐 남작이 굵직한 바리톤으로 사악한 돈 조반니에게 함께 지옥으로 가자고 노래했다.

이제 돈 조반니가 부를 차례였다. 슈비텐 남작이 백작의 윗팔을 꽉 잡고 있었다. 백작이 악보를 보고 더듬거리며 식탁에 자신을 찾아온 무서운 손님이 앉을 자리를 마련하라고 하인에게 명령하는 부분을 노래했다. 관객은 그런 페어겐의 공포에도, 희미한 노랫소리에도 크게 신경 쓰지 않는 것 같았다. 사람들의 시선은 제발 위험한 영혼을 피해 달아나라고 부르짖는 시카네더 씨에게 온통 쏠려 있었다. 하지만 황제는 경찰청장만을 뚫어지게 바라보고 있었다.

활기찬 시카네더 씨 덕분에 백작도 조금은 기운을 차린 것 같았다. 유령이 돈 조반니에게 그의 영혼을 데리러 왔다고 말했다. 백작이 대답했다.

"공포로 나를 어찌할 순 없을 거야. 나는 누구에게도 지지 않아."

백작이 고개를 들며 처음으로 입을 크게 벌려 묵직한 소리를 만들어냈다. 페어겐 백작의 독선이 위기를 무사히 지나가게 하지는 않을지 걱정이 됐다. 유령이 돈 조반니에게 자신의 초대를 받아들이라고 했다. 백작은 자신은 두려움이 없으니 기꺼이 그렇게 하겠다고 했다. 남작이 손을 내밀었다. 페어겐 백작이 주저하자 남작이 그를 향해 다가갔다. 남작이 그의 손을 잡자 백작이 비명을 질렀다. 분명 연극이 아니었다. 가쁜 숨을 내쉬고 바들바들 떨면서 백작이 더듬더듬 대사를 읊었다. 그는 남작에게서 벗어나려고 했지만 그럴 수 없었다.

"난 회개할 일이 없어."

백작이 노래를 불렀다. 그 눈이 나를 향해 불안하게 떨리고 있었다.

"내 앞에서 썩 꺼지게."

엄청난 공포에 질린 목소리였다. 그 모습을 보니 백작이 안쓰러웠다. 동생의 영혼을 위해 주님께 빌었던 일이 생각났다. 나는 죄인은 결코 구원받지 못한다고 주장하는 사람들을 싫어했다. 나는 슈비텐 남작이 어느 정도 백작을 측은하게 생각했으면 했다. 하지만 남작은 흔들리지 않았다. 남작은 여전히 백작의 팔을 굳게 잡은 채, 그의 팔을 밑으로 내렸다. 어쩔 수 없이 백작은 몸을 숙일 수밖에 없었다. 슈비텐 남작은 모든 힘을 목소리에 실어 노래를 불렀다.

"그렇다면 영원한 천벌을 두려워해야 하리."

정말 멋진 장면이었다. 하지만 비열한 인간이 공포에 떨며 괴로워하는 모습을 보자 이제 페어겐 백작을 놓아주고 싶었다.

"남작님, 저는……."

그때 백작이 피아노에 앉은 나를 곁눈질하더니, 숨을 헐떡거리며 말했다.

"아니야, 아니야, 아니야."

슈비텐 남작이 그를 놓았다. 피아노에 무너지듯 기댄 백작이 심하게 어깨를 들썩거렸다. 황제가 괴로워하는 백작을 향해 손가락을 튕겼다.

"계속하게, 백작."

백작이 숨을 헐떡이며 노래를 불렀다.

"미지의 공포가 나를 떨게 하네. 운명의 사신이 나를 움켜쥐네. 지옥에 가면 이 고통이 끝나려나?"

슈비텐 남작은 내가 더 이상 백작을 몰아붙이고 싶어 하지 않는다는 걸 눈치챘다. 그는 지휘자처럼 손을 들어 계속하라고 명령했다. 나는 우리가 입 맞추었을 때처럼 맥없이 그의 지시를 따랐다. 동생의 음악과 남작의 의지 덕분에 또다시 확신이 생겼다. 남작이 손을 내렸다. 나는 낼 수 있는 가장 큰 소리를 내며 피아노 건반을 두드렸다. 가능한 가장 굵은 소리로 나는 합창 부분을 노래했다.

"영원한 고통이 그대를 기다리네. 그대는 끝없이 밤마다 불에 타리라."

페어겐 백작이 흐느껴 울듯이 마지막 소절을 끝마쳤다. 백작의 괴로움이 시카네더 씨의 열연에 묻혀 버리기는 했지만. 시카네더 씨는 돈 조반니가 지옥의 불길로 떨어지지 않도록 그를 힘껏 붙잡고 있었다.

"운명의 불길이 주인님을 온통 둘러싸고 있네."

시카네더 씨가 돈 조반니를 힘껏 내던졌다. 백작은 지옥으로 떨어지는 흉내를 낼 필요도 없었다. 이미 백작은 지옥에 들어가 있었다. 눈은 황제와 나 사이의 어딘가를 보고 있었고, 손바닥은 피아노 뚜껑 위로 엄청난 땀을 쏟아냈다. 그의 피부는 쓰고 있는 가발만큼이나 하얗게 변했다. 황제의 가신들이 황제의 신호를 기다리며 갈채를 보내기 위해 두 손을 치켜올리고 있었다. 하지만 레오폴트 황제는 묵묵히 자리에서 일어나 프록코트의 양쪽 주머니에 두 엄지손가락을 각각 걸고 서 있을 뿐이었다.

시카네더 씨가 과장되게 인사를 했다. 하지만 아무 소리도 들리지 않았다. 그가 어쩔 줄 몰라 하는 동안 슈비텐 남작이 나에게 일어나라고 손짓했다. 나는 남작이 미리 지시한 대로 페어겐 백작에게 팔을 뻗었다. 침묵이 가득한 방 안엔 백작의 숨소리밖에 들리지 않았다.

"잡으라. 그 손을 잡아."

황제가 말했다. 백작은 고개를 저었다.

"명령이다."

늘어진 피부에 가려 있던 황제의 눈이 강력한 빛을 띠며 커졌다.

"그대 황제의 뜻이다."

백작이 내 쪽으로 몸을 기울였다. 분명히 입을 맞출 거라고 생각했지만, 백작은 내 발밑에 무릎을 꿇었다.

"용서해줘, 모차르트. 용서하게, 제발 용서해 줘."

백작의 말은 목소리라기보다는, 영혼이 목을 뚫고 나오는 것처럼 괴롭게 쥐어짜내고 있었다. 백작이 내 발목을 잡았다. 내 신발 위로 눈물이 떨어졌다. 사실은 내 동생의 신발 위로.

"모차르트를 살해한 것을 고백하는 건가?"

황제가 물었다.

"고백합니다. 무시무시한 유령 앞에서 용서를 빕니다. 이제 가서 편히

쉬시오. 제발 나를 내버려두시오."

백작의 손톱이 내 발을 파고들었다. 내가 뒤로 물러났지만, 백작은 무릎으로 기어 쫓아왔다.

"제발 주님, 용서해 주세요."

"자네는 우선 내 자비부터 구해야 할 걸세. 백작을 데려가라."

시종이 문으로 달려갔다. 곧 하얀 제복을 입은 근위병 둘이 뛰어 들어왔다. 두 사람은 양쪽에서 백작을 붙잡고 일으켜 세운 후 황제에게 등을 보이지 않은 상태로 울고 있는 백작을 끌고 나갔다. 그 와중에 백작의 신발 한 짝이 벗겨졌다. 황제가 그 신발을 집어 시종에게 던졌다.

황제가 슈비텐 남작을 향해 몸을 돌렸다. 굳게 다문 입가에 혐오와 유감이 담겨 있었다.

"충성스러운 부하가 질질 끌려가는 걸 보는 건 유쾌하지 않군. 그가 미칠 거라는 사실도 역시 그래."

남작이 고개를 숙였다.

"하지만, 전하."

"하지만, 페어겐이 모차르트를 죽이라고 명령한 건 큰 잘못이었지."

"백작님의 잘못은 그뿐만이 아닙니다."

내가 말했다. 내가 입고 있는 볼프강의 옷은 가장무도회 가면이나 축제 의상이 그렇듯이 방패 같은 역할을 해주었다. 내 입에서 황제를 불쾌하게 하는 말이 나온다면, 그것은 내 의지가 아니라 동생의 옷을 입고 있기 때문이었다.

"백작님은 죄가 없는 프리메이슨 형제들이 혁명을 일으킨다고 믿었습니다. 볼프강이 시카네더 씨와 함께 만든 아름다운 오페라가 평등사상을 전한다는 이유 때문이었죠."

황제가 날카로운 눈으로 시카네더 씨를 보았다. 당황한 시카네더 씨가 황제에게 허리를 숙였다.

"폐하께서 선량한 프리메이슨 형제들을 박해하신다면, 그들은 전하의 적과 손을 잡을 것입니다."

황제가 얇은 눈썹을 치켜 올렸다. 아닌 체하고는 있었지만 황제의 날카로운 눈길을 참는 것은 쉽지 않았다. 하마터면 내 경험인 양 볼프강이 베를린에 간 이유를 고백할 뻔했다.

"최근 페어겐 백작은 내 심기를 불편하게 했지. 형님인 요제프 2세께서 하셨던 개혁을 원상태로 돌려야 한다고 난리였어. 내 의지만 아니었다면 상당히 많은 부분을 뒤로 되돌렸을 거야. 하지만 이제는 모두 끝났군."

슈비텐 남작이 웃으며 무언가 말하려고 했다. 하지만 황제가 엄숙한 얼굴로 그를 제지했다.

"하지만 아무도 내게 더 이상 무언가를 요구하지는 못할 걸세. 자네도 그걸 기억해야 할 거야."

황제가 잠시 뜸을 들인 후 말했다.

"모차르트 부인, 나는 내 권위를 위협하는 것은 분명히 막을 것이오."

"지당하신 말씀이십니다. 하지만 제 동생의 오페라가 폐하께 위협이 되지는 않을 겁니다."

"페어겐 백작이 진행하던 일은 모두 폐기될 것이오."

그때 그로토가 떠올랐다.

"폐하께서 새로운 프리메이슨 지부를 허락해 주실 수 있을까요? 죽은 제 동생을 위해서요. 여성도 가입할 수 있는 지부 말입니다."

내 말에 황제가 눈을 가늘게 떴다.

"부인, 자중하는 법을 배워야겠군요. 이 방에서 나가 적당한 옷으로 갈아입으시오. 어쨌거나 부인은 모차르트가 아니지 않소."

"아, 죄송합니다. 하지만 폐하께서 틀리셨습니다."

나는 피아노에 올려둔 모자를 집어 머리에 썼다. 슈비텐 남작이 그 모습을 지켜보고 있었다.

"저도 모차르트입니다."

황제에게 절을 하고 문으로 갔다. 남작과 눈이 마주쳤다. 그 눈은 묻고 있었다. '이제 볼프강 문제는 해결했소. 당신은 나와 함께 이곳에 있을 것이오? 동생을 기억하며?' 그것이야말로 내가 원하는 삶이었다. 하지만 나는 주님의 집에서 남편과 결혼했다. 주님의 법을 어기면 어떻게 되는지 페어겐 백작을 보면 충분히 알 수 있지 않은가. 나는 아랫입술을 지그시 깨물었다. 시종이 급히 길을 비켜주었다.

내 뒤에서 문이 닫혔다. 복도 카펫 위에 페어겐 백작이 남긴 나머지 신발 한 짝이 떨어져 있었다. 한때 이 복도를 거침없이 걸었을 남자가 남긴 흔적이었다.

계단을 내려와 뜰로 나갔다. 이것이 모차르트가 궁전에서 연주한 마지막 순간이라는 생각이 들자 기분이 좋아졌다.

35

주는 내 빛이다. 하지만 성 마르크스 묘지에 들어갔을 때 나는 주님은 또한 세상을 덮고 있는 그늘이기도 하다는 사실을 깨달았다. 주님은 우리를 영원한 어둠으로 이끄신다.

구름 사이로 희미한 햇살이 비췄다. 짧게 자른 머리에 쓴 보닛의 레이스가 바람에 날려 눈썹을 쳤다. 낙엽이 경쾌하게 날리며 창유리에 부딪쳤다. 하늘 위로 빙글빙글 나는 까마귀가 보였다.

묘지 안의 모든 것이 움직이고 있었다. 죽은 자는 우리와 다른 식으로 누워 있으며 움직이지 않는다는 말은 믿기 어려웠다. 묘지 속 죽은 자들이 동생의 음악을 듣기 위해 볼프강 곁으로 조금씩 움직이는 것이 느껴졌다.

동생이 죽은 원인이 밝혀진 지금, 이제는 동생의 육신을 위해 기도하고 싶었다. 10년이 되기 전에 성 마르크스 묘지는 새로운 사람을 묻기 위해 갈아엎을 것이다. 그 말은 볼프강이 거대한 묘지에 합장된 것처럼 수백 명과 한데 섞여 있어야 한다는 뜻이었다. 나는 볼프강이 어디 있는지 알고 있을 때 그 아이를 느끼고 싶었다.

나는 레널을 언덕 아래 두고 혼자 언덕을 올랐다. 생각보다 가파른 언덕이었다. 자작나무도 부러뜨릴 만큼 거친 숨을 내쉬었다. 언덕 위에는 무덤이 열두 줄로 늘어 서 있었다. 새로 만든 무덤은 통로에서 가장 먼 뒤쪽에 있었다. 직사각형으로 늘어선 무덤 뒤에 사람이 있었다.

여인이었다. 베일을 쓴 여자가 일어서더니 허리를 숙였다. 마른 어깨에 검은 망토를 두른 여인이 성호를 그었다. 나는 진창길을 걸어갔다. 바람이

잠잠해지고, 언덕 위로 아무 소리도 들리지 않았다. 진흙 튀는 소리에 여인이 돌아보았다. 바람에 베일이 펄럭였다. 얼굴에 난 상처 위로 눈물 자국이 선명하게 나 있었다.

"동생을 위해 울고 있었나요?"

내가 무덤에 가까이 가며 물었다.

"내 동생은 분명 어제보다는 편안한 마음으로 누워 있을 거예요."

막달레나가 조그맣게 솟은 무덤을 내려다보았다. 나무 십자가에 매단 양피지에 동생의 이름이 적혀 있었다. 바람에 흔들리는 나뭇잎처럼, 양피지는 그렇게 흔들리고 있었다.

"그는 쉬고 있겠죠. 전 그게 부러워요."

내가 다가가려 하자 막달레나가 손을 들어 막았다.

"그와 함께 있었던 매 순간을 후회해요. 그땐 정말 행복했어요. 하지만 결국 어떻게 됐죠? 제 남편이 미치고 말았어요. 그이는 볼프강의 생명도, 자신의 생명도 앗아가 버렸어요. 전 이렇게 추해졌고요."

"기제케 씨의 장례식 때 말했잖아요. 볼프강을 죽인 건 남편이 아니에요."

"아니요, 그이가 그랬어요. 프란츠가 그런 거예요."

"이해할 수가 없네요. 이미 범인이 밝혀졌어요."

"당신은 몰라요."

막달레나는 상처를 건드리지 않도록 조심하면서 눈물을 닦았다. 하지만 쉽지 않았다.

"프란츠는 내가 볼프강과 가깝게 지내는 걸 참고 있었어요. 제 건강에 도움이 됐기 때문이죠."

"무슨 말인지 모르겠어요."

"성당에서 보셨잖아요. 전 간질이 있어요. 피아노를 배우기 전에는 많이 힘들었어요."

"그래요, 나도 동생의 음악을 들으면 진정이 된답니다."

"그냥 진정되는 정도가 아니지요. 볼프강의 음악은 그 어떤 약보다 좋아요. 그 음악이 없었다면 전 미치고 말았을 거예요."

막달레나가 부르르 떨었다. 간질 때문인지 몰라 걱정됐지만 단순히 바람 때문이었다.

"당신 병에 도움이 되기 때문에 비싼 돈을 주면서까지 동생처럼 유명한 작곡가를 피아노 선생으로 맞은 건가요?"

"볼프강이 제 재능을 아꼈어요. 제 재능 때문에 볼프강이 자기 모임에 절 자주 초대했었죠. 그에게는 제가 여자라는 게 전혀 문제가 되지 않았어요. 하지만 프란츠가 질투를 하게 됐죠. 그이는 제가 볼프강과 사랑에 빠졌다고 생각했어요."

"그 소문은 나도 들었어요. 하지만 내 얘기를 들어봐요. 지금 난 궁전에서 오는 길인데……."

"그래서 프란츠가 페어겐 백작의 꼬임에 넘어간 거예요."

나는 하려던 말을 멈추고 절망에 빠진 막달레나의 얼굴을 쳐다보았다.

"그이는 백작의 정보원이었어요. 그이가 프리메이슨 회합 때 볼프강에게 독을 먹였어요."

막달레나가 무덤 뒤쪽에 있는 라일락 덤불에서 잎을 하나 뽑아 손가락으로 문지르다가 바닥에 떨어뜨렸다.

"페어겐 백작이 엄청난 돈을 준 건 그 때문이에요."

호화롭던 막달레나의 집이 생각났다.

"그걸 어떻게 알죠? 어떻게 확신할 수 있나요?"

"볼프강이 죽은 후, 프란츠는 의기양양했어요. 나에게 복수를 했다고 했죠. 그이는 자신이 승리한 것처럼 생각했어요."

"그때 당신을 공격한 건가요?"

"아니에요. 전 계속해서 그가 잘못 안 거라고 말했어요. 그저 스승과 제자일 뿐 아무 사이도 아니라고요. 그이는 듣고 싶어 하지 않았지만 제가 계속 말했어요. 결국 프란츠도 자신이 무슨 일을 저질렀는지 알게 됐죠. 그는 자신이 속았다고, 천재를 죽였다고 울부짖었죠."

"속다니, 누구에게요?"

"그이는 제게 용서해 달라고 했어요. 그가 원한 건 그거 하나였어요."

"당신은 거절했나요?"

"어떻게 그런 끔찍한 일을 한 사람을 용서할 수 있겠어요. 그이는 신이 인간에게 주신 가장 큰 선물을 파괴했어요. 그이는 미처 기록하지 못한 볼프강의 모든 음악을 이 세상에서 말살해 버렸다고요."

"그래서 당신도 죽이고 자신도 죽으려 한 건가요?"

"그이는 미쳐 버렸어요. 제게 칼을 휘두르고 스스로 목을 그었죠. 전 그이가 죽어가는 모습을 지켜보았어요."

막달레나는 무덤이 늘어서 있는 곳을 가리켰다.

"그이는 저곳에 묻혔어요. 하지만 오늘 이곳에 오기 전까진 가보지도 않았어요. 볼프강이 죽은 건 저 때문이기도 하니까, 전 속죄해야 해요."

프란츠 호프데멜이 다른 사람에게 자신의 질투를 드러내 보였는지 궁금했다. 막달레나가 미리 결백을 입증해 보였다면 상황은 달라졌을지 모른다. 하지만 볼프강이 인정해 주었다는 사실에 행복했던 막달레나는 남편의 상태를 미처 눈치채지 못했을 것이다. 지금 그것을 후회하고 있는 것이었다. 앞을 보지 못한 걸 후회하는 사람. 나는 막달레나에게 다가갔다.

"바로 당신이었군요."

막달레나가 어리둥절한 표정을 지었다.

"볼프강이 악보에 적어 둔 수수께끼의 주인공 말이에요. 그 애는 '그 여인은 언제나 후회에 쌓여 자신이 앞을 보지 못함을 유감스럽게 생각했다. 건반 위에서 그 여인의 음악은 천국에서 쫓겨난 악마처럼 자유분방했다. 나는 천국의 홀에서 그 여인의 형제로서 함께했고, 내 아버지의 의도는 아니었지만 언제나 그 옆에 내가 있었'다고 적어두었어요."

"그게 저라고요?"

막달레나가 고개를 저었다.

"마리아 막달레나는 언제나 후회하고 회개하는 사람으로 묘사되죠. 당신도 같은 이름이에요. 성서를 보면 막달레나는 귀신 들린 여자예요. 하지만 주님이 악마를 쫓아내죠. 음악으로 간질을 잠재운 볼프강도 주님과 같은 일을 한 거예요. 그 애는 예수님이 막달레나를 곁에 두신 것처럼 당신을 곁에 두려고 했던 거예요. 사도들, 그러니까 형제들이 반대했는데도 말이에요."

"그것이 수수께끼라고요?"

"그래요. 그 애가 남긴 악보에 적혀 있었어요. 들어봐요. '내 아버지의 의도는 아니었지만 언제나 그 옆에 내가 있었'다고 한 게 무슨 뜻이겠어요? 아내를 받아주지 않았던 아버지와 달리 누구나 평등하게 가입할 수 있는 프리메이슨 지부를 새로 만들려고 한 거예요."

"프리메이슨이라고요? 그곳에 저를요?"

"볼프강은 특별한 재능과 특성이 있는 여성을 회원으로 받아들이려고
했어요. 방금 당신도 그 애가 당신의 재능을 인정했다고 했잖아요. 그 애
가 새로운 모험을 하려고 했던 사람이 바로 당신이었던 거예요."

막달레나가 가슴에 손을 얹고 축축하게 젖은 볼프강의 무덤을 내려 보
았다.

"당신 남편은 스스로를 용서하지 못할 거예요. 하지만 당신은 이제 동
생이 당신을 어떻게 생각했는지 알겠죠. 그러니 자신을 용서하도록 해요."

내 말에 막달레나가 나를 쳐다보았다. 베일 밑으로 보이는 상처는 검은
색이었다.

"부인, 전 그렇게 생각하지 않아요. 그러니까…… 수수께끼 말이에요."

"하지만 내 말을 들었잖아요."

"그래요. 그래서 알 것 같아요. 볼프강은 당신을 말한 거예요."

그 말을 하고 막달레나는 남편의 무덤으로 걸어갔다. 나는 막달레나가
교회 문을 향해 걸어가는 것을 쳐다보았다. 내 얼굴 근육이 소모성 질환
에 걸린 것처럼 욱신거렸다. 바람에 라일락 덤불이 바스락거렸다. 차가운
바람을 맞으며 볼프강의 무덤을 보았다. 그 아이가 수수께끼를 적어 놓은
소나타는 나에게 헌정한 곡이었다.

"나는 천국의 홀에서 그 여인의 형제로서 함께했고, 내 아버지의 의도
는 아니었지만 언제나 그 옆에 내가 있었다."

조용히 속삭여 보았다. 아버지의 의도라니, 무슨 뜻일까? 아버지는 내
가 안락한 집을 제공해 줄 지방행정관과 결혼하기를 바랐다. 내가 피아니
스트로 성공해 음악을 하면서 스스로 돈을 벌기를 바라지는 않으셨다.

그것을 원한 사람은 볼프강이었다. 그 애는 자신에게 모든 찬사가 쏟아지는 모습을 보면서 내가 얼마나 슬퍼했는지 알고 있었다. 그 애는 자신이 누리는 것을 나도 누리기를 바랐다.

우리가 떨어져 있던 시간이 너무도 길었기 때문에 그 아이가 마지막 순간에 나를 생각했을 리는 없다고 생각했다. 하지만 올케도, 파라디스 양도, 막달레나도 볼프강이 계속해서 내 재능에 대해 말했다고 했다. 아직 동생이 죽었다는 것을 몰랐을 때, 성당에서 돌아오던 나는 하늘에서 내리는 눈을 보며 그 눈을 동생도 보고 있을지 궁금해 했다. 소원한 채 떨어져 있었지만 우리는 한 영혼을 나누어 가진 것처럼 서로 연결되어 있었다.

손가락으로 눈물을 닦았다. 눈물이 손끝에서 얼어붙는 것 같았다. 볼프강은 나 때문에 새로운 지부를 만들려고 했다. 우리가 오랜 시간 마차를 타고 다니며 함께 만들어낸 음악과 사랑과 평등이 있는 마법의 왕국 같은 곳을. 우리 두 사람의 재능은 그 자체로 완벽한 것이 아닌 상호 보완적인 것이었다. 우리는 그로토에서 완전해질 수 있었다. 십자가 위에 붙인 양피지가 바람에 펄럭였다. 나는 손가락에 입을 맞추고 양피지에 갖다 댔다.

36

아침 미사 때 내 영혼은 몸을 빠져나와 온 성당을 울부짖고 다녔다. 죽은 동생 때문이 아니었다. 동생의 영혼을 위한 기도는 이제 하지 않아도 된다.

성 슈테펜 성당을 나오자 다뉴브 강의 안개가 내가 타고 갈 마차 바퀴를 감싸고 있었다. 내 몸도 따뜻한 키스를 받고 있는 듯 축축해졌다. 황실 도서관으로 갔다. 슈비텐 남작은 없었다. 시종은 그가 헤어렌 거리에 있는 공관에 있다고 했다. 정부 관료들의 직무실이 모여 있는 곳이다. 나는 마부에게 그곳으로 가자고 했다.

한 일꾼이 사다리 위에서 중심을 잡기 위해 애쓰며 입구에 있는 등불을 닦고 있었다. 사다리에서 내려온 그 사람은 나를 보더니 정중하게 거수경례를 했다. 매달린 등불이 꼭 교수형을 당한 사람 같았다. 나는 마부에게 레넬과 함께 경내에 있으라고 말하고 계단을 올라갔다.

난간에 키 크고 마른 사람이 어슬렁거리는 것이 보였다. 그 사람은 한쪽에 서 있는 그리스 처녀상 앞에 멈춰 섰다. 그는 가장자리가 넓은 영국식 모자를 처녀상에 씌우고는 껄껄 웃다가 곧 춤추는 것처럼 가벼운 발걸음으로 계단을 내려왔다. 리히노브스키 왕자처럼 보였다. 하지만 태도가 어찌나 명랑한지 언제나 긴장한 채 경직되어 있던 왕자라고는 생각할 수 없었다. 그런데 내 옆을 지나갈 때 보니, 정말 리히노브스키 왕자였다.

"안녕하세요, 왕자님"

평소에는 부자연스럽게 꼭 다물고 있던 입이 활짝 벌어져 있었다. 그 모습에는 분명히 호되게 혼날 것을 아는 나쁜 짓을 해놓고 잔소리를 피해 갔을 때 의붓아들들이 보이는 안도감과 도취감이 있었다. 왕자는 들고 있던 지팡이로 자신의 모자를 가볍게 치며 인사했다. 그가 새끼손가락에 끼고 있는 반지에는 황제의 측면상이 새겨져 있었다.

"저런, 부인이신지 몰랐습니다. 머리카락을 어떻게 하신 겁니까? 보닛을 쓴 모습은 한 번도 못 보았는데요. 좀 더 정돈된 모습이었던 것 같습니다만."

"이쪽이 제게 더 맞는군요. 저도 왕자님이 그렇게 활짝 웃으시는 걸 처음 뵙는 것 같아요."

왕자가 세상 모든 행복을 맞이하겠다는 듯이 손을 활짝 펴고 껄껄 웃었다.

"이곳은 어쩐 일이신지요?"

왕자가 흰 대리석 벽에 기댔다.

"친구를 보러 왔습니다. 승진을 축하하기 위해서지요. 아시겠지만 경찰청장 자리가 비어서 말입니다."

발밑에 엎드려 울던 페어겐 백작이 생각났다. 리히노브스키 왕자는 백작과 어떤 관계가 있을까? 지나치게 행복해하는 왕자를 보니 이상한 생각이 들었다. 불과 이틀 전에 파리디스 양 몰래 프러시아 대사와 음밀한 이야기를 나눈 왕자였다. 그때 왕자는 '페어겐이 알았다'고 했다. 왕자가 광장에서 찢겨 죽은 살인자에 대해 이야기할 때 지은 표정이 생각났다. 그때 왕자는 누군가 자신을 함정에 빠뜨리기라도 한 것처럼 분노했고 무기력해 했다. 왕자는 어떤 협박을 받고 있었고, 그 협박이 페어겐 백작의 실각과 함께 사라진 것이 분명했다.

"페어겐 백작님이 실각한 건 알고 있어요. 하지만 벌써 후임자가 결정됐다는 건 몰랐어요."

어째서 왕자는 페어겐 백작을 두려워한 걸까? 왕자가 능글맞게 웃고 있었다. 마치 사기꾼이 속임수가 통했을 때 짓는 웃음이었다. 속임수라니, 어떤 속임수일까? 활짝 웃고 있는 그 입이 내게는 분명한 증거처럼 보였다.

"볼프강이 베를린에 간 건 왕자님의 프리메이슨 지부를 위해서가 아니었어요. 첩자는 왕자님이셨군요."

"무슨 말입니까?"

왕자가 웃음을 터트렸다.

"도대체 누구를 위한 첩자란 말입니까?"

"오스트리아는 아니겠죠. 그랬다면 페어겐 백작님을 무서워할 이유가 없으니까요."

"무섭다니, 누가 말입니까?"

"왕자님은 프러시아를 위해 일하시는 거예요. 그걸 백작님이 알아낸 거구요."

왕자가 프러시아 대사에게 페어겐이 알았다고 보고한 것은 첩자가 상사에게 정보를 가져온 것임이 분명했다. 왕자가 나를 노려보았다.

"부인은 피아노 앞에서 즉흥 연주나 하고 있는 게 좋겠군요. 난 두려워할 일이 하나도 없습니다."

"새로운 경찰청장이 왕자님 친구니까요. 하지만 누가 경찰청장이 되었건 프러시아 첩자가 오스트리아의 적임은 분명한 사실입니다."

"내가 두려움을 느끼는 사람처럼 보이나요?"

그 말에 나는 잠시 주저했다. 어쩌면 내 생각이 틀렸을지도 몰랐다.

"그런가요?"

왕자가 다시 물었다. 나는 고개를 저었다. 도무지 이해할 수가 없었다.

"왕자님은 프러시아를 위해 일하세요. 그런데도 오스트리아를 무서워하지 않는군요."

왕자가 엄지손가락으로 입술을 문질렀다.

"그게 무슨 뜻일까요, 부인?"

갑자기 왕자가 어떻게 위험에서 벗어날 수 있었는지 알 것 같았다.

"왕자님은 우리 황실 비밀경찰을 위해서도 일하고 있는 거예요. 그러니까, 이중첩자로군요."

왕자가 입을 활짝 벌린 채 웃었다.

"도대체 어느 쪽에 충성하고 계신 거죠? 프러시아인가요, 오스트리아인가요?"

"볼프강은 누구에게 충성했죠?"

"그 애는 첩자가 아니에요."

"그런 말이 아닙니다. 그는 잘츠부르크 대주교의 악사이길 거부했죠. 독립 음악가가 되어 빈에 온 겁니다. 그 뒤 어떻게 했습니까? 돈을 주는 사람이라면 누구에게나 충성했습니다."

왕자가 무슨 말을 하려는지 알 것 같았다. 왕자에게 상사는 없었다. 왕자는 그저 자신의 이익대로 움직일 뿐이었다. 하지만 왕자의 말에 찬성할 수 없었다.

"동생은 음악에 충성한 거예요."

"불쌍한 프란츠 호프데멜에게나 말하시죠."

막달레나가 생각났다. 막달레나는 남편이 죽은 것은 자신이 속았다는 사실을 알았기 때문이라고 했다.

"그 소문은 왕자님이 퍼트리신 거예요. 호프데멜은 성격이 급하고 쉽게 흥분하는 성격이었죠. 그 사람은 동생을 형제라고 생각했어요. 그러니 자신이 배신당했다고 생각할 때 어떤 행동을 할지는 누구라도 알 수 있었죠."

호프데멜, 기제케 씨, 볼프강, 리히노브스키 왕자 모두 같은 지부 형제였다. 네 사람 모두 내 앞에서 죄를 자백한 페어겐 백작과 관계가 있었다. 왕자의 눈은 더 이상 광장에서 찢겨 죽은 죄수의 눈과 같지 않았다. 그 눈은 공허하고 잔혹했다. 죄수를 처형하는 사형집행인의 눈이었다.

"왕자님은 호프데멜로 하여금 부인이 제 동생과 불륜을 저질렀다고 믿게 했어요. 그래서 질투에 눈이 먼 호프데멜이 제 동생을 죽인 거죠."

살해 명령은 페어겐 백작이 내렸지만 그 일을 꾸민 것은 왕자였던 것이다. 갑자기 몸이 휘청거렸다. 다시 몸을 추슬러 중심을 잡았다. 내 앞에 있는 사람이 바로 진짜 범인이었던 것이다. 왕자가 지팡이로 대리석 계단을 툭툭 치며 다가왔다.

"베어흐톨트 부인, 창백해 보이시는군요."

왕자는 비웃음을 한껏 담아 강조하듯 내 성을 발음했다. 이미 몇 해 전에 모차르트를 버린 가족은 더 이상 그를 걱정할 자격이 없다는 것을 상기시키려는 것 같았다. 하지만 왕자가 틀렸다. 그는 궁전에서 볼프강의 옷을 입은 내 모습을 보지 못했다. 나도 역시 모차르트였다. 동생을 죽인 바로 그 독이 내 내장을 뚫고 흘러 다니는 것 같았다. 나는 왕자가 내미는 손길을 뿌리쳤다. 동생이 남긴 종이가 엉덩이 쪽 주머니에서 튀어나올 것만 같았다. 동생이 구상하던 새 지부가 생각났다.

"그로토 때문인가요?"

내 말에 왕자가 입술을 씰룩거렸다.

"그건 부인이 관여할 필요가 전혀 없는 문제 같군요."

"그로토가 왕자님이 페어겐 백작과 한 약속을 위협했군요. 새 지부는 왕자님께 어떤 의미였죠."

"철저하게 음악에만 몰두해야 했던 남자가 생각해 낸 바보 같은 착상일 뿐입니다."

판결을 내리는 것 같은 단호한 목소리였다. 왕자는 다시 사형집행인이 되어 있었다.

"왕자님은 볼프강이 그로토에 프러시아인들을 끌어들이려 한다고 했어요. 어째서 제 동생이 그로토 때문에 위험해진 거죠?"

나는 왕자를 쳐다보았다. 그 얼굴에는 공포에 익숙한 사람이 갖는 철저한 잔인함이 서려 있었다. 왕자는 페어겐 백작을 무서워했다. 그는 페어겐이 알고 있다는 사실을 두려워했다.

"베를린에서 돌아온 볼프강은 프리메이슨의 상징으로 가득 찬 〈마술피리〉를 만들기 시작했어요. 페어겐 백작님은 동생이 프러시아 원조를 받아 체제 비판적인 프리메이슨 사상을 널리 퍼트리려 한다고 생각했겠죠. 그렇지 않나요?"

그 말에 왕자가 혀를 찼다.

"그래서 어쨌다는 말입니까?"

"비밀단체를 알리는 유명한 오페라. 그것도 황제 폐하의 적이자 역시 프리메이슨인 프러시아의 황제가 후원하는 작품이에요. 왕자님과 볼프강이 베를린에 있을 때 구상한 곡이고요. 분명히 백작님은 왕자님의 충성심을 의심했겠죠."

"백작은 지금에야 간신히 그걸 알았을 겁니다, 부인. 어쩌면 절대 알지 못할 수도 있고요. 그래서 어쨌다는 겁니까?"

왕자가 지팡이로 벽을 툭툭 두드렸다.

"신의 가호가 있기를."

"처음 빈에 왔을 때는 호프데멜의 빗나간 사랑 때문에 동생이 죽었다고 생각했어요. 하지만 그렇게 만든 건 왕자님이죠. 어째서죠? 동생이 첩자였기 때문인가요? 페어겐 백작의 계획에 방해가 됐기 때문인가요? 프리메이슨에 여성을 가입시키려 했기 때문인가요? 전 진실을 알고 싶어요, 왕자님."

내 목소리가 커졌다. 우리를 둘러싼 계단에 메아리가 울려 퍼졌다.

"왜인지 말해 주세요."

내가 소리쳤다.

"돈 때문이죠."

왕자의 얼굴도 분노로 발개졌다. 왕자가 나를 내려다보며 말했다.

"페어겐의 돈, 프러시아의 돈. 바로 그겁니다. 돈이 볼프강을 죽인 거죠."

내 목소리가 다시 작아졌다.

"명예가 손상되는 것보다 백작에게 돈을 받지 못할까봐 두려웠군요, 왕자님은."

왕자의 얼굴에서 분노가 사라졌다. 그 자리를 경멸이 채웠다. 리히노브스키 왕자가 볼프강을 죽게 한 것은 모두 돈 때문이었다. 충성을 입증한 대가로 페어겐 백작은 왕자에게 돈을 주었다. 프러시아도 왕자가 페어겐 백작을 위해 일한다는 것을 모른 채 돈을 주었다. 왕자가 안개 속에서 빛을 내고 있는 등불을 쳐다보았다. 어찌나 강렬한 시선으로 쏘아보는지, 불빛도 꺼져버릴 것만 같았다.

〈마술피리〉를 보았을 때 슈비텐 남작의 관람석에 들어온 두 남자의 눈빛을 어째서 알아보지 못했을까? 두 사람은 리히노브스키 왕자가 보낸 것이 분명했다. 그들이 기제케 씨가 나오기를 기다렸다가 끌고 가서 죽였음이 분명했다. 내가 동생의 오페라를 보며 황홀해 하고 있던 그 순간에 말이다. 두 사람이 살인을 하고 있을 때 노래를 부른 사람이 누구였더라? 밤의 여왕이 F 콜로라투라*로 노래했다. 그 노랫소리가 바로 지금 내 옆에서 부르는 듯이 선명하게 들렸다.

    지옥의 복수가 내 심장에서 끓고 있나니!

기제케 씨는 마지막 순간 이 소절을 들었을 것이다. 여왕의 분노가 온몸을 감싸왔다.

"왕자님은 천재의 생명을 앗아갔어요."

내가 주먹을 쥐었다.

"분명히 처벌받으실 거예요."

"안타깝게도 나는 이렇게 자유롭게 걷고 있군요."

왕자가 웃었다.

"오랫동안 그럴 순 없을 거예요. 왕자님의 정체를 경찰청장께 말씀드리

• 성악곡의 장식적인 부분.

겠어요."

"황제를 위해 일한 왕자를 처벌한단 말입니까? 얼뜨기 음악가가 불행하게 죽었다고 해서 말이오?"

"어떻게 그런 말을?"

"마음에 들지 않으면 경찰청장한테 가서 이르시던가요."

"그렇게 할 겁니다."

"꼭 그렇게 하기를 바랍니다. 정말로 말이죠."

그가 층계 위쪽을 지팡이로 가리켰다.

"머리가 둘인 독수리 문장이 있는 큰 방입니다. 거기가 경찰청장의 직무실이지요."

나는 위를 보았다가 다시 왕자를 쳐다보았다.

"뛰어가세요, 부인. 정의의 칼이 그 즉시 날 내리칠 테니 말이오. 안 그렇소?"

나는 뛰기 시작했다. 그런 나를 보며 왕자가 웃음을 터트렸다. 나는 곧바로 청장실을 향해 뛰었다. 왕관 위에 머리가 둘인 독수리가 보였다. 청장실 문이 열리고 한 남자가 나왔다. 그 남자는 두 팔에 하나 가득 장부를 들고 있었다. 나를 보고 인사하는 그 남자는 슈비텐 남작의 조수인 슈트라핑어였다. 뒤에서 리히노브스키 왕자가 계단을 내려가는 소리가 들렸다. 내 맥박이 빠르게 뛰기 시작했다. 까닭 모를 공포가 나를 덮쳤다. 슈트라핑어가 옆으로 비켜서더니 나를 위해 문을 잡아 주었다. 슈비텐 남작이 탁자 앞에 서서 서류를 들여다보고 있었다. 남작은 고개를 들고 웃음을 터트렸다. 나는 믿을 수 없어 고개를 저었다. 가슴이 묵직해지고 심장이 마구 뛰었다. 나를 발견한 남작이 서류를 내려놓고 어색한 듯 아래로 시선을 피했다.

37

경찰청장실 안에 있는 모든 것이 컴컴한 어둠 속에 잠겼다. 마치 한 번도 햇빛이 들어온 적이 없는 곳 같았다. 슈트라펑어가 문을 닫았다. 사랑하는 남자가 그곳에 있다는 사실을 믿고 싶지 않았다. 나는 눈을 감고 싶었지만 반대로 눈을 크게 떴다.

방은 르네상스 풍으로 정교하게 장식한 밝은 밤나무 벽널로 장식되어 있었다. 한쪽 벽에는 흐릿한 푸른색과 녹색으로 빈의 숲에서 사냥하는 모습이 그려진 태피스트리가 있었고 바닥에는 윤기 나는 갈지자 무늬로 장식한 타일이 깔려 있었다. 안개가 청장실 창문을 가리고 있었다.

슈비텐 남작이 다가와 내 손을 잡았다. 잠을 못 잤는지 눈이 부어 있었다.

"어서 와요, 내 사랑."

남작이 내 손가락에 입을 맞추었다. 그 얼굴에는 황궁에서 마지막으로 보았을 때 담겨 있던 물음이 들어 있었다. '그대는 나와 함께 머물 것인가요?' 하지만 나는 아직 마땅한 답을 찾지 못했다.

'나에게 거짓을 말하지 마세요. 당신이 거짓을 말한다면, 나는 빈을 떠나야 해요.'

"고트프리트."

내가 속삭였다. 남작이 눈을 감고 내 얼굴을 어루만졌다. 나는 책상 위에 놓인 서류를 바라보았다.

"페어겐 백작의 서류인가요?"

"밤새 여기 있어야 했소. 황제가 내게 서류를 모두 조사해 보라고 하더군요. 이제 그가 어떤 식으로 권력을 남용했는지 알게 될 거요."

"정말 좋은 기회로군요."

"그렇게 생각하다니 다행이오. 분명히 제국 전역에 변화를 불러올 것이오. 수백만 명의 삶을 개선할 것이오. 황제가 내게 그런 기회를 주었어요. 이게 모두 어제 궁전에서 보여준 당신의 용기 덕분이오."

나는 남작이 보고 있던 서류를 쳐다보았다. 서류를 툭 건드리며 물어보았다.

"뭘 찾았나요?"

"페어겐은 정말 방대한 양을 조사했어요. 하지만 나는 한 건을 보는 데도 밤 시간 대부분을 보내야 했소."

남작이 서류를 덮어 그 앞에 붙은 라벨을 보여주었다.

요한 크리소스톰 볼프강 아마데우스 모차르트

나는 라벨을 어루만졌다. 동생 무덤 앞에서 펄럭이던 양피지가 생각났다. 나는 리히노브스키 왕자와 나누었던 이야기를 하고 싶었다. 하지만 비밀이 있다면 남작이 직접 나에게 말해야 한다고 생각했다.

"제게 서류를 보여주세요."

내 말에 남작이 나를 데리고 주홍색 벨벳이 깔린 긴 의자로 데려갔다. 잉크를 칠한 겨울 낙엽처럼 딱딱한 종이를 넘기며 남작이 말했다.

"볼프강이 죽은 진짜 원인을 찾아냈어요."

"그게 뭔가요?"

"우리가 생각했던 것처럼 볼프강은 독살된 거요."

"어떤 방법으로요?"

"프리메이슨 모임 때 호프데멜이 볼프강의 잔에 아쿠아 토파나를 넣었어요."

"볼프강이 막달레나와 바람을 피웠다고 생각했기 때문이겠죠. 하지만 궁전에서 페어겐 백작님이 자신이 볼프강을 죽였다고 했잖아요. 그렇다면 백작님이 호프데멜 씨에게 명령한 건가요?"

하지만 그것이 절반의 진실임을 잘 알고 있었다. 지금 나는 남작이 리히노브스키 왕자를 감싸고 있는지 알아보고 싶은 걸까? 남작이 나에게 거짓말을 한다면 남편에게 돌아갈 생각일까? 슈비텐 남작이 손톱으로 자신의 이를 톡톡 쳤다. 고트프리트, 제발 나에게 숨기지 말아요.

"그런 걸까요?"

내가 물었다.

"그렇게 된 거지요."

남작이 대답했다. 남작이 손으로 서류를 눌렀다. 청장실로 들어올 때 사랑하는 남자가 리히노브스키 왕자를 그대로 보냈다는 사실을 알고 심장이 부서지는 것 같았다면, 지금은 신뢰가 무너져 내렸다. 그러자 엄청난 죄책감이 밀려왔다. 선량한 남편과 아이들과 신을 배신하다니. 나는 손으로 입을 가리고 흐느끼기 시작했다. 슈비텐 남작이 나를 달래려고 했지만 나는 고개를 저었다. 그도 내가 우는 이유가 동생 때문이 아님을 알았다.

나는 문을 가리켰다. 남작의 눈이 고통으로 작아졌다. 계단 위에 있는 그 사람을 보고 있는 것만 같은 표정이었다.

"리히노브스키."

남작이 속삭였다. 남작이 나에게 다가오려 했지만, 나는 그를 피해 옆쪽으로 옮겨갔다. 남작이 손으로 두 눈을 눌렀다.

"설명을 하고 싶소."

그 말을 들으니 남작이 나를 사랑한다는 사실을 알기 전에 황실도서관에서 부른 노래가 생각났다.

설명을 하고 싶어요, 오 주여, 내가 왜 슬퍼하는지를 말이에요.

머릿속에서 그 노래가 들려왔다. 하지만 동생의 음악조차도 이번에는 제대로 되지 않았다. 아리아는 흐트러지다가 점차 사라져버렸다.

"지금 나는 볼프강의 생각을 제국 전체로 퍼트릴 절호의 기회를 얻은 것이오."

남작이 짙은 눈동자로 나를 바라보았다. 그 눈에 눈물이 가득했다.

"궁전 생활을 그만두고 바이올린을 들고 온 유럽을 돌면서 마을 광장마다 멈춰서 연주해도 된다면 나는 그렇게 살 것이오. 하지만 내게는 음악적 재능이 없어요. 그건 내가 볼프강의 뜻을 이룰 수 있는 방법이 아니오. 나는 정치인이에요. 볼프강이 믿었던 가치, 자유, 평등, 우애를 실현하려면 이 자리에서, 법으로 실현해야 해요."

남작이 절대 떠나가게 하지는 않겠다는 듯, 강한 힘으로 나를 움켜잡았다.

"하지만 당신은 볼프강을 사랑했어요. 어떻게, 어떻게 그 애를 이렇게 잊을 수 있죠?"

"볼프강과 나는 계몽사상을 어떻게 이 땅에 뿌리내리게 할 것인지, 어떻게 제국을 바꿀 것인지를 끊임없이 이야기했소. 그를 위해 내가 이곳을 바꿀 것이오."

내가 혀를 찼다. 내가 침이라도 뱉은 듯 남작이 움찔했다.

"당신은 내가 리히노브스키를 지옥에서도 가장 심한 형벌을 받게 했으면 좋겠지."

남작이 두 손을 찰싹 마주쳤다.

"하지만 그렇게 되면 황제가 나를 제거할 것이오. 왕자를 반역죄로 처벌한다? 그건 황제 자신에 대한 위협으로 느낄 것이오. 왕자의 충성심을 의심한다면 황제 자신이 위험에 빠지고 말 것이오. 그걸 모르겠소?"

마음속에서 분노가 사그라져갔다. 대신 납처럼 무겁고 묵직한 무언가가 자리 잡았다.

"내가 해야 할 일은 분명해요. 효과도 없는 일로 물러날 수는 없소. 개혁을 가능하게 하는 것, 그것이 볼프강의 고귀한 영혼을 제대로 기리는 거라고 믿어요."

밑에서 자갈에 부딪치는 말발굽 소리가 들렸다. 내 마차를 끄는 말이었다. 저 마차를 타고 시골로 돌아가야 하는 걸까? 남작이 없는 삶으로? 도저히 믿을 수가 없었다.

"당신이 왜 그런 선택을 했는지 이해할 수 있어요."

내 목소리는 갈라진 채 떨리고 있었다.

"리히노브스키 왕자는 어떻게 되나요?"

남작이 잠시 주저했다.

"그것이…… 이제 왕자는 내 정보원이 되었소."

그가 부끄러운 듯 고개를 숙였다.

"그렇군요."

이제 내가 어떻게 해야 하는지 분명히 알 수 있었다. 동생 사건은 자세히 밝혀지지 않을 것이다.

"돈은요? 리히노브스키 왕자는 얼마를 받기로 했죠? 제 동생 목숨 값은 얼마였던 거죠?"

"호프데멜은 1년에 1만 굴덴을 받았어요. 당연히 리히노브스키는 훨씬 많이 받았죠. 프러시아도 역시 많은 돈을 주었고. 실레지아는 40년 전에 프리드리히 황제가 합병한 후 프러시아의 통치를 받았지만, 왕자는 그곳에 있는 자신의 영지를 대부분 되찾았소. 왕자가 자신의 영지를 되찾은 것, 그것이 프러시아가 왕자를 설득한 첫 번째 수단이었죠."

또다시 화려한 막달레나의 집이 떠올랐다. 그곳에서 볼프강이 연주했던 피아노도 그 애를 죽이는 대가로 받은 돈으로 샀을 것이다.

"돈을 계속 받으려면 볼프강의 입을 다물게 할 필요가 있었던 거죠."

슈비텐 남작이 속삭였다.

"〈마술피리〉 때문인가요?"

남작이 고개를 저었다.

"프러시아는 리히노브스키에게 새로운 지부를 세우라고 명령했소. 왕자는 프리메이슨의 가치를 위해 일할 오스트리아 유력 인사들을 지부에 가입시킨다는 명목을 내세웠지만, 사실은 프러시아 첩자들을 모은 것이오."

"그걸 볼프강이 알아챈 거군요."

"리히노브스키가 새 지부에 대해 상의할 때 함께 있었으니, 그래요, 알고 있었소."

남작이 동생의 이름이 적힌 서류를 쳐다보았다.

"볼프강은 리히노브스키가 그로토를 만드는 일을 돕지 않으면 왕자의 일을 폭로하겠다고 협박했어요."

"하지만 왕자는⋯⋯."

청장실에는 리히노브스키 왕자가 남기고 간 세비야 산 시가 냄새가 남아 있었다.

"리히노브스키는 그로토가 설립되도록 나둘 수 없었죠. 그는 프러시아 지부를 위해 일할 사람을 모아서 그 이름을 페어겐에게 전했어요. 새 지부를 만드는 볼프강을 돕는다면 페어겐은 왕자가 자신이 모르는 프러시아 첩자와 일한다고 생각했겠죠."

"하지만 백작님이 고백했잖아요. 자신이 볼프강을 죽이라고 명령했다고요."

"리히노브스키가 페어겐에게 그로토에 대해 말했어요. 그래서 페어겐이 왕자는 의심하지 않았소. 하지만 볼프강은 프러시아의 첩자라고 믿었고, 불법적인 프리메이슨 지부를 비밀리에 설립하려는 사람이라고 생각했어요. 그래서 볼프강을 죽이기로 한 것이오. 하지만 일을 꾸민 것은 자신을 보호하려던 리히노브스키였소."

남작이 나에게 가까이 다가와 내 손을 잡았다. 희망과 망설임을 담은 표정으로 나를 쳐다보았다. 나는 슬며시 손을 빼고 창문으로 걸어갔다. 창유리에 손을 댔다. 손바닥이 차가운 창문에 달라붙는 것만 같았다.

"불쌍하고 순진한 내 동생에게는 도시의 음모가 맞지 않았군요. 그건 저도 마찬가지예요."

남작이 내 뒤에 섰다. 남작이 주저하고 있음이 느껴졌다.

"이곳에 남아야 할 이유가 없는 거요?"

안개가 걷히고 있었다. 하지만 눈물이 앞을 가려 제대로 보이지 않았다.

"고트프리트, 전 아이들에게 돌아가야 해요."

남작이 내 목덜미를 덮고 있는 머리카락을 헤치고 맨살이 드러난 어깨를 만졌다. 나는 꼼짝도 하지 못했다. 내 인생이 남작의 한마디에 달린 것처럼 나는 그저 남작이 결정을 내려주기만을 기다리고 있었다. 남작은 오랫동안 내 어깨를 붙잡고 있었다. 마침내 그가 입을 열었다.

"이해하오."

그가 내 결정을 받아들였다는 사실에 가슴이 미어졌다.

"우리가 함께하지 못해도 우리에겐 음악이 있잖아요."

"나에게 음악은 이제 끝났소."

남작이 슬픈 눈을 내 목에 댔다. 자신이 준 목걸이를 걸고 있는 목에.

"난 언제나 볼프강이 당신을 위해서 작곡했다고 생각했어요."

그 말을 들으니 묘지에서 수수께끼를 풀면서 막달레나가 했던 말이 생각났다. 그가 옳다는 생각이 들었다. 남작과 함께 빈에 머물고 싶다는 것은 내 소망이었다. 하지만 세상은 우리의 사랑을 값싸고 저속하게 만들 것이 분명했다. 내가 간직할 수 있는 사랑은 볼프강의 음악뿐이었다.

계단을 뛰어 내려가 마차가 있는 곳까지 달렸다. 안개에 눈물이 얼어붙었다. 마차에 오른 나를 보며 레널이 시선을 피했다. 레널이 집에 돌아가 빈 이야기를 할 때, 지금 이 순간은 도무지 이해할 수 없다고 말할 테지만, 그냥 눈물이 흐르도록 내버려두었다.

마차가 정문을 향했다. 말이 아치형 통로를 지나갔다. 슈비텐 남작이 한 번에 세 계단씩 뛰어 내려왔다. 헤어렌 거리를 지나는 마차들 때문에 내가 탄 마차가 잠시 문 앞에 섰을 때 남작이 마차에 도달했다. 그가 마차 옆을 두 손으로 짚었다. 내 머릿속에 도서관에서 그를 위해 불렀던 아리아가 들려왔다. 이제는 악기와 노래가 화음을 이루었다. 남작도 같은 노래를 듣고 있음이 분명했다. 턱은 떨리고 있었지만 남작은 나를 보고 웃고 있었다.

마차가 거리로 나섰다. 채찍질 한 번으로 나는 슈비텐 남작과 멀어졌다. 창문 밖으로 몸을 내밀어 남작을 바라보았다. 안개 때문에, 지나가는 마차들 때문에 점점 남작이 보이지 않았다. 페어겐의 희생자들과 함께 무덤에 들어가기라도 한 것처럼 남작은 완전히 사라졌다.

30분도 되지 않아 마차는 빈의 외곽에 닿았다. 빈을 감싼 안개가 도시를 영원한 침묵에 빠뜨리는 것 같았다.

밤새 고모님의 일기를 다 읽었다. 아침이 되자 도저히 흥분을 감출 수가 없었다. 나는 산을 내달려 나넬 고모님 댁으로 갔다. 1791년 일주일 동안 있었던 일을 기록한 고모님의 일기도 물론 가지고서였다. 거의 40년 동안 침묵을 지키고 있던 고모님의 비밀은 너무나 무거워서 손이 묵직하게 느껴질 정도였다. 어쩌면 밤새 꿈을 꾼 것인지도 몰랐다.

산자락에 있는 좁은 거리를 달려 성당 광장을 지나 나넬 고모님 댁 계단을 뛰어 올라갔다. 문을 열어준 하녀는 손수건을 쥐고 울고 있었다.

"볼프강 선생님, 잘 오셨어요. 신께서 선생님을 부르신 게 분명해요."

프란치스카는 눈물을 훔치고 나서야 내가 흥분해 있다는 사실을 눈치 챈 듯 어쩔 줄 몰라 했다.

"무슨 일이 있는 거야?"

"지난밤 마님이 아주 힘들어 하셨어요. 지금 많이 안 좋으세요."

프란치스카가 흐느끼기 시작했다.

"얼마 못 사실 거 같아요. 그런데도 의사를 부르지 마세요. 하지만 선생님은 모셔오라고 하셨어요."

나는 고모님 침실로 뛰어갔다. 고모님은 어제와 같은 모습으로 누워계셨다. 보닛을 쓰고 있는 얼굴이 밀가루처럼 하앴다. 고모님의 가느다란 손이 숄 위에 놓여 있었다. 나는 고모님 옆에 앉아 어깨를 살짝 건드렸다. 고모님이 고개를 돌려 나를 보고 조그마한 소리로 말했다.

"볼프강."

"네, 고모님. 저 왔어요."

보이지 않는 고모님의 눈이 그 어느 때보다 탁했다.

"읽어 보았니? 전부 다?"

"전 믿을 수가 없어요, 고모님."

고모님이 콧방귀를 뀌었다.

"그런 이야길 내가 꾸며냈을 것 같니?"

"어째서 말씀하지 않으신 거죠?"

고모님이 입술을 오므렸다. 숨을 쉬려고 애쓰는 모습이었다. 하녀 이야기가 옳았다. 나넬 고모님은 곧 돌아가실 것 같았다. 고모님의 손목을 잡아보았다. 아주 차가웠다.

"어머님을 보호하시려고 그러신 건가요? 어째서 아무한테도 말씀하지 않으신 거죠? 남편이 어떻게 죽었는지 알면 힘들어 하실까 봐 어머님께도 말씀하지 않으신 건가요?"

고모님이 얼굴을 찡그렸다.

"무리하지 마세요. 이해해요, 고모님. 어머님께는 절대 말씀드리지 않을 게요."

고모님이 피아노를 가리키며 고개를 끄덕였다.

"연주해 드릴까요?"

내가 어린이나 외국인에게 말하는 것처럼 목소리를 높였다. 고모님이 가까이 다가오라는 듯 살짝 손을 움직였다. 고모님께 몸을 숙였다. 가쁜 숨결에서 며칠 동안 씻지 않고 놓아둔 커피 주전자 냄새가 났다.

"설명하고 싶어."

고모님이 중얼거렸다.

"일기를 주신 이유를 말인가요?"

내 말에 고모님이 고개를 저었다.

"나를 위해 노래를 불러주렴."

고모님이 말씀하신 아리아는 소프라노의 노래였다. 하지만 노래 기교를 가지고 왈가왈부할 일이 아니었다. 나는 일기장을 침대 맡에 두고 오래된 슈타인 피아노 앞에 앉았다. 인스부르크에 있는, 유일하게 살아남은 고모님의 아들 레오폴트에게 빨리 돌아와 고모님의 임종을 지켜보라는 편지를 보내야겠다는 생각이 들었다. 나는 정확한 음을 찾으며 숨을 골랐다. 피아노로 오케스트라 부분을 연주하면서 노래를 시작했다.

설명하고 싶어요, 오 주여, 제 슬픔이 무엇인지를.
하지만 운명은 저에게 그저 슬퍼하고 침묵하라고 합니다.

고모님이 머리를 옆으로 뉘였다. 고모님은 창문을 보고 있었다. 보이지 않는 눈으로 성당 탑 위로 빛나는 강한 아침 햇살을 느끼고 있는 것은 아닌지, 누구도 보지 못하는 빛을 보고 계신 것은 아닌지 궁금했다. 오물오물 움직이는 입이 노래를 부르는 건지 호흡하기 위해 애쓰고 있는 건지 알 수 없었다.

내 심장은 내가 사랑하고자 하는 사람을 열망할 수 없습니다.

아리아가 마지막으로 향하면서 나는 음악에 사로잡혔다고 고백하지 않을 수 없다. 내 의식 속에 침대에 누운 애처로운 나넬 고모님은 더 이상 존재하지 않았다. 아버지가 즐겨 쓰던 높은 도 샤프 음을 가까스로 내어 노래 부르자니, 나는 아버지가 내 손을 잡고 건반을 치고 있다는 느낌이 들었다.

내게서 떨어져요, 내게서 떠나버려요.
사랑에 대해서는 이야기하지 말아요.

노래가 끝났다. 나는 눈을 감고 피아노에 남은 잔향을 음미했다. 무엇인가가 내 손등을 문지르는 듯한 느낌이 들어 소름이 끼쳤다. 몸을 돌려 고모님께 노래가 어땠는지 물었다. 고모님은 꼼짝도 않고 누워 있었다. 춥지 않도록 고모님 손을 이불에 넣어드리고 조용히 거실로 나가야겠다고 생각했다.

조용히 고모님의 손을 들었다. 잠자는 아이의 손처럼 무거웠다. 몸을 숙이고 조용히 고모님을 불러보았다. 대답이 없었다. 고모님은 창문을 보면서 조용히 눈을 감고 있었다. 코 앞에 손을 대 보았다. 숨을 쉬지 않고 계셨다. 가슴도 움직이지 않았다. 내가 노래하는 동안 떠나신 것이다. 혹시나 체온을 나누면 되살아나지 않을까 싶어 고모님 손을 내 양손으로 꼭 쥐어 보았다. 고모님은 무언가를 쥐고 계셨다. 고모님 손을 돌려 그 물건을 확인해 보았다. 얇은 금목걸이를 중지손가락에 걸고 손으로 십자가를 쥐고 계셨다. 호박으로 장식한 십자가였다.

1829년 10월 10일, 잘츠부르크,
프란츠 크사버 볼프강 모차르트

또 다른 모차르트를 위하여

이 세상을 살다가고, 살아 있고, 살아갈 모차르트는 몇 명이나 될까? 한국의 '김, 이, 박'만큼은 아니라 해도 '모차르트'라는 성을 가진 사람은 나름 상당히 많지 않을까? 구글 검색창에 'Mozart'를 쳐보았다. 첫 페이지는 모두 작곡가 모차르트에 대한 내용이 나왔고, 두 번째 페이지도 마지막에 가서야 작곡가 모차르트가 아니라 '호텔 모차르트'가 나왔다. 모르긴 해도 호텔 모차르트의 '모차르트'도 작곡가 모차르트일 가능성이 높다.

많은 사람에게 모차르트는 단 한 사람이다. 물론 모차르트를 생각할 때 떠오르는 모습은 저마다 다를 수도 있다. 왜소한 몸집에 호들갑스럽고 과장된 행동을 하는 천재 강박증 환자, 아름다운 음악을 작곡한 감수성 예민한 사랑스러운 사람, 비교(秘敎)와 프리메이슨 전통에 빠져 있던 신비주의자, 진보의 가치와 남녀평등을 부르짖은 계몽주의자. 다양한 모차르트가 있지만 결국 이 모차르트는 단 한 사람, 위대한 작곡가 볼프강 아마데우스 모차르트이다.

모차르트의 죽음에 독살설이 등장한 것은 처음이 아니다. 그의 죽음 이후 흐른 시간을 생각해보면 사인(死因)을 밝히는 일은 중요하지 않을 수도 있다. 매트 리스는 볼프강 아마데우스 모차르트의 죽음 뒤에 남은 또 한 가지 사실에 주목한다. 바로 모차르트는 한 명일 수 없다는 것. 우리는 매트 리스를 통해 또 한 사람의 모차르트를 만나게 된다.

나넬 모차르트. 동생이 태어나기 전까지 나넬 모차르트는 아버지의 자랑이었을 것이다. 많은 딸이 그렇듯이 나넬에게 부모이자 스승이기도 했던 아버지라는 존재는 절대적이었을 것이다. 나넬은 그런 아버지의 기대와 사랑을 동생에게 양보해야 했다. 나넬에게 동생 볼프강은 분명 사랑스러운 동생이면서도 원망스러운 경쟁자였을 것이다. 이 사랑스러운 경쟁자를 위해 나넬은 자신의 재능을 죽이고 평범한 여자로서의 삶을 살아야 했다.

자신의 재능을 분명히 알고 있는 사람이 그 재능을 포기해야 했을 때, 어떤 마음이 들었을까? 자신이 그렇게 원했던 아버지의 기대를 한 몸에 받았으면서도, 아버지를 버리고 동생이 집을 나가버렸을 때 나넬은 분명 절망을 넘어 분노를 느꼈을 것이다. 동생의 결혼과 함께 어긋나버린 남매 사이는 볼프강이 죽을 때까지 회복되지 않았다.

그러나 힘든 어린 시절을 함께 보낸 동료이자 서로의 위로자였던 남매가 완전히 타인이 될 수는 없는 법이다. 두 사람은 먼저 손을 내밀지 못했지만 사는 순간순간 서로를 생각했을 것이다. 그리고 세월은 여느 형제들이 그렇듯이, 삶의 마지막 순간일지언정 두 사람의 손을 맞잡게 하고 삶의 앙금을 털어버리게 했을 것이다.

하지만 나넬에게는 그럴 기회가 없었다. 앙금을 풀기 위해 동생과 소리지르고 싸울 기회도, 그 과정을 통해 결국 화해할 기회도 영원히 사라져 버렸다. 동생을 미워하는 채로 남은 누나, 동생을 뛰어넘지 못하고 주저 앉을 수밖에 없었던 나넬이 나는 너무나 안쓰러웠다. 1등이 될 수 없었던 불행한 천재. 결국 누군가의 앙칼진 누나로 기억될 수밖에 없는 나넬이.

나넬이 정말 동생이 죽은 원인을 밝히기 위해 빈에 왔을까? 나에게 그 진위 여부는 중요하지 않다. 나넬이 소설에서나마 새로운 삶을 살 기회를 얻었다는 것이 중요하다. 빈을 떠난 나넬은 전혀 변하지 않은 삶으로 되돌아가지만, 이미 예전의 나넬은 아니었을 것이다.

불같은 사랑, 아이들의 소중함, 남편의 자상함에 대한 깨달음, 되찾은 자신감을 가지고 다시 일상으로 돌아가는 나넬. 이제 나넬은 1등이 아니어도 좋고, 유명한 피아니스트가 아니어도 좋을 것이다. 동생의 그늘에 가렸다고 억울해하지 않고, 원치 않는 삶을 살아야 한다며 불행해 하지 않을 것이다. 나넬은 나넬로서 새로운 모차르트의 삶을 살아갈 것이다. 타인과 비교하지 않는 삶, 타인의 재능을 존중하고 자신을 사랑하는 삶을 살아가게 될 나넬의 등을 나는 토닥토닥 두드려주고 싶다.

*음악을 찾아보고 싶은 이들을 위해

1862년, 오스트리아 음악 역사가 로드비히 리터 폰 쾨헬이 모차르트의 음악을 처음 목록으로 작성했다. 그가 분류한 음악에는 쾨헬이 분류했다는 뜻으로 K를 쓰고 번호를 적는다. 물론 모차르트와 동시대인들은 붙이지 않았다. 따라서 나도 쓰지 않았다. 하지만 이 책에 나온 음악을 듣고 싶은 독자들을 위해 여기 쾨헬 분류법에 따른 음악 제목을 실어 둔다.

프롤로그	오페라 〈돈 조반니〉, 체를리나의 아리아 '만일 원하신다면(Vedr ai carino)'(K 527)
	피아노 소나타 A(K 331)
1장	피아노 변주곡 '어머니, 들어 보세요(Ah, vous dirai-je)'(K 265)
	오페라 〈여자는 다 그래〉, '부디 내 사랑아, 용서해 주오(Per pietá, ben mio, perdona)'(K 588)
	피아노 소나타 A단조(K 310)
5장	피아노를 위한 아다지오 B 단조(K 540)
6장	클라리넷 협주곡 A(K 622)
8장	오페라 〈후궁 탈출〉, '아, 사랑에 빠졌어요(Ach, ich liebte)'(K 384)
	41번 교향곡 '주피터(Jupiter)' C(K 551)
	오페라 〈마술피리〉 아리아 '지옥의 복수(Der Hölle Rache)'(K 620)
	피아노 소나타 B플랫(K 333)
	피아노 협주곡 C(K 467)

*소개된 오페라 줄거리(여자 주)

- 〈마술피리〉_이시스와 오시리스를 섬기는 자라스트로 사제가 밤의 여왕의 딸(파미나 공주)에게 자유를 주기 위해 자신의 사원으로 데려간다. 분노한 밤의 여왕은 타미노 왕자에게 공주를 구해 달라고 부탁한다. 왕자는 마술피리를 이용해 여러 역경을 헤 치고 공주를 구출해 온다. 그 과정에서 자라스트로 사제에게 감명을 받은 왕자는 사 제의 제자가 되고, 공주와 왕자는 행복한 결혼식을 올린다.

- 〈후궁 탈출〉_벨몬테의 약혼녀인 콘스탄체는 해적에게 잡혀 지방관인 세림의 궁전에 팔린다. 벨몬테는 사랑하는 약혼녀를 구하기 위해 세림의 궁전으로 찾아간다. 그는 시종과 시녀와 모의해 탈출 계획을 세웠지만, 계획은 탄로 나고 벨몬테와 콘스탄체, 시종, 시녀 모두 사형을 선고받는다. 그러나 함께 죽어 행복하다는 약혼자들의 노래 를 듣고 감동한 지방관이 네 사람 모두 자유롭게 풀어준다.

- 〈돈 조반니〉_호색한 돈 조반니는 돈나 안나를 겁탈하려다 그를 막는 돈나 안나의

아버지를 살해한다. 돈 조반니는 그 길로 달아나고, 돈나 안나와 약혼자 돈 오타비오
는 함께 복수를 맹세한다. 도망치는 와중에도 곧 결혼할 체를리나 같은 여러 여인들
을 끊임없이 넘보지만, 옛 애인인 돈나 에빌라가 나타나 번번이 돈 조반니를 방해한
다. 체를리나의 약혼자와 마을 사람들, 돈 오타비오에게 발각된 돈 조반니는 무덤으
로 도망친다. 그곳에서 죽은 기사장의 석상을 만난다. 석상은 돈 조반니에게 회개할
것을 요구하지만 돈 조반니는 거절한다. 결국 돈 조반니는 지옥의 불길 속으로 사라
진다.

- 〈피가로의 결혼〉_ 피가로가 백작의 결혼을 도와주는 〈세빌리아의 이발사〉가 이 오페
라의 전편이다. 피가로 때문에 결혼하게 된 백작은 그 공로를 인정해 피가로를 자신
의 시종으로 삼는다. 피가로는 백작 부인의 하녀 스잔나와 사랑에 빠지고 결혼을 약
속한다. 그런데 결혼 생활이 지루해진 백작이 스잔나를 유혹한다. 그 때문에 고민하
던 피가로와 스잔나는 백작 부인을 자신들의 편으로 만들고, 여러 가지 꾀를 내어
백작의 바람기도 잠재우고 행복하게 결혼한다.